Née à Akranes en 1988, Eva Björg Ægisdóttir vit à Reykjavík avec son mari et ses trois enfants. *Elma*, son premier roman, paru chez Points, est devenu un best-seller en Islande. Il a été récompensé du « Blackbird Award », un prix créé par Yrsa Sigurdardóttir et Ragnar Jónasson pour promouvoir les meilleurs espoirs du polar islandais. *Les filles qui mentent* est la deuxième enquête de l'inspectrice Elma.

DU MÊME AUTEUR

Elma

La Martinière, 2021
et « Points Policiers », n° P5552

Eva Björg Ægisdóttir

LES FILLES QUI MENTENT

Traduit de l'islandais
par Jean-Christophe Salaün

Éditions de La Martinière

TITRE ORIGINAL
Stelpur sem ljúga

ÉDITEUR ORIGINAL
publié par Veröld Publishing, Islande, 2019

Retrouvez Eva Björg Ægisdóttir
sur Instagram @evabjorg88 et Twitter @evaaegisdottir

ISBN 978-2-7578-9891-8

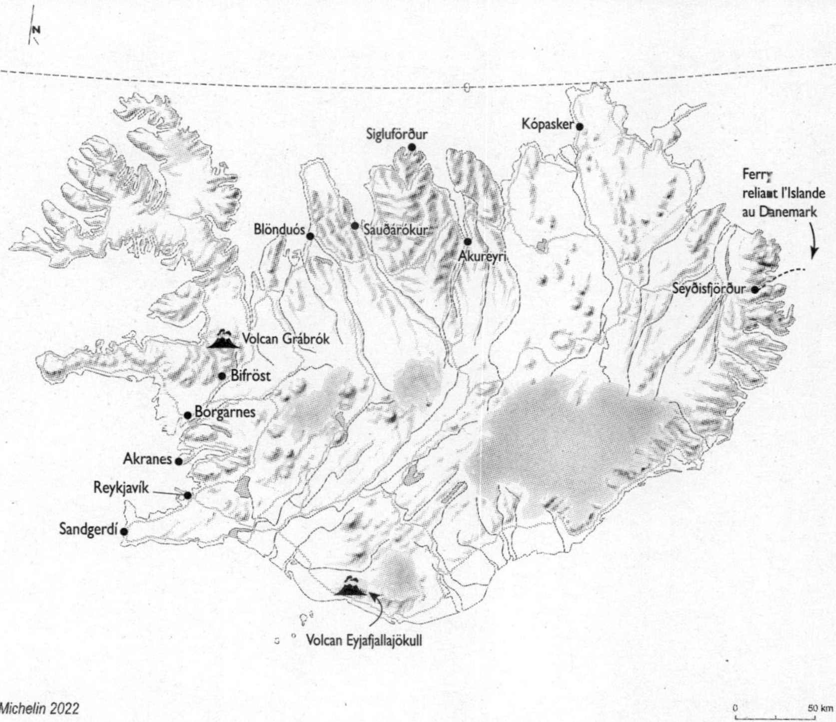
N
Kópasker
Siglufördur
Blönduós
Sauðárókur
Akureyri
Ferry
reliant l'Islande
au Danemark
Seyðisfjörður
Volcan Grábrók
Bifröst
Borgarnes
Akranes
Reykjavík
Sandgerdí
Volcan Eyjafjallajökull
0
50 km

Pour Gunni

Naissance

Les draps blancs me font penser à du papier. Ils bruissent à chaque mouvement, et mon corps entier me démange. Je n'aime pas les draps blancs, pas plus que je n'aime le papier. Quelque chose dans leur texture me répugne. Cette matière rigide qui colle à l'épiderme si fragile. Voilà pourquoi j'ai à peine fermé l'œil depuis que je suis arrivée ici.

D'une teinte presque identique à ce tissu, ma peau évoque ironiquement elle aussi du papier. Fine, blafarde, elle s'étire d'une manière désagréable dès que je bouge. J'ai l'impression qu'elle pourrait se déchirer à tout moment. Des veines bleues apparaissent à travers, et je passe mon temps à me gratter, même si je sais que je ne devrais pas. Mes ongles laissent des sillons rouges, et je me force à arrêter avant que ça saigne. Sinon, les regards des médecins et des sages-femmes seront encore plus sévères – ils le sont déjà suffisamment.

De toute évidence, ils ont quelque chose contre moi.

Je me demande s'ils entrent aussi sans frapper dans les chambres des autres femmes. J'en doute ; on dirait qu'ils attendent que je fasse une bêtise. Ils m'inondent de questions intrusives et ne cessent d'observer mon corps, les cicatrices sur mes poignets, en échangeant des regards graves. Ils s'inquiètent de ma minceur mais je suis trop fatiguée pour leur expliquer que j'ai toujours été comme ça. Je ne me prive pas, j'ai toujours été filiforme, jamais très portée sur la nourriture. D'accord, il m'arrive d'oublier de manger pendant des jours entiers, et je ne m'en rends compte que quand je tremble de faim. Mais ce n'est pas comme si c'était une volonté de ma part. S'il existait une pilule contenant tous les nutriments et calories nécessaires, je l'avalerais sans hésiter.

Enfin, je reste silencieuse en essayant d'ignorer la mine inquisitrice du médecin, avec ses narines qui se dilatent lorsqu'il m'observe. Je crois qu'il ne m'aime pas beaucoup. Surtout depuis qu'on m'a surprise en train de fumer dans la chambre. Tout le monde a réagi comme si j'avais voulu foutre le feu à ce putain d'hôpital, alors que j'avais juste ouvert la fenêtre en grand pour cracher ma fumée dans la nuit. Je ne m'attendais pas à ce que quiconque s'en aperçoive, mais elles ont déboulé à trois ou quatre pour m'ordonner d'éteindre ma cigarette. Contrairement à moi, elles ne voyaient pas ce que la scène avait de drôle. Elles n'ont même pas esquissé un sourire lorsque j'ai jeté mon mégot par la fenêtre et que j'ai levé les mains en l'air comme si on me braquait un pistolet dessus. Je ne pouvais pas m'empêcher de rire.

Depuis, ils ne me laissent plus seule avec l'enfant. Ce qui n'est sans doute pas plus mal, parce que je n'aime pas ça. Chaque fois qu'elles l'apportent et le posent sur mon sein, sa bouche se fixe sur mon téton et j'ai l'impression que mille aiguilles me piquent de l'intérieur. J'observe le bébé allongé sur ma poitrine, et je ne vois rien chez lui qui me ressemble. Son nez est trop gros pour son visage, et j'aperçois encore des traces de sang séché dans sa chevelure sombre. Il n'est pas spécialement beau, et quand il arrête d'un coup de téter, il est pris d'un mouvement brusque avant de lever la tête vers moi. De planter ses yeux dans les miens, de me scruter. J'imagine qu'il pense : *C'est donc elle, ma maman.*

On se regarde un instant. Sous ses cils foncés, des iris gris comme la pierre. Les sages-femmes me disent que la couleur va changer avec le temps, mais j'espère que non. J'ai toujours aimé le gris. Je détourne le regard dès que je sens les larmes monter. Quand je baisse à nouveau les yeux, il me fixe toujours.

– Pardonne-moi, dis-je à voix basse. Pardonne-moi d'être ta mère.

Dimanche

– Ne cours pas si vite !

Elma accéléra le pas mais, ignorant l'ordre de sa tante, Alexander détala à toute vitesse, ses longs cheveux blonds luisant dans le soleil de décembre.

– Essaie de m'attraper !

Il se retourna une seconde vers elle, une étincelle dans le regard, puis il trébucha et tomba.

– Alexander !

Elle se précipita vers lui et se pencha. Dieu merci, il ne s'était pas blessé, en dehors de quelques égratignures au creux des mains.

– Tout va bien, tout va bien, tu ne t'es pas fait mal. Enfin, pas beaucoup, dit-elle en l'aidant à se relever avant d'épousseter ses paumes et d'essuyer l'unique larme qui avait coulé sur ses joues écarlates. Et si on essayait de débusquer de jolis coquillages sur la plage ?

– Et des crabes, acquiesça Alexander en reniflant.

– Oui, peut-être qu'on en trouvera aussi.

Oubliant rapidement l'incident, le petit garçon refusa de prendre la main d'Elma et repartit de plus belle.

– Sois prudent ! s'exclama-t-elle dans son dos.

Arrivée après lui à la plage de sable noir, elle le vit s'immobiliser et baisser la tête. Quelque chose avait attiré son attention.

Elle le rejoignit d'un pas tranquille, respirant le parfum du large. Malgré le froid, le soleil brillait et la fine pellicule de neige qui recouvrait le paysage à son réveil avait disparu. Mues par une paisible brise, les vagues glissaient paresseusement sur le sable. Elma dénoua son écharpe et se pencha à son tour lorsqu'elle eut atteint Alexander.

– Fais-moi voir ce que tu as déniché.

– Une patte de crabe, dit-il en la soulevant.

– Waouh, fit Elma. On l'ajoute à ta collection ?

Hochant la tête, Alexander rangea prudemment son butin dans la boîte qu'Elma lui tendait, puis il retourna à sa chasse aux trésors.

Pour lui qui venait d'avoir six ans, le monde débordait de curiosités de ce genre. Les balades sur la côte à la pointe d'Elínarhöfdi figuraient en haut de la liste de ses activités préférées, car on y trouvait toutes sortes de joyaux. Enfant, Elma adorait aller se promener sur la plage, elle aussi. Elle emportait un petit récipient pour accueillir les coquillages et passait des heures à observer tout ce que la mer avait à offrir. Ces sons, ces odeurs avaient toujours un effet apaisant. Comme si les problèmes du monde se tenaient à distance de l'océan.

Elle ne se rappelait que vaguement comment Elínarhöfdi, le « cap d'Elín », avait hérité de son toponyme. Dans son souvenir, Elín avait pour frère Sæmundr le Savant, prêtre et érudit bien connu du Moyen Âge, mais aussi une sœur nommée Halla qui vivait sur la rive opposée du fjord. Lorsqu'elle voulait lui parler, elle s'asseyait tout au bout de la pointe et agitait son mouchoir en direction de Halla, installée en face sur Höllubjarg, la « falaise de Halla ». Elle songea à raconter cette histoire à Alexander, mais alors qu'elle venait tout juste de le rejoindre, son téléphone sonna dans sa poche.

– Elma…, haleta Adalheidur.

– Tout va bien, Maman ? dit Elma en s'asseyant sur un gros rocher à côté du petit garçon.

– Oui, oui, souffla-t-elle par-dessus un bruit de froissement. Je sors les guirlandes de Noël. Je me suis enfin décidée à les installer. Va savoir pourquoi je ne l'ai pas fait plus tôt…

Chaque année, ses parents décoraient leur maison bien trop en avance, et en abondance. À vrai dire, sa mère s'en occupait généralement seule. Son père l'aurait bien aidée, mais Adalheidur ne lui en laissait jamais l'occasion et profitait de ce qu'il était au travail pour avoir le champ totalement libre.

– Tu as besoin d'aide ?

– Non, ne t'inquiète pas, je gère. Je me demandais juste… Ton père va fêter ses soixante-dix ans dans deux semaines. Ta sœur et toi pourriez peut-être aller faire un tour à la capitale pour lui acheter un cadeau ? Je sais qu'il aimerait de nouvelles cuissardes pour la pêche.

– Toutes les deux ? lâcha Elma avec une grimace – elle n'avait jamais été proche de sa sœur, malgré les trois petites années qui les séparaient.

– C'est Dagný qui l'a proposé.

– Pourquoi tu ne nous accompagnerais pas ?

– J'ai déjà du pain sur la planche. Je me disais que vous pourriez y aller le week-end prochain, passer la journée là-bas. J'ai une carte-cadeau pour un spa que ton père et moi n'allons jamais trouver le temps d'utiliser, vous devriez vous faire plaisir.

– Tu veux dire celle que je vous ai offerte à Noël ? répliqua Elma d'un ton outragé qu'elle n'essaya pas de cacher.

– Ah, c'était de ta part ? Bref, j'aimerais que vous vous accordiez ce petit moment. Une journée entre sœurs.

– Cette carte-cadeau, je l'ai achetée pour vous, Maman. Papa et toi, vous auriez bien besoin de vous faire dorloter un peu. Vous n'allez jamais nulle part.

– Qu'est-ce que tu racontes ? On s'en va à Prague au printemps prochain ! Tu dois bien pouvoir faire ça…

– En d'autres termes, je n'ai pas mon mot à dire ?

– Je t'en prie, Elma…

– Je plaisante, Maman, l'interrompit-elle. Bien sûr que j'irai. Sans problème.

Glissant le téléphone dans sa poche, elle s'approcha de son neveu, qui se tenait à présent à quelques pas de la mer. Cela faisait une éternité qu'elle n'avait pas passé du temps avec sa sœur. Elle s'occupait parfois d'Alexander, surtout parce que celui-ci avait la manie de l'appeler de sa propre initiative. En dehors de cela, leurs échanges transitaient surtout par leurs parents. Elma songeait occasionnellement à ce que leur relation serait devenue si ces derniers n'étaient plus de ce monde.

– Elma, regarde tout ce que j'ai !

Alexander lui tendit une poignée de cailloux colorés. Au fil des années, il ressemblait de plus en plus à son père, Vidar. Les mêmes traits fins, les mêmes yeux bleus. Jamais en colère, toujours gentil.

– Ils sont magnifiques, répondit-elle. Tu devrais faire un vœu. Ils portent sûrement bonheur.

– Tu crois ?

– J'en suis sûre.

Alexander plaça ses cailloux dans la boîte.

– Moi aussi, conclut-il.

Il sourit, dévoilant le petit trou que sa première dent de lait avait laissé en tombant. Puis il dirigea sa main vers le visage d'Elma et y balaya une mèche de cheveux. Elle rit.

– Oh, merci beaucoup, Alexander. Je suis complètement décoiffée, c'est ça ?

– Un peu, oui, répondit-il en hochant la tête.

– Alors, quel vœu comptes-tu faire ? demanda-t-elle en se relevant et en époussetant le sable de son pantalon.

– Je vais te les donner. Pour que toi, tu puisses en faire un.

– Tu es sûr ? dit-elle en lui prenant la main pour repartir vers la voiture. Tu peux demander ce que tu veux. Un vaisseau spatial, un sous-marin, des Lego…

– Bah, je peux déjà avoir tout ce que je veux. J'ai juste à écrire une liste au Père Noël. Toi, tu en as beaucoup plus besoin que moi, parce que le Père Noël écoute seulement les enfants, pas les adultes.

– Eh bien, tu n'as pas tort.

Elle ouvrit la portière arrière et Alexander monta.

– Je sais ce que tu vas souhaiter, lança-t-il avec un regard énigmatique pendant qu'elle l'aidait à attacher sa ceinture.

– Tiens donc, tu es capable de lire dans les pensées, toi ?

– Oui. Enfin non, mais j'ai une idée. Tu voudrais un petit garçon comme moi. Maman dit que c'est pour ça que tu es triste, parfois. Parce que tu n'as pas de petit garçon.

– Mais je t'ai, toi, au moins un peu, non ? répliqua Elma avant de l'embrasser sur le crâne. Pourquoi aurais-je besoin de quelqu'un d'autre ?

Le téléphone se mit à vibrer dans sa poche avant qu'Alexander n'ait eu le temps de lui répondre.

– Tu es dehors ? fit Sævar, la voix cassée au bout du fil.

Elma se félicita de ne pas avoir accepté de l'accompagner au bal la veille au soir, comme il le lui avait proposé. De temps à autre, la ville d'Akranes organisait ce genre de festivités pour ses habitants. Elma n'avait pas encore eu le cœur d'y participer, craignant de devoir recroiser tous ces gens à qui elle n'avait pas adressé la parole depuis des années, d'être assaillie de questions auxquelles elle n'avait aucune envie de répondre.

– Je me suis réveillée tôt et je suis sortie faire un tour avec mon petit neveu, expliqua-t-elle. Comment vas-tu ? Tu as passé une bonne soirée ?

Il résuma la situation d'un simple soupir. Elma laissa échapper un rire. Sævar supportait mal l'alcool, il lui fallait généralement plusieurs jours pour se remettre d'une fête arrosée. Malgré sa carrure robuste, quelques verres suffisaient à le rendre ivre.

– En fait, ce n'est pas pour ça que je t'appelle, même si on devra en reparler plus tard, dit-il avant de s'éclaircir la gorge et de reprendre d'un ton plus grave : On a retrouvé un corps tout à l'heure.

Elma jeta un coup d'œil à Alexander, assis sur la banquette arrière de la voiture, occupé à contempler ses cailloux.

– Hein ? Où ça ?

– Où es-tu ? demanda Sævar sans lui répondre, sa voix parasitée par de la friture.

– Elínarhöfdi.

– Tu peux venir me chercher ? Je ne me sens pas de conduire tout de suite…

– J'arrive.

Elma raccrocha, enfonça le téléphone dans sa poche et prit place derrière le volant, d'où elle adressa un sourire à Alexander dans le rétroviseur. Ce petit garçon qui voulait lui donner des cailloux porte-bonheur afin qu'elle ne soit plus triste.

Après avoir ramené son neveu, elle prit la direction de l'immeuble bleu de Sævar. La brigade criminelle d'Akranes ne comptait que trois officiers, aussi était-elle reconnaissante de l'avoir pour collègue. Dès le premier jour, ils s'étaient bien entendus et, malgré le sérieux des affaires dont ils avaient la charge, ils plaisantaient facilement l'un avec l'autre. Hördur, son supérieur, était en général beaucoup plus sévère, mais Elma ne s'en plaignait pas. C'était un homme droit et honnête, et elle se sentait à l'aise sur son lieu de travail.

Les mains dans les poches et les épaules remontées jusqu'aux oreilles dans le froid, Sævar se tenait devant son immeuble, vêtu d'un jogging gris clair et d'une veste noire bien trop légère. Ses cheveux bruns étaient tout ébouriffés à l'arrière de son crâne, et il plissait les yeux comme si la luminosité lui était insupportable.

– C'est déjà l'été pour toi ? demanda Elma lorsqu'il s'assit sur le siège passager.

– Je n'ai jamais froid, répondit-il en posant ses mains glaciales sur son bras.

– Ah, Sævar ! s'écria-t-elle en s'écartant d'un geste vif avant de lui lancer un regard furieux.

Augmentant le chauffage, elle secoua la tête d'un air las.

– Merci, dit-il. En fait, il n'avait pas l'air de faire si froid. Quand j'ai regardé par la fenêtre, je n'ai vu que le ciel bleu et le soleil.

– Moi qui croyais que tous les Islandais avaient appris la leçon. Tu sais bien qu'ici, même s'il a l'air de faire beau, on ne peut pas se fier aux apparences. On a identifié la victime ? ajouta-t-elle d'un ton plus sérieux en quittant sa place de parking.

– Pas encore, mais les candidats ne sont pas nombreux, il me semble.

– Ah bon ?

– Tu te souviens de cette femme disparue au printemps dernier ?

– Oui, bien sûr, Maríanna. Tu penses que c'est elle ?

Sævar haussa les épaules.

– Elle habitait Borgarnes, et le premier flic dépêché sur les lieux semblait certain que le corps était celui d'une femme.

Elma n'osait imaginer à quoi ressemblait le cadavre s'il s'agissait bien d'elle. La jeune femme avait disparu sept mois auparavant. Le vendredi 4 mai, elle avait laissé un mot à sa fille, lui demandant pardon. Comme Maríanna avait un rendez-vous galant ce soir-là, l'adolescente ne s'attendait pas à ce qu'elle rentre tôt. Cela n'avait rien d'inhabituel, et elle était parfaitement capable de passer la soirée toute seule. Mais, toujours sans nouvelles de sa mère le lendemain après-midi, elle avait fini par appeler la famille d'accueil chez qui elle logeait un week-end sur deux, et ils avaient contacté les secours. On avait alors découvert que Maríanna ne s'était jamais présentée à son rendez-vous. Après plusieurs jours de recherche, sa voiture avait été retrouvée à proximité d'un hôtel dans le village de Bifröst, mais pas la moindre trace de sa propriétaire. La note laissée à sa fille suggérait un suicide. En l'absence de corps, l'enquête était restée ouverte, cependant rien de nouveau n'avait émergé depuis la disparition. Avant ce jour.

– Qui a trouvé le corps ? demanda Elma.

– Des vacanciers qui logeaient dans un chalet à deux pas, répondit Sævar.

– Où était-il exactement ?

– Dans le champ de lave au pied de Grábrók.

Grábrók ? répéta Elma.

– Le volcan, tu vois ? Juste à côté de Bifröst.

– Oui, je connais le volcan, fit Elma en quittant une seconde la route des yeux pour regarder son acolyte. Mais n'était-ce pas censé être un suicide ? C'était notre conclusion, non ?

– C'est une possibilité, bien sûr. Je n'ai pas reçu d'informations contredisant cette théorie, il faudra sûrement l'intervention d'un expert de la Scientifique pour déterminer ce qui s'est passé. Le corps doit être dans un sale état après tout ce temps. Ce n'est pas très éloigné de l'emplacement où on a repéré son véhicule, peut-être qu'elle s'est glissée dans cette grotte dans l'espoir qu'on ne la retrouve pas.

– Drôle de façon de…

– De se tuer ? compléta Sævar.

– En effet.

Elma appuya sur la pédale d'accélération, feignant de ne pas remarquer le regard de son collègue qui pesait sur elle. Elle n'était pas sensible au point de ne pas supporter les conversations de ce genre. Mais le fait est qu'elle pensait toujours à Davíd lorsqu'il était question de suicide.

Elle avait fait sa connaissance pendant sa deuxième année de psychologie, alors qu'elle venait de se rendre compte que ce cursus n'était pas pour elle. Étudiant en économie, il nourrissait d'ambitieux rêves et méditait une ribambelle d'idées à mettre sur pied. Neuf ans plus tard, les rêves et les idées n'avaient pas encore pris forme, mais Elma se disait que ce n'était pas bien grave. Tous deux bénéficiaient d'un bon poste, ils possédaient un appartement, une voiture, tout ce dont ils avaient besoin. Il arrivait à Davíd de déprimer, mais elle n'y pensait pas outre mesure. Elle croyait qu'il dormait la nuit, tout comme elle ; elle croyait qu'il serait là à son retour, ce jour de septembre. Mais elle avait eu tort.

– Peut-être que ce n'est pas elle, dit Elma après un bref silence.

– Peut-être…

Ils empruntèrent la sortie vers Borgarnes, et le mont Akrafjall revêtit soudain une autre allure tandis qu'ils progressaient à son pied. La voiture devant eux ralentit avant de tourner dans un chemin de terre qui montait. Sans doute des randonneurs déterminés à profiter du soleil et du ciel bleu pour grimper jusqu'au sommet Háihnjúkur. Elma jeta un coup d'œil à Sævar. Les yeux rouges, il exhalait une odeur d'après-rasage et de dentifrice qui peinait à masquer les relents d'alcool.

– On pourrait croire que tu es encore à moitié saoul. Ou que tu es tombé dans une cuve de gnôle. La nuit a été si longue ?

Sævar enfonça un chewing-gum dans sa bouche.

– C'est mieux comme ça ? dit-il en soufflant dans sa direction.

– Dois-je vraiment répondre ?

Elle ne comptait pas laisser passer l'occasion de se moquer de lui pour avoir commis quelques excès la veille. Dieu sait qu'il ne s'en privait pas les rares fois où les rôles étaient inversés. L'été précédent, Begga avait invité tout le commissariat pour une petite fête chez elle. Elma n'abusait généralement pas de l'alcool, mais ce soir-là, la situation avait dérapé et elle avait fini la tête dans la cuvette des toilettes comme une adolescente lors de sa première cuite. La faute au whisky que l'un des convives avait sorti, et qu'elle avait eu la brillante idée de vouloir goûter. La bouteille de rouge y était sûrement aussi pour quelque chose. Elle se souvenait vaguement d'avoir pris le contrôle de la musique, sans réellement susciter chez ses collègues l'enthousiasme espéré. Sauf Begga, qui avait chanté à tue-tête avec les Backstreet Boys.

Sævar entrouvrit la fenêtre en lui lançant un regard contrit.

– Désolé, j'ai un peu la nausée. Besoin d'air.

– Tu veux que je m'arrête ?

– Non, non. Je vais me ressaisir, répondit-il en remontant la vitre. Fais-moi plaisir, Elma : si je suis à nouveau tenté d'aller à un bal, tu veux bien me dire stop ?

– J'essaierai, mais je ne te promets rien.

– Je suis trop vieux pour ça.

– Oh que oui.

Sævar fronça les sourcils.

– Tu étais censée me répondre : « Mais non, Sævar, tu n'es pas trop vieux. »

– Trente-cinq ans, ce n'est pas si terrible, fit Elma en souriant. Il te reste encore quelques bonnes années.

– Trente-six, soupira Sævar. La fin n'est plus très loin…

Elma s'esclaffa.

– Oh, par pitié ! Si tu comptes t'apitoyer sur ton sort comme ça parce que tu as eu le malheur de t'amuser, je ferai tout mon possible pour t'avertir la prochaine fois. Ou au moins pour éviter de te croiser le lendemain.

En guise de réponse, Sævar poussa un nouveau soupir.

Le trajet depuis Akranes jusqu'au cratère de Grábrók durait environ une heure. Sævar s'endormit en chemin, la tête penchée sur le côté, avant de sursauter et de prendre appui contre le siège. Elma baissa la musique et augmenta le chauffage pour se débarrasser de ce frisson qu'elle traînait depuis la balade sur la plage. Repensant à Alexander et à ses jolies paroles, elle sourit. Si seulement elle pouvait arrêter le temps pour profiter un peu plus de son innocence et de son authenticité. Les années filaient. Comme si c'était hier, elle se revoyait à la maternité, tenant dans ses bras ce bébé à la peau toute rouge et plissée et au crâne recouvert de duvet blanc. Heureusement, depuis qu'elle avait emménagé à Akranes environ un an auparavant, elle pouvait passer beaucoup plus de temps avec ses neveux, Alexander et son petit frère Jökull, qui avait fêté son deuxième anniversaire en septembre. Ainsi, elle avait l'impression qu'ils grandissaient un peu moins vite.

Fermes isolées et prairies aux herbes fanées succédèrent à la petite ville de Borgarnes. Lorsqu'ils approchèrent du village de Bifröst, un champ de lave se dessina de part et d'autre de la route. Des voitures étaient garées devant la plupart des chalets de vacances. Les gens voulaient visiblement jouir au maximum des derniers week-ends de beau temps avant que l'hiver ne s'abatte de tout son poids sur le pays.

Grábrók, petit volcan dont la dernière éruption remontait à plusieurs milliers d'années, n'était pas bien haut et méritait à peine ce qualificatif. Mais avec son grand cratère central, il n'en était pas moins impressionnant. Deux autres, plus modestes, ornaient ses flancs lisses et recouverts de poussière aux nuances de gris et de rouille. À leur pied, une herbe jaunâtre peinait à se hisser jusqu'au sommet, et partout ailleurs le paysage n'était qu'une étendue de pierre volcanique et de mousse. Apercevant une voiture de police, Elma tourna à hauteur du parking qui grouillait habituellement de touristes et d'autocars et, après avoir parcouru un étroit sentier caillouteux, se gara juste à côté.

Elle asséna un léger coup de coude à Sævar qui cligna des paupières et bâilla.

– Tu te sens mieux ? demanda-t-elle en ouvrant la portière.

Il hocha la tête, toutefois peu convaincant, à voir sa mine. Il semblait encore plus fatigué.

À côté du véhicule se tenait un policier de Borgarnes d'une quarantaine d'années qu'Elma ne se rappelait pas avoir rencontré. Premier sur les lieux, il avait déjà interrogé les deux jeunes garçons qui étaient tombés sur le corps. En week-end avec leurs parents dans un chalet tout proche, ils jouaient à cache-cache lorsqu'ils avaient fait cette macabre découverte. L'agent abritait ses yeux du soleil avec sa main tandis qu'il leur transmettait ces informations. Malgré le faible vent, Elma frissonna et resserra son écharpe autour de son cou tandis que, du coin de l'œil, elle voyait Sævar s'emmitoufler tant bien que mal dans son manteau léger.

– C'est pas beau à voir, dit le policier. Mais j'imagine que vous avez l'habitude.

Elma ne put retenir un rictus. La plupart des dossiers dont elle avait la responsabilité concernaient des accidents de voiture ou des cambriolages. Dieu merci, elle pouvait compter sur les doigts d'une seule main le nombre de fois où elle avait vu un cadavre. Lorsqu'elle avait pris son poste au sein de la division criminelle du grand Ouest, elle s'attendait à une mission plutôt paisible malgré une circonscription étendue. Mais dès la première semaine, un corps avait été retrouvé près du vieux phare d'Akranes. Une affaire de meurtre qui avait attiré l'attention de tout le pays.

– C'est pas évident de se déplacer là-dedans, poursuivit l'homme. La crevasse est profonde et étroite. Il faut se plier en deux pour réussir à y entrer complètement. Les pauvres gamins croyaient avoir aperçu un gobelin ou que sais-je, ils sont sous le choc.

– Un gobelin ? fit Elma en fronçant les sourcils.

– Vous comprendrez en voyant le cadavre.

Parcourir ce champ de lave hérissé n'était pas du tout un jeu d'enfant. Elma dut se concentrer à chaque pas pour ne pas trébucher sur la roche acérée. Les yeux toujours baissés, elle s'efforçait de poser le pied là où le sol lui semblait sûr, mais à deux reprises, la mousse s'enfonça sous son poids et elle faillit perdre l'équilibre. Elle s'accorda une seconde de répit pour admirer son extraordinaire environnement. Ils se trouvaient sur le flanc sud du volcan, abrités de la nationale et du petit groupe qui s'était amassé sur le parking.

Dans cette étendue indistincte où chaque rocher ressemblait à un autre, il aurait été difficile de retrouver le corps si l'agent dépêché n'avait pas balisé le bon emplacement. Même arrivée sur place, Elma n'aurait su dire où il était exactement. Le policier lui montra alors un étroit renfoncement dans le tapis de mousse. Elle ne savait pas s'il fallait parler d'une grotte ou d'une crevasse. L'ouverture en biais ne lui semblait pas si impressionnante, mais en se penchant, elle constata qu'elle était bien plus profonde et large qu'au premier regard. Le dos légèrement courbé, un adulte pouvait aisément tenir debout dedans.

Empruntant la lampe de poche de leur guide, Sævar projeta un filet de lumière à l'intérieur tandis qu'Elma se glissait à tâtons dans l'interstice. Bientôt, les sons étouffés de l'extérieur se fondirent en un murmure régulier. Ou peut-être était-ce sa respiration qui résonnait contre les parois de roche magmatique. Relevant les yeux vers Sævar, elle se sentit soudain claustrophobe. Elle se ressaisit, tourna la tête et, lorsque le faisceau se posa sur le corps, elle lâcha un cri de surprise.

Elle comprenait à présent pourquoi les deux petits garçons croyaient avoir aperçu un gobelin. Enveloppé de tissus sombres, le cadavre avait la tête légèrement surélevée. Le crâne, d'une teinte grisâtre, était parsemé çà et là de maigres touffes de cheveux. Du visage dépourvu de peau, il ne demeurait plus que les deux orbites béantes et les dents dénudées.

Sævar balaya le corps avec la lampe torche, révélant ses vêtements, un manteau noir, un tee-shirt bleu et un jean, ou du moins les lambeaux sombres qu'il en restait. Tout à coup, la lumière s'éteignit. Elma se retourna et aperçut son collègue, blanc comme un linge. Plongée dans le noir complet, elle l'entendit qui s'éloignait et, pris de haut-le-cœur sonores, vomissait dans le champ de lave.

Deux mois

Elles disaient que c'était normal. Que cette sensation finirait par s'atténuer. C'est le baby blues, m'expliquait la sage-femme aux cheveux frisés quand je pleurais à la maternité, les jours suivant l'accouchement. La plupart des femmes en font l'expérience après une grossesse. Elle me regardait avec pitié à travers ses lunettes chromées d'une laideur sans nom. J'avais envie de les lui arracher, de les jeter par terre et de les piétiner. Mais je ne le faisais pas, je séchais mes larmes et m'efforçais de sourire quand elles venaient me voir. Je prétendais que tout allait bien, comme si j'étais aux anges avec cet enfant que je n'avais jamais voulu.

Elles y ont toutes cru. Au moment de mon départ, elles ont caressé les joues rebondies de ma fille et m'ont prise dans leurs bras. Elles n'ont pas vu le sourire disparaître de mes lèvres à la seconde où je leur ai tourné le dos. Elles n'ont pas vu mon visage inondé de larmes lorsque je me suis assise dans la voiture.

Quand je suis rentrée de l'hôpital, les ténèbres qui envahissaient déjà mon esprit sont devenues encore plus profondes, et je crains qu'elles finissent par m'avaler tout entière. Il n'y a ni joie ni bonheur, que du vide. Les jours passent sans qu'aucun ne se distingue, et pendant ce temps elle se contente de rester allongée là. Cette petite aux cheveux sombres, apparue après des heures et des heures de souffrance. Même ses pleurs se sont mués en un bourdonnement lointain que je ne remarque presque plus. Les premières semaines, je luttais contre l'envie de la secouer dès qu'elle se mettait à hurler. Je voulais qu'elle arrête pour pouvoir m'entendre au moins penser. Au plus fort de ses crises, je quittais simplement la pièce, sinon je l'aurais fait. Je l'aurais secouée comme une poupée de chiffon.

Je sais que c'est horrible, mais c'est comme ça que je me sentais. J'étais furieuse. Contre elle pour exiger tant de moi, contre le monde pour son indifférence. Je me voyais la laisser accidentellement tomber par terre, ou bien appuyer un oreiller sur sa tête pour en finir. Ce serait lui rendre service. Le monde est moche, plein de gens affreux. Ces visions, ces pensées m'assaillaient la nuit, lorsque je n'avais pas dormi depuis plusieurs jours, lorsque je ne me sentais ni vivante ni morte. Juste quelque part entre les deux. Comme quelqu'un d'autre. Comme s'il ne restait plus rien de moi.

Et pour dire la vérité, si c'est possible, je ne la trouvais même pas belle. Désolée, mais elle ne l'était pas. Son visage aux traits grossiers, son nez protubérant ne convenaient tout simplement pas à un bébé. Mais surtout, elle avait un regard si attentif que j'étais certaine qu'une adulte se cachait là, à l'intérieur. Quelqu'un qui me surveillait jour après jour, attendant que je commette une erreur. Cela ne pouvait pas être ma fille. L'enfant que j'avais porté pendant neuf mois. Durant ma grossesse, je me disais que tout cela vaudrait la peine une fois qu'elle sortirait, mais je ne le ressens toujours pas. Désolée, mais je ne le ressens pas.

C'est pourquoi j'évite de la regarder dans les yeux. J'ai rapidement cessé d'allaiter pour lui donner le biberon. Je ne supportais pas qu'elle se nourrisse de mon corps. Ne supportais pas de l'avoir tout contre moi, de voir ses petits yeux gris me fixer pendant qu'elle tétait. Lorsqu'elle pleurait, je la mettais dans son landau et je le faisais aller d'avant en arrière jusqu'à ce qu'elle arrête. Parfois, il fallait quelques minutes. Parfois, des heures. Mais elle finissait toujours par se taire.

Après quoi je m'allongeais sur mon lit et m'endormais en sanglotant.

Lorsque l'équipe technique se présenta sur les lieux, Sævar s'était plus ou moins remis. Après être restée assise à côté de lui durant quelques minutes, Elma finit par ressortir de la voiture dont l'odeur commençait un peu trop à rappeler celle d'une boîte de nuit à cinq heures du matin. S'appuyant sur la carrosserie, elle observa les agents de la Scientifique qui s'affairaient dans le champ de lave. D'un coup, le ciel s'assombrit. De lourds nuages gris cachèrent le soleil, et un vent glacial se leva.

Glissant son nez sous son écharpe, Elma essaya d'ignorer le froid. Elle vit alors la Jeep de Hördur, leur supérieur, s'approcher sur le sentier gravillonné menant au volcan. Il logeait dans son chalet de la vallée de Skorradalur avec sa famille au moment où on l'avait appelé pour lui annoncer la découverte d'un corps. Lui lançant un rapide bonjour, il enfonça son épaisse chapka sur son crâne et rejoignit l'équipe technique. Sous le regard impressionné d'Elma, il parcourut la lave sans jamais perdre l'équilibre, comme le plus expérimenté des randonneurs. Lorsqu'il revint, il ouvrit le coffre de sa voiture.

– Gígja voulait absolument que je vous apporte ça, dit-il en sortant une Thermos et une pile de gobelets en carton.

– C'est adorable ! Tu la remercieras, répondit Elma.

La femme de Hördur était son parfait opposé. Si lui avait une attitude souvent assez formelle, elle était au contraire des plus amicales. Dès le début, elle s'était comportée envers Elma comme si elle la connaissait depuis toujours.

Hördur lui versa un café et fit un signe de tête en direction de sa voiture.

– Qu'est-ce qu'il a, aujourd'hui ?

– Il est un peu patraque.

– Patraque ?

– Oui..., soupira Elma en souriant jusqu'aux oreilles. Disons qu'il s'est un peu trop amusé hier soir.

– Il n'est pas trop vieux pour ce genre d'âneries ? fit Hördur en secouant la tête.

– C'est ce que je lui ai dit, acquiesça Elma avec lassitude avant de boire prudemment une gorgée du café encore brûlant.

– Bon, c'est une bien moche affaire, tout ça..., enchaîna Hördur après un bref silence.

Il se tourna vers le champ de lave où les agents de la Scientifique, vêtus de combinaisons bleues, travaillaient dans la lumière des projecteurs installés au-dessus de la crevasse.

– Oui, le corps semble... être là depuis plusieurs mois.

– Une mauvaise chute ?

– J'en doute, répliqua Elma. Sa position d'arrivée ne colle pas par rapport à l'ouverture. Et puis, ça n'aurait pas été assez haut pour la tuer, n'est-ce pas ? On dirait qu'elle a rampé à l'intérieur pour qu'on ne la trouve pas. D'ailleurs, il est fort probable que ce ne serait jamais arrivé si ces deux gamins n'avaient pas vu dans cette crevasse une cachette de premier choix.

– Donc, elle a peut-être décidé de rentrer là-dedans pour y mourir.

– C'est ça. Peut-être qu'elle voulait éviter que quelqu'un tombe sur son cadavre.

– On est absolument certains qu'il s'agit d'une femme ?

– Presque sûrs, oui, dit Elma.

Le peu de cheveux qu'il restait sur son crâne étaient longs, et elle avait l'impression que le corps portait un manteau de femme. S'ajoutait à cela la pointure de ses baskets en toile, qui ne devait pas dépasser un 36. Même Elma ne serait pas rentrée dedans.

– J'ignore si c'est Maríanna, poursuivit-elle. Mais je ne vois pas qui, sinon. Ce n'est pas comme si beaucoup d'autres femmes avaient disparu ces derniers mois ou années.

– Non, Maríanna est la seule à ne jamais avoir refait surface.

Hördur jeta son gobelet dans une poubelle à côté d'un banc, ajusta sa chapka et se frotta les mains.

Au bout de ce qui leur sembla durer une éternité, un cri lointain attira leur attention. L'un des agents de la Scientifique leur faisait signe de venir. Hördur se précipita tandis qu'Elma alla frapper à la vitre de Sævar. Elle eut presque un mouvement de recul en voyant sa tête. Son visage déjà d'une pâleur cadavérique avait pris une teinte grisâtre qui contrastait avec ses yeux rouges et gonflés. Elle crut même le voir trembler. Il sortit avec un sourire piteux.

– Tu veux mon écharpe ? lui proposa-t-elle, malgré le froid qui la tenaillait.

– Non, je…

– Allez.

Sans plus attendre, elle l'enroula autour des épaules de Sævar en essayant de cacher son propre frisson tandis que le vent s'en prenait à son cou mis à nu.

– Elle te va bien.

– Merci, dit-il, tentant vainement un nouveau sourire.

– Un peu de courage, tu vas bientôt pouvoir te remettre au lit, lui lança-t-elle en lui donnant un coup de coude pendant qu'ils marchaient.

– Tu penses ?

– En fait, non, se ravisa-t-elle dans un éclat de rire. Il faudra sûrement qu'on aille au commissariat. Mais je passerai à la station-service en route et tu pourras t'acheter un truc bien gras.

– Ah, par pitié, pas ça…

– À ce point ?

Sævar ne disait jamais non à un plat dégoulinant d'huile. Elma l'avait vu engouffrer deux hot-dogs au fromage avec des frites et une sucrerie en dessert sans être repu.

– Je ne boirai plus jamais une goutte d'alcool, soupira-t-il.

– Ils ont trouvé une pièce d'identité, dit Hördur lorsqu'ils l'eurent rejoint dans le champ de lave.

Un agent de l'équipe technique leur tendit un sachet transparent contenant une carte qui avait visiblement pris l'humidité dans la grotte. Malgré l'encre qui s'était estompée, on distinguait encore bien le nom : Maríanna Thórsdóttir.

– Depuis combien de temps elle a disparu ? demanda-t-il.

– Ça remonte à début mai, il y a un peu plus de sept mois, répondit Hördur.

– Bon, le corps semble avoir été plutôt bien conservé, enchaîna l'homme. Surtout les parties habillées, à savoir tout sauf la tête et les mains. On note même encore la présence de tissus mous à l'arrière du crâne et au niveau de la nuque. Après une brève observation, nous sommes presque certains qu'elle a subi une fracture crânienne. Le mieux serait de faire intervenir un médecin légiste. Vous allez procéder à une autopsie, non ?

– Oui, bien sûr, acquiesça Hördur. La fracture pourrait avoir été causée par une chute ?

L'homme esquissa une légère grimace.

– Je ne pense pas. Vous voyez bien comme la grotte est disposée. Il faudrait ramper pour atteindre l'emplacement où se trouve le corps. Je pense que la blessure a une autre origine.

Hördur demeura pensif un instant.

– Bien, bien, dit-il enfin. On va appeler un médecin légiste.

Elma put lire la déception sur le visage de Sævar. Faire venir un médecin légiste de Reykjavík signifiait qu'il allait falloir attendre au moins deux heures supplémentaires dans le froid.

La nuit s'étendit bientôt à toute la voûte céleste, chassant les derniers rayons du soleil couchant. Ils avaient passé leur journée à observer le travail de l'équipe technique et, lorsque le médecin était arrivé, le ciel avait déjà commencé à s'obscurcir. Il ne lui fallut toutefois qu'une heure à peine pour analyser la scène et effectuer quelques prélèvements avant que le corps ne soit emmené à la capitale. L'autopsie aurait lieu le lendemain.

Tous s'accordaient à dire que les blessures au crâne de Maríanna n'étaient pas dues à une chute. À l'avant de son tee-shirt, on discernait une grosse tache sombre – possiblement du sang. Le cadavre était mal en point, ce qui le rendait difficile à étudier, mais plusieurs éléments suggéraient une mort d'origine criminelle. Il leur semblait toutefois étrange que le corps n'ait pas été dissimulé dans un sac ou sous une couverture. Pas d'amas de pierres pour tenter de le cacher. Celui qui l'avait laissé là devait être convaincu que personne ne le retrouverait dans ce champ de lave.

Après une longue journée en extérieur, Hördur, Elma et Sævar rejoignirent le commissariat d'Akranes pour déterminer les étapes à suivre. Assise dans la salle de réunion avec son quatrième café de la journée, Elma était bien partie pour achever le paquet de biscuits qui se trouvait sur la table, encore scellé, lors de leur arrivée. Installé face à elle, Sævar repoussa son ordinateur en bâillant. Son visage avait repris des couleurs, mais il n'avait pu ingurgiter que du soda depuis le matin. Il jeta un coup d'œil à sa montre, puis se tourna vers Elma. Sentant son regard peser sur elle, elle leva les yeux.

– Quoi ?

Sous la lumière jaunâtre du plafonnier, elle aussi sentit une vague de fatigue l'envahir. La main devant sa bouche, elle étouffa un bâillement.

– On ne devrait pas aller voir la fille de Maríanna ?

– Je vais organiser ça, dit Elma.

L'adolescente, prénommée Hekla, logeait chez sa famille d'accueil depuis la disparition de sa mère. Sæunn et Fannar l'avaient recueillie quelque temps lorsqu'elle était plus jeune ; ensuite, elle avait continué de leur rendre visite un week-end sur deux. Elma ignorait pourquoi elle avait eu besoin d'une famille d'accueil, même si elle savait que l'environnement chez sa mère biologique n'avait pas toujours été favorable. Sæunn et Fannar s'étaient montrés disponibles et serviables lorsque les recherches battaient leur plein au printemps. Ils étaient en outre déterminés à adopter Hekla comme leur propre fille.

– Doit-on contacter quelqu'un d'autre ? demanda Sævar.

– Le père de Maríanna habite à Reykjavík, se remémora Elma. Il me semble que son frère et sa mère sont morts. Je ne crois pas qu'elle ait eu d'autres proches parents en vie.

Se penchant, elle caressa Birta, la chienne de Sævar. Couchée à ses pieds, celle-ci semblait préférer sa présence à celle de son maître lorsqu'il l'emmenait au travail. C'est-à-dire presque tous les jours depuis qu'il avait rompu avec sa petite amie après sept ans de relation. Il n'avait pas le cœur à laisser la pauvre chienne seule à la maison, aussi faisait-elle désormais partie des meubles au commissariat. L'ex de Sævar avait refait sa vie et attendait un bébé. Il disait être heureux pour elle et son conjoint, cependant Elma doutait de sa sincérité. Comme lorsqu'il prétendait d'un ton espiègle qu'il était bien content que Birta lui fiche la paix et lui préfère la compagnie de sa collègue au poste. Elle l'avait souvent surpris fixant la chienne d'un air songeur, comme s'il cherchait à la faire revenir vers lui. Mais Birta ne bougeait pas d'un iota et, le regard interrogateur, attendait plutôt les ordres d'Elma.

– Je vais appeler son père, dit Sævar sans quitter l'animal des yeux.

– À toi de voir, répondit Elma en se levant.

Birta l'imita et la suivit jusqu'à son bureau où elle se pelotonna de nouveau à ses pieds.

Sur le papier, Sæunn et Fannar inspiraient la stabilité. Elle était dentiste, lui ingénieur, ils habitaient un pavillon individuel dans un quartier récent de la ville – un bloc gris foncé avec une terrasse bétonnée. En plus de Hekla, ils avaient un fils adoptif nommé Bergur qui venait de rentrer à l'école primaire. La première fois qu'Elma avait rencontré Sæunn, celle-ci lui avait révélé en toute franchise que leur décision d'adopter avait fait suite à plusieurs fausses couches. Tous les couples n'étaient pas capables de former une famille avec des enfants qui ne partageaient pas leur ADN, mais Sæunn et Fannar semblaient porter à Bergur et Hekla le même amour que les autres parents à leur progéniture.

Lorsque Sævar et Elma frappèrent à leur porte, ils les invitèrent à entrer dans leur maison aux murs ornés de photographies et de tableaux couverts de taches de peinture anarchiques, signés Hekla ou Bergur en lettres maladroites dans un petit coin.

Assise à la table de la cuisine jonchée de manuels scolaires et de cahiers, Hekla portait un sweat à capuche trois fois trop grand, ses cheveux bruns noués en une queue-de-cheval au sommet de son crâne. Levant les yeux vers eux, elle retira l'un de ses écouteurs sans fil.

Elma lui sourit et récolta une moue timide en guise de réponse.

– Et si nous nous installions dans le salon ? proposa Sæunn avec un geste vers sa droite.

Elle les laissa prendre les devants, attendit Hekla et posa une main sur son épaule tandis qu'elles les rejoignaient. Plus grande que son mari, Sæunn dépassait d'une bonne tête Hekla qui était plutôt petite pour son âge. Elle n'atteignait Elma qu'aux épaules, alors que celle-ci ne faisait qu'un mètre soixante-huit, une taille tout à fait ordinaire.

– Aujourd'hui…, commença Elma lorsque tout le monde fut assis.

Les traits de ses interlocuteurs s'affaissèrent progressivement au fil de son récit. Aussi concise et limpide que possible, elle leur épargna les détails. Elle-même s'efforçait de ne pas repenser à ce corps qui avait depuis longtemps cessé de ressembler à la femme à laquelle il appartenait.

– Dans le champ de lave près de Grábrók ? répéta Fannar, arrivé au bord de son siège.

Quelque part dans la maison, des voix criardes de dessin animé émanaient d'un téléviseur.

– Je ne comprends pas, poursuivit-il. Qu'est-ce qu'elle faisait là-bas ? Elle s'y est rendue toute seule ?

– C'est ce que nous allons essayer de déterminer, répondit Elma. Le corps de Maríanna a été transporté chez un médecin légiste. Dès demain, il en fera un examen précis qui devrait nous aider à découvrir la cause du décès.

– La cause du décès ? Mais vous disiez que…

Sæunn s'interrompit, jeta un regard interrogateur à Hekla, assise à côté d'elle, puis reprit d'une voix plus basse :

– … qu'elle avait probablement… voulu partir ?

L'adolescente ne sembla pas affectée par ces mots. Elle avait sans doute déjà entendu toutes les théories sur la disparition de sa mère. S'était sans doute déjà posé mille questions. À voir son expression, il était impossible de dire quelles pensées l'assaillaient à cet instant. Elle les regardait d'un air impassible, les yeux écarquillés et les lèvres imperceptiblement crispées.

– C'était ce que nous pensions, enchaîna Sævar. Sans le corps, nous ne pouvions rien confirmer. Ce n'était qu'une hypothèse parmi d'autres.

Sæunn entoura de ses bras les épaules de Hekla qui appuya la tête contre elle. Les yeux de la jeune fille se fixèrent sur une coupelle en verre ornant la table basse.

– Nous vous recontacterons dès que nous aurons du nouveau, dit Elma.

– Bien entendu, nous allons reprendre l'enquête, ajouta Sævar. C'est pourquoi nous voulions vous demander si vous vous souveniez de quelque chose, un élément qui ne vous serait pas revenu au printemps et qui pourrait avoir son importance ? N'importe quoi…

– Je… je ne sais vraiment pas, répondit Sæunn en jetant un regard à son mari. Tu as une idée, Fannar ?

L'intéressé secoua lentement la tête.

– Hekla, dit Elma. Tu as vu ta mère pour la dernière fois le jeudi 3 mai au soir, c'est bien ça ? Tu ne te rappelles pas un détail qui sortait de l'ordinaire ?

– Non, elle était comme d'habitude, marmonna Hekla en secouant la tête à son tour.

– Et les jours précédents ? Elle avait une attitude différente ? Elle agissait bizarrement ?

– Je sais pas, fit l'adolescente en baissant les yeux vers ses ongles vernis de noir avant de commencer à les ronger. Je veux dire, elle était plutôt bien. Je crois qu'elle avait hâte de rencontrer ce… ce type, là. Elle passait son temps au téléphone.

Son témoignage n'avait pas changé. En fouillant l'ordinateur portable de Maríanna, ils avaient retrouvé de nombreux messages entre elle et l'homme avec qui elle avait rendez-vous, la plupart échangés sur les réseaux sociaux dont la police avait dû réclamer les codes d'accès.

Elma observa la jeune fille. Elle était si difficile à déchiffrer. Peu expressive, elle ne parlait jamais la première. C'était déjà le cas lors de l'enquête sur la disparition de Maríanna. Établir un contact avec elle, lui faire répondre autre chose que des monosyllabes aux questions qu'on lui posait était un vrai parcours du combattant. Elle n'avait pas pleuré, ni exprimé aucune autre émotion. Évidemment, les enfants n'étaient pas tous les mêmes, et les réactions pouvaient varier face à des traumatismes tels que celui-ci. Hekla devait simplement être du genre à garder ses sentiments pour elle. Par ailleurs, Maríanna avait disparu dans des circonstances assez singulières, et à l'époque nul ne savait si elle ressurgirait un jour. Ce type d'événement pouvait être encore plus complexe à gérer que la mort d'un proche. L'incertitude entravait le processus de deuil, et la plupart du temps, l'entourage des victimes flottait dans une sorte de vide émotionnel qui pouvait ne jamais prendre fin.

– Et maintenant ? lança Sæunn.

– Comme Sævar vient de le dire, nous allons relancer l'enquête, répondit Elma. Nous vous appellerons s'il y a du nouveau ou si nous avons besoin de renseignements complémentaires.

Ils se levèrent et Sæunn les raccompagna à la porte.

– Je pense que Hekla aurait bien besoin d'un soutien psychologique, leur dit-elle en regardant par-dessus son épaule pour s'assurer que l'intéressée n'était pas derrière elle. Ça l'a beaucoup secouée.

– Bien sûr, acquiesça Elma. Je vais demander qu'on prenne contact avec vous. Sans problème.

Sæunn hocha la tête.

– À part ça, comment ça se passe, avec elle ? reprit Elma.

– Comment ça se passe ?

– Ces derniers mois, je veux dire. Elle arrive à s'adapter à ce nouvel environnement ?

– Oh oui, très bien. C'est simplement qu'elle ne sait pas comment prendre toute cette situation, je la trouve un peu perdue. C'est pourquoi je pense qu'un peu d'aide ne lui ferait pas de mal. Sa relation avec sa mère était assez spéciale. La plupart du temps, Hekla ne voulait pas rentrer chez elle après avoir passé le week-end ici, il fallait qu'on la persuade…

– Je vois.

– D'une certaine manière, tout ça était peut-être pour le mieux. Je ne suis pas en train de dire que c'est une bonne chose que Maríanna soit morte, pas du tout ! Mais l'environnement de Hekla s'est stabilisé, et je sais qu'elle est heureuse de pouvoir enfin vivre chez nous.

Elma sourit, cachant son malaise face à ce commentaire. Il était clair que Sæunn et Fannar bénéficiaient d'un niveau de vie supérieur à celui de Maríanna. Leur maison était plus grande, leur voiture plus luxueuse. Mais d'après ce qu'elle savait, Maríanna n'était pas forcément une mauvaise mère, elle avait simplement parfois eu besoin de soutien extérieur.

– Quand l'avez-vous accueillie chez vous pour la première fois, déjà ?

– Elle avait trois ans, un tout petit bout de chou, répondit Sæunn avec un sourire tendre. Une enfant si adorable que j'avais envie de la serrer dans mes bras et de ne plus jamais la laisser repartir.

Cinq mois

Je n'ai pas toujours été aussi vide. Enfant, je ressentais plein d'émotions – la colère, la haine, l'amour et la tristesse. Peut-être que j'en ressentais justement trop, et qu'aujourd'hui il ne me reste plus rien. Cette torpeur dans mon corps, dans mon âme, me fait faire toutes sortes de choses que les autres pourraient considérer comme laides, mais je m'en fiche. On dirait qu'il ne subsiste plus qu'une fureur écarlate et bouillonnante que je ne contrôle pas. Comme quand j'étais enfant, que mes doigts tremblaient et que mon visage devenait tout chaud. Je me sentais alors comme un ballon qui gonflait jusqu'à éclater avec un bruit sourd. Parfois, je passais ma colère sur mes parents. Parfois, sur ma poupée qui s'appelait Matthildur. Chauve, elle avait des paupières qui se fermaient quand on l'inclinait. La trimballer dans une poussette, comme le faisaient mes copines avec les leurs, ne m'intéressait pas. Encore moins lui faire porter des robes ou lui donner un biberon rempli d'un liquide qui ressemblait à du lait.

Un jour, j'ai sombré dans une rage noire. Je ne sais pas pourquoi, sans doute à cause de quelque chose que mes parents avaient ou n'avaient pas fait. C'est sans importance. Tout ce dont je me souviens, c'est que j'ai claqué la porte de ma chambre et essayé sans succès de retenir mes larmes de colère. J'ai alors aperçu Matthildur, assise sur mon lit avec sa jolie robe. Ses yeux fixaient le vide, inexpressifs, et elle affichait un sourire stupide, comme si elle était toujours heureuse. Je me suis emparée d'elle et, sans réfléchir, j'ai cogné sa tête contre le mur. Encore et encore, jusqu'à en avoir mal aux bras, jusqu'à en perdre haleine. Après ça, je l'ai lâchée et laissée tomber par terre. Restée debout, j'ai senti la torpeur envahir mon corps. J'ignorais si je me sentais bien ou pas. Je n'étais plus furieuse mais, en regardant ma poupée gisant au sol avec une trace de peinture rose sur le front, j'avais la sensation d'avoir fait quelque chose de mal. Je l'ai prise dans mes bras, l'ai serrée contre moi et l'ai bercée en fredonnant sans cesse : « Pardonne-moi, pardonne-moi. »

C'est étrange, d'avoir six ans et de se sentir comme une tache noire sur un drap blanc. Comme si le monde filait à toute vitesse et que tout ce qu'on pouvait faire, c'était attraper quelque chose pour se tenir et ne pas tomber. J'avais beau essayer de cacher le mal en moi, je savais qu'il était là – petit, noir, avec des cornes et une queue. Assis sur mon épaule à me murmurer des ordres et à me piquer avec ses cornes acérées. Sans que je comprenne vraiment pourquoi, il me procurait une certaine satisfaction. Plus que tout le reste. Ce n'est pas quelque chose que j'ai compris en grandissant. Non, je l'ai su dès petite, quand je m'amusais à pincer Villa à l'école maternelle. C'était une fillette laide et ennuyeuse, qui puait l'urine. Âgée d'un an de moins que moi, elle parlait toujours d'un ton geignard, peu importe ce qu'elle disait, même si elle était de bonne humeur. En repensant à elle, je revois systématiquement la morve qui coulait de ses narines. La petite langue qui sortait de sa tanière pour lécher sa lèvre supérieure comme s'il s'agissait d'une sucrerie. À chaque fois que la maîtresse quittait la salle, je me faufilais vers elle et je lui pinçais l'arrière du bras, ce qui la faisait sursauter et gémir. C'était l'un de mes rares bonheurs à cette époque. Je devais avoir cinq ans.

C'était bien sûr avant que mes actions commencent à avoir des conséquences. Les enfants ne sont pas responsables de leurs actes, mais les adolescents, oui. Même s'ils ne savent pas vraiment ce qu'ils font et sont encore des enfants, en dépit de leur corps changeant et du monde qui devient plus vaste autour d'eux. Je m'en suis rendu compte à treize ans, lorsque j'ai pris dans les vestiaires à la piscine une photo de cette fille énorme dont je ne me rappelle plus le prénom – on l'appelait juste la truie, et dans mon souvenir, cela rimait avec. J'ai montré la photo à mes camarades à la récré, ils étaient morts de rire et feignaient de vomir pendant que la fille suivait la scène à distance. Ses joues grasses étaient aussi rouges que le pull qu'elle portait chaque jour de la semaine, tout au long de l'année. Lorsque l'histoire a fait le tour du collège, j'ai dû lui demander pardon, et j'ai été convoquée avec mes parents et les siens, qui me regardaient comme une souillure coincée dans leur tuyau d'évacuation pendant que le directeur de l'école me faisait la leçon sur le harcèlement et les séquelles qu'il pouvait induire.

Après ça, j'ai été assez maligne pour ne plus me faire prendre. Du moins, la plupart du temps. J'ai mûri, évidemment, et j'ai fini par comprendre que pour avancer dans le monde, il faut donner une bonne image de soi. Ne jamais laisser les autres voir ce qu'on pense, même si on sait que tout le monde a les mêmes pensées laides qu'on ne peut pas dire à voix haute. J'ai appris assez vite à me taire et à sourire. À être mignonne. À dire oui.

Aux yeux de la plupart des gens, je suis donc parfaitement ordinaire. Peut-être un peu soupe au lait, comme ma grand-mère l'aurait formulé. Mais ces derniers temps, j'ai la sensation de ne plus me contrôler. J'imagine mon âme changeant de couleur : parfois elle est jaune, parfois bleue, et de temps en temps, elle est d'un rouge vif.

– Essaie juste d'être gentille avec ta sœur, Elma. La politesse ne coûte rien.

– De quoi tu parles ? Je suis toujours gentille.

Elma regardait sa mère, occupée à démêler une guirlande électrique pour en orner la haie du jardin alors qu'il était vingt et une heures passées. Après s'être éternisée au travail, elle avait manqué le dîner avec ses parents et à son retour l'attendaient un morceau de gigot d'agneau et du gratin de pommes de terre qu'elle avait réchauffés au micro-ondes. Elle avait engouffré son repas à toute vitesse pendant que sa mère la harcelait de questions sur la découverte du corps.

Elma resserra les pans de son manteau. Elle frissonnait encore après cette journée passée dans le froid et n'avait qu'une hâte : rejoindre son lit. Sa mère luttait pour faire tenir la guirlande électrique sur la haie.

– Laisse-moi t'aider, dit Elma en en attrapant une extrémité.

Une fois les petites lumières posées en équilibre sur les branches, elle releva la tête et répéta :

– Je suis toujours gentille avec elle, c'est elle qui…

Un soupir la fit taire.

– Oh, Elma, c'est toujours la même histoire. Ces conflits incessants depuis que vous êtes toutes petites…

– Mais Maman…, commença Elma, peinant à trouver les mots. Tu sais bien comment elle se comportait avec moi. C'est elle qui ne voulait jamais rien avoir à faire avec moi. Si elle m'avait montré le moindre intérêt, ne serait-ce qu'une fois…

Se rendant compte que sa voix était montée dans les aigus, elle se retint de peur de dire quelque chose qu'elle regretterait.

– Tu ne te souviens plus très bien, conclut-elle simplement.

– Tu m'en diras tant ! s'exclama sa mère, toutefois avec le sourire. Je crois pourtant me rappeler que tu avais découpé un trou dans sa robe préférée.

– Mais…

– Et que tu avais mis du savon dans son aquarium, ce qui avait tué tous ses poissons.

– C'était…

– La liste est longue, Elma. Tu n'es pas parfaitement innocente. Tu prétends toujours être la victime dans ces taquineries avec ta sœur, mais vous étiez deux à jouer à ce petit jeu.

Elma sentit la chaleur lui monter au visage.

– Même toi, tu m'as dit qu'elle n'avait jamais voulu que je vienne au monde. Elle m'a détestée dès le premier jour.

– Elma ! fit sa mère, outrée.

– Quoi ? lança-t-elle d'une voix plus abrupte qu'elle ne l'aurait voulu.

Adalheidur se redressa.

– Tu ne vas quand même pas tenir rigueur de ça à une enfant de trois ans ? C'est l'âge qu'elle avait quand tu es née, et c'était difficile pour elle de ne plus être le bébé de la famille. Durant tes premiers mois, c'est comme si elle avait rajeuni d'un an. Elle recommençait à sucer sa tétine, avait besoin de son ourson pour s'endormir, et même sa voix avait changé ! ajouta-t-elle dans un rire. Elle était… oui, elle babillait presque comme un nourrisson. Soudain, elle n'arrivait plus à prononcer la lettre *r*. Mais elle a toujours été gentille avec toi, Elma. Elle pouvait passer des heures allongée à caresser tes petites joues toutes rondes. Avec un seul doigt, comme si elle craignait de te faire mal. La seule chose que je vous demande, c'est d'être cordiales l'une envers l'autre. Voilà tout. Il t'arrive de te montrer assez sèche, ma chérie.

Elma garda le silence. Comment faire comprendre à sa mère ce qu'avait été la vie avec sa sœur ? Ce que cela faisait, de passer son temps dans l'ombre d'une fille que tout le monde trouvait si parfaite, de n'être jamais aux yeux des autres que « la petite sœur de Dagný » ?

– Hello ! s'exclama justement cette dernière à l'intérieur de la maison – Elma retint un soupir. Il y a quelqu'un ?

Adalheidur lança un regard déterminé à Elma.

– Et si nous allions boire une tasse de thé ?

– Ah ! Vous êtes là ! lança Dagný après avoir ouvert la porte de la terrasse.

Elle faisait penser à une danseuse étoile avec son chignon parfait qui ne laissait dépasser aucune mèche de cheveux. Elma aurait aimé lui ressembler, mais lorsqu'elles disaient être sœurs, les gens s'étonnaient, et elle savait très bien pourquoi : Dagný était belle, tandis qu'elle… eh bien, elle était comme elle était. Pas moche, mais pas particulièrement mignonne non plus. Complètement ordinaire. Les cheveux châtains, la peau claire parsemée de taches de rousseur. Rien qui ressortait, rien qui la rendait mémorable. Adolescente, elle avait essayé d'attirer l'attention avec ses vêtements ou ses coupes de cheveux, mais n'avait récolté que des regards en coin parce qu'on la considérait comme étrange. Bizarre. Et non, elle n'était pas d'accord : le rejet ne valait pas mieux que l'indifférence. Préférant se fondre dans la masse, elle avait fini par accepter qu'on ne la remarque plus.

– J'ai fait des *kleinur*, dit Dagný, tout sourire, en tenant deux sachets en plastique pleins à craquer de beignets torsadés.

– Là, tu me fais plaisir ! s'exclama Elma.

Elle avait toujours un peu de place pour une petite douceur après le repas. Emportant le carton avec les guirlandes qui n'auraient pas le privilège d'être accrochées cette année, elles rejoignirent la cuisine.

– Qu'avez-vous fait de votre journée ? demanda Adalheidur en allumant la bouilloire.

– Eh bien, je l'ai passée derrière les fourneaux, comme vous pouvez le voir, dit Dagný en posant les *kleinur* sur la table. Vidar est allé à la piscine avec les garçons.

– Ils ont bien raison ! La piscine s'est tellement améliorée depuis les travaux, répondit Adalheidur en sortant des assiettes, des tasses et une boîte de sachets de thé aux parfums divers. Alors, que dites-vous de mon idée ? Votre père va avoir soixante-dix ans, je voudrais organiser une fête à son insu. Juste la famille et quelques amis, quelque chose de sympathique. J'ai toujours eu envie de planifier ce genre de surprises, mais je ne sais pas comment m'y prendre… tous ces préparatifs… Vous pourriez vous en charger ?

– Elma et moi allons nous en occuper, dit Dagný sur-le-champ. N'est-ce pas, Elma ?

– Oui, bien sûr. On pourrait trouver une salle pour cette belle occasion.

Une fois l'eau chaude, Adalheidur la versa dans les trois tasses et s'assit. Elma choisit un sachet qu'elle plongea dans la sienne.

– Bonne idée, acquiesça Dagný. Que dirais-tu d'aller à Reykjavík samedi ? On pourrait acheter des décorations, un cadeau, et peut-être qu'il aurait besoin d'une nouvelle chemise et…

S'interrompant une seconde, elle éclata de rire :

– D'accord, je l'admets : j'adore organiser des fêtes !

– Ça me semble parfait, répondit Elma en trempant un beignet dans son thé.

Dagný ne semblait pas réticente à passer du temps avec elle, et elle se demanda un instant si elle était la seule à éprouver cette amertume vis-à-vis de leur relation. Sa sœur n'avait quand même pas oublié qu'elle lui avait à peine adressé un mot de soutien à la mort de Davíd. Elma pouvait compter sur les doigts d'une seule main le nombre de fois où elle leur avait rendu visite lorsqu'ils habitaient à Reykjavík. Parfois, c'était comme si Dagný ne se souvenait tout simplement plus qu'elle avait une sœur.

Son père la tira brusquement de ses pensées en entrant dans la cuisine. Elle mordit dans son beignet et se rendit compte qu'un gros morceau s'en était détaché, car elle avait oublié de le ressortir de son thé.

La fenêtre de la chambre de Hekla était un ouvrage de grande qualité. Elle était si étanche que, une fois fermée, on n'entendait plus un son en provenance de l'extérieur, même quand la tempête faisait rage. Alors que dans l'appartement qu'elle occupait auparavant avec Maríanna, le sifflement du vent la maintenait éveillée la nuit. C'était une bonne chose, mais cette fenêtre était aussi et surtout presque aussi large qu'une porte, ce qui permettait à Hekla de sortir en douce comme bon lui semblait. Le seul problème était de parvenir à la maintenir fermée et d'éviter qu'elle claque durant son absence. Heureusement, elle avait trouvé une solution depuis un petit moment : elle nouait à la poignée un élastique accroché au cadre extérieur.

Ce soir-là, elle craignait toutefois qu'il casse. Les bourrasques étaient d'une telle puissance qu'il s'étirait dangereusement. Hekla en noua deux autres par sécurité, croisant les doigts en se faufilant hors de la maison. Elle n'oublia pas de se baisser en passant devant la fenêtre de la chambre de Sæunn et Fannar, puis rejoignit la voiture qui l'attendait au bout de la rue.

Elle prit place sur le siège passager et sourit à Agnar, qui lui répondit d'un air gêné avant d'appuyer si fort sur la pédale d'accélération que le moteur poussa un hurlement à réveiller tout le voisinage. Hekla sentit son corps se presser contre le dossier.

– C'était Maríanna, dit-elle après un moment de silence. Tu sais, le corps qu'ils ont retrouvé…

Quittant une seconde la route des yeux, Agnar se tourna vers elle, puis il posa la main sur sa cuisse.

– Et toi, ça va ou… ?

Hekla hocha la tête. Elle n'avait pas envie d'en parler, mais il fallait bien qu'elle partage la nouvelle. Le jeune homme semblait avoir du mal à trouver ses mots, il bégaya presque en reprenant la parole :

– Est-ce que je dois… Tu veux que je fasse quelque chose ?

Elle le regarda et se demanda ce qu'il entendait par là. Il n'y avait rien à faire. Il avait fait tout ce qu'il fallait, à vrai dire.

– Tu as de l'argent ? lança-t-elle, déterminée à se changer les idées. J'ai trop envie d'une glace.

Agnar s'arrêta devant l'un de ces petits kiosques où l'on pouvait acheter toutes sortes de sucreries. La fermeture était imminente, et la jeune vendeuse les accueillit avec mauvaise humeur. Quelques instants plus tard, Hekla avait dans les mains sa glace, un paquet de Daim et un autre de bonbons à la réglisse dont elle se goinfra jusqu'à en avoir mal au ventre.

Ils parcoururent les rues du centre-ville avant de rejoindre le port où Agnar glissa un sachet de tabac à chiquer entre sa lèvre et sa gencive. Hekla avait cela en horreur. Cela donnait au jeune homme des allures de hamster. Elle prit son temps pour manger sa glace, car dès qu'elle l'aurait terminée, il voudrait sûrement l'embrasser.

– Tu veux que je jette tout ça ? demanda-t-il.

– OK, d'accord.

Elle arrêta de faire tournoyer le peu de crème glacée qu'il restait au fond du pot et le lui tendit. Il l'enfonça dans un sac-poubelle qu'il gardait par terre à l'arrière, puis lui prit la main et la caressa de ses longs doigts fins. Ses propres doigts, courts et épais, ressemblaient à ceux d'un enfant dans sa paume. Elle avait la sensation d'être une petite fille qui n'avait rien à faire dans une voiture avec un garçon de presque vingt ans. Se penchant vers elle, il l'embrassa, et elle essaya de penser à autre chose.

En se glissant dans son lit plus tard dans la soirée, Hekla fut rongée d'une soudaine culpabilité. Elle avait fait toutes sortes de choses avec Agnar, l'avait bercé de promesses qu'elle n'était pas sûre de pouvoir tenir. Il ne le méritait pourtant pas, mais elle sentait son intérêt pour lui diminuer à chaque message qu'il lui envoyait et à chaque regard qu'il posait sur elle. Plus il insistait, moins elle avait envie de le voir.

Elle ne le trouvait même plus mignon. En fait, cela n'avait jamais vraiment été le cas, à part au tout début. Peut-être parce qu'il était le premier à la remarquer, et que tout ce qu'elle voulait, c'était un peu d'attention.

Ils s'étaient rencontrés un soir, alors que Hekla traînait avec ses copines, Tinna et Dísa, à Akranes. Excitées à l'idée de parcourir la ville en voiture avec des garçons plus âgés, les trois filles leur avaient donné rendez-vous au bout de leur rue afin que leurs parents ne s'aperçoivent de rien. Lorsque la petite voiture bleue s'était arrêtée au bord du trottoir, elles s'étaient pressées les unes contre les autres sur le peu de place qu'il restait à l'arrière.

Agnar était assis à côté d'elle. Un grand type tout maigre et boutonneux, qui mettait bien trop de gel dans ses cheveux. Leurs bras se touchaient chaque fois que le conducteur prenait un virage un peu sec, et lorsqu'il avait accéléré en quittant la ville. L'un d'eux avait allumé une cigarette, et l'habitacle s'était rempli de fumée, bientôt remplacée par un courant d'air glacial lorsqu'il avait fallu ouvrir une vitre. À l'heure du retour, Agnar lui avait demandé son nom sur Snapchat, ignorant les moqueries de ses amis. Le lendemain, un message l'attendait, et durant les deux semaines suivantes, leurs conversations avaient gagné en profondeur. Elle lui avait raconté beaucoup de choses qu'elle n'osait jamais dire à voix haute. Sur sa mère, l'école, les brimades et la colère. Agnar avait toujours le bon mot. Il la comprenait, l'écoutait. Enfin quelqu'un qui la remarquait et voulait apprendre à la connaître.

C'était un sentiment auquel elle n'était pas habituée. Tinna et Dísa étaient ses premières amies, et elle ne savait pas tout à fait comment c'était arrivé. Au collège de Borgarnes, tout le monde l'ignorait, même Maríanna ne lui portait qu'un intérêt limité. Elle lui demandait parfois si tout allait bien, mais n'écoutait sa réponse que d'une oreille distraite. Elle avait minimisé la situation lorsque l'adolescente lui avait dit vouloir changer d'établissement, et quand celle-ci avait émis le souhait de déménager chez Fannar et Sæunn, elle avait sombré dans une fureur noire. Comme si Hekla lui devait quelque chose.

Un jour, dans une crise de rage, Maríanna lui avait tapé sur la tête avec une spatule en hurlant : « Tu te rends compte de tout ce que j'ai sacrifié pour toi ? » Le souvenir lui resterait à tout jamais, car c'était là qu'elle avait commencé à la détester. Que dans son esprit, cette femme avait cessé de s'appeler Maman, et était simplement devenue Maríanna.

Hekla avait revu Agnar lors de son week-end suivant chez Sæunn et Fannar. La première fois qu'elle l'avait rencontré, il faisait nuit et elle le discernait mal. Mais en plein jour, elle eut un choc en voyant sa peau blafarde constellée de boutons. Dans son imaginaire, il avait une tout autre apparence. Les photos qu'il lui avait envoyées sur Snapchat cachaient ces imperfections et ses mains aux doigts longs qui lui faisaient penser à une pieuvre. Et puis, il se tenait bizarrement ; lorsqu'il bougeait, ses bras et ses jambes remuaient d'avant en arrière, comme agités de spasmes, sans parler de ses épaules toutes tendues. Ce n'était pas le garçon qui l'avait subjuguée ces dernières semaines.

Mais curieusement, elle parvenait à oublier tout cela sans effort. Il lui disait les plus belles choses, lui montrait qu'elle était importante à ses yeux, jamais on ne l'avait traitée ainsi. Alors elle faisait fi du reste. Ne regardait que la beauté de ses mots. Elle se rendait à présent compte qu'elle ne l'avait jamais aimé lui, seulement la façon dont il la voyait, et désormais elle n'en avait plus besoin. La question était donc de savoir comment s'en débarrasser.

Sept mois

Reykjavík est telle que je m'en souviens : une petite ville qui fait semblant d'être grande. Pour l'essentiel de l'année, le ciel est gris et les voitures toutes plus sales les unes que les autres. Les gens qui se risquent dehors marchent au pas de course, engoncés dans d'épais manteaux qui se ressemblent tous, leur bonnet baissé jusqu'aux yeux car il n'y a rien d'autre à voir que la grisaille, le vent et ce crachin poisseux.

J'aurais aimé ne jamais devoir venir ici.

Aujourd'hui, j'ai reçu les clés de mon appartement. Ces derniers mois, je louais un logement en dehors de la ville. C'est étrange, de devenir propriétaire. Je me sens bien trop jeune pour posséder quelque chose d'aussi grand. Non pas qu'il le soit, ce n'est qu'un modeste appartement dans un gros bloc de béton carré sans charme dont la façade aurait besoin d'un sérieux coup de peinture. Devant l'immeuble s'étend un large terrain délimité par un grillage éventré, avec un bac à sable où poussent de mauvaises herbes.

Il est au deuxième étage. Lorsque j'atteins enfin le palier, mon cœur bat à mille à l'heure, car je dois porter ma fille dans mes bras, et c'est loin d'être un poids plume. Un gros paquet de dix kilos à califourchon sur ma cuisse.

Je la pose, le temps de trouver mes clés. Complètement immobile, elle reste assise à regarder droit devant elle, vêtue de sa combinaison de froid rouge. Ses bras pendent de part et d'autre de son corps, et sur son visage elle arbore toujours la même expression grave. Sa bouche tournée vers le bas forme presque un demi-cercle.

– Notre nouveau chez-nous ! dis-je en ouvrant la porte.

C'est quelque chose que je fais de plus en plus souvent. Parler toute seule. Soit à elle, soit à moi-même ; dans tous les cas, il n'y a plus personne pour me répondre, rien que ce silence écrasant.

L'odeur de renfermé qui nous accueille me prend par surprise. En entrant avec la fillette, je laisse des traces sur le parquet mal en point. Mais en fait, ce n'est pas si terrible. Une cuisine, un salon et une chambre que nous devons partager. Le salon est meublé d'un canapé noir usé et la cuisine d'une petite table ; en dehors de ça, l'appartement est vide. Rien à voir avec la maison dans laquelle j'ai grandi. Ici, pas de piano à queue ni de cheminée où l'on entendra le feu crépiter le soir. Les seuls sons qui peupleront ces pièces seront le bruit des voisins à travers les murs mal isolés, et la circulation intense dans la rue côté cuisine.

Les épaules et le dos endoloris, je repose la fillette par terre. Ses yeux gris inspectent les environs, observent notre nouveau foyer. Comme à sa naissance, elle est bien plus grande que les enfants de son âge. Quelques jours seulement après l'accouchement, son visage s'était couvert de petits boutons rouges. Les sages-femmes me disaient que c'était normal, mais je ne pouvais pas y toucher sans éprouver du dégoût. Heureusement, sa peau est redevenue lisse et délicate, mais elle ne ressemble toujours pas aux autres bébés. Ses traits évoquent ceux d'un adulte. Elle ne babille pas, ne bave pas, ne sourit pas. En revanche, elle pleure et crie lorsqu'elle n'est pas contente. Sans verser de larmes, et sans qu'on y puisse quoi que ce soit si ce n'est attendre qu'elle ait elle même décidé de se calmer. Entre deux crises, elle regarde dans le vague et me donne le sentiment que je suis une ratée. Bien sûr, ce n'est qu'une enfant, je ne cesse de me le répéter, néanmoins je ne peux réprimer cette impression. Qu'elle me surveille. Qu'elle me juge.

M'asseyant sur le canapé, j'allume une cigarette. Ce n'est pas comme si l'odeur pouvait être pire là-dedans. Tandis qu'une volute grise s'élève dans les airs, je décrète que c'est ma dernière. De toute façon, je n'ai plus personne avec qui fumer. Tous mes amis ont disparu. Comme Maman et Papa. Depuis que j'ai déménagé, personne ne m'a recontactée. Mais je m'en fiche. Ce n'étaient que de pauvres âmes perdues sans avenir. Je ne suis pas comme eux.

Ma cigarette terminée, j'ouvre la fenêtre et la jette dehors, où elle laisse une petite empreinte dans la neige en bas. Je ne connais pas ces rues, je ne connais pas ces immeubles. Ils me sont totalement étrangers. Je ne suis jamais venue dans ce quartier, sauf lors de ma première visite de l'appartement. Ce n'est pas désagréable, car cela signifie que personne ne me reconnaîtra, et tant que cela dure, je suis en sécurité.

Tant que cela dure, je n'ai rien à craindre.

Lundi

Sæunn ne supportait pas les gens qui considéraient qu'avoir des enfants allait de soi. C'était peut-être la raison pour laquelle elle n'avait jamais aimé Maríanna. Elle se leva, jeta à la poubelle le restant de porridge et mit son bol au lave-vaisselle.

Toujours avec le même vacarme, la machine à café moulut les grains avant de remplir la tasse de liquide noir, puis ce fut de nouveau le silence complet. Les cheveux encore mouillés après sa douche, elle avait le corps agréablement engourdi de ses exercices du matin. Mais elle ne parvenait pas à savourer ce début de journée avec le même enthousiasme que d'habitude, car elle ne cessait de penser à Maríanna. Elle revoyait son allure désinvolte, sa manière de toujours vouloir susciter la pitié chez les autres. Sæunn avait souvent eu envie de lui crier dessus et de lui rappeler que le monde ne tournait pas autour d'elle. La première fois qu'elle l'avait vue, elle avait pourtant éprouvé de l'empathie pour elle. Elle reprit place à la table de la cuisine, le journal devant elle, mais au lieu de le déplier, elle porta son regard vers la fenêtre.

Le jour de sa rencontre avec Maríanna avait été marqué par deux appels fatidiques. Le premier, provenant de l'hôpital, lui annonçait que sa troisième insémination artificielle avait échoué. Incrédule, elle avait laissé échapper un rire nerveux en répliquant qu'il devait s'agir d'une erreur, qu'il fallait revérifier les résultats. Pouvaient-ils les avoir confondus avec ceux de quelqu'un d'autre ? Parce qu'elle le sentait, elle percevait d'étranges mouvements dans son ventre. Comme si des bulles de savon flottaient à l'intérieur. Coucou, petit être humain, avait-elle murmuré en le caressant la veille au soir. Coucou, toi. Elle aurait pu jurer qu'on lui avait répondu d'un léger coup de pied, ou d'un signe de la main, ou quels que soient les gestes que font les enfants dans le ventre.

Fannar lui avait alors pris le téléphone avant de la serrer dans ses bras. Elle ne s'était même pas rendu compte qu'elle était en larmes. Avait-elle vraiment hurlé sur ce pauvre médecin ? Elle qui ne haussait jamais le ton. Son père avait l'habitude de dire qu'elle devait littéralement avoir le sang froid. Était-elle encore en vie ? Elle n'en avait plus l'impression. Recroquevillée dans l'étreinte de Fannar, elle sentait les bulles de savon éclater l'une après l'autre. Pop, pop, pop. Au revoir, petit être humain. Au revoir, toi qui n'as jamais existé.

Ainsi s'était déroulé le premier appel. Dieu merci, le second avait été de meilleur augure. Les services de la protection de l'enfance avaient recueilli une petite fille qui avait besoin d'une famille d'accueil. Étaient-ils prêts ? Si Sæunn n'avait pas sauté de joie, une pointe d'espoir était née en elle. Fannar demeurait sceptique, et elle-même se demandait si elle était capable d'affronter un tel défi. Mais en se rappelant la lecture de tous ces récits de femmes enceintes sur Internet qui se plaignaient de douleurs, de fatigue, de remontées acides et de sommeil perturbé, elle s'était dit qu'elle était bien plus forte qu'elles. Alors, elle avait dit oui. L'enfant était arrivé, et pas une seconde elle n'avait regretté sa décision.

Hekla. Avec ses cheveux sombres indomptables, son sourire timide et ses questions étranges. Elle était spéciale. Un peu différente. Plus réservée, plus fermée. Probablement la conséquence d'une éducation à laquelle Sæunn ne voulait même pas songer. La venue de Hekla n'était pas une coïncidence, mais un geste de Dieu, pour la consoler de l'enfant qu'elle ne pouvait porter. Aussi s'était-elle effondrée lorsque, six mois plus tard, on lui avait annoncé au téléphone que sa mère était prête à la reprendre. Elle avait pleuré encore plus que lors des trois appels de l'hôpital. Cette fois, la petite existait bien en chair et en os, pas seulement dans sa tête. Elle l'avait tenue dans ses bras, était restée allongée à côté d'elle lorsqu'elle dormait, elle l'avait accompagnée sur des aires de jeux, avait déposé un baiser magique sur cent bobos, essuyé encore davantage de larmes.

Heureusement, Maríanna avait accepté que Hekla leur rende visite un week-end sur deux. C'était mieux que rien. Sæunn l'emmenait aussi en voyage pendant l'été, et dans leur chalet de vacances à Pâques, mais chaque séparation était plus déchirante que la précédente. S'efforçant de maintenir une bonne relation avec la mère de la petite, elle espérait lui faire un jour prendre conscience que Hekla serait plus heureuse chez eux. Elle essayait de la convaincre, toujours sur un ton amical car elle ne voulait pas prendre le risque de perdre Hekla pour de bon. Mais peu importaient ses arguments, peu importaient les supplications de l'enfant, Maríanna faisait la sourde oreille.

Percevant un bruit de pas dans le couloir, Sæunn vida sa tasse en une gorgée. Une longue journée l'attendait à son cabinet de dentiste, et il lui fallait encore préparer des en-cas, ranger des vêtements et servir deux petits déjeuners. Elle ne put retenir un sourire. Bergur, arrivé chez eux à six mois, avait aujourd'hui sept ans. Quelques mois après son placement, il était devenu clair qu'il ne les quitterait plus. Enfin. Sæunn ne s'était toutefois pas autorisée à accepter cette nouvelle réalité avant d'avoir les papiers d'adoption signés entre les mains. La mère avait fait le meilleur choix pour son enfant, contrairement à Maríanna qui s'obstinait à vouloir garder Hekla, ignorant sa volonté, ignorant même son bien-être. Le pire, c'est qu'elle ne semblait même pas l'aimer. Sa propre fille. En tout cas, une chose était certaine : Maríanna n'avait jamais mérité Hekla.

L'autopsie devait commencer à neuf heures. Elma, Sævar et Hördur pénétrèrent dans l'aile de l'hôpital qui accueillait la morgue. De l'extérieur, le bâtiment ressemblait à un immeuble d'habitation, jamais on n'aurait soupçonné que des cadavres y étaient alignés dans des compartiments réfrigérés. Qu'on les ouvrait et les délestait de leurs tripes pour les poser sur des plateaux d'acier.

Elma avait déjà assisté à ce genre d'intervention. Elle connaissait le processus et savait généralement à quoi s'attendre. Mais lorsque l'opération débuta, elle se fit la remarque qu'elle n'avait jamais vu l'autopsie d'un corps en si mauvais état. Pendant que le médecin légiste découpait prudemment les vêtements de la jeune femme, elle se concentra sur son crâne. Celui-ci avait une allure différente sous les néons. À la fois plus réelle et plus fantasmatique. Qu'importe notre apparence extérieure, voilà ce à quoi nous ressemblons tous, se disait-elle. Qu'importent nos pensées, nos émotions, notre personnalité. Nous ne sommes que de la chair et des os qui finiront par se décomposer, se désagréger et disparaître.

Lorsque le médecin retira d'un geste lent les vêtements du cadavre, Elma sentit son ventre faire des vagues. L'épiderme avait une couleur grisâtre virant au marron. Le médecin expliqua qu'il fallait se montrer particulièrement précautionneux, car la moindre maladresse à ce stade de putréfaction pouvait sérieusement endommager la peau. Sa texture rappelait à vrai dire celle d'un fromage mou ou d'une bouillie.

– C'est une chance que le corps ait pu être préservé dans de telles conditions atmosphériques. L'été a été humide, et la grotte a conservé une température relativement basse et constante, en plus d'être abritée des rayons du soleil, commenta le médecin en glissant les vêtements dans un sac en plastique qu'il mit de côté.

– L'humidité n'est-elle pas censée accélérer le processus de décomposition ? demanda Sævar.

– Excellente question, fit l'homme d'un ton exalté. C'est très juste, en général l'humidité précipite la dégradation du corps, mais dans certaines circonstances, on voit se former une substance qu'on appelle gras de cadavre, ou adipocire. Cette réaction chimique empêche les bactéries et insectes d'attaquer les tissus. C'est courant dans les lacs ou les marais, par exemple.

– Mais on l'a retrouvée dans une grotte, répliqua Sævar.

– Justement. Cet espace étroit et humide à l'atmosphère stable a permis à la réaction chimique d'avoir lieu. Le sol était composé de mousse et de glaise humide dans lesquelles le corps s'est enfoncé avant de fusionner avec.

La peau restante sur le cadavre ne ressemblait plus à de la peau. Des taches couleur de rouille avaient remplacé les veines autrefois traversées de sang rouge. Elma s'efforçait de respirer calmement en suivant les gestes du scientifique. Elle ne voulait pas vomir, comme son collègue la veille.

– Évidemment, tout le corps n'a pas été épargné, poursuivit-il. Les mains et le visage se sont fortement dégradés, même s'il reste des vaisseaux et des ligaments, qui se décomposent en général plus lentement. Le cerveau et les yeux ont naturellement disparu. Le torse a en revanche conservé beaucoup plus de chair, comme vous pouvez le voir. Il reste aussi des tissus mous, vaisseaux et autres à l'arrière du crâne, et partout où le corps était en contact avec le sol.

– On a une chance de retrouver des traces de blessures ? demanda Elma en détachant son regard du cadavre.

– On va essayer. Si on observe ne serait-ce que cette partie, on remarque immédiatement des taches sombres sur l'épiderme au niveau du ventre et de la poitrine, peut-être sous l'effet de coups de pied ou d'une arme contondante.

De sa main gantée, il désigna le torse de la femme puis, s'emparant d'un appareil photo, il prit quelques clichés.

– La fracture du crâne est tellement fine que je doute qu'elle ait provoqué la mort. Je miserais plutôt sur une hémorragie à la suite de ces coups. La fracture se situe au niveau du front, ce qui signifie que son assaillant était plus petit qu'elle, ou qu'il la maintenait au sol.

– Qu'est-ce qui vous fait dire ça ? demanda Hördur.

– Si l'individu avait été plus grand que Maríanna, la blessure aurait été située plus haut sur le crâne. Évidemment, si elle était allongée par terre – et c'est tout à fait possible, compte tenu de ses lésions –, il n'y a aucun moyen de savoir quelle taille faisait l'assassin.

– Mais d'où venaient toutes ces taches de sang sur ses vêtements ? demanda Hördur. L'hémorragie n'aurait-elle pas été majoritairement interne, si aucune arme tranchante n'avait été utilisée ?

– Je ne suis pas sûr. Le fait est qu'elle a souffert d'une importante hémorragie interne, mais elle semble en effet avoir perdu beaucoup de sang aussi.

Fronçant les sourcils, il observa le cadavre, puis tira à lui un chariot à roulettes sur lequel étaient alignées toutes sortes de scalpels.

– Vous pensez qu'elle était déjà morte lorsqu'on l'a laissée dans cette grotte ? demanda Elma.

– Oui. J'ai cru comprendre qu'on n'avait pas retrouvé beaucoup de sang sur les lieux, donc ça me semble logique.

– Elle est morte de ces coups ? insista Hördur.

Le médecin légiste reposa son appareil photo et les regarda.

– À mon avis, oui. Bien sûr, le corps est dans un tel état qu'il est difficile de l'affirmer avec certitude, mais compte tenu des ecchymoses et de la fracture sur son crâne, ça me semble très probable. Nous en saurons plus lorsque nous aurons inspecté les organes internes. Ils conservent souvent bien mieux les lésions.

Saisissant un scalpel, il leur adressa un sourire encourageant avant de se mettre au travail.

– Je comparerai l'empreinte dentaire avec la radio de la mâchoire de Maríanna Thórsdóttir dont nous disposons, histoire d'être sûr, mais je pense qu'on peut d'ores et déjà conclure que c'est bien elle, leur confirma le médecin légiste deux heures plus tard.

Ils se tenaient devant la salle d'autopsie. En dépit de l'odeur plus supportable et du fait qu'elle n'avait plus un cadavre ouvert sous les yeux, Elma avait encore la tête qui tournait.

Des traces de sang avaient été détectées dans la gorge de Maríanna, et malgré l'absence de peau sur son visage, le médecin était certain qu'elle avait reçu des coups au niveau du nez, qui s'était brisé – la source probable de ses abondants saignements. Le sang aurait coulé dans sa gorge et bloqué ses voies respiratoires. Il ne pouvait déterminer si c'était cela ou ses hémorragies qui avaient provoqué sa mort, mais il était clair que Maríanna avait été sauvagement battue, et qu'elle était morte assez rapidement.

– Bien, on se recontacte, dit Hördur en remontant l'escalier.

– Encore une chose, glissa Elma. À votre avis, pourquoi on ne l'a pas mise dans un sac ou autre pour essayer de la cacher ?

Le médecin haussa les épaules.

– Ce n'est pas vraiment à moi de spéculer sur ce genre de choses. Mais je peux au moins vous dire qu'un corps enfermé dans un plastique épais se conserve bien mieux – les cheveux, les fluides et l'ADN. Peut-être que la personne qui l'a jetée dans cette grotte espérait que la nature se chargerait d'éliminer les preuves. Et d'ordinaire, cela n'aurait pas été une mauvaise idée. Je doute que le coupable ait prévu la réaction chimique qui a affecté le corps.

– Il aurait pu être emmené jusqu'à la grotte dans un sac en plastique ?

– C'est une possibilité, bien sûr, mais malheureusement je n'ai aucun moyen de le vérifier.

Elma hocha la tête. Elle se demandait comment un corps avait pu être transporté dans un champ de lave à cette période de l'année sans que personne s'en aperçoive. Début mai, le soleil ne se couchait pas avant minuit. L'assassin ne s'était quand même pas baladé avec un cadavre sous le bras à la recherche d'une bonne cachette ! La seule chose qui lui venait à l'esprit, c'était qu'il connaissait bien les lieux. Qu'il savait qu'une grotte se trouvait à cet endroit. Elle était en outre certaine qu'il n'avait pas agi seul.

– Je vous envoie les photos et mon rapport préliminaire plus tard dans la journée, conclut le médecin légiste en les saluant.

Une fois dehors, Elma inspira avec soulagement une bouffée d'air frais. Elle ne s'habituerait jamais aux autopsies, et ne comprenait même pas qu'on puisse en faire son métier. On finissait sans doute par s'endurcir. Le médecin légiste travaillait avec calme et sérénité, il ne semblait pas du tout affecté par la présence du cadavre. Les visages pâles de Sævar et Hördur montraient au contraire qu'ils avaient vécu cette expérience à peu près aussi bien qu'elle. Lorsqu'ils furent tous les trois installés dans la voiture, un long moment passa avant que quelqu'un ne reprenne la parole.

– On devrait peut-être manger quelque chose, proposa enfin Sævar.

– Pour être honnête, je n'ai pas vraiment d'appétit, répliqua Hördur.

Il accepta finalement de passer par une station-service qui vendait des sandwiches. Elma se sentit un peu mieux après une demi-cannette de soda et une barre chocolatée. Elle ne se risqua toutefois pas à avaler quoi que ce soit d'autre.

– Il faut qu'on reprenne à zéro, dit-elle alors qu'ils se remettaient en route pour Akranes. Ce n'est plus du tout la même affaire qu'au printemps dernier.

– À l'époque, il n'y avait rien de suspect, rétorqua Sævar en chiffonnant l'emballage d'un sandwich à la crevette. C'est ça qui est fou. Je veux dire… elle avait laissé un mot à sa fille. Un mot qui ressemblait à une lettre d'adieu. Tout portait à croire qu'il s'agissait d'un suicide.

– Je sais. En plus, sa voiture avait été retrouvée à côté d'un arrêt de bus à Bifröst, ce qui signifiait qu'elle pouvait être partie n'importe où, même si aucun des chauffeurs qu'on a interrogés ne l'avait reconnue. Nos chiens n'avaient repéré aucune trace autour de la voiture, ce qui corroborait cette théorie.

– N'oublie pas le téléphone, enchaîna Sævar.

– Le téléphone ?

– On avait analysé les déplacements de son téléphone, et le dernier signal détecté était à Akranes. C'est la raison pour laquelle nous avons commencé nos recherches là. Évidemment, quand la voiture a été retrouvée à Bifröst, notre périmètre s'est étendu… Tout ça était très confus.

– Très juste, dit Elma. Il est donc fort probable qu'elle se soit rendue à Akranes avant de rejoindre Bifröst.

– En effet. Son téléphone a cessé d'émettre en milieu d'après-midi. Peut-être qu'il n'avait plus de batterie, ou bien…

– Ou bien quelqu'un s'en est débarrassé, glissa Elma. Les portables jouent un rôle fondamental aujourd'hui dans les enquêtes de police. Quiconque s'intéresse un tant soit peu aux affaires criminelles en est parfaitement conscient.

– Les médias vont se jeter sur cette histoire à la minute où ça va s'ébruiter, soupira Hördur.

L'affaire Maríanna Thórsdóttir était encore fraîche dans la mémoire d'Elma. Les disparitions n'étaient pas courantes en Islande, et l'enquête avait déjà provoqué une frénésie médiatique à l'époque. Hördur avait raison : à présent qu'il était clair que la jeune femme avait été assassinée, le déchaînement n'en serait que plus intense.

Au printemps, ils avaient découvert que Maríanna avait longtemps souffert de troubles psychiatriques. Sous antidépresseurs, elle avait parfois sombré dans l'alcool ou la drogue. Le message qui attendait sa fille au retour du collège avait été rédigé sur une enveloppe à fenêtre posée sur la table de la cuisine avec un billet de cinq mille couronnes chiffonné. *Pardonne-moi. Je t'aime, Maman.*

Maríanna n'était pas du genre à laisser ce type de petit mot, mais Hekla ne s'était pas posé de questions. Elle avait utilisé l'argent pour commander une pizza, puis s'était endormie un peu avant minuit sans se demander pourquoi sa mère n'était toujours pas rentrée. Après tout, elle avait un rendez-vous galant ce soir-là. Ce n'est que le lendemain après-midi qu'elle avait vraiment commencé à s'inquiéter. Elle avait essayé de la joindre, mais son portable était éteint. Hekla avait alors appelé Sæunn qui était venue la chercher et avait alerté la police.

Au cours de l'enquête préliminaire, les autorités avaient découvert que Maríanna ne s'était jamais présentée à son rendez-vous. Soudain, l'affaire avait pris un tournant autrement plus sérieux. La jeune femme avait disparu depuis plus de vingt-quatre heures. L'homme qu'elle devait rencontrer, Hafthór, faisait les trois-huit dans l'usine d'aluminium de Grundartangi, dans le fjord de Hvalfjördur, comme de nombreux habitants de la région. Rien ne semblait l'impliquer ; ils venaient de se rencontrer et ne se connaissaient pas beaucoup. Passablement agacé de s'être fait poser un lapin, il avait selon son témoignage tenté de l'appeler plusieurs fois avant d'abandonner.

Si Maríanna avait eu quelques relations, elles n'avaient jamais duré longtemps. Elle n'était en contact avec aucun de ses anciens petits amis au moment de sa disparition. Le seul membre de sa famille encore en vie était son père, qui vivait à Reykjavík. Hekla ne l'avait pas revu depuis la mort de sa grand-mère, survenue lorsqu'elle avait dix ans. Quant au frère de Maríanna, il s'était suicidé à l'âge de vingt-cinq ans, alors que sa sœur était enceinte.

Après avoir passé Akranes et ses environs au peigne fin, la police avait donc retrouvé sa voiture, une vieille Golf rouillée, près du campus de Bifröst, à environ soixante-dix kilomètres au nord. Cette découverte avait bouleversé les recherches, qui s'appuyaient sur le dernier signal émis par le téléphone de Maríanna.

Dans sa voiture, on n'avait rien trouvé de très intéressant. Pas de téléphone, pas de sac à main, pas de sang ni le moindre signe d'un affrontement. Le véhicule était sale, à vrai dire dans un état lamentable : sol jonché de restes de nourriture et de cannettes de soda, affaires de piscine moisies dans un sac. Tout suggérait que Maríanna s'était simplement garée sur le parking de l'université avant de poursuivre sa route à pied ou en bus. Pendant des jours, on avait fouillé la région, envoyé des plongeurs dans les lacs environnants, mais rien. Même les chiens étaient rentrés bredouilles.

Le fait qu'on ne la retrouve pas n'avait rien d'étonnant. Le paysage autour de Bifröst était percé de crevasses et de fossés dans lesquels on pouvait facilement tomber. Il était déjà arrivé que des gens disparaissent sans laisser de traces. Finalement, les recherches avaient été interrompues. L'enquête demeurait ouverte, mais on considérait que Maríanna s'était suicidée. Devant ces conclusions clairement erronées, Elma songea aux divers indices qui auraient dû éveiller leurs soupçons.

Maríanna avait par exemple lancé une machine à laver le matin de sa disparition. Peut-être rien de significatif, mais Elma avait ressenti un léger malaise en remarquant le linge humide lorsqu'ils avaient fouillé l'appartement. La jeune femme ne se serait sans doute pas donné la peine de faire la lessive si elle comptait mettre fin à ses jours. Un désordre total régnait dans le logement, les lits n'étaient pas faits, et le réfrigérateur contenait de la viande hachée et du poulet cru. Pourquoi avoir fait des courses, si son intention était de mourir ? Imaginait-elle vraiment que Hekla se ferait à manger toute seule ?

La police avait obtenu les enregistrements des caméras de surveillance de son magasin d'alimentation et, en l'observant qui parcourait les rayons avec son Caddie la veille de sa disparition, Elma avait songé : cette femme n'a aucun désir d'en finir. Après cela, ses pensées s'étaient dirigées vers Davíd. Elle ne l'imaginait pas capable de se suicider non plus. Peut-être n'était-elle pas apte à émettre un jugement. Alors elle n'avait rien dit, se contentant de regarder cette femme à peine plus jeune qu'elle empiler sodas et bonbons dans son chariot avant de ressortir de l'épicerie avec deux sacs remplis à ras bord. Toujours hantée par ses soupçons sur la lessive et le désordre dans l'appartement, Elma consultait régulièrement le dossier de l'enquête à la recherche d'un élément qui lui aurait échappé. Avant de partir, Davíd avait fait le lit au carré, il avait soigneusement plié ses vêtements et les avait rangés dans l'armoire. Or, il ne faisait jamais le lit, et de son côté le sol était généralement parsemé de vêtements sales. Elle avait tout de suite compris qu'il se tramait quelque chose.

Entre les troubles mentaux de Maríanna, le message laissé à sa fille et sa voiture vide, rien ne suggérait un crime. Personne ne nourrissait d'animosité envers elle ; pas de relations houleuses avec un proche, pas d'affaires louches. Aucune raison de poursuivre l'enquête après plusieurs semaines sans nouvel élément. Aussi avaient-ils fini par se tourner vers des dossiers plus pressants.

Elma craignait la réaction des médias. Elle imaginait déjà les gros titres dénonçant l'incompétence de la police d'Akranes. Les journalistes se feraient un plaisir d'amplifier les détails qu'elle et ses collègues avaient ignorés ou mal interprétés. Elle rouvrit les relevés téléphoniques et informatiques de Maríanna. Ils avaient tout inspecté à la loupe, ligne après ligne. On n'avait jamais retrouvé son portable, et les données communiquées aux autorités par son opérateur téléphonique, qui concernaient les six derniers mois, n'avaient rien montré de concluant. Quant à son ordinateur, elle l'utilisait principalement pour discuter sur Facebook avec ses amies et Hafthór, l'homme avec qui elle avait rendez-vous le soir de sa disparition.

Sæunn, la mère adoptive de Hekla, avait appelé Maríanna plusieurs fois la même semaine. Les jours précédents, elles s'étaient parlé presque quotidiennement. Ne se rappelant plus tout à fait quelle était l'explication de ces nombreux coups de téléphone, Elma écrivit une note pour ne pas oublier de l'interroger à ce sujet.

Toujours selon les relevés, Maríanna avait passé plusieurs appels à Hekla au début de l'après-midi, le vendredi 4 mai. Probablement en classe, l'adolescente n'avait pas répondu. La dernière tentative avait eu lieu à quatorze heures vingt-sept. En cours de natation jusqu'à quatorze heures, Hekla se trouvait sans doute toujours dans les vestiaires à ce moment-là, avec son téléphone réglé sur le mode silencieux.

Poussant un soupir, Elma s'appuya sur le dossier de sa chaise. Elle ne voyait rien de nouveau dans ces documents, pas un suspect n'émergeait parmi toutes les personnes interrogées. Sans ce corps malmené sur la table du médecin légiste à Reykjavík, elle serait arrivée à la même conclusion que quelques mois auparavant : Maríanna Thórsdóttir s'était donné la mort.

Hördur balaya son bureau de la main et réunit les miettes du petit pain qu'il venait de terminer en une ligne. Ils croulaient déjà sous le travail, et maintenant cette affaire venait s'ajouter à leur liste. Une affaire qu'on leur reprocherait de ne pas avoir élucidée plus tôt. L'inspecteur contemplait l'idée de prendre sa retraite l'année suivante. Il en avait presque l'âge, et l'énergie commençait à lui manquer. Enfin, ce n'était peut-être pas tout à fait ça : il avait de l'énergie, mais plus la motivation. L'intérêt pour son travail diminuait de mois en mois, et il avait hâte de se consacrer à autre chose. Il voulait profiter de la vie et voyager, comme

Gígja et lui en avaient toujours rêvé. Depuis quelque temps, il se rendait compte qu'il n'était pas éternel. Surtout depuis qu'on avait diagnostiqué un cancer du sein à sa femme. Une tumeur encore petite, affirmaient les médecins. Elle n'avait pas métastasé. Mais elle n'en demeurait pas moins menaçante. Il fit aller et venir les miettes sur son bureau avant de les glisser dans sa paume et de les jeter dans la corbeille.

Ces temps-ci, il avait l'impression qu'une personne sur deux dans son entourage tombait malade, et il était terrifié à la perspective d'être frappé par la tragédie. Le cancer, même s'il s'était révélé moins grave que ce qu'ils avaient craint au début, donnait une nouvelle couleur à leur existence. Le temps était précieux, et il voulait faire bon usage des années qu'il lui restait. La mort avait ce vilain défaut de surgir au moment où on l'attendait le moins. Même à son âge, il demeurait persuadé qu'un nouveau jour viendrait après celui-ci. Une nouvelle année après celle-là. À présent, il avait peur que ce ne soit pas le cas.

On frappa à la porte. Hördur secoua les dernières miettes restées collées contre ses paumes avant de lancer :

– Entrez !

Elma ouvrit.

– On n'avait pas une réunion à seize heures ?

– Mince, oui ! s'exclama Hördur en jetant un coup d'œil à sa montre. Il est déjà si tard ? Donne-moi quelques minutes. Je dois encore passer un coup de fil.

Hochant la tête, Elma referma la porte. Elle avait changé depuis ses débuts au commissariat, un an auparavant. À l'époque, son visage était empreint d'une certaine gravité – pour une raison tout à fait compréhensible. Hördur n'avait appris le décès de son fiancé que bien plus tard, lorsque Gígja, qui savait toujours tout sur tout le monde, lui en avait parlé. Il ne pouvait qu'imaginer la douleur de voir mourir quelqu'un d'aussi proche. Lui-même n'avait perdu que ses parents, partis à un âge avancé – un deuil auquel il s'était préparé depuis longtemps. C'était autre chose de pleurer un conjoint, ou de manière générale une personne jeune qui avait encore de nombreuses années devant elle. Aujourd'hui, il constatait à quel point Elma n'était pas elle-même lorsqu'elle avait pris ce poste à Akranes : elle arrivait désormais au travail avec le sourire, et c'était parfois un véritable moulin à paroles.

S'emparant de son téléphone, il composa le numéro de sa femme. Il n'avait pas pu l'accompagner à Reykjavík pour sa radiothérapie comme il en avait eu l'intention. Leur fille avait pris la relève, et ce matin Gígja était particulièrement de bonne humeur, au point qu'il s'était demandé si elle n'était pas soulagée de ce changement de programme. Elles profiteraient sans doute de l'occasion pour s'offrir une séance de shopping, déjeuner ensemble, et peut-être même aller au cinéma. Gígja lui avait dit de ne pas l'attendre, elle rentrerait tard. Restait à espérer que leur fille ne l'épuiserait pas à faire les boutiques.

L'expression inquisitrice de Sævar se mua en un insupportable sourire taquin.

– Quoi ? lâcha enfin Elma lorsqu'elle en eut assez.

Le sourire disparut sur-le-champ, puis il baissa les yeux et feignit d'être occupé à lire des papiers.

– Rien. Rien du tout.

– Allez, Sævar. J'ai de la sauce sur le front ou quoi ?

– Non, c'est juste ton pull, répondit-il en relevant la tête.

– Mon pull ?

Elma inspecta son épais tricot, dont les manches étaient recouvertes de bouloches.

– L'étiquette est censée être à l'extérieur ? ajouta innocemment Sævar.

– Il est à l'envers ?

Ses joues s'empourprèrent. Il était seize heures, elle avait assisté à l'autopsie à Reykjavík et passé la journée au travail dans cette tenue. Mais puisque personne ne lui avait rien dit, cela ne s'était sans doute pas remarqué.

– C'est peut-être censé se porter comme ça ? tenta Sævar.

– Bien sûr que non ! s'exclama Elma dans un éclat de rire avant de se lever. Tu crois que j'ai le temps de…

La porte s'ouvrit et Hördur entra. Le pull devrait rester à l'envers pour le moment.

– Bon, le médecin légiste n'a pas pu déterminer la cause exacte du décès, mais peut-être que ce n'est pas si important, dit-il en s'asseyant. Tout ce qu'on sait, c'est qu'elle est morte des suites de coups et blessures, et ça nous suffit pour l'instant.

Elma observa la photo de Maríanna parmi les documents éparpillés sur la table. C'était celle qu'ils avaient envoyée aux médias pour signaler sa disparition, un selfie pris avant une soirée quelconque. Au moins, elle avait une apparence soignée, avec un haut noir plutôt mignon, les cheveux légèrement ondulés et un sourire mystérieux sur ses lèvres maquillées. Difficile d'imaginer que c'était la même personne qui gisait sous leurs yeux sur la table du médecin légiste quelques heures plus tôt.

– J'y repensais justement, quelques détails m'avaient semblé bizarres, répondit Elma en énumérant ce qu'elle venait de relire et de noter.

– Rien de tout ça n'était censé nous alerter, répliqua Sævar. Un frigo plein et une lessive récente ne font pas immédiatement penser à un meurtre.

– Non, mais ça dénote un certain état d'esprit, insista Elma. Ce que je veux dire, c'est qu'elle ne paraissait pas avoir l'intention de partir pour toujours. Au contraire, cela nous indiquait qu'elle comptait bien revenir et passer le week-end avec sa fille. À ce sujet : n'aurait-elle pas plutôt choisi un moment où Hekla n'était pas là pour se suicider ? Elle dormait un week-end sur deux chez sa famille d'accueil à Akranes.

– Avec le recul, c'est facile de se faire ce genre de réflexions, mais cela ne nous mène à rien, les interrompit Hördur en pesant ses mots. Nous savons à présent que ce n'était pas un suicide, nul besoin de nous demander ce que nous aurions dû faire ou voir. On sait en tout cas que Maríanna a disparu de chez elle ce jour-là. Quand a-t-elle quitté son travail ?

– À midi, dit Elma. Sa fille est rentrée vers quinze heures, et Maríanna n'était plus à la maison. La dernière fois qu'elle a essayé de joindre Hekla, c'était à quatorze heures vingt-sept, pour rappel.

– Bien, nous partons donc du principe qu'elle a quitté son appartement entre midi et quinze heures, conclut Hördur.

– En fait, on ne sait même pas avec certitude si elle est rentrée chez elle. Elle aurait pu laisser le mot dès le matin, avant son départ pour le travail.

– Où travaillait-elle, déjà ?

– Dans une société de construction spécialisée dans les travaux de terrassement, répondit Sævar. Elle y était hôtesse d'accueil. Ses collègues ont confirmé qu'elle était bien là jusqu'à midi.

– Parfait, donc elle a pu quitter la ville entre midi et…

– Une antenne a capté le signal de son téléphone à quinze heures sept près d'Akranes, glissa Elma.

– Très juste, acquiesça Hördur. La question est de savoir si elle était seule ou accompagnée. Et ce qu'elle venait faire par ici.

– Peut-être rencontrer quelqu'un ? proposa Elma.

– Personne ne l'a contactée, que ce soit par téléphone ou par mail, dit Sævar. En tout cas, pas selon nos relevés. Les seules fois où elle venait dans le coin, c'était pour emmener Hekla ou venir la chercher.

– Peut-être qu'elle la croyait à Akranes ? suggéra Elma. Je veux dire, elle a essayé de l'appeler plusieurs fois entre treize heures trente et quatorze heures trente.

– Qu'est-ce qui aurait pu lui faire croire une chose pareille ? rétorqua Sævar en s'appuyant au dossier de sa chaise et en croisant les mains derrière sa nuque. Elle était au collège, non ? Elle rentrait toujours vers quinze heures après son cours de natation. On a déjà fait le tour de la question au printemps dernier. Hekla ne savait pas pourquoi Maríanna l'appelait, et nous n'avions aucun indice pour expliquer sa présence à Akranes, ou pourquoi sa voiture a été retrouvée à Bifröst.

– Je sais, soupira Elma. Mais maintenant, il nous faut des réponses.

Le silence s'abattit un instant dans la salle de réunion. Hördur tapota la table avec son stylo.

– La seule chose à faire, c'est de reprendre l'enquête à zéro. On épluche tous les documents qu'on a sous la main et on interroge de nouveau l'entourage. On recommence avec un regard neuf sur cette affaire. Il y a forcément quelque chose qui nous a échappé.

– Étant donné l'absence d'éléments probants, pourrait-on imaginer que Maríanna a été assassinée par un parfait inconnu ? lança Elma.

C'étaient les affaires les plus difficiles. Lorsque aucun mobile ne ressortait. Un meurtre aléatoire. La mauvaise personne au mauvais endroit.

– Possible, répondit Sævar. Mais c'est rarement le cas.

En Islande, les homicides n'arrivaient généralement pas par hasard. Il y avait toujours une raison, aussi superficielle fût-elle. Une dispute dans un bar, un conflit entre voisins. Elma jeta un coup d'œil par la fenêtre ; dans la rue, quelques badauds serraient les pans de leur manteau et luttaient contre le vent.

– Puisque la voiture a été garée près d'un arrêt de bus, celui qui l'a laissée là a pu en prendre un après avoir abandonné le corps dans cette grotte, dit-elle.

– Et si ça ne remontait pas à sept mois, le chauffeur se souviendrait probablement de quelque chose, répliqua Sævar en se massant le front d'un air las.

– Les dernières personnes à avoir vu Maríanna étaient ses collègues, c'est ça ?

– Oui. On les a interrogés à l'époque, mais ils n'avaient rien remarqué de spécial.

– Ensuite, il y a Hafthór, cet homme avec qui elle devait dîner…

– Qui nous a dit qu'elle n'était jamais venue, compléta Hördur. Il a essayé de l'appeler, mais elle ne répondait pas.

– Il avait un alibi ?

Sævar haussa les épaules.

– Pas vraiment. Il vivait seul. Sans réponse de Maríanna, il est resté chez lui. Et je crois qu'il est sorti boire un coup plus tard.

– Au moins, on sait par quoi commencer, fit Hördur. Et le père ?

– De Maríanna ?

– Non, celui de Hekla.

– Il n'a jamais reconnu sa fille. On ignore de qui il s'agit.

Elma avait essayé sans succès de le découvrir au printemps. Personne n'avait été capable de lui donner la moindre information à son sujet, et surtout pas Hekla.

– Ça vaudrait sans doute la peine de creuser, dit Hördur. On a d'autres pistes ?

– Pas grand-chose, non, répliqua Sævar. On s'est entretenus avec ses amis, ses collègues, tous ceux que Maríanna côtoyait au quotidien. L'analyse de ses relevés téléphoniques et de son ordinateur n'a rien donné. Sa disparition n'avait pas eu l'air d'étonner ses amies plus que ça, même sa fille nous a dit qu'elle parlait parfois d'en finir. D'après les informations qu'on a pu glaner, rien n'indiquait que quelqu'un lui voulait du mal.

– On a autre chose que le témoignage de ses amies et de Hekla concernant ses troubles psychiatriques ? demanda Hördur.

– Dans le dossier, on a des rapports de médecins confirmant qu'elle était sous antidépresseurs, répondit Elma. Et bien sûr, le fait que la protection de l'enfance assurait le suivi de Hekla depuis ses trois ans, l'âge auquel Sæunn et Fannar l'ont accueillie.

– Bon, il faut qu'on interroge à nouveau toutes ces personnes, répéta Hördur avant de fermer le dossier.

– On commence où ?

Un bref silence. Dans l'esprit d'Elma, cette affaire était devenue tellement chaotique qu'elle ne savait plus où donner de la tête.

– Chez elle, à Borgarnes ? proposa Sævar.

Hördur hocha la tête.

– Dès demain. Dans un premier temps, on devrait peut-être aller bavarder avec les policiers qui ont reçu l'alerte. Ensuite, on ira voir ses collègues et ses amies. Ainsi que l'homme avec qui elle devait dîner.

– Et pour Hekla et ses parents adoptifs ?

Hördur réfléchit une seconde.

– Je vais les informer de la situation, mais on s'entretiendra avec eux plus tard.

Il les fixa soudain d'un regard intense, comme si ce nouveau tournant dans l'affaire avait éveillé une étincelle en lui.

– Ce qu'on ignorait à l'époque mais qu'on sait désormais, c'est que Maríanna a été assassinée puis dissimulée dans le champ de lave de Grábrók. Elle a subi une attaque d'une extrême violence, son crâne a été fracturé et son corps est recouvert d'hématomes. Il y avait de la passion dans ce crime. De la fureur. Pour moi, ça n'a rien d'un hasard, c'était quelqu'un que Maríanna connaissait très bien.

Un an

Je ne chante pas pour son anniversaire, mais je lui ai acheté un gâteau que je pose sur la table devant elle, surmonté d'une unique bougie. On la regarde se consumer tandis que le vacarme d'un camion-poubelle dehors remplit le silence entre nous. Puis je souffle sur la flamme et lui tends le gâteau.

Cela ne devait pas se passer comme ça. J'avais un plan. J'ai tout fait pour le suivre, mais les événements ont pris une tournure inattendue. Parce que le monde peut s'effondrer en un clin d'œil, et un minuscule mensonge peut transformer la vision que l'on a de vous. Je ne crois pas en Dieu, mais parfois je me demande s'il ne cherche pas à me punir. Si cet enfant ne m'a pas été envoyé pour me faire payer ce que j'ai fait. Quand je la regarde, je ne vois rien, je ne ressens rien. Il pourrait aussi bien s'agir d'une inconnue. De l'enfant de quelqu'un d'autre. Elle ne me ressemble pas du tout, avec ses épais cheveux noirs, et elle est beaucoup trop grande pour son âge. À cause des plis sur ses cuisses, elle ne rentre pas dans tous ses pantalons. Durant la grossesse, je lui ai acheté tout un tas de vêtements coûteux, ce dont je n'avais à vrai dire pas les moyens. J'aurais mieux fait de m'abstenir. Elle n'a rien à voir avec les bébés qu'on voit dans les publicités, et pour être honnête, elle a l'air ridicule dans des robes de chez Ralph Lauren ou Calvin Klein. Ce n'est pas l'une de ces jolies petites filles pour qui ces vêtements sont conçus.

J'ai d'abord songé à la faire adopter. J'imaginais déjà le couple qui la recueillerait et prendrait soin d'elle comme si elle était la sienne. Si j'avais fait ce choix, peut-être que mes parents seraient restés en Islande. La dernière fois que j'ai eu de leurs nouvelles, c'était quelques jours après la naissance de ma fille, lorsqu'ils m'ont envoyé une lettre. Reconnaissant immédiatement l'écriture de ma mère sur l'enveloppe, je l'ai ouverte d'un geste fébrile comme un enfant affamé. Elle ne contenait qu'une carte au texte générique auquel ils n'avaient pas pris la peine d'ajouter le moindre mot, en dehors de leurs deux noms. Pas « Maman » ni « Papa ». Non, leurs noms de baptême, comme si je n'étais pas leur fille, mais une parente éloignée.

C'est pourquoi je m'efforce de modérer mes attentes lorsque, le lendemain de son anniversaire, j'aperçois dans ma boîte aux lettres une enveloppe avec le nom de ma fille élégamment calligraphié par ma mère. Chiffonnée et malmenée, elle semble être tombée dans une flaque au cours de la distribution du courrier. De retour dans l'appartement, je la pose sur la table de la cuisine, me prépare un café et essaie de calmer ma respiration. Je ne l'ouvre pas avant de m'être assise avec ma tasse.

Dans la fine enveloppe, quelque chose semble bouger. Lorsque je déchire le papier, une chaîne argentée tombe sur la table. Petite et délicate, elle est faite pour le cou mince d'un enfant, et un pendentif arborant la lettre H y est accroché. La première lettre du prénom de ma fille.

Dès qu'elle ouvrit la porte, Sæunn entendit leurs éclats de rire. À en avoir mal au ventre, à en perdre haleine. Quand avait-elle ri ainsi pour la dernière fois ? Sans doute adolescente. Fannar était un homme gentil, intelligent, fiable et digne de confiance, cependant il n'était pas drôle. Il leur arrivait de plaisanter, mais c'était toujours de courte durée, et jamais au point de partir dans un immense fou rire, comme celui qu'elle distinguait en provenance de la chambre de Hekla à cet instant.

S'approchant, elle écouta une seconde à la porte puis frappa. Si seulement elle pouvait revivre ça. Dans ses souvenirs, c'était une période pleine d'aventures et, plus jeune, elle pensait que la vie serait toujours ainsi. Que les responsabilités n'arriveraient que bien plus tard, qu'elle resterait longtemps cette jeune fille qui n'avait pas besoin de décider qui elle était ni ce qu'elle voulait faire. Le temps lui semblait infini. En y repensant aujourd'hui, Sæunn songea à quel point ces années étaient courtes en vérité. Elle s'était laissé surprendre par l'âge adulte, et sans qu'elle s'en soit rendu compte, tout avait changé. Elle avait les mêmes amies, mais elles ne passaient plus leur temps à écouter de la musique sur leur poste à cassettes et à parler garçons allongées sur un lit. Aujourd'hui, leurs conversations se concentraient sur les emprunts immobiliers, la politique et l'augmentation des salaires. Leurs maris, leurs enfants, leurs collègues et leurs connaissances. Elles ne riaient plus comme les trois adolescentes derrière cette porte.

– Hekla ? fit-elle en ouvrant prudemment.

Enfin, les filles reprirent leur souffle, installées sur le lit, leur téléphone à la main – évidemment. Leurs chaussettes étaient éparpillées par terre.

– Oui ? lança Hekla en se redressant, essoufflée.

– Vous voulez manger à la maison, les filles ? Je pensais commander une pizza.

– Euhhh, oui, je veux bien, répondit Dísa.

– Je dois juste demander l'autorisation, dit Tinna.

– Moi aussi, renchérit Dísa.

– Je vais appeler vos mères, conclut Sæunn.

Les amies de Hekla étaient tellement charmantes. Toujours si polies, si éloquentes, quoique différentes l'une de l'autre. Les cheveux épais et d'un blond qui ne semblait pas naturel, Tinna était grande et bien charpentée, sans être grosse. Plutôt calme, elle parlait peu mais choisissait bien ses mots. Pas exactement timide, elle gardait une forme de réserve, de distance. Tout le contraire de Dísa qui, volubile, adorait bavarder avec Sæunn comme une adulte. Sæunn en oubliait d'ailleurs qu'elle n'avait que quinze ans lorsqu'elle la rejoignait dans la cuisine pendant que Tinna et Hekla avaient le nez plongé dans leur portable.

Elle connaissait bien leurs parents aussi, surtout leurs mères. Par la force des choses, elles étaient devenues amies, du moins autant qu'on peut le devenir à un âge plus avancé. C'était l'un de ces changements qui s'opéraient quand on était adulte : l'amitié n'avait plus la même saveur qu'auparavant. Elle ne pouvait plus se faire des amies en qui elle avait une totale confiance et qui la connaissaient sur le bout des doigts. Elles discutaient ensemble autour d'un café, partageaient parfois un petit secret ou des potins. Quelque chose qui les rapprochait, mais pas trop. Pas au point de laisser paraître la moindre fêlure.

Lorsqu'elle eut refermé la porte, le fou rire ne tarda pas à recommencer. Elle se demanda si Hekla avait été aussi heureuse chez Maríanna. Probablement pas. C'était presque une certitude. À Borgarnes, la jeune fille peinait à se faire des amis, comme elle le lui avait confié le dimanche soir précédant la disparition de sa mère. Au fil de la journée, Sæunn avait perçu comme une angoisse grandissante chez elle ; d'heure en heure, Hekla se faisait moins bavarde et son regard toujours plus distant, jusqu'à ce que Sæunn la prenne à part et lui demande ce qui se passait. Non pas s'il se passait quelque chose, mais bien ce qui se passait.

Fondant en larmes, l'adolescente lui avait avoué être toujours isolée à l'école. Être seule parmi la foule était tellement pire qu'être seule quand il n'y avait personne. « S'il te plaît, s'il te plaît, je ne veux pas y retourner », l'avait-elle suppliée. Sæunn avait immédiatement appelé Maríanna pour lui expliquer la situation. Autorisait-elle Hekla à rester quelques jours de plus à Akranes, le temps qu'elle se remette ? Non, évidemment, ce n'était pas possible. Elle devait retourner au collège. Toujours la même passivité chez cette femme qui revendiquait le qualificatif de mère. Enfin, ce n'est plus un problème à présent, songea Sæunn en composant le numéro de chez Tinna.

Gígja était assise à la table de la cuisine lorsque Hördur rentra chez lui. À côté d'elle, dans la chaise pour bébé, se trouvait la cadette de leurs cinq petits-enfants, une princesse à la chevelure déjà abondante qui venait d'avoir un an.

– Tu es sûre que tu devrais faire du baby-sitting maintenant ? demanda-t-il en ouvrant le réfrigérateur.

Généralement fatiguée après une séance de radiothérapie, Gígja n'avait néanmoins pas pu s'empêcher de faire du shopping, à en juger par les sacs qu'il avait aperçus dans l'entrée. Ne voulant pas l'accabler de reproches, il ne fit aucune remarque à ce sujet. Sa fille et elle ne s'étaient visiblement pas tourné les pouces dans la capitale, et à présent voilà qu'elle s'occupait de la petite dernière au lieu de se reposer.

– Oh, je t'en prie, soupira-t-elle sans quitter du regard le bébé à qui elle donnait à manger. Ça me repose davantage que de m'affaler sur le canapé sans avoir rien à faire.

– Oui, mais les médecins t'ont recommandé de…

– Si je dois mourir demain, l'interrompit-elle, je préfère avoir passé la journée avec mes proches plutôt que dans mon lit.

Hördur laissa échapper un grognement. Il ne comprenait pas comment elle pouvait évoquer la mort avec tant de légèreté. Cela le mettait terriblement mal à l'aise. Gígja lui sourit, et les rides autour de ses yeux se creusèrent. Elle s'en plaignait régulièrement, mais lui les trouvait belles. Elles lui donnaient un air joyeux et chaleureux. Lui rappelaient à quel point ils avaient eu une vie heureuse, à quel point ils avaient ri. Lorsqu'elle lui souriait ainsi, il ne pouvait faire autrement que l'imiter. Posant les mains sur ses épaules, il l'embrassa sur le crâne.

Gígja avait réduit ses horaires de travail durant son traitement – du moins, c'est ce qu'elle lui faisait croire. Hördur savait bien qu'elle s'y rendait tous les jours et rapportait des dossiers à la maison, en plus de surveiller ses cinq petits-enfants. À l'encontre des conseils des médecins. Il devrait en toucher un mot à ses enfants. Leur demander d'épargner leur mère les semaines où elle avait une séance de rayons. Il lui faudrait juste prendre garde à ce que sa femme n'en entende pas parler, sinon il risquait de se faire remonter les bretelles.

S'asseyant à la table de la cuisine, il fit une grimace à la fillette. Elle inclina la tête et le fixa de ses grands yeux. Il n'avait jamais été très doué avec les enfants. Il ne savait pas quoi dire ni faire face à eux. Il se sentait stupide quand il prenait une petite voix comme la plupart des gens.

– On se fait livrer quelque chose ce soir ? proposa Gígja. Je n'ai pas trouvé le temps de faire des courses, et les placards sont vides.

– Je m'en occupe, dit Hördur avant de se lever pour rejoindre le salon.

Gígja glissa un petit bout de pain avec du pâté dans la bouche de la fillette qui le recracha immédiatement avec un filet de bave.

– Tu n'as plus faim, ma chérie ? s'exclama Gígja avant de lui essuyer la bouche. Demande à Sibbi s'ils veulent se joindre à nous pour le dîner ! lança-t-elle ensuite à Hördur. Ils comptaient revenir la chercher dans quelques minutes.

– D'accord, d'accord.

Composant le numéro de son fils, il réprima son envie de s'allonger sur le canapé et de fermer les yeux. Il adorait Gígja et se disait souvent qu'il n'aurait pas pu trouver meilleure compagne de vie, mais parfois il aurait voulu qu'elle lui ressemble un peu plus. Elle n'aimait rien plus qu'avoir une maison remplie de monde, d'enfants, et tout le chaos qui s'ensuivait. Évidemment, il n'avait rien contre, mais parfois c'était trop. Parfois, tout ce qu'il voulait, c'était une soirée seul avec sa femme.

Le sol des douches était recouvert de savon. Des adolescentes qui venaient de terminer leur séance de natation faisaient un concours de bulles et appuyaient sans relâche sur le distributeur mural de gel. Elma prit garde de ne pas glisser en se dirigeant vers la seule douche libre. Enfilant rapidement son maillot de bain, elle s'éloigna avec soulagement des éclats de rire assourdissants.

Dans les ténèbres nocturnes, la lumière du bassin avait quelque chose de fantomatique en vacillant lorsque Elma se plongea dedans. En contraste avec l'air glacial, la piscine était agréablement chaude. Elle se mit à nager, savourant la caresse de l'eau sur sa peau. La tête immergée, elle avait la sensation de découvrir un monde nouveau aux sons étrangement étouffés. Elle avait abandonné l'idée de se rendre à la salle de sport, tellement bondée à cette heure-ci que des files d'attente se formaient devant la maigre sélection d'appareils.

À bout de souffle après quarante longueurs, Elma se hissa hors du bassin et alla s'installer dans un bain chaud pour se détendre. L'air était immobile et la piscine peu fréquentée. De minuscules gouttes brillaient dans les faisceaux des réverbères et, fermant les yeux, elle leva la tête pour les laisser atterrir sur son visage.

Soudain, quelqu'un s'empara de ses épaules. Elle sursauta et se retourna d'un geste vif.

– Sævar ! Tu veux ma mort ou quoi ?

Éclatant de rire, il se plongea dans le bain chaud.

– Je savais que je te trouverais ici.

– Et donc, tu as décidé de me faire subir une crise cardiaque ?

Gênée, Elma songea qu'elle devait avoir le visage constellé de taches rouges aléatoires après avoir nagé. Sous l'effort, sa peau ressemblait parfois à une carte géographique rouge et blanche.

– Je plaide coupable, répondit Sævar avec un sourire espiègle.

– Tu aurais dû nager avec moi, un peu d'exercice ne te ferait pas de mal.

– Tu veux dire que je suis gros ?

– Absolument pas.

– J'en ai bien l'impression, fit-il en fronçant les sourcils.

Elma leva les yeux au ciel. Il fallait qu'elle cesse de le prendre autant au sérieux. Il éprouvait un malin plaisir à la provoquer, et souvent elle mettait beaucoup trop de temps à remarquer l'étincelle d'ironie dans son regard.

– Bref, dit-elle. J'ai revérifié les heures où Maríanna a téléphoné à sa fille le jour de sa disparition. Il y avait vraiment peu de temps entre chaque appel, à peine quelques minutes. On aurait dit qu'il s'était passé quelque chose, que c'était urgent.

– Hmm, marmonna Sævar avant d'incliner la tête en arrière pour mouiller ses cheveux. Comme quoi ?

Commençant à avoir un peu trop chaud, Elma se redressa.

– Aucune idée. Il ne faut pas oublier tous ces coups de fil entre Sæunn et Maríanna les jours précédents. Il devait y avoir un lien avec Hekla. Peut-être que

Maríanna est allée à Akranes parce qu'elle pensait que sa fille s'y trouvait.

– C'est possible, acquiesça Sævar. Mais ça n'explique pas pourquoi elle a fini morte au pied de Grábrók. À moins que tu suggères que Sæunn l'a assassinée.

Un homme d'âge mûr les rejoignit dans le bain chaud et activa les remous. S'allongeant sur l'un des jets, il ferma les paupières.

Elma dut parler plus fort pour que Sævar puisse l'entendre par-dessus le gargouillement.

– Non, ce n'est pas ce que je suggère. Je dis juste qu'il est arrivé quelque chose. Et je me demande si Hekla nous a dit toute la vérité. Si elle n'est pas allée à Akranes ce jour-là, par exemple. Enfin, il se pourrait que ce soit lié à la famille de Maríanna. Ou à l'homme qu'elle devait rencontrer. Peut-être que Hafthór est venu plus tôt chez elle, peut-être qu'elle avait des ennuis, voire qu'elle était en danger. Mais dans ce cas, pourquoi appeler Hekla ? Pourquoi ne pas contacter les secours ou…

– Elma, j'ai dû entendre à peu près la moitié de ce que tu viens de me dire, l'interrompit Sævar, les yeux fermés.

Elle le poussa doucement et secoua la tête. C'était sans importance, elle réfléchissait à voix haute plus qu'elle ne cherchait à tenir des propos sensés. Certains jours, son travail la préoccupait tellement qu'elle avait du mal à penser à autre chose. Sævar ne semblait pas souffrir du même problème, à en juger par son attitude parfaitement décontractée. Peut-être devrait-elle s'inspirer de lui. Mais c'était difficile face à une affaire de cette ampleur. Se replongeant complètement dans l'eau, elle ferma les yeux. Quelques instants plus tard, les remous cessèrent et le silence retomba.

– Tu disais ? lança Sævar en se redressant.

Jetant un regard en coin au vieil homme assis avec eux, Elma murmura :

– Je disais qu'on devrait discuter avec Hekla à nouveau. Elle est la mieux placée pour nous renseigner.

– Je suis d'accord, on s'en occupera demain.

– Il faudrait aussi qu'on…, commença Elma.

Le reste de sa phrase se noya dans le bruit des bulles lorsque l'homme ralluma les jets. Sævar se pencha vers elle pour mieux l'entendre, mais elle secoua la tête. Se rallongeant, elle contempla le spectacle de la condensation qui dansait au-dessus d'eux.

Dix-huit mois

Les sages-femmes me disaient que ce serait plus facile avec le temps, et j'imagine qu'elles avaient raison. Certaines choses le sont, à présent que j'ai un emploi. On se réveille, je l'habille et je l'emmène chez sa nounou. Pendant huit heures, je ne pense à rien d'autre qu'à moi et à mon travail, que j'adore.

Je suis secrétaire dans un cabinet d'avocats du centre-ville. Chaque matin, j'enfile mes plus jolis vêtements, puis je passe la journée à répondre au téléphone et à accueillir les clients. Je note les réunions dans l'agenda, j'envoie des lettres et je me sens enfin moi-même. La plupart des avocats sont des hommes, il n'y a qu'une seule femme. Grande, toujours vêtue d'un tailleur-pantalon, la coiffure impeccable et les ongles longs et soignés, elle inspire le respect. Elle a quelques années de plus que moi, et il nous arrive de bavarder dans la salle de pause. J'aimerais être son amie, mais en vérité je voudrais surtout être à sa place. Lorsque personne ne me regarde, je vais sur le site Internet de l'université, me renseigne sur le cursus de droit, et je me laisse aller à mes rêveries, fantasmant une vie si éloignée de celle que j'ai vécue ces dernières années. À la fin de la journée, la réalité prend le relais, et me voilà redevenue cette mère célibataire qui habite une affreuse cité-dortoir et n'a ni le temps ni l'argent pour entamer des études.

La circulation est dense, je suis en retard mais je ne me presse pas. Lorsque j'arrive enfin, la nounou n'est pas contente du tout. J'ai à peine effleuré la porte qu'elle l'ouvre à la volée, la fillette dans les bras.

– Vous avez vu l'heure ? siffle-t-elle en repoussant une mèche de ses cheveux incolores et mal coiffés.

Sur sa joue droite s'étend une grosse tache de naissance violette qui me fascine toujours. On dirait une carte de l'Islande.

– Excusez-moi, j'ai eu un contretemps. Ça ne se reproduira plus.

Je souris en essayant de ne pas penser au fait que ma fille n'est qu'à quelques centimètres de cette tache dégueulasse.

– Vous devez faire attention. J'ai bien d'autres enfants sur liste d'attente, et je ne peux pas accepter des clients qui rallongent ma journée de travail. Je termine à dix-sept heures.

– Je comprends. Je comprends parfaitement.

Je prends ma fille dans mes bras et m'abstiens de lui rappeler que je n'ai que dix minutes de retard. Que comptait-elle faire de si important durant ces dix minutes ?

– La prochaine fois, je serai obligée de vous facturer tout délai supplémentaire.

– Je ne recommencerai pas.

Je continue de sourire, ravalant mon envie de lui balancer un coup de poing au visage, qu'elle n'a même pas pris soin de maquiller. Elle me jette dehors avant que j'aie eu le temps de mettre son manteau à ma fille. N'insistant pas, je me précipite vers la voiture, l'enfant sous un bras et ses vêtements sous l'autre.

– Et merde ! m'écrié-je en faisant tomber un gant dans la neige fraîche.

Avec difficulté, je parviens à ouvrir la voiture et à installer la fillette sur son siège. Hurlant à pleins poumons, elle a de la morve qui s'étale des narines aux joues. Pourquoi les enfants sont-ils aussi sales ? Elle me frappe et me tire les cheveux pendant que j'attache sa ceinture. J'ai envie de lui hurler dessus à mon tour mais, serrant les mâchoires, je compte jusqu'à dix. Lorsque je me retourne pour ramasser le gant, je sursaute en me retrouvant face à un homme.

– C'est à vous ? me dit-il en me le tendant.

– Oui, merci.

J'observe son nez droit et ses sourcils sombres.

– Dure journée ? me demande-t-il, un sourire malicieux aux lèvres.

– On peut dire ça.

Laissant échapper un petit rire, je balaie les mèches de mon visage en croisant les doigts pour ne pas avoir l'air trop négligée. Toujours soucieuse d'être belle pour le travail, je lisse mes cheveux ou les noue en un chignon soigné chaque matin. J'applique du crayon noir sous mes yeux et remets régulièrement du gloss sur mes lèvres au fil de la journée.

– Elle vous a eue, me lance l'inconnu.

– Pardon ?

– Vous avez la joue qui saigne.

– Oh, dis-je en passant une main sur la blessure sensible. La pauvre, elle est un peu fatiguée et… oui, la journée a été difficile pour nous deux.

Je me force à rire de nouveau, mais soudain je me rends compte que j'ai l'air ridicule. Mon chignon, encore si propre quelques minutes auparavant, s'est à moitié détaché, et j'ai sûrement le visage tout rouge après la bataille avec ma fille. En plus, je porte des bas en Nylon et des talons hauts. Pas exactement la tenue idéale avec ce vent et cette neige. Je suis sans doute loin de l'image de la mère modèle – mais ça, je le savais déjà.

– Ne vous excusez pas, j'imagine très bien la situation.

J'en doute, mais je ne réponds rien, me contentant de hocher la tête et de lui adresser un sourire gêné. J'ai soudain très envie de mettre fin à cette conversation et de partir.

– Il est l'heure d'aller chercher Papa ? demande-t-il avant que je sois parvenue à m'asseoir dans la voiture.

Je m'arrête et réprime un sourire. Cette question ne veut dire qu'une chose.

– Il n'y a pas de papa, on n'est que toutes les deux.

– Je vois, me répond l'homme, embarrassé à son tour.

Je décide alors de lui faciliter les choses et, avant qu'il ait pu ajouter quoi que ce soit, je lui dis :

– Je vais vous donner mon numéro de téléphone.

Il m'appelle dès le lendemain et nous nous donnons rendez-vous. Seule au monde et n'ayant pas de baby-sitter à disposition vingt-quatre heures sur vingt-quatre, je n'ai d'autre choix que de l'inviter chez moi. Je l'entends hésiter. Il aurait sans doute préféré me rencontrer dans un restaurant ou dans un bar, loin de cette enfant et de cet appartement de mère célibataire. Mais au final, il dit oui. Oui, il veut bien venir. Pourquoi pas ce soir ? Ça me semble très bien. Mieux que bien, aurais-je envie de dire. Ça fait si longtemps que je n'ai pas passé la soirée avec quelqu'un d'autre qu'elle. Je préfère ne pas y penser.

Le soir venu, on dirait qu'elle pressent quelque chose. Elle pleure quand je lui donne son bain. Pleure quand je l'habille et refuse de manger. Comme d'habitude lorsqu'elle est de cette humeur massacrante, elle ne se contente d'ailleurs pas de pleurer. Non, elle m'attaque. Essaie de me griffer, de me mordre, se jette par terre avec une telle violence qu'elle pourrait sérieusement se blesser. Je lui attrape la tête avant qu'elle ne se cogne au sol, et elle en profite pour me saisir la joue qu'elle serre dans sa petite main. Je lâche un hurlement et, dans un geste réflexe, la gifle. Le claquement résonne dans l'appartement soudain silencieux. Mais le silence est de courte durée, car quelques secondes plus tard, elle se remet à hurler. Plus fort que jamais.

Je jette un coup d'œil à l'heure. Il est trop tard. Avant même de m'en être rendu compte, me voilà en train de pleurer à mon tour. Les larmes coulent sur mes joues et me brûlent en dévalant la blessure que la petite m'a infligée. Inspectant mon reflet dans le miroir, je sursaute face à mes yeux gonflés et mes joues écarlates, constellées de traces de griffures. Comment suis-je censée rencontrer cet homme, maintenant ? Comment suis-je censée rencontrer qui que ce soit ? Je me redresse, regarde la fillette encore allongée par terre et sens un tremblement dans mes doigts. Je suis si furieuse. Tout ça, c'est sa faute. J'ai envie de la prendre sous mon bras et de la jeter dans sa chambre. Plus je la fixe, plus ma colère augmente, jusqu'à ce que je n'en puisse plus.

– Tais-toi, saleté de gamine ! m'écrié-je avant de lui attraper une main et de la tirer jusque dans sa chambre.

Dès que j'ai claqué la porte, j'entends qu'on frappe dans l'entrée. Je reste immobile. Retiens mon souffle.

On frappe à nouveau. M'appuyant contre le mur, je me laisse glisser et enfouis mon visage dans mes mains.

Il n'insiste pas et part. Je n'entendrai plus jamais parler de lui. Je l'imagine s'échappant en courant de l'immeuble, grimpant dans sa voiture et essuyant la sueur froide de son front. Se disant : je l'ai échappé belle. Il a forcément entendu les cris, les larmes et tout le reste. Depuis combien de temps se tenait-il derrière la porte ? Qu'a-t-il pu penser de moi ?

Je soupire, me frotte les yeux et jette un regard en direction de la chambre. Elle pleure toujours, mais ses sanglots sont moins puissants et ressemblent désormais à un marmonnement monotone. Je n'ai pas envie de la consoler. Pas envie de la voir ni de l'entendre. À cet instant, je voudrais qu'elle soit le problème de quelqu'un d'autre. J'ai honte de penser une chose pareille, je ne le dirai jamais à voix haute, mais c'est ainsi, je n'arrive pas à aller la voir. Je n'ai pas d'amour à lui donner. Alors je vais m'allonger sur le canapé, m'enroule dans une couverture et m'endors.

Mardi

Hekla abandonna l'idée de parvenir à discipliner l'épi qui rebiquait à l'arrière de son crâne. Essayant de l'aplatir avec ses mains, elle pria pour que personne ne le remarque. Elle enfila un sweat à capuche et hissa son sac sur ses épaules.

– J'y vais ! s'exclama-t-elle en passant devant la cuisine où les autres prenaient leur petit déjeuner.

Elle avait du mal à croire que c'était sa famille. Certes, elle en faisait partie depuis toute petite, mais désormais, elle n'avait plus à leur dire au revoir le dimanche.

– Tu ne veux pas manger un morceau ? demanda Sæunn.

– Je n'ai pas faim, répondit-elle en s'emmitouflant dans l'épaisse doudoune qu'ils lui avaient offerte pour son anniversaire.

– Je peux t'emmener, proposa Fannar en levant les yeux de son journal. Et tu sais que tu n'es pas obligée d'y aller. Tout le monde comprendrait que tu préfères rester à la maison, après la nouvelle que tu as reçue ce week-end.

Elle n'était pas sortie du tout la veille, et à vrai dire elle avait hâte de prendre un peu l'air.

– Non, j'y tiens. Et je vais marcher, ça va me réveiller.

Fannar l'observa un instant, comme pour s'assurer qu'elle allait bien, avant de baisser de nouveau les yeux et de poursuivre sa lecture.

Ces derniers mois, Hekla avait fini par s'habituer à la vie à Akranes. Sa mère ne lui manquait pas spécialement, et elle se réjouissait d'avoir enfin une famille ordinaire. Une famille qui partait en voyage et dînait ensemble. Ils lui imposaient même un couvre-feu, et se mettaient en colère si elle ne le respectait pas. Ce qui l'amusait un peu ; étrangement, elle aimait même leurs remontrances, qui prouvaient qu'ils se souciaient d'elle.

Tandis qu'elle se dirigeait vers le lycée, elle jeta un coup d'œil par-dessus son épaule et observa la maison. Ce grand pavillon avec deux voitures et un jacuzzi sur la terrasse était désormais son chez-elle. Oh, comme elle jalousait son frère Bergur lorsqu'elle devait retourner à Borgarnes à l'époque ! Chez Maríanna. Le prénom de cette femme suffisait à éveiller des images qu'elle préférait enfouir au plus profond de son cerveau.

La première fois que sa mère avait disparu, elle avait passé trois jours toute seule. Elle était si petite qu'elle ne se rappelait que la faim et la peur qui l'étreignaient durant la nuit. Peut-être n'étaient-ce même pas de vrais souvenirs, mais une simple déduction de son esprit sur ce qu'elle avait dû ressentir. Le fait est que la crainte la saisissait dès qu'elle se retrouvait seule. Lors de la dernière disparition de Maríanna avant sa mort, il avait fallu une semaine pour qu'on se rende compte qu'elle était livrée à elle-même. À dix ans, elle était parvenue à faire illusion. Elle se rendait à l'école, mangeait ce qu'elle trouvait dans le congélateur ou parmi les conserves du placard. Personne n'avait rien vu avant que Sæunn et Fannar ne viennent la chercher le week-end suivant. Elle espérait alors que Maríanna ne reviendrait jamais, elle espérait pouvoir vivre de manière permanente chez sa famille d'accueil.

Hekla s'arrêta le temps de choisir une chanson sur son portable, puis reprit sa route avec Radiohead dans les oreilles. Elle avait atteint le sentier piétonnier lorsqu'on lui attrapa soudain les épaules.

– Tu as sursauté ! s'écria Dísa dans un éclat de rire. Je te jure, le bond que tu as fait ! Tu aurais dû voir ta tête.

– Oh, la ferme, lança Hekla avec un léger coup de coude à son amie avant de sourire à Tinna.

Elles empruntaient toutes les trois le même chemin pour se rendre au lycée – un sentier gravillonné qui traversait tout un quartier résidentiel. Le plus souvent, elles faisaient la route ensemble, mais ce matin-là, Hekla s'était abstenue d'ouvrir ses messages, car elle désirait être seule. Tant pis pour elle.

Bavarde, directe et expansive, Dísa était tout son contraire. Elle affirmait à qui voulait l'entendre que ses cheveux frisés étaient châtains, mais en vérité elle était plutôt rousse. Tinna ne se privait pas de la taquiner à ce sujet, alors qu'elle-même se teignait régulièrement en blonde, ce qui prouvait qu'elle non plus n'était pas spécialement satisfaite de sa couleur d'origine. Sa mère présentait le journal télévisé, et son père leur proposait parfois de faire un tour dans sa voiture décapotable, ce que Tinna trouvait passablement ridicule. Quel imbécile achète une décapotable en Islande ?

Ses deux amies permettaient à Hekla d'oublier qu'elle allait au lycée avec cent autres gamins, ce qui la terrifiait autrefois. Avec elles, elle pouvait rire, et l'anxiété qui l'avait accompagnée tout au long de sa scolarité s'envolait. Au moins temporairement.

Jusqu'ici, personne ne lui avait jamais prêté attention, ni ses camarades ni même Maríanna. Elle aurait aussi bien pu être invisible. Sa mère préférait qu'elle reste dans sa chambre et ne se fasse pas remarquer. Elle avait bien assez à faire comme ça. Elle recevait du monde, sortait s'amuser, et la plupart du temps Hekla se sentait de trop. Comme si sa naissance avait anéanti quelque chose dans la vie de Maríanna, sans qu'elle sache vraiment quoi. Elle le voyait dans ses yeux, le ressentait à chaque instant. Il faut dire que sa mère n'était pas beaucoup plus vieille qu'elle lorsqu'elle était tombée enceinte, ce qui expliquait beaucoup de choses. D'un autre côté, Hekla n'avait jamais demandé à naître, devait-elle vraiment payer pour les échecs de cette femme ?

Avec Sæunn, c'était différent. Elle voulait vraiment de Hekla. Voulait faire des choses avec elle, lui parler. Elle lui demandait plusieurs fois par jour comment elle allait. Pas d'une manière superficielle qui ne menait qu'à la même sempiternelle réponse – « ça va » –, non, elle voulait vraiment savoir, et elle insistait.

Hekla avait longtemps été jalouse de ses amies, mais à présent ce n'était plus nécessaire. Elle avait une mère, un père, un petit frère, un nouveau manteau et un téléphone portable – elle ne pouvait être qu'heureuse. Seule une petite partie d'elle éprouvait de la nostalgie envers Maríanna, en se remémorant ses étreintes et ses rares mots tendres. Une infime portion qui la rongeait de l'intérieur et refusait de disparaître.

Les messages de Dagný arrivaient par dizaines. Des liens vers des sites de traiteurs, des propositions de décorations, d'alcools ; qui devait faire un discours, quelles chansons passer ? D'accord, sa sœur adorait organiser des fêtes, mais Elma n'aurait jamais soupçonné qu'il fallait réfléchir à chaque menu détail de cette manière. Qui se préoccupait de savoir si les serviettes seraient blanches ou bleu roi ? Après avoir assisté aux anniversaires de ses neveux Alexander et Jökull, elle aurait dû savoir à quoi s'attendre. À en juger par les pâtisseries extravagantes, les cake pops et les bouquets géants de ballons, on aurait pu croire que les garçons faisaient leur communion. Pourquoi ne pas avoir confectionné un gâteau au chocolat tout simple, et laissé les enfants le décorer eux-mêmes avec des bonbons ? Il y avait fort à parier qu'ils en auraient été tout aussi heureux. Voire plus, vu la manière dont ils grignotaient en douce le glaçage recouvrant les magnifiques gâteaux d'anniversaire. Elma était certaine que leur père ne remarquerait même pas si les serviettes étaient bleues ou blanches.

S'apprêtant à demander à sa sœur si tout ça était vraiment important, elle effaça finalement son message en repensant à ce que sa mère lui avait dit. Se montrait-elle trop sèche envers Dagný ? Pas assez polie ? Elle inspira profondément et se força à faire un choix éclairé. Les serviettes bleu foncé plutôt que les blanches, de l'agneau plutôt que du bœuf, une meringue plutôt qu'un fondant au chocolat.

Au moment où elle envoyait le message, Sævar frappa à sa porte.

– Tu es prête ?

Il se mit à pleuvoir lorsqu'ils prirent la route de Borgarnes. Assombrissant le ciel, les nuages opaques donnaient à Elma l'impression d'être lovée dans un cocon bleu-gris. De lourdes gouttes d'eau s'écrasèrent bruyamment sur le pare-brise, donnant du fil à retordre aux essuie-glaces.

– C'est plutôt apaisant, cette pluie, dit-elle.

– Tu sais que tu n'es pas censée t'endormir maintenant ? répliqua Sævar. Tu conduis, et j'ajoute que tu transportes un chargement précieux.

– Toi, si j'ai bien compris ?

– Évidemment. D'une valeur inestimable.

– Je vais faire de mon mieux.

Il lui arrivait de somnoler en voiture lorsqu'elle était passagère, comme son collègue en avait souvent fait l'expérience. Elle ne dormait jamais aussi bien que bercée par le ronronnement du moteur.

– Elle était très jeune quand elle a eu Hekla, seulement seize ans, rappela Sævar après quelques instants de silence.

– On n'a jamais découvert qui était le père, il me semble ?

À vrai dire, les informations qu'ils avaient réunies sur Maríanna étaient plutôt maigres. Ils savaient juste où elle avait vécu et travaillé, ainsi que les noms des membres de sa famille.

– Non, c'est pourquoi elle a simplement été baptisée Hekla Maríönnudóttir[1]. Pas étonnant, étant donné que Maríanna n'avait que quinze ans lorsqu'elle est tombée enceinte. Peut-être que le père avait le même âge.

Sævar augmenta le chauffage puis, contemplant le Borgarfjördur qui s'étendait sous leurs yeux, ajouta après un bref silence :

1. La plupart des Islandais n'ont pas de nom de famille mais un patronyme construit généralement avec le prénom du père suivi du suffixe -son (fils) ou -dóttir (fille). Dans de plus rares cas, on peut utiliser le prénom de la mère. Hekla Maríönnudóttir signifie donc « Hekla, fille de Maríanna ». *(Toutes les notes sont du traducteur.)*

– Qu'est-ce qui peut bien pousser quelqu'un à déménager à Borgarnes ?

– Qu'est-ce qui a bien pu te pousser à déménager à Akranes ? répliqua Elma sur-le-champ.

Originaire d'Akureyri, dans le nord de l'Islande, Sævar était venu vivre à Akranes avec sa famille quand il était adolescent. Quelques années plus tard, son frère et lui s'étaient retrouvés seuls lorsque leurs parents avaient été victimes d'un accident de voiture mortel. Si Sævar n'évoquait jamais cette tragédie, il parlait volontiers de son frère Magnús, surnommé Maggi, qui habitait une résidence spécialisée. Chaque fois qu'Elma l'avait vu, il avait l'air enjoué et la serrait fort dans ses bras. Elle sourit en y repensant.

– Mon père a obtenu du travail à Reykjavík, mais ma mère refusait de vivre à la capitale. Je pense qu'Akranes était une sorte de compromis. Personnellement, j'aurais préféré rester à Akureyri.

– Pourquoi n'y es-tu pas retourné ? demanda Elma, devinant aussitôt la réponse.

– À cause de Maggi. Il se plaisait beaucoup dans sa résidence, et j'étais trop jeune pour le prendre en charge.

– J'espère que tu ne le regrettes pas.

– Absolument pas.

Elma ralentit en arrivant sur le pont menant à Borgarnes, une petite ville non dénuée de charme dont le relief contrastait agréablement avec le paysage plat des environs d'Akranes. Lorsqu'elle était plus jeune, elle était parfois venue ici avec sa famille pour profiter de la piscine, surtout après l'installation de ses trois grands toboggans. Ils allaient ensuite se balader dans le parc de Skallagrímsgardur en grignotant un *snúdur*, roulé à la cannelle recouvert d'une généreuse couche de glaçage, ou bien acheter un hot-dog dans la station-service Hyrnan. Dans ses souvenirs, il faisait systématiquement beau. Elma avait du mal à y croire, car le soleil ne semblait jamais briller dans ce pays. Mais le monde était toujours plus lumineux dans les yeux des enfants.

La conversation avec le collègue de Maríanna fut de courte durée. Le jeune homme, la vingtaine, cheveux longs et un anneau à l'oreille, était le fils du propriétaire. Il leur confia que Maríanna était rentrée chez elle à midi, comme tous les vendredis. Il n'avait rien remarqué d'inhabituel dans son comportement. Ils se parlaient peu, n'étaient pas spécialement proches. En bref, le même témoignage que celui livré au printemps.

Après cette entrevue, ils étaient passés au commissariat de Borgarnes pour s'entretenir avec le premier policier dépêché chez Maríanna suite à l'appel de Sæunn. Lui non plus n'avait rien à ajouter à ce qu'il avait mentionné dans son rapport. Il avait fait le tour de l'appartement sans noter quoi que ce soit. Étant donné le jeune âge de Hekla, il avait contacté les services de protection de l'enfance, qui avaient décidé de confier l'adolescente à sa famille d'accueil en attendant que sa mère refasse surface.

Elma et Sævar n'avaient donc rien appris au cours de ces deux visites, et n'en savaient pas plus sur ce qui était arrivé à Maríanna. Son amie la plus proche, Ingunn, leur apporterait peut-être de nouveaux éléments. Tapotant nerveusement le volant, Elma se pencha en avant pour essayer de distinguer les numéros des maisons.

– Tu es sûr d'avoir la bonne adresse ? s'agaça-t-elle en parcourant la rue pour la énième fois sans trouver celui qu'elle cherchait. Je ne comprends pas. Cette portion de rue se termine au numéro 20, et la suivante commence au 38. Où sont passés les autres, bon sang ?

– Ne désespère pas, mon amie, répondit Sævar d'un ton théâtral. Je vais lancer le GPS de mon téléphone.

Quelques minutes plus tard, ils aperçurent enfin la maison, complètement décalée par rapport aux autres.

– Ça n'a aucun sens, grogna Elma face à cette absurdité en se garant au bord du trottoir. Qui a eu l'idée…

Sævar lui prit la main.

– Chhh… On inspire… et on expire, dit-il avec une voix de professeur de yoga.

– Mais je suis très calme, répliqua-t-elle sans pouvoir retenir un sourire.

Sa main était chaude et douce. Lui lançant un clin d'œil, il lâcha prise et détacha sa ceinture.

Dehors, la pluie tombait toujours. Elma enfila sa capuche en ouvrant la portière et se dirigea d'un pas rapide vers l'entrée protégée par un porche.

La carrure robuste, les cheveux longs tombant jusqu'au bas des reins, Ingunn leur ouvrit avec un bébé dans les bras et un petit garçon d'environ deux ans accroché fermement à sa cuisse.

– Entrez ! s'exclama-t-elle en reculant d'un pas, faisant trébucher le petit garçon qui se mit aussitôt à gémir. Oh, excuse-moi, mon Davíd.

Avec difficulté, elle se pencha vers lui.

Le cœur d'Elma manqua un battement en entendant ce prénom. Ce bout de chou aurait très bien pu être son Davíd à elle, enfant. Quelque chose dans le visage, dans ses yeux marron. Se penchant à son tour, elle lui caressa la tête. Surpris, il arrêta immédiatement de pleurer.

– Qu'est-ce que tu as là ? demanda-t-elle en pointant du doigt l'ours en peluche qu'il tenait dans sa main.

Il la regarda d'un air dubitatif.

– C'est un ourson ? tenta-t-elle.

– Un ours polaire, répondit le petit garçon d'une voix limpide et articulée.

– Un ours polaire, bien sûr, comme je suis bête ! s'exclama-t-elle avec un sourire avant de se redresser.

Ingunn prit la main de l'enfant et le mena à l'intérieur.

– On peut s'installer dans la cuisine.

Ils prirent place à une grande table. Sentant quelque chose craquer sous son pied, Elma baissa les yeux et vit que le sol était recouvert de Cheerios. Installant le plus jeune des deux garçons dans une chaise haute, Ingunn versa sur le plateau une poignée de céréales qu'il balaya aussitôt d'un geste vif avant d'en porter une à ses lèvres prudemment. Ailleurs dans la maison, on distinguait d'autres voix d'enfants.

– Vous ne devez pas avoir le temps de vous ennuyer, lança Elma à Ingunn qui était occupée à débarrasser des bols et une brique de lait.

– Cinq garçons, répondit-elle simplement.

– Waouh, c'est presque une équipe de foot ! commenta Sævar.

– Ça en prend la direction, acquiesça Ingunn, visiblement peu enthousiaste à cette idée.

Suivant sa mère à chaque pas, Davíd s'accrochait à son pantalon et semblait déterminé à ne pas lâcher prise.

– Voilà, dit-elle en posant une cafetière et des tasses sur la table. Vous prenez du lait ? J'ai aussi du sucre, quelque part. Et j'aurais pu jurer avoir des biscuits, ajouta-t-elle en fouillant placards et tiroirs.

– C'est très bien comme ça, nous n'en avons pas besoin, répliqua Elma avec empressement.

– Ah, voilà ! s'exclama Ingunn d'un ton victorieux avant de disposer les biscuits sur un petit plateau. Je dois toujours les cacher, sinon ils disparaissent en un rien de temps. Le problème, c'est que je finis par oublier où je les ai mis, et je retrouve de vieux paquets au fond d'un placard des mois plus tard.

Elma observa Ingunn. Elle était vêtue d'un tee-shirt large arborant le mot Relax, ce qui ne manquait pas de sel dans ces circonstances. Elle n'avait probablement pas remarqué que son petit dernier avait vomi sur son épaule, où l'on distinguait une petite trace blanche. Elle portait de faux ongles longs recouverts d'un vernis rose sombre qui détonnaient avec le reste de son apparence et ne devaient pas être très pratiques pour s'occuper de tous ces enfants. Non pas qu'Elma eût la moindre expérience des ongles longs. Ni des jeunes enfants, d'ailleurs. Dagný avait refusé de lui confier Alexander avant qu'il soit devenu propre et qu'il parle. Quant à Jökull, il venait d'avoir deux ans, et elle ne s'en était encore jamais occupée seule.

Ingunn installa le petit Davíd sur une chaise à côté d'elle avant de l'attacher avec une sorte de harnais et de lui donner un biscuit. Puis, enfin, elle put s'asseoir à son tour, se verser une tasse de café et inspirer profondément.

– Bien. Vous vouliez me poser des questions sur Maríanna, n'est-ce pas ?

– Oui, vous avez sans doute appris que son corps a été retrouvé ce week-end, fit Sævar en jetant un regard au petit garçon.

– Il ne comprend rien, le rassura Ingunn.

En effet, l'enfant marmonnait des mots à l'oreille de son ours polaire à qui il tendait son biscuit entre deux bouchées.

– Sa mort semble d'origine criminelle, expliqua Elma, surprise par son propre ton formel. Je veux dire… Maríanna a été assassinée, nous avons donc décidé de reprendre l'enquête à zéro afin de déterminer ce qui s'est passé.

– Je savais qu'elle ne se serait jamais suicidée, répondit Ingunn en hochant la tête.

Surprise, Elma feuilleta son carnet de notes.

– Mais… j'avais cru comprendre qu'elle affirmait parfois avoir envie de mourir. C'est ce que vous nous aviez dit au printemps.

– Oui, oui, mais c'était il y a longtemps. Elle avait des hauts et des bas, des bons jours et des mauvais. La semaine avant sa disparition, elle était de très bonne humeur. Notamment grâce à Hafthór.

– Comment vous êtes-vous connues ?

– Un pur hasard. Maríanna a emménagé à Borgarnes il y a cinq ans, et nous nous sommes rencontrées à la piscine. J'étais avec mes petits monstres ; l'un d'entre eux est tombé et j'ai dû aller voir un surveillant pour qu'on lui mette un pansement. Elle a proposé de garder un œil sur les autres pendant ce temps, et à partir de là, nous sommes devenues amies.

– Vous savez pourquoi elle est venue vivre ici ?

Maríanna n'avait aucun proche dans cette ville.

– Hmm… non, pas vraiment. Elle a d'abord vécu à Sandgerdi, puis elle a déménagé à Reykjavík l'année où Hekla est née. Je crois qu'elle n'a jamais vraiment aimé la capitale.

– Je vois, acquiesça Elma. Pourquoi n'est-elle pas simplement retournée à Sandgerdi ?

Ingunn haussa les épaules.

– Aucune idée. Je sais juste que quand sa mère est morte il y a cinq ans, elle s'est installée ici. Elle n'avait aucun contact avec son père, je crois qu'elle voulait simplement reprendre à zéro. Je ne lui posais pas de questions à ce sujet. J'avais l'impression que quelque chose était arrivé, et que c'était pour cette raison que sa famille avait quitté Sandgerdi. C'est sans doute lié à sa grossesse. Je veux dire… elle n'avait que quinze ans. Mais ce n'est qu'une supposition. En tout cas, elle ne me semblait plus déprimée depuis longtemps, donc il n'y avait aucun problème. Enfin, vous voyez… des problèmes, elle en avait, mais rien d'ingérable, vous me comprenez ?

Elma hocha la tête.

– Lui arrivait-il de mentionner le père de Hekla ?

– Non, enfin… elle m'a juste dit qu'il n'était pas prêt pour ça. J'ai pensé que ce type devait avoir le même âge qu'elle. Les garçons s'en sortent toujours sans une égratignure alors que les filles se retrouvent à devoir élever les gamins. Leur vie est bouleversée pendant que le père prend la poudre d'escampette. Bref. Je ne l'ai peut-être pas dit assez clairement au printemps dernier, mais plus j'y réfléchissais, plus j'étais convaincue que Maríanna n'avait pas disparu volontairement.

Le cadet des deux garçons se mit à hurler. Tous les Cheerios ayant fini par terre, il tendait la main vers les biscuits.

– Comment pouvez-vous en être si sûre ? demanda Elma – Ingunn n'avait pas évoqué ces soupçons quelques mois plus tôt.

– À cause de Hekla. Maríanna ne l'aurait jamais abandonnée.

Avalant une gorgée de café, Elma retint une grimace. C'était du jus de chaussette.

– Comment s'entendaient-elles ?

Ingunn jeta un coup d'œil au petit garçon qui continuait de tendre la main vers les biscuits malgré la ceinture qui le maintenait attaché.

– Hekla était parfois difficile, mais rien de dramatique. Des trucs d'adolescente. Elle voulait sortir le soir et participer aux fêtes du collège d'Akranes. Elle avait des amis là-bas, qu'elle avait connus lorsqu'elle rendait visite à l'autre famille. Maríanna soupçonnait aussi qu'elle avait un petit ami.

– En effet, sa famille d'accueil, acquiesça Elma en haussant la voix pour se faire entendre par-dessus les cris.

Ingunn capitula, donnant un biscuit à l'enfant qui se tut immédiatement et sourit jusqu'aux oreilles.

– C'est ça, la famille d'accueil.

– Ça se passait bien entre Maríanna et eux ?

Ingunn but une gorgée de café et regarda Elma avec intensité.

– Pourquoi ? Vous ne pensez quand même pas qu'ils ont quelque chose à voir là-dedans ?

– Ça vous semble possible ?

Elle haussa les épaules.

– J'y ai pensé au début, bien sûr, mais ce serait tellement… oui, ridicule. Je sais que Maríanna ne les aimait pas beaucoup, mais les rares fois où je les ai rencontrés, ils m'ont semblé charmants. Surtout la femme. Sæunn.

– Pourquoi Maríanna ne les aimait-elle pas beaucoup ?

– Sans doute à cause de Hekla ? Sæunn ne cachait pas vraiment son envie de l'adopter. De manière définitive. Et je crois que la petite préférait passer du temps chez eux que chez sa mère, ce qui devait pas mal la contrarier.

Elma hocha la tête. Cela concordait avec ce qu'on lui avait dit.

– Vous pensez donc qu'elle ne s'est pas donné la mort, à cause de Hekla, enchaîna Sævar. Vous avez une théorie sur ce qui aurait pu se passer, dans ce cas ? Quelqu'un lui en voulait ? Elle avait des ennuis ?

– Hum… Je ne sais pas.

Hésitant une seconde, Ingunn ajouta :

– Comme je vous l'ai dit, je l'ai trouvée… particulièrement heureuse la semaine de sa disparition. J'ai cru que c'était grâce à Hafthór.

– Vous le connaissez, je crois ?

– Très bien. C'est le meilleur ami de mon mari. Nous avions joué les entremetteurs.

Elma reposa sa tasse.

– Pour être franche avec vous, nous sommes à court d'indices, donc toutes les informations sont les bienvenues. Même un simple détail peut avoir de l'importance, si jamais…

– Je ne sais pas. Je ne vois pas qui aurait pu lui vouloir du mal. Je veux dire… ce n'était pas le genre de femme à chercher le conflit. Au contraire, elle l'évitait comme la peste.

– Rien du tout, donc ?

– Bah… non, mais…

Ingunn baissa les yeux sur sa tasse avant de relever la tête.

– Quand j'y repense, Sæunn n'avait pas arrêté de l'appeler cette fameuse semaine, et Maríanna en avait plus qu'assez. Apparemment, elle voulait que Hekla vienne chez eux, mais ce n'était pas leur week-end. Je ne dis pas qu'elle a joué un rôle là-dedans. C'est juste la seule chose qui me vienne à l'esprit. La seule personne avec qui Maríanna se disputait parfois, en dehors de Hekla.

À peine réveillé, Hafthór les accueillit en marcel et bas de pyjama à carreaux. L'appartement, dont tous les rideaux étaient tirés, exhalait une odeur de renfermé.

– Je travaille à Tangi, expliqua-t-il, faisant référence à Grundartangi, la grande usine d'aluminium du Hvalfjördur. J'étais de nuit.

Il les mena dans un salon soigneusement rangé qu'il s'était visiblement efforcé de rendre aussi douillet que possible. Prenant place sur le canapé d'angle gris sombre, Elma contempla les tableaux sur les murs, des œuvres abstraites où la peinture semblait avoir été lancée au hasard sur la toile.

Lorsqu'ils eurent annoncé l'objet de leur visite, Hafthór leur répéta ce qui figurait déjà dans les rapports de l'enquête. Il avait connu Maríanna par le biais d'Ingunn, et avait discuté avec elle sur Internet pendant quelque temps avant qu'ils ne décident de se rencontrer. Ils s'étaient vus quelques jours avant la disparition, avaient pris un café ensemble au Kaffi Kyrrd de Borgarnes où ils avaient bavardé et s'étaient mis d'accord pour se revoir plus tard dans la semaine.

– Mais je ne la connaissais presque pas, conclut-il. Je veux dire… notre conversation n'avait rien de personnel. Je lui racontais des histoires de mes voyages. J'ai beaucoup parcouru le monde. Quand on n'a ni femme ni enfant, il n'y a pas grand-chose d'autre à faire. Je crois que Maríanna aurait aimé voyager, mais elle ne pouvait pas à cause de la petite. Comment s'appelle-t-elle, déjà ?

– Hekla, répondit Sævar.

– C'est ça. Quand je lui ai demandé qui était le père, elle m'a juste répondu qu'il n'était pas de la partie. Peut-être qu'elle-même l'ignorait.

Elma s'abstint de commenter ce qu'elle estimait être un jugement. Si Maríanna était tombée enceinte à quinze ans, il y avait peu de chances qu'elle ait couché avec de nombreux partenaires. Il était plus probable que le père n'ait pas voulu s'occuper de Hekla. Peut-être parce qu'il était aussi jeune qu'elle, comme Ingunn en avait eu l'impression, ou parce qu'il avait déjà une famille. Une épouse, des enfants. C'était arrivé.

– Que s'est-il passé le jour de votre rendez-vous ? Quand vous êtes-vous parlé pour la dernière fois ? demanda Sævar.

Hafthór se gratta le crâne.

– Je n'avais pas déjà répondu à tout ça ?

Il les regarda puis, n'obtenant aucune réponse, poursuivit :

– Comme je vous le disais, on a décidé de dîner ensemble ce vendredi, car c'était la fin de ma rotation. J'ai terminé ma garde de nuit et j'ai dormi jusqu'à midi. On voulait aller dans un restaurant chic. Je lui ai envoyé un message en me levant, elle m'a dit qu'elle avait hâte de me revoir et m'a demandé quand je comptais venir la chercher. Je lui ai proposé dix-huit heures, et là, plus de réponse. J'ai donc fini par essayer de l'appeler pour savoir à quelle heure je devais venir.

Il inspira profondément puis souffla.

– Je tombais systématiquement sur son répondeur.

Elma jeta un coup d'œil à son calepin.

– Vous avez appelé un peu après seize heures ?

– Euh, oui, c'est ça. Dans ces eaux-là.

– Pourquoi si tôt ? s'enquit Sævar. Vous ne comptiez vous retrouver que le soir.

– Je trouvais étrange qu'elle ne réponde pas à mes messages.

– Vous êtes passé devant son immeuble aussi, non ?

– C'est vrai.

– Vous êtes allé frapper chez elle, ou bien… ?

– Non, j'étais en voiture, je ne me suis pas arrêté. Je n'ai pas vu de mouvement à l'intérieur. Pas de lumière, dit-il avec un sourire amer. Alors, je me suis dit : « Et puis, merde. » J'ai fait autre chose. Je suis quand même repassé devant l'immeuble plus tard dans la soirée, tout était toujours éteint.

– C'était en plein mois de mai, fit remarquer Elma. Vous arriviez à voir si les lumières étaient allumées ou pas ?

– Peut-être qu'il était plus tard que ça. Peut-être que c'était la nuit. Je ne me souviens plus très bien.

Il laissa échapper un petit rire, qu'il ravala immédiatement devant l'absence de réaction de ses interlocuteurs.

– Je ne voulais pas me faire encore avoir par une fille. Pour être honnête, j'étais vraiment énervé, j'avais réservé une table, acheté une nouvelle chemise la veille qui m'avait coûté un bras. Pas très sympa de ne pas me prévenir, vous ne trouvez pas ?

Il adressa sa question à Elma, comme si elle devait expliquer le manque de respect de la gent féminine. Le fixant du regard, elle lui répondit :

– Il faut croire qu'elle avait de bonnes raisons.

S'asseyant cette fois côté passager, Elma ne put se retenir :

– Quel crétin. Qu'est-ce qu'elle a bien pu voir chez ce type ?

En dehors de ses bras musclés, Hafthór ne semblait pas avoir grand-chose à offrir.

– Il est un peu insistant, admit Sævar en prenant place derrière le volant.

– Un peu ? grogna Elma. Elle ne répond pas à son message, alors il la harcèle de coups de fil. Et comme elle ne décroche pas, il se pointe chez elle ? Je ne sais pas toi, mais moi, je le trouve plus qu'insistant.

Sævar haussa les épaules.

– Passionné, peut-être ? Il n'abandonne pas facilement.

– Non, Sævar, ça n'a rien à voir avec de la passion, ça frise plutôt l'obsession.

Consciente que son collègue plaisantait, elle n'en était pas moins choquée.

– Bon, peut-être, concéda-t-il. Mais Maríanna s'est probablement rendue à Akranes entre quatorze et quinze heures, or il l'a appelée plusieurs fois après ça. L'aurait-il fait si elle avait été avec lui ?

– Possible, répondit Elma. Pour brouiller les pistes.

– On pourra vérifier si une antenne à proximité d'Akranes a capté son téléphone.

– Ce genre d'homme me tape tellement sur les nerfs. Ceux qui croient que tout leur est dû. Si une fille a le malheur de ne pas leur montrer suffisamment qu'elle s'intéresse à eux, c'est une garce, ou pire.

Elma n'aurait pas été contre passer les menottes à ce type juste pour avoir été aussi insupportable.

– La moindre politesse n'est-elle pas d'informer la personne si on ne veut plus la voir, cela dit ? Je comprends pourquoi il était énervé. Mais tu as raison, il aurait pu s'abstenir de l'appeler je ne sais combien de fois et de passer devant chez elle.

– Hmm, marmonna Elma – un autre élément de la conversation la tracassait. Sævar, Hekla était bien chez elle le soir où Maríanna a disparu, non ?

– Si, tout à fait.

– Dans ce cas, pourquoi toutes les lumières étaient-elles éteintes ?

– Certes… Mais comme tu l'as dit, il fait clair en mai, on ne peut pas être sûrs qu'il ait bien vu si c'était allumé ou éteint. Et s'il était si tard lorsqu'il est passé la deuxième fois, peut-être qu'elle dormait.

– Peut-être, acquiesça Elma avant d'ajouter après un bref silence : Ça me semble contredire la description qu'on nous a faite de Hekla, cela dit. N'était-ce pas une ado un peu rebelle qui filait à Akranes dès que l'occasion se présentait ? Elle n'a quand même pas passé son vendredi soir seule à la maison alors que personne n'était là pour la surveiller ? Surtout si elle avait un petit ami là-bas.

Sævar se gara sur le bas-côté et Elma le regarda en arquant les sourcils.

– On l'interrogera à nouveau à notre retour. Mais on devrait peut-être parler avec les voisins, non ? Peut-être qu'ils ont remarqué si elle était à la maison ou pas ce soir-là.

Vingt mois

– Elle devrait déjà commencer à parler un peu, dit l'infirmière en la regardant d'un air concentré. Vous êtes sûre qu'elle n'a jamais prononcé ne serait-ce qu'un mot ? Mama, baba, dodo ?

Je secoue lentement la tête, me demandant si je ne devrais pas mentir, histoire d'en finir avec ces questions et ce regard inquisiteur.

– Peut-être que je n'ai tout simplement pas compris. Oui, ça lui est arrivé d'imiter des animaux, des choses comme ça. En tout cas, c'est ce que m'a dit la nounou.

– Mais rien à la maison ?

Je secoue de nouveau la tête en me mordant la lèvre inférieure. Cela fait longtemps que je n'ai pas essayé de lire un livre avec elle. Dès que je m'asseyais par terre et que je la prenais dans mes bras, elle se jetait d'avant en arrière, tentait de m'agripper les cheveux et de me mordre. À force de passer mon temps à empêcher qu'elle se cogne la tête contre le sol, j'ai fini par abandonner et allumer la télévision. Ce qui semblait lui convenir.

L'infirmière prend des notes que j'ai du mal à déchiffrer à l'envers sur la feuille.

– Elle a commencé à marcher ?

– Non, mais elle rampe partout.

Ce n'est pas vrai. La plupart du temps, elle reste assise à regarder fixement l'écran de télévision ou les seuls objets qui attisent son intérêt : les petits soldats en plastique vert que la voisine nous a donnés. La vieille femme m'a dit que ses petits-enfants étaient aujourd'hui bien trop grands pour jouer avec. Ils ne sont sûrement pas faits pour des bébés, mais puisqu'elle se tait pendant qu'elle les mordille, je la laisse faire tant que nous sommes à la maison.

– Elle arrive à se tenir debout, avec un soutien ?

– Pas que je sache…

J'ai de plus en plus l'impression de subir un interrogatoire. L'infirmière se tourne vers la fillette.

– Alors, et si nous regardions comme tu es devenue grande et lourde ? dit-elle en souriant.

Évidemment, elle ne récolte pas le moindre sourire en retour. Ma fille se contente de la scruter de ses yeux gris, et je croise les doigts pour que l'infirmière ne s'approche pas, sinon elle risque de recevoir un coup. Elle n'aime pas quand les inconnus sont trop près d'elle.

L'infirmière me demande de la déshabiller et de l'allonger sur la table à langer. Je laisse échapper un soupir, car je sais que ça ne va pas se passer sans heurts. De fait, la petite se met à hurler dès que je descends la glissière de son manteau.

– Allons, allons, ma chérie, dis-je d'une voix apaisante lorsqu'elle saisit une mèche de mes cheveux sur laquelle elle tire brusquement.

– Alors, on est mal lunée ? fait l'infirmière, comme si elle était habituée à tout – je doute toutefois qu'elle ait vu beaucoup d'enfants comme la mienne.

Une fois qu'elle l'a pesée et mesurée, c'est moi qui ai envie de pleurer. Pas parce qu'elle est bien au-dessus de la moyenne en taille comme en poids, mais parce qu'elle a un comportement ingérable. Ses cris se sont transformés en hoquets tandis qu'elle est assise sur mes genoux, les yeux rouges et gonflés. Je n'envisage même pas de la prendre dans mes bras pour la consoler, car je suis certaine qu'elle en profitera pour planter ses dents dans ma joue ou pour me tirer à nouveau les cheveux. C'est pourquoi je me contente de la laisser assise là en essayant de maintenir le maximum de distance entre nous. Si l'infirmière trouve quelque chose d'anormal à notre relation, elle n'en dit mot ni ne laisse rien paraître.

La fillette est rhabillée, mais je n'ai pas eu la force de lui remettre son pull sous son manteau et je suis certaine que son pantalon est à l'envers. J'ai envie de m'enfuir avant que l'infirmière ne m'accuse d'être une mauvaise mère. Peut-être va-t-elle suggérer qu'on m'enlève ma fille pour la placer dans une institution ? L'idée n'est pas si mauvaise, et un instant je repense à ce qu'était ma vie avant qu'elle n'arrive. Lorsque je n'avais la responsabilité de personne, si ce n'est de moi-même.

– Bien, commence l'infirmière avec un sourire forcé. Je voudrais la soumettre à un examen approfondi. Il se peut que quelque chose entrave son développement, il faudrait effectuer quelques tests. Par ailleurs, il y a des exercices que vous pouvez faire à la maison pour l'aider.

– Je vois.

Je continue de l'écouter en souriant et en hochant la tête, m'efforçant de jouer mon rôle de mère qui s'intéresse à ce qu'elle me dit.

La fillette tremble toujours tandis que je l'installe sur son siège-auto. Elle est si épuisée qu'elle reste immobile quand je l'attache. Je m'assieds derrière le volant, attrape un pull resté sur le siège passager puis, l'appuyant contre ma bouche, je hurle de toutes mes forces. J'ai envie de frapper quelqu'un – pourquoi pas cette infirmière indiscrète qui passait son temps à me juger ? Je pense à mes parents, à mes amis, à tous ceux qui ne sont pas là pour me rattraper. Car j'ai la sensation de tomber. D'être suspendue dans les airs. D'être sur le point de heurter violemment le sol.

Je laisse couler les larmes brûlantes sur mes joues. Relevant la tête vers le rétroviseur, je l'aperçois qui me regarde, ses yeux rouges désormais secs et contemplatifs. Il se passe alors quelque chose sur son visage. Un frémissement aux coins des lèvres qui se soulèvent lentement. J'essuie mes larmes et l'observe, abasourdie. Aucun doute, c'est bien ça. Un sourire. Hésitant, maladroit et étrange. Je ne l'ai jamais vue sourire. En tout cas, pas à mon intention. Cela lui arrive seulement lorsqu'elle joue ou feuillette un livre. Elle ne me lâche pas du regard, toujours avec ce que je crois être ce sourire sur ses lèvres, tout en hoquetant à intervalles réguliers. Je me retourne et démarre. Ces dernières années, j'ai perdu de nombreuses batailles dans la vie. Mais celle-ci, je compte bien la gagner.

C'était tellement ennuyeux. Et complètement inutile. Dans l'avenir, elle n'avait certainement pas l'intention de se trouver un travail qui ait quoi que ce soit à voir avec les maths. Alors pourquoi devait-elle apprendre par cœur toutes ces formules inscrites au tableau ? En toute honnêteté, elle se contrefichait de ce que pouvait bien symboliser *x*. Assise à côté d'elle, Tinna écoutait avec attention tandis que Dísa, à la table derrière elles, leur lançait régulièrement des petits bouts de papier avec des messages grossiers.

Hekla jeta un regard en coin à sa voisine. Le menton appuyé sur la main, elle se mordillait la lèvre inférieure, comme si souvent lorsqu'elle regardait le professeur. Hekla était tellement jalouse de sa peau si lisse et dépourvue du moindre bouton. Tinna ne mettait même pas de fond de teint, elle n'en avait pas besoin. Elle se contentait d'appliquer un trait de crayon noir, qu'elle terminait avec une parfaite petite boucle au coin des yeux.

– Arrête de me fixer, perverse, lui murmura-t-elle soudain sans détourner son regard du tableau.

Hekla s'empressa de baisser la tête, soupirant finalement de soulagement en voyant Tinna sourire. C'était le problème avec ses amies : elle ne savait jamais vraiment sur quel pied danser avec elles, par peur de les perdre. Tout pouvait changer si rapidement. Un jour, elles voulaient faire un bonhomme de neige dans le jardin, ou regarder *Lolita malgré moi*, agglutinées sur le lit ; le lendemain, elles préféraient se balader en voiture avec des garçons beaucoup plus âgés. S'agaçant parfois du fait que Hekla voulait rentrer de bonne heure chez elle, elles lui donnaient l'impression d'être puérile ou ridicule. Anéantie, elle pensait alors qu'elles ne lui adresseraient plus jamais la parole ; mais le lendemain, au réveil, elle recevait des messages avec des cœurs et des smileys, comme si rien ne s'était passé.

– Alfred n'a pas arrêté de te regarder pendant tout le cours, lui murmura soudain Tinna.

Hekla sentit le parfum de son brillant à lèvres au goût de fraise et son ventre se mit à gargouiller. Elle n'avait pas pris de petit déjeuner et avait à peine grignoté une *flatkaka*, un pain plat au seigle, à midi.

– Vraiment ? fit-elle en se retournant.

Le dénommé Alfred baissa soudainement les yeux, ramenant ses cheveux châtains derrière ses oreilles. Hekla détourna rapidement le regard et pensa à Agnar.

– Ne regarde pas, imbécile ! lui lança Tinna après lui avoir pincé le bras.

Hekla se massa la peau avec une grimace.

– Laisse-moi réfléchir…, poursuivit Tinna en souriant. On va faire un tour en voiture avec lui ce soir. Je m'occupe de tout.

– Et Agnar ? répliqua Hekla, un peu nerveuse à la perspective de devoir rompre avec lui.

– Je gère.

– Les filles ! s'exclama le professeur d'une voix vive et un peu lasse. Vous suivez ?

– Oui, bien sûr, répondit Tinna, toujours en souriant.

– Qu'est-ce que je disais, dans ce cas ?

Plissant les yeux, l'adolescente observa l'équation. Le professeur soupira et s'apprêta à se retourner vers le tableau, lorsqu'elle lança :

– $x = 43$.

Le professeur fit aller son regard de l'équation à son élève.

– J'ai raison, asséna celle-ci. Vous pouvez vérifier.

– En effet, Tinna, concéda le professeur après s'être raclé la gorge. Vous voulez peut-être venir au tableau pour montrer à vos camarades comment on obtient ce résultat ?

Lançant un clin d'œil discret à Hekla, elle se leva dans un grincement de chaise sur le sol de linoléum. D'un geste rapide et assuré, elle décomposa toute l'équation avant de revenir à sa place. Dísa étouffa un rire derrière elles.

Bondissant sur ses pattes à l'instant où ils sortirent de la voiture, un chat allongé devant la maison vint se frotter à leurs jambes en miaulant piteusement. Elma se pencha pour le gratter derrière l'oreille avant de s'arrêter brusquement lorsqu'elle aperçut son œil. D'une blessure au coin de la paupière s'écoulait une telle quantité de pus jaunâtre qu'il parvenait à peine à l'ouvrir.

– Ça, c'est pas un chat domestique, fit Sævar avec un léger sifflement.

Semblant percevoir leur méfiance, l'animal se précipita vers un entrepôt en ruine à quelques pas de là avant de disparaître dans un lit de patiences fanées.

Frissonnant, Elma leva les yeux sur la maison composée d'un sous-sol, d'un étage et de combles sous un toit courbé. La façade était percée de fenêtres incurvées et de balcons en béton. Maríanna et Hekla louaient un logement au sous-sol, où de nouveaux habitants semblaient avoir emménagé – Elma avait aperçu du mouvement derrière les stores, et elle percevait l'écho d'un morceau de musique par la fenêtre ouverte. Derrière le jardin, des rochers escarpés tombaient à pic dans la mer. La pluie avait soudainement cessé en route, comme si quelqu'un avait coupé le robinet des nuages, laissant apparaître quelques timides rayons de soleil, lumineux et chauds. Perchés sur des réverbères, deux corbeaux bavardaient, leur croassement résonnant dans le silence qui suivait l'averse.

– Je n'enverrais jamais mes enfants jouer dans ce jardin, commenta Elma en observant les rochers.

Sævar s'apprêtait à répondre lorsque la porte s'ouvrit soudainement, laissant apparaître une femme vêtue d'un pull à rayures.

Elle leur serra la main et dit s'appeler Elín.

– Unnar devrait déjà être rentré, je ne sais pas ce qui le retient. On va s'installer dans la cuisine. Ma mère s'occupe du petit dernier, on devrait avoir la paix.

Ils la suivirent à l'intérieur de la maison vieillotte où, passé l'étroit cadre de la porte, le sol parqueté exhibait de profondes rayures. Dans le salon, Elma aperçut une femme âgée lisant un livre à un enfant assis sur ses genoux.

– Ma mère vient faire du baby-sitting pendant que nous travaillons, expliqua Elín après leur avoir offert de l'eau gazeuse. Elle est à la retraite, donc c'est pratique, en attendant que l'école maternelle prenne le relais.

– Il y a de nouveaux locataires dans l'appartement du sous-sol ? demanda Sævar.

– Oui, malheureusement. Des jeunes filles qui promettaient d'être respectueuses, mais je pense qu'il faudra qu'on les mette dehors. Pas moyen de fermer l'œil de la nuit durant le week-end.

Elín soupira et posa les verres sur la table.

– Il y a du nouveau concernant Maríanna ? C'est vraiment elle, qu'on a retrouvée là-bas ?

– En effet, acquiesça Elma. C'est pourquoi nous reprenons l'enquête à zéro. Nous voulons nous assurer de n'avoir rien manqué.

– Ah, je comprends. J'ai du mal à croire qu'on ait pu lui vouloir du mal. Elle était tellement charmante.

– Vous vous connaissiez bien ?

– Oui et non. Maríanna vivait ici lorsque nous avons acheté la maison il y a deux ans, elle louait déjà l'appartement d'en bas au précédent propriétaire. Il lui arrivait de venir frapper chez nous si elle avait besoin d'œufs ou de lait, et nous nous relayions pour tondre la pelouse durant l'été. Mais ça n'allait pas plus loin que ça. Je ne sais pas vraiment pourquoi ; peut-être la différence d'âge. J'ai dix ans de plus qu'elle. Unnar l'aidait parfois à bricoler des petites choses chez elle. Percer des trous, installer des étagères… Ils s'entendaient plutôt bien. En même temps, Unnar s'entend avec tout le monde.

– Et Hekla ? Vous la voyiez souvent ?

– Sa fille ? Non, elle n'était pas très liante. C'est à peine si elle nous disait bonjour.

Elín eut un grand sourire.

– Mais c'étaient de bonnes locataires. Elles ne posaient jamais de problèmes, contrairement aux nouvelles.

– Vous vous rappelez à quelle heure vous êtes rentrée chez vous, le vendredi soir où Maríanna a disparu ? demanda Sævar.

– Oui, je venais de reprendre le travail. J'ai dû rentrer vers dix-sept heures.

– Vous avez remarqué du mouvement ?

– Je ne me souviens plus très bien, c'était il y a si longtemps, fit-elle avant de réfléchir une seconde. Mais oui… je vous avais dit au printemps que la porte de l'appartement du sous-sol avait claqué juste avant l'heure du dîner. Elle résiste un peu, il faut mettre de la force pour la fermer correctement. C'est une vieille maison, elle tremble de partout. Vous pouvez vous imaginer ce que ça donne, quand ces gamines ne cessent d'aller et venir tout au long de la nuit.

Sævar jeta un regard en coin à Elma ; il pensait sans doute la même chose qu'elle. La disparition de Maríanna avait eu lieu des mois auparavant, et l'enquête risquait de se révéler difficile. Les témoins éventuels avaient dû oublier des éléments importants, ou se forger de nouveaux souvenirs pour combler les manques. Peu fiable, la mémoire avait tendance à se modifier au fil du temps, ce qui donnait un mélange de vérité et d'imagination pure.

– Vous rappelez-vous avoir vu une voiture dehors ?

Elín soupira et secoua la tête.

– Non, je ne crois pas.

– Et avant ce jour ? insista Elma, qui n'était pas encore prête à baisser les bras. Maríanna et Hekla recevaient-elles souvent du monde ?

– Oui, oui. Les amies de Maríanna venaient lui rendre visite, et de temps en temps je voyais la famille d'accueil de Hekla venir la chercher. J'ai discuté avec eux un jour, un couple très avenant. Je me souviens aussi d'un soir où Hekla est montée dans une voiture. Je ne comprenais pas que sa mère la laisse sortir avec un garçon plus âgé ; cela dit, je ne sais pas si elle l'avait remarqué, parce qu'il s'était garé plus haut dans la rue. Je me suis demandé si je devais lui en parler, mais je ne voulais pas me mêler de ce qui ne me regardait pas.

– Vous l'avez bien vu, ce garçon ?

– Non, malheureusement. Il avait le permis, donc il devait avoir quelques années de plus qu'elle.

– Vous vous souvenez du modèle de sa voiture ?

– Une Volvo S80 vert foncé, répondit Elín sans hésiter. Sûrement de 1999 ou 2000. Un tas de ferraille.

Sævar fronça les sourcils.

– Vous vous rappelez peut-être le numéro d'immatriculation aussi ?

– Non, désolée, dit Elín dans un rire.

Elma sourit et nota ces informations dans son carnet. La mère de la femme apparut alors dans la cuisine.

– Excusez-moi, je ne voulais pas vous déranger. Ma chérie, tu aurais une banane ? Le pauvre petit a faim, il m'a réclamé une « anane », dit-elle en l'imitant.

– Il doit y en avoir quelque part, fit Elín en se levant.

– Bonjour, je m'appelle Bryndís, enchaîna la femme en leur tendant la main. Je suis la mère d'Elín. Et sa baby-sitter, accessoirement ! Vous venez de la capitale ? Ou d'Akranes, peut-être ? C'est au sujet de Maríanna, c'est ça ? Quelle affreuse histoire. Ne me dites pas qu'on lui a fait du mal ?

Elma se contenta de répondre à la dernière question :

– C'est ce que nous essayons de découvrir. Vous veniez déjà ici vous occuper des enfants en mai, lorsqu'elle a disparu ?

– Absolument, acquiesça Bryndís en attrapant la banane que sa fille lui tendait. Merci, ma grande. C'est bien en mars que j'ai commencé ?

Elín hocha la tête.

– Donc, vous étiez là, ce fameux vendredi ? demanda Elma.

– Sans doute. Je suis peut-être sortie me balader un peu avec la poussette, je ne sais plus…

Une nouvelle fois, Elma maudit l'ancienneté de cette affaire.

– Vous avez vu Maríanna ou Hekla ce jour-là ? Ou même les précédents ?

Bryndís afficha un sourire contrit.

– Il faudrait que je fouille dans ma mémoire. Voyons, c'était le vendredi 4 mai… non, vous savez quoi ? C'est trop loin.

– Bon, si quelque chose vous revient…

– Mais Maríanna ne travaillait pas le mercredi matin, j'allais toujours frapper chez elle pour lui proposer de prendre un café. Je trouvais ça tellement triste d'être chacune chez soi sans se parler. Et je me souviens bien de la dernière fois qu'elle est venue, ça devait être le 2 mai.

– J'ignorais tout ça, Maman.

– Je n'ai pas à te raconter tout ce que je fais, ma grande, répliqua Bryndís en pinçant légèrement l'épaule de sa fille.

– Vous avez noté quelque chose d'inhabituel chez elle ce jour-là ? Avait-elle l'air inquiète ou… ? demanda Elma.

– Non, absolument pas, répondit Bryndís avec surprise. Je vous aurais contactés si j'avais estimé que c'était nécessaire. Maríanna et moi parlions de tout et de rien. Je ne crois pas qu'elle ait eu très envie de partager ses histoires sentimentales avec une vieille dame comme moi, mais nous discutions beaucoup du passé. Je lui racontais mes années à Copenhague et à l'internat, et Maríanna me décrivait sa jeunesse. Ce qui semblait toujours éveiller chez elle… comment dire… une certaine tristesse. Il faut dire qu'elle avait perdu son frère et sa mère.

Elma hocha la tête, un peu déçue.

– Donc, rien d'étrange ?

– Maintenant que j'y repense… elle a reçu un appel. Elle a regardé l'écran de son téléphone et a coupé la sonnerie. Elle ne voulait pas répondre.

– Elle vous a dit pourquoi ?

– Non, elle a juste rangé son portable dans sa poche.

Il serait aisé de découvrir qui l'avait appelée ce jour-là en parcourant une énième fois ses relevés téléphoniques. Il s'agissait sans doute de Sæunn.

– Je vous laisse mon numéro, au cas où quelque chose vous reviendrait.

Bryndís prit la carte qu'elle lui tendait et la contempla un instant, songeuse.

– Un jour, je lui ai demandé pourquoi elle avait emménagé ici. Je la trouvais un peu solitaire. Elle n'avait pas de famille dans le coin. Elle a botté en touche, mais j'avais la sensation qu'il s'était passé quelque chose de douloureux. En tout cas, elle cherchait visiblement à éviter le sujet.

Relevant la tête, elle conclut :

– Bref, qu'est-ce que je fais là à bavarder ? J'ai un petit homme à nourrir, moi !

C'était bien Sæunn qui avait cherché à joindre Maríanna le mercredi matin précédant sa disparition. Un différend semblait effectivement les opposer cette semaine-là, et Elma le découvrirait le lendemain. Lorsqu'elle était revenue au commissariat, elle avait de nouveau épluché les conversations de Maríanna sur les réseaux sociaux, sans trouver aucun message de

Sæunn. Il faut dire que celle-ci n'avait pas de compte Facebook, et qu'elle était pratiquement inexistante sur Internet. Elle faisait vraisemblablement partie de ces rares Islandais qui n'utilisaient pas les réseaux sociaux.

Deux choses avaient toutefois attiré l'attention d'Elma. En premier lieu, les messages de Hafthór. Chaque jour, il demandait à Maríanna où elle se trouvait et ce qu'elle faisait. Peut-être en toute innocence, mais cette curiosité semblait quelque peu déplacée. Pourquoi ne s'enquérait-il pas plutôt de son humeur ?

Deuxièmement, tous les échanges avec Hekla exprimaient des reproches, ou tout au moins une certaine exaspération. Maríanna demandait par exemple souvent à sa fille de rentrer à l'heure, sans obtenir de réponse. Parfois, elle lui envoyait des listes de tâches ménagères – passer l'aspirateur, mettre du linge à laver, récurer la baignoire. D'autres messages critiquaient la négligence de la jeune fille – elle avait laissé des vêtements traîner par terre, fini le lait ou oublié d'éteindre la lumière. Remontant lentement le fil du temps, Elma n'avait pas trouvé un seul commentaire positif, aussi insignifiant soit-il. À en juger par le ton de ces messages, on aurait pu croire que deux personnes différentes s'adressaient à Hafthór et à Hekla.

Allongée sur le canapé chez ses parents, Elma essayait de deviner pourquoi ce jour-là Maríanna avait essayé sans relâche de joindre sa fille. Celle-ci était en cours de natation, sa mère devait bien le savoir. Et pourquoi donc s'était-elle rendue à Akranes ?

Tirée de ses pensées par le générique du journal télévisé, elle vit apparaître à l'écran la présentatrice blonde qui salua les téléspectateurs de ce ton résolu et assuré qui caractérise les journalistes.

– Tu sais qu'elle habite à Akranes, celle-ci ? commenta son père à côté d'elle sans lever les yeux de son magazine de Sudoku.

Elma s'apprêtait à répondre lorsque son téléphone se mit à vibrer dans sa poche. Encore Dagný. Elle n'avait pas le courage de lire son message pour le moment et espérait que sa sœur ne lui en tiendrait pas rigueur. Elles avaient prévu d'aller à Reykjavík le samedi suivant pour acheter le cadeau. Nerveuse, Elma craignait le pire. Elle avait tant de choses à dire à Dagný, tant de choses qui ne donneraient rien de bon. En visitant la maison de Maríanna plus tôt dans la journée, elle avait remarqué un terrain de jeux à proximité, équipé d'une cage à poules en forme de dôme où l'on pouvait se suspendre. Exactement comme celle qui se trouvait à deux pas de chez elle lorsqu'elle était petite, avant que le terrain ne soit entièrement démoli puis reconstruit avec des appareils neufs.

– Papa ?

Son père émit une sorte de grognement, signe qu'il écoutait. Assis sur son fauteuil, il regardait alternativement son Sudoku et l'écran de télévision. Dans la cuisine, on entendait de l'eau frémir.

– Tu te rappelles la fois où Dagný et ses amies m'ont laissée toute seule sur l'aire de jeux et que tu as dû venir me récupérer ?

Toujours sans lever les yeux de son livre, il marmonna de nouveau.

– Pourquoi…, fit Elma avec hésitation. J'avais quel âge, d'après toi ?

– Tu devais avoir six ou sept ans.

– Elles m'ont dit qu'elles allaient me chercher une sucette et qu'elles reviendraient vite. J'ai attendu pendant des heures alors que la neige tombait jusqu'à ce qu'une femme qui m'avait aperçue par la fenêtre de chez elle vienne voir ce qui se passait.

Son père retira ses lunettes et la regarda.

– « Pendant des heures », je n'irais peut-être pas jusque-là…

Il avait soudain l'air plus jeune, sans lunettes et dans la pénombre, simplement éclairé par l'écran de télévision. Elma avait toujours été plus proche de sa mère, peut-être parce que son père maintenait une certaine distance. Menuisier de profession, il rentrait tard, fatigué, sale et exhalait une odeur de sciure et d'huile à bois. En général, elle préférait s'adresser à sa mère pour régler les problèmes ; celle-ci adorait d'ailleurs voler au secours des autres, et s'épanouissait le plus quand on avait besoin d'elle. Elma pouvait tout dire à sa mère, tandis que son père restait à part, sans jamais se mêler des petits tracas du quotidien.

– Ce dont je me souviens, et j'ai une bonne mémoire, c'est que Dagný était jalouse à cause de ce qui s'était passé la veille au soir, reprit-il avec un petit sourire.

Elma fronça les sourcils.

– Quoi donc ?

– Tu ne t'en souviens évidemment pas, car ce n'est pas quelque chose que tu as fait à proprement parler, ni même que tu as remarqué.

Se redressant sur le canapé, Elma baissa le son du téléviseur.

– La veille, Dagný révisait pour un contrôle. Elle devait apprendre toutes ses tables de multiplication, mais rien n'y faisait. Les chiffres, ce n'était pas son truc. Nous étions en train de l'aider quand tu es arrivée, du haut de tes six ans. Tu avais à peine commencé l'école que tu connaissais déjà tout ça par cœur. Sans la moindre difficulté, tu as récité tout ce que Dagný devait apprendre. Elle avait trois ans de plus que toi, ça a dû porter un sacré coup à sa confiance en elle.

Il laissa échapper un petit rire.

– Je n'en ai aucun souvenir, dit Elma.

Elle se rappelait avoir eu de la facilité à l'école, surtout les premières années. Elle avait vite appris à lire et à compter. Mais c'était surtout parce qu'elle était toujours en compétition avec Dagný et passait son temps assise à côté d'elle comme un petit chien pendant qu'elle faisait ses devoirs.

– Non, mais Dagný ne l'oubliera sans doute jamais. Tu aurais dû voir sa tête.

Elma rit et se rallongea sur le canapé.

– Je trouve ça quand même un peu excessif de m'abandonner là pour... pour me punir d'être meilleure en maths qu'elle.

– Bah... À son âge, j'aurais fait la même chose, conclut son père avant de remonter le son de la télévision.

Cela ressemblait à de la mousse. D'une couleur et d'une texture légèrement différentes, comme si on l'avait malaxée. Hekla observa le garçon qui alignait délicatement l'herbe sur la feuille blanche avant de la rouler et d'en torsader l'extrémité.

– À qui l'honneur ? demanda-t-il d'un ton solennel en brandissant le joint.

– Si personne ne se propose..., dit Dísa avant que quiconque ait eu le temps de parler.

Le glissant entre ses lèvres, elle se pencha vers le garçon qui lui tendait un briquet allumé, puis elle inspira la fumée avant de la recracher en direction de Hekla en riant. Elle le fit ensuite passer à Tinna.

Ils étaient quatre sur la banquette arrière : Hekla à droite, Tinna au milieu, et Dísa à gauche sur les genoux d'un dénommé Binni. Âgé d'un an de plus qu'elles, ce dernier avait des parents riches – du moins d'après ce qu'elle leur avait dit. Ils possédaient un énorme yacht sur la Méditerranée, ainsi qu'une maison en Espagne. Plutôt mignon avec son sourire parfait et sa mâchoire carrée, il portait des vêtements de marque dont le logo était toujours bien visible.

La voiture parcourut lentement les rues d'Akranes, passant devant la jetée avant de remonter vers l'ancienne usine de ciment, aujourd'hui en ruine.

– Dire que notre célèbre mégot va bientôt disparaître, dit Alfred, assis à l'avant, côté passager.

Il balaya du regard la cheminée de l'usine qui ressemblait à une cigarette géante – qui n'avait pas émis de fumée depuis bien longtemps.

– C'est assez tragique, acquiesça Binni.

Aspirant la fumée du joint que Tinna lui avait donné, il retint sa respiration quelques secondes avant de la recracher, noyant l'habitacle dans un brouillard épais.

– Putain, je ne vois plus rien à cause de vous, bande de camés ! s'exclama Gísli, le chauffeur.

C'était un laideron, mais ils le supportaient, car il avait accepté de les conduire où ils voulaient. Il essayait de compenser son apparence par l'humour, cependant ses plaisanteries tombaient la plupart du temps à l'eau.

Avec une moue amusée aux filles, Binni baissa la vitre de sa portière et reprit :

– Je veux dire, c'est pas un genre… un genre de symbole d'Akranes ?

– Pour toi, Akranes est symbolisée par une cheminée qui ressemble à une cigarette ? lança Tinna d'un ton sarcastique. C'est un peu pathétique, non ?

Les garçons se mirent à rire.

– Peut-être que quelqu'un devrait la peindre en blanc. Comme ça, le symbole d'Akranes serait un joint géant. Vous en pensez quoi ?

Binni rit de sa propre idée avant de tendre le joint à Alfred.

– Non merci, répondit celui-ci avec un geste de la main.

Hekla lui sourit discrètement. Alfred était un sportif au sens le plus noble du terme. Il ne portait que des sweats à capuche et des joggings, ses crampons toujours à disposition dans son sac. Elle aussi jouait au football, son entraîneur lui avait même dit un jour qu'elle aurait ses chances dans l'équipe nationale des moins de seize ans. Elle qui autrefois n'était bonne à rien, surtout dans le domaine sportif. Maríanna ne l'avait jamais encouragée à pratiquer la moindre activité. Avant que Sæunn ne l'inscrive à un entraînement de foot au gymnase d'Akranes, elle n'avait même pas essayé cette discipline en cours d'éducation physique. Objet des moqueries de ses camarades qui la comparaient à un singe lorsqu'elle courait, elle n'osait pas bouger et s'efforçait de ne pas se faire remarquer sur le terrain. Elle avait peut-être été encore plus surprise que les autres de découvrir à quel point elle était douée. Un talent inné, lui avait lancé son entraîneur avec un clin d'œil tandis que ses joues s'empourpraient.

– Et toi, Hekla ? lui proposa ensuite Binni.

– À toi de voir, lui dit Dísa en s'appuyant contre le jeune homme. *Up to you.*

Hekla hésita, et Dísa éclata de rire.

– Oh, tu es tellement innocente ! Allez, fais tourner, elle ne va pas en prendre.

– Si, je veux essayer ! répliqua-t-elle avec empressement.

Ignorant le regard d'Alfred, elle s'empara du joint, le visage brûlant tandis que tout le monde la fixait. Par miracle, elle parvint à étouffer sa quinte de toux avant de faire passer au suivant.

À nouveau, Dísa éclata de rire et se tourna vers Binni.

Hekla prit sur elle pour ignorer les soupirs et les bruits qu'ils faisaient en s'embrassant. Tinna lui asséna un léger coup de coude pour attirer son attention et leva les yeux au ciel. Dísa ne voyait pas de mal à embrasser des garçons devant elles, ce à quoi Hekla n'était jamais parvenue à s'habituer.

– Tout va bien ? lui demanda Alfred, l'expression indéchiffrable.

– Oui, oui.

Soudain, elle eut honte. Qu'est-ce qui lui avait pris ? Elle ne ressentait toutefois rien de particulier. Le monde ne lui paraissait pas spécialement amusant ou étrange. Elle était juste fatiguée, au point qu'elle aurait pu s'endormir là, dans la voiture, en dépit de la fumée, de la musique et des bruits de succion des deux tourtereaux. Voilà pourquoi elle fut soulagée lorsque son téléphone sonna et que Sæunn lui demanda de rentrer à la maison.

Deux ans

Nous nous sommes quittées comme si nous allions nous retrouver après le week-end. « Au revoir », et puis c'est tout. Pas de « contente de vous avoir connue », ni de « merci de m'avoir confié votre fille huit heures par jour, cinq jours par semaine ». Non, elle m'a purement et simplement claqué la porte au nez alors que je me tenais sur le seuil. Elle avait juste serré la petite dans ses bras et, comme d'habitude, celle-ci avait hurlé et pleuré en tendant les mains vers sa nounou tandis que j'essayais de la lui arracher. Je ne comprendrai jamais pourquoi ma fille me préfère cette femme.

Quoi qu'il en soit, ça se passe beaucoup mieux à la crèche. Il est cinq heures passées lorsque j'accours vers le bâtiment. Tous les enfants sont rentrés chez eux, et la majeure partie des employés aussi. J'ouvre la porte jaune et rouge à l'aide de la poignée située en hauteur, et je suis accueillie par une odeur de couches et de vêtements mouillés.

– Veuillez excuser mon retard, dis-je en apercevant la puéricultrice.

Assise par terre, elle lit un livre à ma fille installée sur ses cuisses. Je suis prise d'un soudain pincement au cœur et me demande ce qu'il signifie. Peut-être est-ce la culpabilité de ne jamais partager des instants comme celui-là avec elle. En général, elle se contente de regarder fixement la télévision ou de jouer avec ses petits soldats verts. Les enfants doivent apprendre à se débrouiller tout seuls, et je fais mon possible pour que ma petite fille devienne indépendante. En voyant les autres gamins accrochés à leurs parents, je me demande parfois si j'emploie vraiment la bonne méthode. À la maison, on ne s'embrassait jamais, on n'exprimait pas nos émotions, et pendant longtemps ça m'a été douloureux. Mais un beau jour, je me suis rendu compte que contrairement à mes camarades qui étaient incapables de prendre une décision ou pleuraient à chaudes larmes dès qu'on partait en voyage scolaire, je me suffisais à moi-même. J'étais une fillette résolue, autonome et sûre d'elle. C'est ce que je souhaite pour ma fille. Qu'elle n'ait besoin de personne.

– Ce n'est rien, me répond la femme grisonnante avec un sourire chaleureux – elle doit avoir trois fois mon âge.

Attrapant le petit manteau suspendu à la patère, j'invente un mensonge :

– J'ai eu un contretemps au travail. Et la circulation était épouvantable à cause d'un accident sur le boulevard Miklabraut.

La femme se contente d'acquiescer.

– Vous savez, elle arrive de mieux en mieux à nommer les images. Vous avez un livre comme ça à la maison ?

C'est un grand ouvrage à la couverture rigide, illustré de dessins de divers objets et animaux. Nous n'avons pas ce genre de bouquin. À vrai dire, nous n'avons pas de bouquins du tout. Personnellement, je n'ai jamais lu autre chose que les textes imposés à l'école. Et encore, je me contentais de les parcourir ou de demander à mes amies de me résumer leur contenu. Mais j'ai acheté à ma fille toutes sortes de jouets auxquels elle n'a pratiquement pas touché. Un service à thé en porcelaine orné de roses ainsi qu'une petite table blanche et deux chaises. Une poupée Madame Alexander qui m'a coûté une fortune. La seule chose avec laquelle elle veut jouer, ce sont ces petits soldats verts qu'elle serre si fort dans ses mains maladroites que les jointures de ses doigts en deviennent toutes blanches. Même lorsqu'elle dort, on dirait qu'elle craint que je les lui confisque. Maintenant qu'elle a grandi, elle passe son temps à les aligner, une tâche ardue à laquelle elle s'adonne avec une patience que je ne lui connaissais pas. Avec ses mouvements encore un peu grossiers, il lui faut une éternité pour faire tenir debout chaque soldat. Elle les dispose devant elle, les observe un moment, puis les reprend dans ses bras pour les aligner ailleurs. Pendant ce temps, la poupée Madame Alexander prend la poussière sur sa commode.

– Hum… non, celui-là, nous ne l'avons pas.

Je me penche et dis à ma fille de venir. Comme elle ne me regarde pas ni ne bouge, la puéricultrice se lève et essaie de la diriger vers moi.

– Prenez-le, dit-elle alors en me tendant le livre.

– Non, je ne peux pas…, bafouillé-je dans un rire nerveux.

– Il n'y a que nous ici. Prenez-le. Elle l'aime beaucoup.

– Mais…

– Il faut qu'elle apprenne ces mots, dit-elle, une pointe de sévérité derrière son ton amical.

– D'accord.

Attrapant le livre, je me concentre à nouveau sur ma fille et lui mets son manteau. Elle ne m'aide pas du tout, se laisse simplement faire. Le matin même, je l'avais habillée d'un tee-shirt blanc, qu'elle a évidemment taché de sauce tomate.

Je ne peux pas m'empêcher de repenser à cette jolie petite fille blonde que j'ai aperçue en la déposant à la crèche. Cela aurait dû être la mienne. Je me reconnaissais presque en elle. Ce qui n'est pas du tout le cas avec la fillette brune face à moi. Elle a le visage couvert de traces de nourriture, a dénoué les jolies tresses que je lui avais faites ce matin avant de partir, et puis elle est bien trop grosse. Certains la qualifieraient juste de « potelée » et diraient qu'elle s'affinera avec le temps, mais la petite fille blonde de ce matin ne l'était pas du tout. J'essaie de prendre garde à ce que ma fille mange, mais elle a toujours faim. Elle se goinfre, mâche bruyamment la bouche ouverte, à tel point que je peux à peine la regarder.

– Allez, ma chérie, dis-je en enfonçant un bonnet sur sa tête.

Je remonte la fermeture Éclair de son manteau lorsqu'elle se met soudain à hurler.

– Qu'est-ce qui se passe ? Tu t'es fait mal ?

D'un bond, la puéricultrice se précipite sur elle et baisse la fermeture, révélant une petite coupure juste en dessous du collier avec son initiale.

– Oh, dis-je avec contrition.

Je m'apprête à la prendre dans mes bras, mais elle me repousse et tend les mains vers la puéricultrice.

– C'était juste un petit accident ! s'exclame cette dernière en serrant ma fille contre elle une seconde avant de me la rendre.

L'atmosphère est lourde. Nous savons toutes les deux que ce n'est pas normal. Les enfants sont censés vouloir être consolés par leur maman, pas par une dame qu'ils connaissent à peine. Mes joues s'embrasent, je me dépêche de dire au revoir, et nous sortons d'un pas rapide.

– Vous n'oubliez pas quelque chose ? me lance la femme en m'apportant le gros livre coloré.

Je le prends et sens son regard peser sur ma nuque jusqu'à ce que la porte du bâtiment se referme derrière nous.

Mercredi

Le téléphone du bureau sonna alors qu'Elma se versait un café. Se précipitant sur l'appareil avec sa tasse remplie à ras bord, elle grimaça lorsque quelques gouttes brûlantes éclaboussèrent ses doigts.

– Elma, comment vas-tu ? Je te dérange ? fit Sigurdur de sa voix chaude et rassurante.

– Non, pas du tout. Je vais bien, merci. Je n'ai pas le temps de m'ennuyer.

Elle s'assit et but une gorgée. Le père de Davíd l'avait régulièrement appelée au cours de l'année passée. Après l'enterrement, elle n'avait pas eu de nouvelles pendant plusieurs semaines, et s'était demandé si les parents de son conjoint la blâmaient pour son suicide. Dans son état d'esprit de l'époque, cela lui semblait justifié.

– J'espère ne pas t'interrompre en plein travail.

– Non, je venais juste de me servir un café.

– Bien, bien, fit-il avant de marquer une courte pause. Dis-moi… samedi, c'est l'anniversaire de Davíd, et nous aurions aimé t'inviter. Si tu en as envie, évidemment. Je comprendrais que tu sois occupée ou…

– Non, l'interrompit Elma. Enfin, je veux dire, oui. Oui, j'en ai envie. Je peux toujours trouver du temps pour vous.

– Ça nous ferait plaisir de te voir. Tu n'as qu'à venir à la maison à partir de dix-sept heures, ou selon ta convenance. Tu sauras retrouver le chemin, bien sûr.

– Aucun problème, je vous dis à samedi.

Soulevant sa tasse, Elma tourna son fauteuil vers la fenêtre, l'estomac soudain noué à la perspective de revoir la famille de Davíd. Elle avait gardé contact avec sa sœur Lára, mais n'avait presque pas eu de nouvelles de sa mère, Thurídur, depuis un an. C'était étrange et un peu gênant ; elles s'entendaient si bien avant le drame. Thurídur était le contraire de sa propre mère, qui semblait tout droit sortie d'un manuel de la parfaite femme au foyer – petite et dodue, un tablier invariablement noué autour de la taille et toujours une marmite sur le feu. À l'inverse, Thurídur était mince comme un fil, et jamais elle n'aurait permis qu'on la voie en talons plats ou en jogging. Non, ses tenues étaient toujours à la pointe de la mode, et elle se faisait colorer les cheveux toutes les six semaines pour s'assurer qu'on n'aperçoive pas une trace de gris sur son crâne.

Entendant la porte de son bureau s'ouvrir, Elma se retourna. Habituée à ne jamais frapper, sa collègue Begga entra d'un pas déterminé et s'assit face à elle. De quelques années sa cadette, la jeune policière cultivait une franchise et un sens de la repartie qui laissaient souvent coi.

– Jacuzzi et vin rouge chez moi ce soir. Tu es partante ?

– Sérieusement ? Tu as vu le temps ?

Pour illustrer sa question, Elma jeta un coup d'œil par la fenêtre. La tempête s'annonçait d'une telle violence que la route vers Reykjavík était fermée au niveau de Kjalarnes jusqu'à nouvel ordre.

– C'est rien du tout, ça !

– Mais tu n'as pas de jac… aaaah, fit Elma, comprenant enfin. Tu as reçu les clés de ta nouvelle maison ?

Les fossettes de Begga se creusèrent tandis qu'un sourire se dessinait sur ses lèvres.

– Tu as face à toi l'heureuse propriétaire d'un pavillon individuel, merci bien !

– Waouh, bravo !

Begga n'avait cessé de parler de cette petite maison, acquise après dix ans de vie dans le sous-sol de ses parents durant lesquels elle avait consciencieusement économisé chaque centime. La somme suffisait à peine à constituer un apport. La valeur de l'immobilier local avait explosé ces dernières années, conséquence de l'augmentation des prix à Reykjavík. Afin de s'offrir une maison de taille décente, certains préféraient s'éloigner de la capitale, où ils travaillaient, quitte à faire le trajet.

– Merci, merci ! Et maintenant, tu ne peux plus refuser mon offre, je te demanderai donc de venir à vingt et une heures précises, répondit Begga en se levant.

Elle s'immobilisa sur le seuil et ajouta :

– Tu penseras à apporter une bouteille de rouge. Pas de la piquette, je veux un bon vin !

Elma n'avait donc pas le choix. C'était d'ailleurs souvent le cas avec Begga. Si celle-ci avait pris une décision, rien ne servait de protester. Comme pour lui rappeler à quel point c'était une mauvaise idée, la vitre derrière elle se mit à vibrer sous l'effet d'une bourrasque. Lâchant un soupir, Elma resserra les pans de son gilet. À presque neuf heures, il était temps de remplir à nouveau sa tasse de café avant la réunion matinale.

Personne n'avait revu Maríanna depuis midi, ce vendredi 4 mai. Elle avait donné son dernier signe de vie à quatorze heures vingt-sept, en téléphonant à sa fille. Puis son portable avait émis un signal détecté à quinze heures sept – ce qui signifiait seulement que l'appareil était allumé, pas que sa propriétaire était vivante.

Hafthór l'avait appelée pour la dernière fois peu après dix-sept heures. Après cela, il s'était rendu au Vínbúd, le monopole de vente d'alcool détenu par l'État, et avait passé la soirée à boire chez un ami. La caméra de surveillance du magasin le montrait achetant une petite bouteille de vodka et un pack de bières juste avant la fermeture. Personne ne pouvait attester de ce qu'il avait fait entre quatorze et dix-sept heures. L'ami en question avait témoigné qu'il était arrivé à l'heure du dîner, ce qui signifiait qu'il n'avait pas d'alibi entre dix-huit et dix-neuf heures non plus. Une heure ne suffisait toutefois pas pour effectuer un aller-retour à Grábrók. Et si Hafthór était avec Maríanna entre quatorze et dix-sept heures, Elma ne parvenait pas à expliquer pourquoi ils se seraient d'abord rendus à Akranes.

Elle souffla sur le café brûlant avant d'en boire une gorgée. Les entretiens de la veille n'avaient pour ainsi dire rien donné. Elle repensa à ce qu'avait dit Bryndís, la vieille femme qui allait voir Maríanna le mercredi matin. Son passé pouvait-il avoir un lien avec son meurtre ? Pourquoi avait-elle déménagé loin de son père, l'unique survivant de sa famille ? Rien ne la rattachait à la ville de Borgarnes. Les offres d'emploi y étaient peu nombreuses, et elle ne poursuivait pas d'études à l'université de Bifröst.

C'était Sævar qui avait interrogé son père au printemps. Celui-ci n'avait gardé que peu de contacts avec sa fille. Pour lui, sa disparition s'expliquait simplement : elle avait replongé dans l'alcool ou la drogue et elle réapparaîtrait après quelques jours ou semaines. Le moment était peut-être venu de lui rendre une nouvelle visite.

– En quoi Hekla était-elle une adolescente difficile ? demanda Hördur après avoir écouté le compte rendu de leur journée à Borgarnes.

– Oh, des trucs typiques d'ado, je crois, répondit Elma. Elle filait régulièrement en douce à Akranes et préférait passer du temps chez sa famille d'accueil.

– Ou avec son petit ami, ajouta Sævar.

– Son petit ami ? Elle en avait un ?

– Il semblerait. Sa voisine affirme avoir parfois aperçu dans la rue un garçon qui l'attendait au volant d'une voiture.

– Et vous pensez qu'il s'agissait de son petit ami ?

– Sûrement. Il devait être plus âgé, puisqu'il avait le permis, dit Sævar.

– Et d'après vous, il serait venu chercher Hekla ce fameux vendredi ? Maríanna aurait voulu joindre sa fille parce qu'elle savait qu'elle avait séché les cours ?

– Mais Hekla était bien au collège, rétorqua Sævar. En tout cas, son professeur en a attesté.

– Son professeur principal, qui ne l'avait que jusqu'à midi, non ? Hekla était censée être en cours de natation entre treize et quatorze heures. Le genre de cours qu'on peut facilement manquer sans se faire repérer.

– On peut interroger son prof de natation pour savoir s'il se rappelle l'avoir vue, dit Sævar. On ne l'avait pas contacté au printemps dernier ?

– Non, répondit Elma.

Leurs manquements passés étaient de plus en plus flagrants. Il était clair qu'ils avaient négligé des détails qui auraient attiré leur attention s'il s'était agi d'une enquête pour meurtre. Mais tout le monde était alors persuadé que c'était un suicide.

– Cela expliquerait le passage de Maríanna par Akranes, dit Hördur. Pourquoi Hekla avait-elle une famille d'accueil, déjà ?

Soupirant, Elma feuilleta les documents du dossier. Tous ces papiers noircis de texte commençaient à se mélanger et à entraver sa capacité de réflexion.

– Nous n'avons pas vraiment creusé cette histoire. La protection de l'enfance nous a fait un bref rapport lorsque nous avons voulu établir l'état de santé mentale de Maríanna. Hekla a été confiée à Sæunn et Fannar à l'âge de trois ans. L'un de ses voisins l'avait entendue pleurer pendant trois nuits consécutives. Il avait fini par frapper à la porte et avait trouvé la petite fille seule dans l'appartement, affamée et mal en point. Il avait alerté la police qui avait transmis l'affaire aux services sociaux. Maríanna était sortie faire la fête et avait perdu le contrôle. Ce qui était censé n'être qu'une soirée avait finalement duré plusieurs jours.

– Et elle a retrouvé la garde de sa fille après ça ? s'enquit Hördur.

– Oui, au bout de six mois, ou quelque chose comme ça. Étant donné les circonstances, Maríanna a accepté d'avoir le soutien d'une famille d'accueil, qui prenait Hekla un week-end sur deux. D'après ce que Sæunn m'a dit, elle leur rendait visite beaucoup plus souvent, en vérité. Elle restait plus longtemps durant l'été, et partait parfois avec eux en voyage.

– Très bien. On va s'entretenir avec eux.

– Autre chose, ajouta Elma. Sæunn a téléphoné presque quotidiennement à Maríanna la semaine de sa disparition… ou de son meurtre, devrais-je dire.

– Sauf le jour même, glissa Sævar.

Jetant un coup d'œil au relevé téléphonique du vendredi, Elma acquiesça.

– Posez-lui la question, dit Hördur. Mais n'oubliez pas que Maríanna a été tabassée à mort. C'était un acte d'une extrême violence. Gardons-le à l'esprit au cours de cette enquête. Sæunn aurait-elle été capable d'une telle démonstration de force ?

Elma visualisa la femme. Grande et mince, elle ne lui paraissait pas être le suspect idéal. Mais il fallait se méfier des apparences, et par ailleurs Maríanna était plutôt fluette – nul besoin d'être une montagne de muscles pour prendre le dessus sur elle.

– Le seul homme dans la vie de Maríanna était Hafthór, dit Sævar. Nous allons vérifier ses allées et venues. Voir si son téléphone a émis un signal à proximité de Borgarnes.

– Parfait, dit Hördur. D'autres hommes auxquels nous n'aurions pas pensé ?

– Fannar, répondit Elma. Nous n'avons jamais vérifié son alibi pour ce vendredi.

– En effet, c'est à voir.

– Et Unnar ? ajouta Sævar. Celui qui habitait au-dessus de l'appartement de Maríanna et qui l'aidait fréquemment à installer des étagères et que sais-je ? Sa compagne avait l'air surprise qu'il ne soit pas encore rentré du travail lorsque nous sommes allés les voir. Peut-être qu'il cherchait à nous éviter ?

Son dernier patient ayant annulé, Sæunn avait terminé le travail plus tôt que prévu. Sur le chemin du retour, elle passa par la boulangerie où elle acheta une viennoiserie danoise. Elle avait envie d'une sucrerie, et la visite des policiers lui donnait une parfaite excuse pour s'accorder un petit plaisir avec le café. Elle avait fait en sorte que Bergur aille rendre visite à un ami après l'école et avait demandé à Fannar et Hekla de rentrer pour seize heures au plus tard, même si cela obligeait l'adolescente à manquer exceptionnellement un entraînement de football.

Sæunn ouvrit le garage et y rentra la voiture. Dans l'entrée, elle fut accueillie par un parfum de lavande et de vanille divin – quoiqu'un peu entêtant, songea-t-elle en retirant les boules parfumées disposées sur le radiateur. Le bruit de ses talons sur le carrelage résonnait dans la maison plongée dans le silence. Personne n'était encore rentré. Où étaient Hekla et Fannar ? Il était quinze heures trente.

Posant le sachet de la boulangerie sur la table de la cuisine, elle appela Hekla sur son portable. Pas de réponse. Pourvu qu'elle n'ait pas oublié leur rendez-vous ; si elle était allée à son entraînement de football, elle serait injoignable pendant au moins une heure. Peut-être devrait-elle demander à Fannar de passer par le gymnase ? À moins que Hekla se soit rendue chez une de ses amies.

Sæunn songea à appeler Tinna. Ces deux-là s'étaient rencontrées lorsque Hekla avait commencé le football, deux ans auparavant. Le fait que l'adolescente ne pratique aucun sport lui semblait ridicule, aussi avait-elle profité d'une de ses visites durant l'été pour l'inscrire au club d'Akranes. Tant pis si elle ne pouvait assister aux entraînements qu'un week-end sur deux.

Quel genre de parent ne s'assure pas que son enfant ait au moins un loisir ? Ils devaient faire du sport, ou apprendre un instrument de musique. Les deux, de préférence. Bergur prenait des cours de natation et de trompette. Elle en avait souvent parlé à Maríanna, qui bottait toujours en touche.

C'était grâce au foot que Hekla avait rencontré ses deux meilleures amies. Ensuite Sæunn avait fait connaissance avec leurs mères, et plus particulièrement celle de Tinna, Margrét. Cela avait commencé par un café un beau jour où celle-ci venait chercher sa fille, puis elle lui avait rendu la pareille une autre fois. Au fil du temps, elles se retrouvaient de plus en plus tôt pour bavarder, jusqu'au jour où elles n'eurent plus besoin des filles pour se voir.

Comme Tinna ne répondait pas au téléphone, elle composa le numéro de Margrét.

– Elles sont enfermées dans la chambre depuis leur retour du lycée, lui dit-elle. Elles prétendent être en train de réviser, mais à en juger par la musique, j'y crois moyennement. Tu veux que je t'envoie Hekla ? Je peux d'ailleurs la ramener, je m'apprêtais à sortir.

Sæunn soupira de soulagement.

– Ce serait formidable, tu me sauves !

– On sera là dans dix minutes.

– Merci, Margrét. Il faut qu'on se voie rapidement. Vous voulez venir dîner ce week-end ?

Après avoir raccroché, Sæunn regarda l'heure. Moins le quart. Elle ouvrit le placard, sortit des assiettes, disposa la viennoiserie sur une planche à découper puis mit la table. Ensuite, elle se rendit dans la salle de bains, appliqua du déodorant sous ses aisselles et s'aspergea de parfum. Ses cheveux châtains complètement lisses lui descendaient jusqu'aux épaules. Par habitude, elle essaya de leur redonner du volume, mais cela ne tenait jamais plus de quelques minutes. Peu importaient les produits qu'elle utilisait, ils demeuraient toujours aussi raides et sans vie. Clignant des paupières, elle décida de retirer ses lentilles, qui la gênaient depuis le matin. Elle mit ses lunettes et inspecta dans le reflet du miroir cette femme de quarante-cinq ans qui la fixait du regard en souriant.

Hekla avait l'oreille gauche percée de deux anneaux qu'Elma n'avait jamais remarqués. Assise les bras croisés à la table de la cuisine, elle portait aujourd'hui un sweat à capuche blanc orné du drapeau américain, le visage marqué de cette expression de nonchalance mêlée de gêne typique des gamins de son âge. Comme s'ils n'étaient absolument pas concernés par ce qui se passait, mais en même temps sur la défensive.

– Je vous ai déjà dit que j'étais rentrée à la maison après mon cours de natation, soupira-t-elle pour répondre à leur question. Vers quinze heures, je crois, et elle n'était pas là.

– Ta mère a essayé de te joindre plusieurs fois. Tu as une idée de ce qu'elle voulait ?

Hekla secoua la tête.

– Elle ne savait pas que tu étais au collège ?

– Si, mais…, balbutia-t-elle, hésitante. Je ne sais pas. On s'était disputées et… et après, elle m'a laissé cette note et je n'y ai plus repensé.

– À quel sujet vous vous étiez disputées ?

Hekla ouvrit la bouche puis la referma, avant de se tourner vers Sæunn qui prit la parole :

– Cela concernait un tournoi de foot auquel elle voulait participer. J'ai essayé de convaincre Maríanna de l'y autoriser, mais… parfois, c'était difficile de discuter avec elle.

– C'est pour ça que vous l'avez appelée plusieurs fois cette semaine-là ?

– Oui, je tenais à lui faire changer d'avis. Je lui ai dit que je pourrais même venir chercher Hekla et la ramener mais… bref, notre différend n'a fait que s'intensifier. Je n'aurais peut-être pas dû insister à ce point, c'est juste que je ne comprenais pas. Qu'elle ne puisse même pas…

Sæunn s'interrompit et prit une profonde respiration.

Se tournant vers Hekla, Elma demanda :

– Tu sais si elle avait l'intention d'aller à Akranes ?

– Non, je… je ne crois pas.

Elma remarqua que Sæunn regardait l'adolescente d'un air anxieux. Sentant un mouvement sous la table, elle se demanda si c'était sa jambe qui tremblait.

– Qu'as-tu fait en rentrant chez toi ?

– Rien, lâcha Hekla en se rongeant un ongle verni de noir.

– Rien ? Tu n'as pas regardé un film ? Ou traîné sur Internet, joué avec ton portable ? insista Sævar avec un sourire.

– Si, peut-être. Quelque chose comme ça.

– Très bien. Et ensuite ?

– Ben…, fit l'adolescente en levant les yeux sur Sæunn avant de reporter son regard sur Elma. J'ai commandé une pizza.

– Et tu es restée seule chez toi toute la soirée ? poursuivit Elma en essayant de cacher son impatience – il fallait lui arracher le moindre mot.

– Oui, répondit-elle sans la regarder.

– Quand es-tu allée te coucher ?

– Vers minuit, je crois.

– D'accord, dit Sævar d'une voix calme. Et le lendemain ? Ça ne t'a pas paru étrange que ta mère ne soit pas rentrée ?

– Je sais pas trop, marmonna Hekla. Non, pas vraiment.

Elma réprima un soupir de lassitude. Essayer d'obtenir une réponse claire et limpide de cette gamine tenait du parcours du combattant.

– Et plus tard dans la journée ? tenta-t-elle. Quand as-tu commencé à t'inquiéter ?

Hekla se mordit la lèvre supérieure.

– Dans l'après-midi. J'ai essayé de la rappeler mais son téléphone était éteint.

– Tu avais déjà essayé de la joindre un peu plus tôt ?

– Peut-être vers midi.

– Pourquoi ne l'as-tu pas rappelée dès que tu as vu ses appels manqués ?

Hekla se contenta de hausser les épaules, se rongeant à nouveau les ongles.

– Bon, souffla Elma.

Elle regarda Sævar, qui ne semblait pas aussi exaspéré qu'elle. À vrai dire, on aurait même dit que cela l'amusait. Elle ne baissa pas les bras.

– Tu te rappelles quand tu as parlé à ta mère pour la dernière fois ?

– Euh… C'était le jeudi soir.

La conversation se poursuivit sur le même ton. Elle répondait à la plupart des questions par des monosyllabes, et il fallait s'armer de patience pour obtenir le moindre détail. Elle n'avait jamais rencontré Hafthór, l'homme avec qui sa mère avait rendez-vous. Elle connaissait peu sa famille, et n'avait vu son grand-père qu'en de rares occasions.

– Tu avais dix ans lorsque vous avez déménagé, reprit Elma. Sais-tu pourquoi ta mère a voulu s'installer à Borgarnes ?

– Il vaut peut-être mieux que je réponde, glissa Sæunn avant de passer une main dans ses cheveux et d'ajuster ses lunettes. Lorsque Hekla avait dix ans, Maríanna a de nouveau disparu, durant toute une semaine cette fois. Heureusement, Hekla savait se débrouiller à cette époque, et elle a réussi à se faire à manger. Personne ne s'en est rendu compte avant que nous allions la chercher. Nous avons évidemment informé les services sociaux qui nous l'ont confiée pour l'été, le temps que Maríanna se remette.

– Je vois, acquiesça Elma.

Pas étonnant que la relation entre Hekla et sa mère ait été houleuse – même si les enfants étaient capables de pardonner à leurs parents les fautes les plus graves.

– À son retour, Maríanna avait envie de changer d'environnement, poursuivit Sæunn. Elle a choisi Borgarnes parce que… eh bien, c'était tout nouveau, et assez éloigné des fantômes de son passé. Si elle était venue vivre à Akranes, ça nous aurait évidemment beaucoup facilité la vie, mais j'imagine qu'elle n'en avait aucune envie.

Elle avait prononcé cette dernière phrase avec une pointe de mépris qui ne leur échappa pas.

– Une dernière chose, dit Elma. Tu as un petit ami, ou des amis qui ont le permis ?

Hekla tressaillit et regarda Sæunn, dont le visage trahit la surprise.

– Voyons ! s'exclama cette dernière. Elle n'a que quinze ans, bien sûr qu'elle n'a pas de petit ami.

– Nous nous demandions simplement comment Hekla se rendait à Akranes, poursuivit Elma, les yeux fixés sur l'adolescente. Nous savons que tu y allais parfois en douce. Je comprends parfaitement, crois-moi. Personnellement, je me demandais toujours comment les gens pouvaient vivre à Borgarnes, lorsque j'étais plus jeune. Mais nous voulions savoir comment tu faisais la route, puisque tu n'as pas le permis.

Hekla mordit sa lèvre supérieure si fort qu'elle en perdit toute couleur. Se rongeant les ongles avec toujours plus de vigueur, elle saupoudra la table de miettes de vernis noir.

– Je prenais le bus. Mais je ne l'ai pas fait souvent. Peut-être même juste une fois.

– Donc, pas de petit ami ?

Hekla secoua la tête. Elle mentait, mais Elma se contenta de la remercier pour avoir répondu à leurs questions, puis elle demanda à parler à Sæunn et Fannar en privé.

– Elle n'est pas très bavarde, s'excusa Fannar lorsque l'adolescente eut quitté la pièce. Comme tous les jeunes de quinze ans face aux adultes.

– Mais elle va mieux depuis qu'elle vit avec vous, n'est-ce pas ?

– Oh, ça se passe divinement bien, dit Sæunn, sourire aux lèvres, en manipulant son pendentif, un petit cœur en or. Elle a toujours voulu rester avec nous. Elle ne voulait pas habiter avec sa mère.

– On vous l'a confiée pour la première fois lorsque sa mère l'avait laissée seule à la maison, c'est bien ça ?

– Pendant trois jours ! s'exclama Sæunn en plissant les yeux. Une enfant de trois ans, vous vous rendez compte ? C'était le soir, Hekla dormait, et Maríanna est simplement sortie. Je ne sais pas exactement ce qu'elle a fabriqué, mais toujours est-il qu'elle a abandonné sa fille…

– C'est à ce moment-là que vous êtes devenus sa famille d'accueil ?

– Oui, peu après. Il y avait eu d'autres incidents signalés aux services sociaux par la nourrice de Hekla ou l'école maternelle. Des vêtements trop petits ou sales, de l'érythème fessier. Maríanna était aussi souvent en retard pour venir la chercher. La première fois que Hekla a été placée chez nous, il n'était pas du tout certain qu'elle retourne un jour chez sa mère. Mais finalement, Maríanna a retrouvé le droit chemin, et six mois plus tard elle a récupéré sa fille.

Sæunn eut un sourire amer.

– Mais Hekla a continué de vous rendre visite ?

Appuyant le bras sur le dossier de la chaise de son épouse, Fannar répondit :

– Oui, on ne pouvait pas envisager qu'elle disparaisse complètement de notre vie. Lorsqu'on nous a proposé d'apporter un soutien régulier, nous avons immédiatement accepté.

– Ça a dû être difficile de rendre Hekla après ces six mois, dit Elma. Vous aviez dû nouer des liens forts avec elle.

– Oh que oui, acquiesça Sæunn. J'avais de grosses réserves sur l'état de Maríanna, et je craignais ce qui pouvait se passer lorsqu'elles se retrouvaient seules. Lorsque je n'étais pas là pour prendre soin de la petite. Le problème dans ce genre de situation, c'est que les parents ont toujours le bénéfice du doute. Pas les enfants.

– Mais c'était toujours mieux que de la perdre complètement, ajouta Fannar.

Elma les comprenait. Elle n'osait imaginer la difficulté d'envoyer un enfant auquel on s'est attaché dans un environnement instable. Voire dangereux.

Tenant son carnet dans sa main, Sævar regarda Sæunn.

– Vous avez souvent téléphoné à Maríanna la semaine de sa disparition. À vrai dire…

Il lui tendit une photocopie des relevés téléphoniques, où son numéro était souligné.

– … tous les jours jusqu'au jeudi.

Sæunn balaya la feuille du regard avant de la reposer sur la table.

– Comme je vous l'ai expliqué, nous avions un… désaccord. Hekla devait participer à une compétition de football ce week-end-là. Je vous ai dit à quel point elle est prometteuse ? Quoi qu'il en soit, Maríanna refusait de la laisser partir. Techniquement, ce n'était pas notre week-end, mais je ne comprenais pas pourquoi elle la privait d'une telle occasion. On aurait dit qu'elle n'en avait rien à faire. Qu'elle n'était pas prête au moindre sacrifice pour sa fille.

– Pourquoi n'avez-vous pas appelé le vendredi ?

Dans le soudain silence qui envahit la cuisine, le ronronnement du réfrigérateur semblait augmenter à chaque seconde.

– Je…, balbutia Sæunn en regardant son mari. Je ne me souviens pas, pour tout vous dire. J'ai probablement baissé les bras.

À nouveau, elle saisit le petit pendentif en forme de cœur accroché à son cou.

– Où étiez-vous, le vendredi où Maríanna a disparu ? Je crois que nous ne vous avons jamais posé la question, dit Sævar.

– Ici. Chez moi. Enfin, j'étais au travail jusqu'à quinze heures.

Elma se tourna vers Fannar.

– Et vous ? Vous étiez chez vous aussi ?

– C'est le week-end où je suis allé à Egilsstadir, non ? demanda Fannar à son épouse, puis il reprit avant qu'elle ait eu le temps de répondre : Oui, bien sûr ! Je me rappelle avoir appris la disparition de Maríanna au téléphone. J'étais désolé de ne pas être avec vous.

– Donc, vous êtes venue chercher Hekla seule, le samedi ? demanda Elma à Sæunn.

– Oui. Elle m'a téléphoné, et je me suis tout de suite mise en route. J'ai l'impression que vous…

Elle se tut, lâcha son pendentif et fixa Sævar et Elma d'un regard intense.

– Maríanna et moi ne nous entendions pas toujours, mais je ne lui voulais aucun mal. Je voulais juste qu'elle… qu'elle voie ce qui était le mieux pour Hekla. Ce n'était pas une bonne mère. Elle était ingrate, égoïste, elle ne pensait jamais aux envies ni aux besoins de sa fille. C'est nous qui lui achetions ses vêtements, nous qui lui avons donné un téléphone et un ordinateur – tout ce que les autres enfants possèdent. Vous savez ce que Maríanna lui a offert pour son dernier anniversaire ?

Ils secouèrent la tête.

Sæunn se pencha en avant et croisa les bras. Son collier avait tracé une marque rouge sur sa poitrine.

– Une serviette de toilette, reprit-elle d'un ton affligé. Elle lui a offert une serviette pour son quinzième anniversaire.

– Une serviette de toilette… ce n'est pas si mal, commenta Sævar, de retour dans la voiture. Je veux dire, c'est quelque chose que tout le monde utilise. Un cadeau qui dure. Ça m'aurait fait plaisir.

– Même à quinze ans ?

– Surtout à quinze ans ! Mon passe-temps favori, c'était d'oublier des serviettes dans tous les vestiaires du pays. Je n'aurais pas été contre en avoir une de plus.

– Personnellement, c'était loin d'être ma priorité à cet âge-là.

– Tu crois qu'on devrait s'intéresser à Sæunn de plus près ?

– Absolument.

Elle avait un motif valable pour assassiner Maríanna. Elles s'étaient disputées toute la semaine, comme elles le faisaient d'ailleurs depuis de nombreuses années au sujet de Hekla. Il était clair que Sæunn était très attachée à elle. Et peut-être en avait-elle eu assez. Peut-être avait-elle perdu son sang-froid à cause de cette histoire de compétition sportive et de toutes les négligences que Maríanna faisait subir à sa fille. Même Elma devait bien avouer ressentir de la colère en repensant à cette pauvre enfant de trois ans, laissée seule chez elle pendant des jours.

– On devrait contacter les services sociaux, dit Sævar. Qu'ils nous donnent leur point de vue sur la relation entre Maríanna et la famille d'accueil. Et Hekla. Je doute que Sæunn ait été capable de tuer cette pauvre femme. Mais Hekla nous cache quelque chose. Qu'est-ce que tu as pensé de cet interrogatoire ?

Elma soupira lourdement.

– J'avais envie de hurler. C'était la croix et la bannière !

– Ah, les ados, fit Sævar en riant. Je n'en ai jamais été un.

– Vraiment ?

– Ou peut-être que je n'ai jamais cessé d'en être un. Je n'ai pas noté de changement majeur…

– En tout cas, je ne crois pas une seconde qu'elle soit restée seule chez elle toute la soirée. Si je me souviens bien, on n'a rien trouvé sur ses relevés téléphoniques, mais le problème avec les jeunes d'aujourd'hui, c'est qu'ils n'appellent jamais. Ils utilisent surtout les réseaux sociaux, auxquels on a beaucoup plus difficilement accès. Sur ce satané Snapchat, les messages sont effacés sur-le-champ, ce qui ne nous facilite pas la tâche. Le fait que Hekla n'ait appelé personne ne veut pas dire grand-chose.

– Avait-on vérifié si son téléphone s'était déplacé ?

– Non, répondit Elma. Non, je ne crois pas. Elle n'a jamais été suspectée de quoi que ce soit, il n'y avait aucune raison de le faire.

– Elle avait déjà quinze ans lors de la disparition de Maríanna ?

– Elle venait de les avoir.

– Cela signifie que…

– Qu'elle est pénalement responsable, compléta Elma. Je suis d'accord avec toi, elle nous cache quelque chose. On devrait même aller faire un tour dans son ancienne école.

– Un autre périple à Borgarnes en perspective ?

– Tout à fait, dit Elma. Et sur son petit ami, tu penses qu'elle disait la vérité ?

Sævar grogna.

– Pas du tout. Et ça m'étonnerait qu'elle ait pris le bus pour aller à Akranes. Il faut qu'on découvre l'identité de ce fameux petit ami, et s'il est venu la chercher ce jour-là.

À ces mots, il se gara devant le commissariat.

– OK, ça nous fait donc encore un élément à vérifier.

Retirant sa ceinture, Elma resta assise une seconde, inclina la tête en arrière et dit :

– Tout ça est tellement maigre. On n'a aucun indice probant. Ça fait bien trop longtemps que Maríanna a été assassinée.

– Peut-être que c'est une bonne chose.

– Comment ça ?

Sævar haussa les épaules.

– Peut-être que ça va nous aider à découvrir qui a menti. C'est déjà difficile de retenir ce qu'on a dit sept mois auparavant, alors s'il s'agissait en plus d'un mensonge…

– Possible…

Elma s'apprêta à ouvrir sa portière.

– Au fait, c'était quoi ta priorité ? dit Sævar.

– Quoi ? fit-elle en relâchant la poignée.

– À quinze ans. De quels cadeaux avais-tu envie ?

Elle sourit.

– Mon Dieu, je ne m'en souviens plus. Sans doute un baladeur, ou une autre de ces babioles populaires à l'époque.

– Les baladeurs, c'était populaire à *mon* époque.

– OK, peut-être un lecteur mp3, dans ce cas. C'était populaire, ça, non ?

Sævar laissa échapper un rire.

– Sans doute. Aïe, ce qu'on est vieux, Elma. Les gamins d'aujourd'hui ne savent même plus ce qu'est un lecteur mp3, alors un baladeur…

– Parle pour toi, répliqua Elma en sortant. Je suis encore jeune, moi.

Trois ans

En partant au travail, je remarque une enveloppe dans ma boîte aux lettres, rose sombre avec mon prénom écrit au stylo noir. Juste mon prénom. Elle ne vient pas de mes parents – il n'y a pas de timbre, et aucun expéditeur indiqué au dos. Je m'assieds dans la voiture, l'ouvre et en sors une carte, rose elle aussi, illustrée d'un dessin de poussette à l'ancienne. Une carte de félicitations pour un baptême.

Je l'observe avec incrédulité. Il doit s'agir d'une erreur. Ma fille a trois ans, et même si elle a été baptisée, cela s'est fait en toute discrétion. Pas de célébration particulière. Je me suis contentée de griffonner son nom sur un formulaire. Lorsque je déplie la carte, mon cœur manque un battement : *Félicitations pour ta petite fille. Maintenant que je sais où tu habites, je viendrai peut-être te rendre visite à l'occasion.*

On dirait une menace.

Je pose la carte sur le siège passager et démarre. Jetant un regard circulaire, je m'attends presque à ce que l'expéditeur jaillisse d'un des buissons qui entourent l'immeuble. Les suspects sont nombreux, à vrai dire. Quand je suis partie, beaucoup de gens étaient en colère. Je revois parfois leurs visages. Je me demande s'ils se souviennent de moi, s'il leur arrive de penser à moi. Je suis prête à parier que oui. Les habitants des petites villes adorent se mêler des affaires des autres. Ils ne vivent que pour ça. Se nourrissent de ragots et de calomnies. Ils ne valent pas mieux que les poules qui attaquent à coups de bec la plus faible de leurs congénères jusqu'à ce qu'elle meure sur un lit de plumes ensanglantées.

Je me fiche qu'ils aient retrouvé ma trace. À vrai dire, je leur rirais même au nez. Je m'inquiète juste pour ma fille. Contrairement à moi, elle est sensible et fragile. Et malgré tout, j'ai fini par éprouver de la tendresse pour elle. Je ne sais pas exactement à quel moment c'est arrivé, mais parfois, lorsqu'elle sourit, il se passe en moi quelque chose que je ne peux expliquer. Un sentiment qui me donne envie de sourire et de pleurer en même temps. Je ne veux la partager avec personne d'autre. Ce n'est pas comme si je devais me faire du souci au sujet de son père, ça fait longtemps qu'il est mort, cependant sa famille est toujours bien vivante. Ils ne savent pas qu'elle existe, mais un seul regard suffirait – elle est son portrait craché.

Cette histoire de carte ne quitte plus mes pensées avant la fin de journée où, assise dans un restaurant avec un verre de vin rouge à la main, je grignote un morceau de pain avec du beurre. C'est la première fois depuis la naissance de la petite que je m'autorise à sortir. Pendant trois ans, j'ai dû me contenter de boire une bouteille de rouge seule à la maison devant un film. Il y a quelques jours, une des avocates du cabinet a proposé que nous allions tous dîner ensemble pour son anniversaire le vendredi suivant. Comme d'habitude, je m'attendais à ne pas pouvoir me joindre à eux, mais le même jour j'ai aperçu l'annonce d'une adolescente accrochée au panneau en liège de l'épicerie. Arrachant son numéro de téléphone, je l'ai appelée, et à présent elle est assise chez moi. À s'empiffrer, boire du soda et fouiller dans mes placards, mais je m'en fiche. Je peux enfin sortir.

Plus tard dans la soirée, nous quittons le restaurant et allons nous installer dans un bar rempli de monde où la musique est assourdissante. Le centre-ville n'a pas changé. Seules les chansons qui passent ne sont plus les mêmes qu'il y a quatre ans, lorsque je faisais encore la fête. Après avoir bu deux verres de vin, je fais mon possible pour suivre le cours de la conversation, mais dès qu'elle dévie vers le travail, mon esprit divague. Je ne m'occupe que de l'accueil, je ne sais rien des dossiers que je vois passer. À citer tous ces concepts compliqués et toutes ces lois, on dirait qu'ils se croient plus intelligents et importants que les autres.

Lorsque le serveur arrive, on commande une nouvelle tournée, et je demande un gin tonic. C'est un bar pour trentenaires, mais j'aperçois çà et là quelques jeunes filles qui n'ont probablement même pas l'âge légal pour se trouver ici. Elles traînent avec des hommes plus vieux qui les tripotent et leur achètent des boissons. Ai-je été l'une de ces gamines ? D'un coup me reviennent l'image d'un visage couvert de sueur et le son d'une respiration haletante. Je les balaie immédiatement de ma mémoire et bois une grande gorgée.

Ces trois dernières années, je me suis efforcée de penser le moins possible au passé. Je n'ai plus l'impression d'être la même fille qu'auparavant. Elle n'est qu'un souvenir lointain. La vie que je mène à présent n'a plus rien à voir avec la sienne. Ici, personne ne me connaît, même si la lettre me rappelle désagréablement que je ne suis pas invisible. Quelqu'un m'a retrouvée. Quelqu'un sait où j'habite. Avalant une nouvelle gorgée de mon cocktail, je grimace. Il est très fort.

Dans ma nouvelle vie, je me suis reconstruite en partant de zéro. À ceux qui me demandent, j'explique que mes parents vivent à l'étranger, sans leur révéler la vraie raison de leur départ. Je leur raconte simplement qu'ils sont tous deux médecins et qu'ils travaillent dans des régions ravagées par la guerre. J'ai même précisément listé les différents pays qu'ils sont censés avoir parcourus dans un fichier sur mon ordinateur, afin de ne pas les oublier. Les questions les plus fréquentes concernent surtout le père de ma fille, et je n'ai aucun mal à y répondre. Je dis qu'il est mort dans un accident de moto alors que j'étais enceinte. De huit mois. Je le visualise parfaitement, bien qu'il soit imaginaire. Il s'appelait Snorri, il était grand et très brun (comme notre fille). Les yeux couleur chocolat, une fossette au menton. Nous venions de nous fiancer lorsque la tragédie a frappé. Cette histoire est si réaliste que je me demande parfois si je ne devrais pas la raconter à ma fille, plus tard. Mais bien sûr, elle voudra voir des photos, faire connaissance avec sa famille, et aura toutes sortes d'exigences que je ne pourrai satisfaire, il vaut donc mieux que je me taise. Que je lui dise les choses telles qu'elles sont : elle n'a pas de père. Son père n'a jamais su qu'elle existait, et il ne le saura jamais.

Depuis que nous avons déménagé, je n'ai pas croisé une seule personne qui me connaisse, alors chaque année je me sens un peu plus libérée. Je n'inspecte plus les environs quand je rentre quelque part à la recherche d'un visage familier. Aujourd'hui, ils ne me reconnaîtraient sans doute plus. J'ai teint mes cheveux d'une couleur sombre, et j'ai changé. Pas seulement ma coiffure et mes vêtements, j'ai aussi pris un peu de poids, et ma peau n'est plus aussi bronzée qu'elle l'était par le passé. Principalement parce que je suis coincée toute l'année dans ce froid glacial au lieu de partir deux fois par an au soleil comme je le faisais. Mais maintenant que cette lettre me préoccupe, je ne peux m'empêcher de sonder le bar et de scruter chaque visage.

– Vous en voulez un autre ?

– Quoi ?

Levant les yeux, je vois que le serveur est de retour. Mon verre est vide. Ai-je vraiment bu si vite ? Combien de temps s'est-il passé au juste ?

– Tu veux un autre cocktail ? me demande mon collègue.

– Je veux bien, merci. La même chose.

Le serveur hoche la tête, ramasse les verres vides et revient rapidement avec la nouvelle commande. Je bois vite. Sans en avoir eu l'intention, je me retrouve un peu éméchée, et j'ai besoin d'aller uriner. Je me lève, esquisse un geste vers les toilettes, mais personne ne me remarque. Ils sont trop occupés à discuter d'un sujet auquel je ne connais rien.

Les sanitaires se trouvent au sous-sol, où une petite file d'attente s'est formée du côté des femmes. L'agitation est totale autour de moi, et la musique si forte que je m'entends à peine penser. Arrivant à ma hauteur, un homme se met à me parler mais je ne distingue pas un mot. Il est encore plus ivre que moi, les cheveux ébouriffés et la chemise entrouverte. Je l'attire à moi et l'embrasse. Lorsque c'est mon tour, je le traîne jusqu'à la cabine en ignorant les protestations des autres filles. Je me penche sur la cuvette et descends ma culotte. Les mains appuyées au mur, je sens son sexe me pénétrer. Notre rapport est court et brutal. Il me tire les cheveux et propulse ses hanches avec une telle force que j'ai du mal à tenir debout et à ne pas me cogner la tête contre le mur. Je pousse de puissants gémissements que la musique étouffe. Notre affaire terminée, je le jette hors de la cabine puis m'assieds afin d'uriner. J'ai les mains qui tremblent, et le sol bouge encore plus qu'avant.

Lorsque je sors, des filles se refont une beauté devant le miroir. Minces, les seins tout petits, elles portent beaucoup trop de maquillage et des jupes si courtes qu'elles dévoilent presque leur culotte. L'une d'elles me regarde avec mépris. À son expression, on croirait que je lui ai fait quelque chose. Mais c'est impossible, je ne l'ai jamais vue. Peut-être qu'elle nous a simplement entendus. Devant mon sourire, elle baisse les yeux et s'en va.

Je sursaute en apercevant mon reflet, puis j'éclate de rire, tant je peine à croire que cette fille dans le miroir est vraiment moi. Nous sommes sortis directement après le travail, je n'ai pas eu le temps de rentrer chez moi pour me préparer. Je porte mon chemisier noir, au tissu fin et délicat. Mes cheveux détachés tombent jusqu'au milieu du dos, car cela fait une éternité que je ne suis pas allée chez le coiffeur. Après mon aventure dans les toilettes, ils sont complètement hirsutes, surtout à l'arrière du crâne. J'ai les yeux rouges et brillants, et les joues couvertes de taches écarlates. Retrouvant mon sérieux, j'essaie de me recoiffer avec mes doigts, mais en vérité je me contrefiche de mon apparence. J'ai presque l'impression de porter un déguisement. Comme si j'occupais le corps d'une autre et je pouvais faire tout ce que bon me semblait sans qu'on me reconnaisse.

Je remonte l'escalier en traversant un groupe de gens qui le descendent. Personne ne me prête attention.

Avant, j'attirais tous les regards. Je me rappelle encore la sensation que j'éprouvais en entrant dans un bar et en voyant toutes les têtes se tourner vers moi. Je n'avais jamais à commander la moindre boisson, elles apparaissaient sous mon nez comme par magie, et lorsque j'allais sur la piste de danse, il y avait toujours quelqu'un pour m'accompagner. Toujours quelqu'un que je pouvais attirer à moi, ou au contraire, chasser.

Arrivée en haut de l'escalier, perdue dans ces souvenirs, je me réjouis de savourer mon prochain cocktail lorsqu'on me pousse soudain. Avec une telle violence que je trébuche et dévale les marches abruptes. Ma tête heurte le mur et j'atterris sur l'épaule, avec une vive douleur et le goût du sang dans la bouche.

Les gens s'agglomèrent autour de moi. Un inconnu m'aide à me relever pendant qu'un autre va me chercher une serviette pour appuyer contre ma blessure au crâne. Mon cœur bat à se rompre. Pas à cause de ma chute, ni même à cause du saignement, mais parce qu'on m'a poussée. J'ai bel et bien senti deux mains contre mon dos ; deux mains déterminées. L'une de mes collègues – celle dont c'est l'anniversaire – apparaît.

– Qu'est-ce qui s'est passé ? me demande-t-elle.

– Je… Quelqu'un m'a poussée, bafouillé-je d'une voix pâteuse.

– Quoi ? Tu es sûre que tu n'es pas juste tombée ?

– Non. Non, on m'a poussée.

Je vois aux visages autour de moi que personne ne me croit. Sans doute parce que j'arrive à peine à articuler et que je dois m'appuyer au mur tant j'ai la tête qui tourne. Peu à peu, le groupe se disperse, et ma collègue et moi nous retrouvons seules.

– On m'a poussée ! répété-je, plus fort que je ne le voulais. Il faut porter plainte. Regarder les vidéos de surveillance. Je dois aller à l'hôpital. Je crois que j'ai une fracture.

Je me mets à pleurnicher, et je sens bien qu'elle n'a pas le courage de s'occuper de moi. Elle sort son téléphone, passe un appel et m'accompagne vers la sortie.

– Ils vont venir te chercher ici, me dit-elle avant de retourner à l'intérieur.

Je reste seule au coin de la rue à me tenir l'épaule. Partout autour de moi, des groupes de gens s'interpellent et rient aux éclats. Des gamins et des gamines qui ne pensent à rien d'autre qu'au sexe. J'ai l'impression d'être la cible de tous les regards, que tout le monde se moque de moi. Qu'ils me fixent de leurs yeux froids et durs, et qu'à chaque seconde, je rapetisse un peu plus.

Lorsque je rentre enfin chez moi plus tard dans la soirée, une nouvelle carte m'attend dans la boîte aux lettres. Cette fois, l'enveloppe contient une photo de la crèche de ma fille. Au dos, il est écrit : *Elle est adorable, ta petite.*

Le lendemain, je consulte le journal à la recherche d'un nouvel appartement.

Le goût du plat indien de poulet qu'elle avait mangé au dîner lui revint en bouche et, portant la main à son visage, elle essaya de disperser l'odeur nauséabonde de son rot.

– Pouah ! s'exclama Tinna avec une grimace. Sérieux, Hekla ? T'es dégueulasse !

Elle la bouscula, et Hekla s'esclaffa. Les choses étaient un peu plus faciles lorsque Dísa n'était pas là, même si c'était moins exaltant. C'était toujours elle qui voulait sortir s'amuser. Elle était incapable de rester au calme.

– Désolée. J'ai trop mal au ventre à cause du plat indien que Fannar a préparé ce soir. Le poulet devait être à moitié périmé.

C'était faux, mais toujours mieux que d'admettre qu'elle souffrait de remontées acides – ce qui avait l'air encore plus dégoûtant.

Concentrée sur l'écran de télévision, Tinna ne semblait plus l'écouter, aussi Hekla se rallongea-t-elle sur le lit. Ce genre d'émission mettant en scène de riches familles d'Américains qui n'avaient rien dans le crâne ne l'intéressait pas vraiment. Mais Tinna adorait la téléréalité, et puisqu'elle était chez elle, la décision du programme lui revenait. Accroché au mur, l'écran plat était beaucoup trop grand pour cette petite pièce. Tinna l'avait reçu lorsque son grand frère s'en était acheté un nouveau, encore plus impressionnant.

À côté du lit, le bureau blanc équipé d'une grosse lampe noire était surmonté d'une étagère sur laquelle trônait une photo encadrée représentant Tinna et sa mère qui lui tenait les épaules, riant aux éclats et la regardant. Hekla avait longtemps éprouvé de la jalousie devant cette photo. Elle en avait mémorisé chaque détail : la manière dont le soleil illuminait les cheveux dorés de la mère, le décor de sable clair, le tee-shirt rouge de Tinna. Les bras d'un marron olive, les yeux qui scintillaient. Une image spontanée, pas de mise en scène, pas de pose, un instant immortalisé sans même qu'elles s'en soient rendu compte. L'étagère accueillait également un globe terrestre argenté et une pierre d'un noir intense et brillant.

Hekla ferma les yeux une seconde et laissa son corps s'enfoncer dans le matelas. Le lit de son amie lui faisait toujours penser à un nuage – un gros nuage tout doux, même si les draps n'étaient pas blancs mais bleu nuit. Elle avait la sensation de pouvoir disparaître dans l'épaisse couette et les nombreux oreillers qui sentaient la crème parfumée à la fraise de The Body Shop que Tinna utilisait.

L'écran de son téléphone s'illumina, annonçant un message d'Agnar. Il venait de lui envoyer une photo de lui sur son lit. La question « On se voit ce soir ? » barrait l'image. Jetant un regard en coin à Tinna, Hekla écrivit : « Peut-être. Tu veux faire quoi ? » La réponse lui parvint presque instantanément : « Je viens te chercher ? » Elle répondit un simple « OK ».

Elle n'était pas particulièrement enthousiaste, mais ne pouvait repousser indéfiniment l'échéance. Ces derniers jours, Agnar ne lui laissait pas une seconde de répit, et même si ses messages se voulaient amusants, il lui en envoyait une telle quantité que c'en était gênant, tant son désespoir était devenu palpable.

– À qui tu parles ?

L'épisode terminé, Tinna se tourna sur le côté et, le menton appuyé sur sa main, regarda Hekla. Vêtue d'un bas de pyjama et d'un débardeur, elle maintenait ses cheveux blonds en arrière avec un serre-tête.

– Agnar, soupira Hekla. Il vient me chercher.

– Tu n'étais pas censée rompre avec lui ?

Hekla hocha la tête.

– Tu crois qu'il va chialer ?

– Tinna ! s'exclama-t-elle, un pincement à l'estomac.

– Moi, je crois que oui, fit Tinna dans un bâillement avant de tendre la main vers la télécommande.

L'écran du téléphone s'illumina de nouveau. « Je suis dehors. » Hekla se leva puis, inspectant son reflet dans le grand miroir qui ornait la chambre, se recoiffa et maquilla ses lèvres de gloss.

– Amuse-toi bien ! s'exclama Tinna derrière elle.

Hekla lâcha un nouveau soupir. Elle n'était pas d'humeur à plaisanter.

Alors qu'elle s'apprêtait à sortir, elle fut interrompue par la mère de son amie.

– Tu pars déjà ?

– Oui.

– Très bien. Sois prudente, ma grande.

Hekla lui sourit et la salua avant de rejoindre la voiture d'Agnar, le cœur battant et un goût amer dans la bouche.

– Il fait un de ces froids !

Elma resserra la serviette autour de son corps et, pieds nus, traversa le plus rapidement possible la terrasse cimentée.

– C'est parfait ! s'exclama Begga, déjà installée dans le jacuzzi.

La tempête s'était calmée, mais il faisait toujours un froid glacial. Dans le ciel sans nuages, les étoiles apportaient un peu de lumière à cette sombre nuit d'hiver.

– Oh, tu as raison, souffla Elma en se glissant dans l'eau chaude.

Avalant une gorgée de la liqueur de caramel que Begga lui avait tendue, elle inclina la tête et ferma les yeux. Le choc thermique la fit d'abord frissonner, mais peu à peu son corps tout entier se détendit.

Elle avait du mal à détourner ses pensées de l'affaire. À leur retour au commissariat plus tôt dans la journée, elle avait parcouru la page Instagram de Hekla. C'était incroyable, tout ce qu'on pouvait apprendre sur les gens en consultant les réseaux sociaux. Surtout les adolescents, dont le profil demeurait le plus souvent ouvert au public et qui partageaient beaucoup trop de détails de leur vie privée. Des choses si intimes que même eux ne les auraient jamais prononcées à voix haute. Mais si le compte de Hekla était ouvert à tous, elle ne le mettait pas très souvent à jour. De nombreuses photos illustraient des citations en anglais assez déprimantes. Comme si Hekla était à la fois profonde, mystérieuse et triste. Était-ce la vision qu'elle voulait donner d'elle-même ?

On trouvait également quelques selfies, où elle arborait des tenues beaucoup plus flatteuses que ces sweats à capuche qu'elle portait au quotidien. Il s'agissait de photos plus récentes, qui dataient d'après son déménagement à Akranes et avaient visiblement été prises pour des occasions particulières. Hekla et une jeune fille blonde posaient dans ce qui semblait être une chambre, à en juger par les vêtements étalés par terre. Elles portaient toutes deux un jean taille haute avec un crop top moulant révélant leur nombril. Elma ignorait que ce genre de tee-shirt était revenu à la mode. Sa mère ferait probablement une syncope si elle se présentait à elle habillée ainsi.

Elle parcourut les commentaires. La plupart d'entre eux venaient de ses amies, et les cœurs y étaient plus nombreux que les mots. D'autres, en anglais, étaient si sexuellement explicites qu'Elma en resta sans voix. Enfin, il y avait ceux envoyés par des garçons islandais. Après avoir consulté chacun de leurs profils, elle n'en trouva qu'un seul en âge d'avoir le permis et vivant à Akranes. Il disait être chanceux et accompagnait son commentaire de petits cœurs – évidemment. Agnar Freyr Steinarsson avait dix-neuf ans, et son profil Instagram était verrouillé. Bien entendu, avait songé Elma. Mais il s'agissait très probablement de son petit ami. Agnar. Elle comptait bien explorer cette nouvelle piste dès le lendemain.

Elle s'enfonça encore plus profondément dans l'eau, mouillant ses cheveux et ses oreilles.

– C'est l'unique raison pour laquelle j'ai acheté cette maison, dit Begga. Je te jure. Je n'ai même pas eu besoin de visiter l'intérieur. J'ai vu la terrasse, le jacuzzi, et pour moi, c'était bon !

Elle éclata de son rire caractéristique, qui ressemblait à un hennissement, et Elma ne put s'empêcher de sourire.

– Ça ne te gêne pas trop, d'être seule ici ? demanda-t-elle. J'aime tellement vivre en immeuble, entendre les voisins lorsque je m'endors.

– Je ne suis pas seule, j'ai…

– Oui, oui, tu as ton chat, je sais, l'interrompit Elma. Mais tu vois ce que je veux dire.

Begga sourit, creusant ses fossettes, ce qui semblait la rajeunir encore de plusieurs années – elle qui était déjà plus jeune qu'Elma.

– Non, je ne suis pas du genre à m'angoisser. Je dors comme un agneau. Enfin… tu vois, comme un animal qui dort bien.

– Comme un bébé ?

– Par exemple, fit Begga avant de vider son verre et de la regarder fixement, d'un air comme toujours un peu provocateur. Et la raison pour laquelle tu aimes vivre en immeuble n'a rien à voir avec le bruit, ma chérie. Cela a tout à voir avec Tu-sais-qui, qui vient frapper à ta porte le soir et te fait tu-sais-quoi.

Un sourire au coin des lèvres, Elma ne répondit rien. Ces derniers temps, les visites de celui que Begga surnommait Tu-sais-qui s'étaient multipliées. Cela n'avait rien de sérieux, et c'était censé rester strictement confidentiel, mais parfois elle ne se rendait compte qu'*a posteriori* des confidences qu'elle faisait à sa collègue. Cette jeune femme avait quelque chose qui autorisait Elma à laisser tomber ses barrières. Begga était la seule personne à qui elle avait parlé de Davíd, et il fallait admettre que cela lui avait fait le plus grand bien. La colère et la culpabilité qui l'accablaient les premiers mois où elle était revenue vivre à Akranes avaient presque complètement disparu, et aujourd'hui elle acceptait le fait qu'il avait simplement été malade. La dépression était une maladie, elle n'aurait pas pu prévoir son geste. C'était du moins le mantra qu'elle se répétait chaque jour.

Contemplant la voûte céleste ténébreuse et écrasante, percée de ces milliers d'étoiles qui semblaient la fixer elles aussi, elle se sentit soudain minuscule. La regardait-il de là-haut ? Prise d'un vertige, elle se redressa. Elle devrait sans doute arrêter l'alcool.

– J'ai un peu chaud, dit-elle en s'asseyant sur le rebord du jacuzzi.

Après une courte réflexion, elle ajouta :

– C'est plutôt agréable.

– Quoi donc ?

Après avoir plongé la tête sous l'eau, Begga avait les joues traversées de lignes de mascara.

– De l'avoir sous la main. Tu-sais-qui. Dans l'appartement d'à côté.

Elle s'empressa de réprimer la pointe de honte qui avait surgi en elle tandis qu'elle prononçait ces mots.

– J'ai toujours cru que Sævar et toi…, commença Begga, sans terminer sa phrase.

Elma haussa les épaules. Elle aussi y avait cru. Elle l'avait même espéré. Mais comme rien ne s'était passé, la tension qui régnait entre eux avait disparu, et aujourd'hui elle avait presque la sensation de le connaître trop bien.

– Ce serait compliqué, dit-elle après un court silence. On travaille ensemble, on s'entend bien, je ne veux pas risquer de… enfin, tu sais.

– Je sais.

Elma sourit. Car en effet, c'était ça, le truc, avec Begga : elle savait.

Six ans

Sa première rentrée scolaire. Si je suis nerveuse, elle semble au contraire d'un calme olympien. Elle est évidemment trop jeune pour se rendre compte du tournant que ce jour représente. Mais ce qui me rend nerveuse, c'est surtout de ne savoir que trop bien ce qui se passe entre les murs d'une école. Je sais que certains enfants sont sans défense face à d'autres, cruels comme des hyènes. Et j'ai peur qu'elle devienne leur proie, qu'ils la réduisent en lambeaux. Car c'est ça, l'école ; les enfants sont les créatures les plus féroces au monde.

Je m'empare de sa main alors que nous nous approchons de l'établissement.

– Tu as hâte ?

Elle ne me répond pas. Parfois, on dirait qu'elle ne veut même pas s'en donner la peine. Un jour, j'étais tellement épuisée que je lui ai agrippé les épaules et lui ai presque hurlé dessus : « Réponds-moi ! » Elle s'est contentée de me regarder fixement de ses yeux d'un gris glacial, parfaitement stoïque. Regrettant immédiatement mon geste, je l'ai lâchée et elle a continué d'aligner ses petits soldats sur la table basse du salon comme si de rien n'était. Ces mêmes petits soldats avec lesquels elle joue depuis toute petite. Aujourd'hui, elle les arrange généralement en deux escadrons qui se font face comme au début d'une bataille. Certains jours, je remarque qu'il s'est passé quelque chose, que l'un des deux a remporté la victoire. La moitié des soldats gisent au sol, et elle leur a tordu les jambes ou les bras.

Son étrangeté saute aux yeux, bien que j'aie passé du temps à la préparer à cette journée importante. Il m'a fallu de longues heures pour lui trouver une robe à la hauteur, d'un joli bleu, avec un col de chemise et des manches longues. Elle met en valeur ses cheveux sombres, séparés en deux tresses qui lui descendent jusqu'à la poitrine. Il m'arrive de me reconnaître en elle lorsqu'elle incline la tête d'une certaine façon, ou bien les très rares fois où elle rit. En dehors de ces instants fugaces, elle diffère en tout point de moi – à l'extérieur comme à l'intérieur. La culpabilité m'assaille fréquemment lorsque je la regarde, car c'est ma faute si elle est comme ça. Toutes ces années où je l'ai privée de la tendresse dont elle avait besoin ont dû avoir un impact.

Parfois, je me demande ce que serait ma vie si je n'étais pas tombée enceinte. Peut-être aurais-je rencontré un homme et donné naissance à des enfants moins étranges. Je me laisse aller à ces fantasmes. J'imagine la maison que nous habiterions, l'argent que j'aurais entre les mains, les plats que je cuisinerais. J'imagine les soirées passées sur le canapé, nos nuits dans les bras l'un de l'autre jusqu'à ce que les enfants nous réveillent au petit matin. Ils sont deux. J'avais toujours eu l'intention d'avoir deux enfants. Un garçon qui ressemble à mon mari, et une fille qui me ressemble à moi. Je dois me méfier de ces pensées, car il m'arrive de blâmer la petite pour la tournure que ma vie a prise. Ce n'est pas juste. Elle n'a jamais demandé à venir au monde.

La sonnerie retentit. Elle s'immobilise et observe les autres enfants qui s'amassent devant la porte. Ses sourcils bruns projettent une ombre sur ses yeux attentifs. La bouche presque ronde, les lèvres serrées, elle s'accroche à ma main.

– On y va ?

À mon grand soulagement, elle acquiesce. Parfois, c'est une vraie tête de mule, et lorsqu'elle a décidé quelque chose, impossible de la faire céder. Il m'est arrivé de la traîner de force hors des magasins. Hurlant à pleins poumons, elle griffait et donnait des coups de pied à tout ce qui lui tombait sous la main. Principalement moi.

Alors que nous nous remettons en route d'un pas lent, je la sens sur ses gardes. Les yeux fixés au sol, les épaules voûtées, elle cherche à se faire toute petite. J'ai envie de lui dire de se redresser, de regarder droit devant elle, mais c'est inutile. Je me rappelle certaines de mes camarades d'école qui marchaient ainsi, recroquevillées sur elles-mêmes. Longeant les murs comme pour se fondre dans le décor.

Nous voilà devant la salle de classe. Lorsque la sonnerie retentit de nouveau, les enfants doivent se mettre en rang devant la porte. Un par un, ils forment une longue file qui ne cesse de remuer. Observant le groupe, l'institutrice remarque que ma fille n'a pas bougé. Elle me tient la jambe et tire sur mon pantalon. Tout le monde nous regarde. J'adresse un sourire à la maîtresse et aux autres parents qui semblent trouver la scène attendrissante, tandis que je suis morte de honte.

– Maman…

Elle a la voix si faible que je l'entends à peine. Je me penche sur elle.

– Je ne veux pas rester ici, me murmure-t-elle en me lançant un regard suppliant. On peut rentrer à la maison ? S'il te plaît, dis oui !

L'institutrice, une femme mince en pull de laine avec une coupe à la garçonne, s'approche de nous. Posant la main sur son bras, elle demande à ma fille d'une voix douce et bienveillante :

– Bonjour, comment t'appelles-tu ? Tu veux bien venir avec moi un instant ? Il n'y en a pas pour longtemps, je te le promets.

Elle hésite, puis tend finalement la main et suit la maîtresse. La dernière chose que j'aperçois avant qu'elle ne disparaisse dans la meute est sa petite tête brune penchée vers le sol de linoléum gris. Inspirant profondément, je feins un sourire et m'éloigne. Je fais comme si tout était normal. Je fais comme si elle était normale.

Consciente qu'il s'agit là de deux mensonges.

Jeudi

Celui que Begga surnommait Tu-sais-qui s'appelait en fait Jakob. Et en dehors de ce surnom, il n'avait Dieu merci rien en commun avec Voldemort, l'ennemi juré de Harry Potter. Il avait les yeux bleu-vert, les cheveux châtain clair, et sa peau bronzée exhalait un parfum de citron qui imprégnait les draps d'Elma et lui manquait parfois lorsqu'ils passaient trop de temps sans se revoir. Cela pouvait sembler ridicule, mais après neuf ans de vie commune avec Davíd, elle ne s'était toujours pas réhabituée à dormir seule. Avoir quelqu'un à côté d'elle la rassérénait.

Jakob et elle avaient fait connaissance peu après son emménagement. Il habitait l'appartement d'en face, la route n'était donc pas bien longue. À vrai dire, sans doute trop courte. De deux ans son cadet, il s'apprêtait à terminer ses études d'informatique à l'université et ne se lassait jamais de la complimenter, au point parfois de la mettre mal à l'aise. Non, ses cheveux n'étaient pas resplendissants au réveil ; non, son incisive de travers ne faisait pas tout son charme. Sans parler des taches de rousseur qui constellaient sa peau blanche. Quoi qu'en dise Jakob, elles n'étaient pas belles, et elle refusait de croire en sa sincérité lorsqu'il lui affirmait le contraire. Ce qu'il louait le plus, c'étaient ses yeux.

Selon lui, leur couleur grise tachetée de marron et de vert autour des pupilles faisait penser à un champ de lave. « Tu es sûr que c'est un compliment ? » lui avait-elle demandé. « Sûr et certain, avait-il répondu. Tu sais que tous ces touristes viennent en Islande pour voir les champs de lave ; en vérité, ils feraient mieux de venir contempler tes yeux. On devrait peut-être créer un site Internet pour en faire la promotion. » Réprimant un soupir, Elma l'avait fait taire en l'embrassant.

Elle se réveilla ce jeudi matin avec le bras de Jakob en travers de la poitrine. Elle le souleva avec prudence et éteignit son réveil. Il ne broncha pas lorsqu'elle sortit du lit et rassembla rapidement ses vêtements éparpillés par terre. Une fois habillée, elle resta un instant à l'observer, se demandant si elle devait lui dire au revoir ou le laisser dormir. Finalement, elle se faufila hors de la chambre et referma discrètement la porte derrière elle.

La première personne qu'Elma vit en arrivant au commissariat fut Gígja – ou du moins ses jambes, car la partie supérieure de son corps était cachée à l'intérieur de sa Jeep.

– Besoin d'aide ? lui demanda-t-elle d'une voix puissante par-dessus les bourrasques de vent.

Gígja se redressa.

– Oh, salut Elma ! Écoute, ce ne serait pas de refus. Je suis passée à la boulangerie, et ils m'ont tout mis dans des boîtes, ce qui est beaucoup moins pratique à porter.

– Donne-moi tout ça.

Elles pénétrèrent dans le commissariat, les bras chargés de sacs et de boîtes de viennoiseries.

– Tu ne te serais pas un peu emballée, Gígja ? demanda Elma en baissant les yeux sur la petite table de la salle de pause – l'épouse de Hördur avait acheté de quoi nourrir tout un régiment.

– Tu sais quoi ? répondit-elle en éclatant de rire. Tu as sans doute raison. Vous n'aurez qu'à emporter le reste chez vous.

Elma secoua la tête. Elle était en train de vider le café de la veille dans l'évier lorsque Sævar apparut.

– La route est bar… c'est l'anniversaire de qui ? demanda-t-il en les regardant l'une après l'autre.

– De quelqu'un, quelque part, sans doute, répondit-elle.

– Oh oui, il y a toujours un anniversaire à fêter quelque part, renchérit Gígja, reposant le couteau après avoir coupé les gâteaux. Bien, je dois filer !

– Tu ne manges pas un morceau avec nous ? s'étonna Elma.

– Non, ce n'est pas bon pour moi, répondit Gígja en enfilant son sac sur son épaule. Je dois aller au travail.

– Tu n'es…

Elma s'interrompit. Elle n'avait jamais discuté avec elle de son cancer et ignorait s'il s'agissait d'un sujet tabou. Hördur n'en parlait pas, elle avait d'ailleurs appris la maladie par sa propre mère.

– Comment va la santé ? tenta-t-elle.

– Tout va bien, répliqua Gígja. Hördur voudrait que je passe la journée allongée à me tourner les pouces.

Jetant un coup d'œil en direction de la porte pour s'assurer qu'il ne l'entendait pas, elle ajouta dans un murmure :

– Ne lui dites pas que je vais travailler. Le pauvre doit se ménager un peu.

À ces mots, elle les quitta avec un clin d'œil.

– Qu'est-ce que tu disais, Sævar ? enchaîna Elma, la bouche pleine d'un beignet nappé de glaçage au caramel.

– La route est barrée au niveau de Hafnarfjall. Il va falloir reporter notre visite à Borgarnes.

La pluie s'abattait avec fracas sur les vitres. La fenêtre avait beau être fermée, elle ne cessait d'émettre un sifflement strident sous les assauts du vent. Ils ne pourraient vraisemblablement pas se rendre à Borgarnes durant les prochaines heures. D'après les prévisions météorologiques, la tempête ne se calmerait pas avant midi. Repensant à Jakob, Elma se demanda s'il était encore allongé dans son lit, sous la chaude couverture. Il dormait toujours si profondément, alors qu'elle se réveillait généralement à sept heures pile, même le week-end.

Le corps avait été retrouvé cinq jours auparavant, et ils n'avaient que peu avancé depuis. Les médias parlaient quotidiennement de l'affaire, publiant des photos de Maríanna et évoquant l'enquête passée. Joignant le numéro de la police à leurs articles, ils encourageaient toute personne ayant vu la jeune femme ce vendredi 4 mai à prendre contact. Mais une nouvelle fois, le temps était contre eux – sa disparition remontait à plusieurs mois, et les éventuels témoins avaient oublié. La majorité des appels qu'ils recevaient ne menaient nulle part.

Elma ressortit les pièces du dossier. L'enveloppe que Maríanna avait laissée à sa fille reposait en haut de la pile. Ce message constituait à l'époque la raison principale pour laquelle ils avaient soupçonné un suicide. Pourquoi la jeune femme avait-elle éprouvé le besoin de demander pardon ? En raison du tournoi de football ? Elma trouvait elle aussi étrange qu'elle n'ait pas autorisé Hekla à y participer. Cela n'impliquait pas nécessairement qu'elle dorme chez Sæunn, Maríanna aurait pu l'accompagner. Si le message concernait bien le tournoi, cela signifiait qu'elle s'attendait à ce que sa fille rentre à la maison après les cours. Donc, qu'elle ne l'aurait pas suivie à Akranes. À moins qu'elle ait écrit le petit mot le matin, avant de partir au travail, et que quelque chose soit arrivé entre-temps.

Toujours scellée, l'enveloppe arborait le logo d'une agence de recouvrement. Un courrier à fenêtre typique que personne n'avait pris la peine d'ouvrir. Elma l'observa un instant avant de se décider à en déchirer le rabat. Il s'agissait d'une lettre standard avertissant Maríanna que si la facture de son fournisseur d'accès à Internet et à la télévision n'était pas réglée sous quelques jours, des intérêts viendraient s'y ajouter. La somme n'était pas très élevée, environ trente mille couronnes. La date d'envoi attira l'attention d'Elma : la lettre remontait à plus d'un an avant la disparition de Maríanna. Pourquoi diable repêcher une enveloppe aussi vieille afin d'écrire un mot à sa fille ? Fermant les yeux, Elma essaya de visualiser à nouveau l'appartement. Elle ne se rappelait pas avoir vu un tas de vieilles factures traîner. Après avoir fait analyser l'écriture, ils étaient certains que c'était bien celle de Maríanna. Hekla avait-elle retrouvé un ancien mot de sa mère, qu'elle avait disposé sur la table de la cuisine pour les induire en erreur ? Quelque chose ne tournait pas rond. Elma alluma l'écran de son ordinateur. Le moment était venu d'explorer la piste Hekla.

Huit ans

J'ai l'impression de me heurter à un véritable mur en rentrant chez moi après le travail, tant l'air est lourd et humide. À cause de la tempête qui s'est déchaînée la nuit dernière, j'ai fermé toutes les fenêtres, et j'ai oublié de les rouvrir ce matin avant de partir. Je fais le tour de l'appartement pour aérer chaque pièce. Elle devrait être sur le chemin du retour à présent. Je jette un coup d'œil dehors, plissant les yeux contre le soleil qui, l'espace d'une seconde, a réussi à se frayer un chemin à travers les lourds nuages gris. Parmi toutes ces bandes de gamins qui reviennent de l'école, je reconnais quelques-unes de ses camarades de classe. Elles marchent collées les unes aux autres et poussent de petits cris stridents en riant. C'est alors que je l'aperçois.

On dirait que ma fille n'existe pas. Elle n'est pourtant que quelques pas derrière elles. Sans prononcer un mot, elle les suit comme une ombre. Son désir d'appartenir à leur petit groupe est presque palpable, je le perçois dans ces sourires mielleux qu'elle feint et qu'aucune d'entre elles ne remarque. Elles l'ignorent totalement. Ne lui accordent même pas un regard. Pourtant, elle continue de les suivre et d'écouter leurs conversations. Elle sourit en les voyant éclater de rire, contemple leurs cartables roses comme si elle était sous hypnose. Cachée derrière un rideau, j'observe la scène les larmes aux yeux. Pourquoi est-elle comme ça ?

Soudain, l'une d'entre elles se retourne, et je vois le sourire de ma fille s'élargir lorsqu'on la remarque enfin. Même à cette distance, je décèle l'espoir sur son visage. Se penchant en avant, la gamine murmure quelque chose aux autres. Elles s'esclaffent et reprennent leur route à pas rapides. Ma fille s'arrête, semblant se demander si elle doit les suivre ou non. Mon Dieu, j'espère qu'elle ne le fera pas. Ce serait d'une telle tristesse. On dirait qu'elle est incapable d'interpréter les interactions sociales. Elle ne se rend pas compte lorsqu'elle est de trop, ne comprend pas pourquoi les autres lui parlent sèchement ou l'insultent. Ne perçoit pas les frontières, ne s'aperçoit pas qu'elle peut mettre les gens mal à l'aise. Peut-être que c'est une bonne chose – au moins, elle ignore ce que ses camarades pensent vraiment d'elle. Mais je redoute le jour où la réalité la frappera de plein fouet.

Alors que ces pensées m'assaillent, je remarque tout à coup que les filles se sont à nouveau arrêtées et retournées. Dans un élan commun. Prémédité. Ma fille s'immobilise à son tour, car elle ne peut faire autrement : bras dessus bras dessous, elles occupent toute la largeur du trottoir. Je n'entends pas ce qu'elles disent, mais un soudain malaise m'envahit. Je doute qu'elles soient en train de l'inviter à jouer chez elles ou de la complimenter sur son bonnet. Quelques secondes s'écoulent et je prie pour qu'il n'arrive rien de mal. Pour qu'elles reprennent leur chemin comme si de rien n'était. L'une d'entre elles s'avance, fait ou dit quelque chose, mais il m'est vite impossible de distinguer quoi que ce soit, car elles forment un cercle resserré autour de ma fille. Tandis qu'une bagarre éclate, j'essaie de la repérer, mais je ne vois que le dos des autres. Un objet rouge jaillit et atterrit sur la route. Son bonnet.

Je ne prends même pas le temps d'enfiler un manteau. Ni d'attendre l'ascenseur. Je dévale les sept étages au pas de course, le cœur dans la gorge et un battement assourdissant dans les tempes. Je ne sais pas ce que je ferai une fois en bas. J'ai envie de leur hurler dessus, de les secouer à faire valser leur tête dans tous les sens.

Elles me remarquent bien avant que je les aie atteintes. Elles ont sans doute entendu ma voix, ce cri qui ne semble pas venir de moi mais d'une folle furieuse. Elles lèvent les yeux, échangent un regard puis s'enfuient, leur cartable bondissant dans leur dos tandis qu'elles courent aussi vite que leurs pieds le leur permettent. Je voudrais me lancer à leur poursuite, me jeter sur elles et leur arracher bras et jambes jusqu'à ce qu'il ne reste plus rien, mais je ne le fais pas. Je me penche sur ma fille et l'aide à se relever. Quelques gamins se sont arrêtés pour observer la scène. Je ne leur accorde pas la moindre attention. Jusqu'à ce qu'un garçon qui ne doit pas avoir plus de six ans me tapote l'épaule et me tende le bonnet rouge. Je m'en empare – il est mouillé après être tombé sur la chaussée – et scrute le petit garçon, un blondinet aux joues rondes que j'ai envie d'embrasser. Balançant le cartable de ma fille sur mon épaule, je la prends dans mes bras, ce que je n'ai pas fait depuis qu'elle était bébé, et elle enfouit son visage dans mes cheveux. Sur le chemin du retour, je sens son souffle sur mon cou.

Son cœur qui cogne tout contre le mien.

Sævar et Hördur étaient d'accord avec elle : la date de l'enveloppe avait de quoi attirer l'attention, même si l'explication était peut-être très simple. Maríanna avait pu conserver ce vieux courrier dans un tiroir, parmi d'autres papiers. Malgré tout, il fallait effectivement creuser la piste Hekla, notamment s'assurer qu'elle avait bien un petit ami ou un ami avec le permis. Elma se renseigna sur le dénommé Agnar, le garçon qui avait commenté l'une de ses photos sur Instagram. Après une brève recherche, elle découvrit qu'il travaillait dans un restaurant – il était donc tout à fait possible qu'il soit chez lui le matin. Puisqu'il habitait à deux pas, autant saisir l'occasion en attendant que la tempête se calme et qu'ils puissent se rendre à Borgarnes.

Elma n'avait jamais été très douée pour parler aux adolescents, particulièrement aux garçons. Ils lui étaient aussi étrangers que lorsqu'elle avait leur âge. Elle décida donc de solliciter Sævar. Assis devant son ordinateur dans son bureau, l'air concentré, il leva les yeux lorsqu'elle apparut.

– Mauvaise nouvelle, dit-il avant qu'elle ait le temps de prononcer le moindre mot.

– Dis-moi ?

– Le téléphone de Hafthór n'a pas quitté Borgarnes le jour de la disparition. Il n'était donc pas à Akranes avec Maríanna, à moins d'avoir laissé son portable chez lui. Qui sort sans son portable de nos jours ?

– Ou alors, il a été assez malin pour ne pas l'emporter, répliqua-t-elle.

– Ça reste une possibilité, bien sûr. Mais nous n'avons rien d'autre à son sujet.

Elma soupira. Il était temps que l'enquête donne des résultats.

– Du nouveau de ton côté ? reprit Sævar.

– Peut-être…, commença Elma avant de lui expliquer qu'elle avait sans doute mis la main sur le petit ami de Hekla. D'ailleurs, je ne suis pas très à l'aise avec les gamins de cet âge-là, du coup…

– Tu veux que je t'accompagne afin de bénéficier de ma parfaite maîtrise de la communication avec ces étranges créatures qu'on appelle adolescents ?

Elma sourit.

– Je ne l'aurais pas formulé exactement comme ça, mais… oui.

Sævar se leva et attrapa son manteau. Au même instant, une violente bourrasque fit vibrer et siffler la fenêtre.

– Ce que je ne ferais pas pour toi…, soupira-t-il en secouant la tête.

– Bingo ! s'exclama Sævar lorsqu'ils se garèrent devant la maison d'Agnar, rue Vesturgata. Une Volvo S80 verte, précisa-t-il lorsque Elma lui lança un regard interrogateur. Il habite avec ses parents ?

– Aucune idée. Mais je doute qu'il vive seul ici.

La maison de deux étages était recouverte de tôle ondulée rouge. Ils grimpèrent les marches du perron et

Elma appuya sur la sonnette. Ils patientèrent quelques instants sans noter le moindre bruit ou mouvement à l'intérieur.

– Il y a souvent des petits appartements indépendants au sous-sol dans ce genre de maison, commenta Sævar en redescendant.

Elma le suivit dans le jardin, d'où ils aperçurent une porte sur la façade de gauche. Ils frappèrent et, au bout de quelques secondes, on leur ouvrit. Elle n'avait pas trouvé la moindre photo d'Agnar sur Internet, aussi ne savait-elle pas à quoi s'attendre, mais cela ne l'empêcha pas d'être surprise. Le garçon qui se tenait face à eux était si grand qu'il devait presque se baisser pour passer le cadre de la porte. Il avait de longs bras fins et, à travers sa peau pâle, on devinait aisément la forme de ses os. Son visage tout aussi maigre dessinait une mâchoire anguleuse, des pommettes saillantes et des yeux étonnamment grands et scrutateurs. On aurait presque dit une sculpture grossière, qu'il fallait encore affiner et polir.

– Agnar ? tenta Sævar.

Le garçon répondit un simple « hum » qui signifiait probablement « oui ». Ils se présentèrent, demandèrent s'ils pouvaient lui poser quelques questions et Agnar s'écarta du passage pour les laisser entrer. Elma dut retenir son souffle à cause de l'odeur pestilentielle à l'intérieur, sans doute due à la litière du chat dans le vestibule, qui avait désespérément besoin d'être nettoyée.

– On peut s'asseoir ici, proposa Agnar en gesticulant vers la table de la cuisine équipée de chaises pliantes.

Une boîte à pizza remplie de vieilles croûtes et des verres vides s'éparpillaient à sa surface. Lorsqu'elles étaient plus jeunes, Elma et sa sœur ne devaient jamais laisser une miette de leur part de pizza. Leur mère ne permettait pas qu'elles en prennent une nouvelle sans avoir terminé la précédente.

– Vous habitez seul ici ? demanda Sævar lorsqu'ils furent installés.

– Non, avec mon frère.

– Bien, nous n'allons pas vous déranger longtemps. Nous voulions simplement savoir si vous connaissiez Hekla ?

– Hekla ? Oui, c'est… enfin, c'était ma petite amie. On a rompu. Hier, à vrai dire.

Il bâilla, et Elma put sentir sa mauvaise haleine depuis l'autre côté de la table. La rupture ne semblait pas l'avoir affecté plus que cela.

– Vous êtes restés longtemps ensemble ?

– Oui, presque un an. Depuis le mois de janvier, à peu près.

Agnar avait répondu comme si c'était une période particulièrement longue, et Elma réprima un sourire. Plus jeune, elle aussi considérait qu'un an représentait une éternité pour un couple. En général, ses relations ne duraient que quelques semaines, quelques mois tout au plus.

– Vous étiez donc déjà ensemble au printemps, lorsque sa mère a disparu ?

– Yep.

– Vous savez si Hekla s'est rendue à Akranes le jour de sa disparition ?

– Euh… oui, fit-il avant d'être pris d'une hésitation et de revenir sur ses mots : Enfin, je ne sais plus très bien. Peut-être que c'était le lendemain.

– Vous ne l'avez pas vue, ce vendredi ? Vous devez impérativement nous dire la vérité. On ne ment pas à la police. Certains ont fait de la prison pour moins que ça.

Sævar sourit, comme pour suggérer qu'il plaisantait, mais Agnar sembla le prendre très au sérieux. D'abord silencieux, il soupira et répondit :

– Oh, et puis merde. Je ne lui dois rien, à cette connasse, après hier soir. Me balancer comme une vieille chaussette au bout d'un an de relation…

– Donc, vous l'avez vue ?

– Non. Enfin, elle m'a demandé de venir la chercher à Borgarnes.

– Et vous l'avez fait ?

– Non, j'étais en chemin pour la salle de sport, et ensuite je devais aller au boulot, à seize heures. Je lui ai dit que je pourrais venir la chercher plus tard dans la soirée, mais c'était urgent. Elle comptait se débrouiller.

– Et elle y est arrivée ?

– À quoi ? fit Agnar en regardant Sævar d'un air ahuri.

– Elle a réussi à se rendre à Akranes ?

– Oui. On devait se retrouver le soir même.

– Vous l'avez fait ?

– Non, elle a annulé à la dernière minute. Elle était retournée chez elle.

– Et vous savez comment elle a fait la route ?

– Aucune idée. Elle a dû prendre le bus, dit Agnar en haussant les épaules.

– Vous avez une idée d'où elle se trouvait à Akranes ?

– Chez sa famille, ou ses amies. J'en sais rien. Je ne comprenais pas ce qu'elle foutait. Après ça, elle m'appelle le lendemain et m'annonce que sa mère est perdue ou je sais pas quoi.

Sævar hocha la tête.

– Quand l'avez-vous revue ?

– Le dimanche.

– Donc, si nous contactons votre employeur, il pourra confirmer que vous étiez bien au travail toute la soirée ? insista Sævar en se penchant en avant, le regard intense.

– Ouais, mec, répondit l'adolescent, plutôt agacé par cette question. J'aurais dû finir à dix heures, mais j'ai bossé jusqu'à onze heures. Je m'en souviens bien, parce que je voulais quitter plus tôt pour retrouver Hekla, mais mon connard de patron refusait qu'on parte. J'ai pas été payé plus pour autant. C'est illégal, ça, non… ?

– Tu l'as fait ?

– Quoi ? demanda Hekla, sachant pertinemment de quoi Dísa voulait parler.

Le professeur n'étant pas encore arrivé, le brouhaha régnait dans la salle de classe où elles attendaient le cours suivant.

– Tu l'as quitté ?

Hekla acquiesça. Assises à la même table, Tinna et elle avaient tourné leurs chaises pour faire face à leur amie.

– Il a chialé ? s'extasia Dísa.

– Oh, s'il te plaît ! s'exclama Tinna avec un regard vif.

Hekla ne put s'empêcher de sourire, et lorsque les deux autres le remarquèrent, elles partirent d'un fou rire communicatif. C'était un tel soulagement, d'avoir mis fin à cette relation. À présent, elle pouvait faire tout ce qu'elle voulait. Enfin, peut-être pas absolument tout, songea-t-elle.

– Génial, enchaîna Tinna avant de baisser la voix. Dans ce cas, on va pouvoir vraiment s'amuser demain.

Zéro emmerde. Juste nous trois. Avec les autres filles de la classe.

– On se débarrassera d'elles plus tard dans la soirée, lâcha Dísa.

Jetant un coup d'œil circulaire, Tinna lui fit signe de se taire. Mais personne ne leur prêtait la moindre attention.

– Pourquoi ? demanda Hekla.

Ses deux amies échangèrent un regard énigmatique.

– Tu verras bien.

Tinna asséna un coup de coude à Hekla avant qu'elle ait eu le temps de les interroger davantage. Elle leva les yeux et vit Alfred entrer et s'asseoir. La remarquant, il lui adressa un sourire. Le professeur arriva au même instant, et Hekla se retourna, des papillons dans le ventre à la perspective du lendemain. L'une de leurs camarades fêtait son anniversaire. À vrai dire, elle n'avait pas été invitée directement – Dísa et Tinna avaient juste insisté pour qu'elle vienne –, mais elle essaya de ne pas trop y penser. Elle ne connaissait pas du tout cette fille, et elles ne comptaient pas rester très longtemps. Visiblement, ses deux amies avaient une surprise en tête, quelque chose qu'elle n'avait pas le droit de savoir. Au comble de l'excitation, Hekla eut la plus grande difficulté à se concentrer sur le cours d'islandais, l'esprit accaparé par le parfum de fraise du gloss de Tinna et par la soirée à venir.

S'ils se fiaient au témoignage d'Agnar, il était clair que Hekla avait menti. Elle s'était bel et bien rendue à Akranes, et peut-être que Maríanna l'avait suivie. Elma peinait toutefois à croire que l'adolescente ait eu quelque chose à voir avec la disparition de sa mère, même s'il était déjà arrivé que des enfants tuent leurs parents. Pas en Islande, mais des cas étaient régulièrement recensés dans le monde. Des adolescents frustrés qu'on leur refuse ceci ou cela, dont les parents désapprouvaient le petit ami ou la petite amie, ou un autre aspect déterminant de leur existence. Là où les armes à feu étaient plus accessibles, comme aux États-Unis, les enfants pouvaient plus facilement céder à une crise de rage. En Islande, si les fusils étaient nombreux, les gens ne se baladaient pas avec un pistolet à la ceinture. Les armes étaient bien cachées à leur domicile, dans des placards fermés à clé. Quoi qu'il en soit, Maríanna ne s'était pas fait tirer dessus, on l'avait passée à tabac. Ce qui nécessitait une force exceptionnelle. Or, Hekla n'était pas bien grande, et Elma doutait qu'elle ait pu avoir le dessus sur sa mère. Par ailleurs, elle n'avait pas le permis, elle ne pouvait pas avoir conduit jusqu'à Grábrók et transporté le corps dans le champ de lave toute seule. Elle aurait dû recevoir une aide extérieure, et la liste des potentiels complices n'était pas longue. Peut-être Agnar. Ou, moins probablement, Sæunn.

Lâchant un soupir, Elma se dit que c'était ridicule. Malgré son enfance difficile, Hekla n'avait quand même pas pu commettre un tel crime. Soudain, Sævar glissa la tête dans l'interstice de sa porte et fit un signe en direction de la fenêtre.

– Devine…

– Quoi ?

– La tempête s'est calmée. En route pour Borgarnes !

Dans le bureau des services de protection de l'enfance, ils furent accueillis par une femme d'une cinquantaine d'années aux cheveux courts, dont le chemisier rouge sculptait une poitrine large. Le regard bienveillant, elle leur serra fermement la main et leur dit s'appeler Hildur.

– Vous vouliez parler de Maríanna Thórsdóttir, c'est bien ça ? dit-elle en préambule lorsqu'ils se furent assis. J'ai été si triste d'apprendre ce qui lui est arrivé. Pauvre femme.

Se penchant en avant, elle croisa les mains sur son bureau parfaitement rangé. Rien ne traînait ; pas un papier, pas un stylo, pas une tasse. Sûrement parce que cette femme devait accueillir du public, contrairement à Elma – c'était du moins ce dont elle essayait de se convaincre.

– Nous vous avions déjà contactée au printemps, je sais, mais à présent que nous avons formellement relancé l'enquête, nous aimerions que vous… eh bien, que vous nous parliez d'elle, expliqua Sævar.

Prenant appui sur le dossier de son siège, Hildur consulta son ordinateur.

– Je vois que vous aviez un mandat à l'époque, ça ne devrait pas poser de problème.

Elle reporta son regard sur eux et sourit.

– Maríanna et Hekla ont emménagé ici il y a cinq ans. Auparavant, elles vivaient à Reykjavík, et ce n'était pas moi qui m'occupais de leur dossier, on me l'a simplement envoyé, je n'en sais donc pas plus que ce qui y est inscrit. Les raisons pour lesquelles nous accompagnions Maríanna et sa fille sont multiples. Maríanna a souffert d'une lourde dépression à la naissance de Hekla. Elle n'avait que seize ans, et ne parvenait pas à établir une véritable connexion avec la petite. Évidemment, le fait que son frère se suicide durant sa grossesse a été un choc immense, mais le problème allait bien au-delà.

« Par la suite, nous leur avons consacré une attention toute particulière. Le personnel de la crèche et les infirmières avaient émis des inquiétudes, notamment sur le retard de Hekla concernant la parole. Longtemps, on a cru qu'elle souffrait d'un déficit intellectuel, mais ce n'était finalement pas le cas. Des employés de sa crèche nous ont contactés à plusieurs reprises, principalement parce que Maríanna ne semblait pas changer sa couche, et qu'elle avait de l'érythème fessier. Elle n'a pas été propre avant l'âge de quatre ans, portait souvent des vêtements trop petits. Certains jours, Maríanna ne la déposait pas à la crèche, sans avertir le personnel. Il était clair qu'elle avait besoin d'aide, c'est pourquoi nous lui avons régulièrement rendu visite et apporté tout le soutien que nous pouvions.

– Elle a disparu pendant plusieurs jours lorsque Hekla avait trois ans, n'est-ce pas ? demanda Elma.

– En effet. C'est à ce moment que la petite a été placée dans une famille d'accueil, chez Sæunn et Fannar, un couple adorable.

– Que s'est-il passé exactement ?

– Je… je pense que Maríanna a consommé des stupéfiants et s'est isolée quelque part. Elle a sans doute perdu la notion du temps. Ne s'est pas rendu compte de la durée de son absence.

– Il n'y avait aucun risque à lui confier Hekla de nouveau ?

Elma eut du mal à dissimuler son ton outragé. À bien des égards, elle partageait l'avis de Sæunn : les enfants devaient avoir le bénéfice du doute, pas leurs parents. Et à en juger par ce qu'elle avait entendu, Maríanna n'était pas à même de s'occuper d'une enfant de trois ans incapable de communiquer.

Hildur poussa un long soupir.

– Notre but est toujours de faire en sorte que les enfants vivent avec leurs parents. C'est la meilleure solution pour tout le monde. Dans la majorité des cas. Et comme je le disais, nous surveillions la situation de près. Nous lui rendions des visites surprises, etc.

– Et il n'y a jamais rien eu de plus sérieux ?

– De plus sérieux ? répéta Hildur en fronçant les sourcils. Si vous voulez parler de violences, non. Pas selon nous. Maríanna avait juste… des difficultés. Son frère s'est suicidé durant sa grossesse, et ses parents ne lui ont pas apporté le soutien dont elle aurait tant eu besoin plus jeune. Ensuite, sa mère est morte lorsque Hekla avait dix ans. Toute sa vie, Maríanna a manqué d'un socle sur lequel s'appuyer. Je crois qu'elle s'en sortait plutôt correctement, étant donné les circonstances.

– N'a-t-elle pas de nouveau disparu lorsque Hekla avait dix ans, justement ?

– Si, tout à fait. À la mort de sa mère, Maríanna a sombré dans une profonde dépression. Elle a replongé dans l'alcool et la drogue et s'est volatilisée pendant des jours.

– Il me semble que Hekla a demandé à de nombreuses reprises à vivre chez sa famille d'accueil ? glissa Sævar.

– En effet, acquiesça Hildur. Ce qui est compréhensible, vu le confort dont elle jouissait là-bas, comparé à la vie avec sa mère. Il se trouve que les enfants préfèrent souvent vivre dans l'abondance plutôt que dans le dénuement. Sæunn et Fannar gagnent bien leur vie et pouvaient lui offrir des choses que Maríanna n'aurait jamais pu se permettre d'acheter.

– Vous êtes sûre que c'était la seule raison ?

– Je ne peux pas en être certaine. Mais comme je vous le disais, notre but est de faire en sorte que les enfants restent chez leurs parents. C'est le scénario privilégié.

– Sæunn et Fannar ne devaient pas être très satisfaits de cet arrangement ?

– Je l'ignore. Il faudrait que vous vous adressiez aux services sociaux de Reykjavík. Tout ce que je peux vous dire, c'est qu'ils voulaient adopter un enfant, et pendant un temps, ç'a été une possibilité tout à fait envisageable avec Hekla, car on ignorait si Maríanna se remettrait. Finalement, elle est revenue dans le droit chemin. J'imagine qu'ils ont été déçus. Mais ils ont accepté de continuer à la soutenir et à recevoir Hekla, et quelques années plus tard, ils ont adopté un petit garçon. Je pense donc qu'ils étaient tout à fait heureux.

– Et comment a évolué la relation entre Hekla et Maríanna ces dernières années ? demanda Elma.

– Comme ci, comme ça, répondit Hildur. Hekla se montrait plus difficile, la dernière année. Elle faisait le mur, partait à Akranes sans en demander l'autorisation, ce genre de choses.

– Quand avez-vous parlé avec Maríanna pour la dernière fois ?

– Peu avant sa disparition. Hekla a été retrouvée au bord de la nationale, en train de faire du stop pour rejoindre Akranes. La police l'a ramenée, et les services sociaux ont immédiatement été avertis. Nous leur avons rendu visite peu de temps après.

– Pourquoi voulait-elle aller à Akranes ? Pour voir sa famille d'accueil ?

– Hmm… non. Je crois qu'elle voulait assister au bal du collège, ou bien elle avait un petit ami. Un comportement assez courant à cet âge-là. La crise d'adolescence. Maríanna paraissait désarmée, elle ne savait pas comment réagir.

– Je vois, dit Elma. Et elle vous a semblé dans son état normal lorsque vous êtes allée la voir ?

– Elle…, balbutia Hildur, hésitante. Elle était d'une humeur étonnamment sombre, maintenant que vous me posez la question. À l'époque, je me disais que c'était lié à Hekla. Élever une adolescente n'est pas toujours évident. Mais peut-être que c'était autre chose, vu la tournure des événements.

Elma était perplexe après cet entretien. Tandis qu'elle s'éloignait du bâtiment gris accueillant les services de protection de l'enfance du Borgarfjördur, son ventre était noué, et ce n'était pas seulement dû à la faim. Dans le cadre de son travail, elle avait souvent été témoin des souffrances que subissaient les enfants. Des foyers brisés où les parents bénéficiaient sans cesse de nouvelles chances dont ils ne tiraient pas profit. Pendant que les enfants, impuissants, continuaient de vivre dans des conditions indignes. Sans pouvoir s'exprimer, dire ce qu'ils voulaient ; et même lorsqu'ils le faisaient, on ne les écoutait pas. Selon elle, le système ne fonctionnait pas, il n'était pas pensé pour le bien-être des enfants, mais pour tout autre chose.

S'asseyant dans la voiture, elle fixa le pare-brise du regard sans prononcer un mot.

– Tout va bien ? lui demanda Sævar.

– Oui, lâcha-t-elle sans bouger.

Elle ne cessait d'imaginer Hekla, âgée de trois ans, seule dans cet appartement à attendre sa maman qui ne revenait pas. Quel impact une telle expérience pouvait-elle avoir sur un enfant ?

– Il faudrait repenser tout ce système, dit Sævar après un bref silence.

Elma le regarda d'un air intrigué.

– Je l'ai vu mille fois, et je sais que toi aussi, poursuivit-il.

Elle hocha la tête.

– Je me dis juste que… qu'on devrait pouvoir faire mieux. Tu vois ?

– Je sais, acquiesça-t-il en démarrant. On essaie.

Un sourire réconfortant aux lèvres, il changea de sujet :

– Tu as faim ?

À midi passé, les réserves faites lors de leur petit déjeuner riche en pâtisseries étaient désormais vides. Ils se garèrent devant la station-service Hyrnan, qui avait bien changé depuis l'enfance d'Elma. Comme beaucoup d'Islandais, sa famille s'y était souvent arrêtée lorsqu'ils partaient en voyage. L'été, le magasin et la cafétéria grouillaient de touristes islandais comme étrangers, mais à cette période de l'année, les lieux demeuraient vides en dehors de quelques âmes installées dans le réfectoire, qui faisait penser à une cantine d'école. Ils s'assirent à une petite table ronde au cœur d'une sorte de véranda adjacente à la boutique. Sævar commanda deux hot-dogs et un Coca, et Elma un sandwich au rosbif et une boisson chocolatée.

– Qu'en penses-tu ? demanda-t-elle après deux bouchées de son sandwich, avalées si vite qu'elle dut boire une grande gorgée pour les faire passer. Tu crois que Hekla aurait été capable d'assassiner sa mère ?

La bouche pleine, Sævar haussa les épaules. Il déglutit et porta la cannette à ses lèvres avant de répondre :

– Peut-être, avec de l'aide. Les raisons ne lui manquaient pas. Non pas qu'il y ait une bonne raison de tuer quelqu'un, mais tu vois ce que je veux dire…

– Agnar aurait été son complice ?

Probablement. Il faut qu'on vérifie son alibi.

– Mais si Hekla n'était pas chez elle ce jour-là, nous n'avons aucun moyen de confirmer l'heure à laquelle Maríanna a disparu.

– Et son téléphone ? On n'avait pas établi l'heure de sa disparition au moment où son téléphone s'est éteint ?

– Si, mais il peut y avoir d'autres théories. Maríanna aurait pu rentrer chez elle plus tard dans la journée et disparaître après, ce qui remet Hafthór sur la liste des suspects. Et s'il avait picolé, rendu visite à Maríanna et voulu la punir pour lui avoir posé un lapin ? Pour l'avoir rejeté ?

Sævar hocha la tête.

– Pourquoi pas ? Nous devons absolument savoir à quelle heure Hekla est vraiment rentrée chez elle. Il est temps que cette gamine nous dise la vérité.

– D'après toi, ce serait utile d'aller jeter un coup d'œil à son ancien collège ?

– Aucune idée, fit Sævar avant d'avaler son dernier morceau de hot-dog.

Elma chiffonna l'emballage plastifié de son sandwich avant de siroter les dernières gouttes de sa brique de lait chocolaté.

– Bon, autant le découvrir tout de suite.

Neuf ans

Aux voix qui émanent de sa chambre, on croirait qu'ils sont nombreux à l'intérieur. Pourtant, elle est toute seule. Elle joue toujours avec ses petits soldats verts, mais le jeu a changé : elle ne les aligne plus, elle les fait parler. Elle prend des voix différentes pour chacun d'eux et les fait se disputer, se réconcilier, débattre. Sa porte étant toujours fermée, je ne distingue ce qu'ils se disent que lorsqu'ils élèvent le ton et s'écrient « pauvre crétin » ou « dégage ». Le reste du temps, les voix sont trop faibles ; j'ai beau coller mon oreille au battant, je n'entends pas un mot. Juste un murmure indéchiffrable. La poupée que je lui ai achetée lorsqu'elle était bébé n'a pas bougé de la commode, sa robe reste aussi lisse qu'au premier jour.

Je frappe à sa porte à dix-sept heures trente. Son école a organisé une petite fête, ce qui signifie que je vais devoir passer deux heures à regarder quarante gamins de neuf ans courir dans une grande salle. Les parents sont censés apporter de quoi manger et boire. Certains ont fait des pancakes, d'autres ont préparé des salades de crevettes, d'autres encore ont confectionné des roulés à la cannelle sans sucre ou coupé des bâtonnets de carottes. N'ayant pas eu le temps de cuisiner, j'ai acheté des petits pains recouverts de glaçage hors de prix à la boulangerie en rentrant du travail. Si je les dispose dans un panier, je pourrai prétendre les avoir réalisés moi-même.

Elle ouvre la porte et me sourit. Voilà qui est nouveau. Ce sourire. Elle l'exhibe comme une présentatrice télé expérimentée lorsqu'on s'y attend le moins. Elle a noué ses cheveux bruns avec un élastique orange qu'elle a dû trouver dans la rue ou à l'école, et elle porte une robe rouge à manches courtes, une tenue différente de celle qu'elle avait plus tôt dans la journée. Elle a visiblement pris le temps de se changer et de se coiffer. Il y a quelques semaines, elle m'a demandé de lui acheter un miroir ; j'ai cédé, et je l'ai installé dans sa chambre, près de la commode. Elle aime bien se regarder dedans. Je la surprends parfois en train d'inspecter son reflet, en souriant ou en se tournant sur le côté.

– Je vois que tu es prête.

Sa robe, trop ancienne, ne lui va plus. Ces derniers temps, je n'ai pas investi dans de nouveaux vêtements : ceux que j'achète deviennent trop petits à la vitesse de l'éclair. J'ouvre son armoire, en balaie le contenu du regard avant d'en sortir une ample robe bleu foncé aux manches longues.

– Essaie plutôt celle-ci, lui dis-je en retirant au passage l'élastique orange.

Elle a une chevelure si épaisse que ce n'est même pas la peine d'essayer de l'attacher. J'ai beau les peigner avec énergie, les petits cheveux en haut de son front finissent toujours par se redresser. Une fois qu'elle a enfilé sa robe, je lui fais une tresse solide comme celles que j'arborais sur les vieilles photos à la maison. Toujours souriante et mignonne, comme une petite princesse. C'était l'image que mes parents voulaient voir de moi. Je ne portais jamais de vêtements qu'on pouvait acheter dans des magasins à bas prix. Quand Papa voyageait à l'étranger pour son travail, il en profitait pour parcourir les boutiques les plus luxueuses et me rapporter des tenues que personne d'autre n'avait en Islande. Le genre de boutiques où la famille royale faisait son shopping, nous disait-il avec fierté. En vieillissant, j'ai fini par refuser de les porter, mais pendant des années, j'étais exactement telle qu'ils me voulaient. On aurait dit que j'appartenais à la famille royale britannique.

La tresse terminée, je l'observe dans le miroir.

– Voilà, c'est beaucoup mieux, dis-je en lui souriant.

À notre arrivée à l'école, une petite foule est déjà réunie dans un brouhaha intense. Je pose les petits pains sur le buffet et adresse un sourire à un groupe resserré de mamans. Plus vieilles que moi, elles ont les cheveux courts et un balai dans le cul, mais je fais mon possible pour apprendre à les connaître. Je bavarde avec elles lors des sorties scolaires et je propose de prêter main-forte à toutes sortes de comités et d'associations. Cependant, exactement comme chez les enfants, une certaine hiérarchie s'est instaurée parmi les parents. Les mères des élèves populaires restent entre elles et se chargent d'organiser tous les événements. Comme leurs gamins pratiquent les mêmes activités sportives, elles se voient quotidiennement. Ma fille ne s'étant pas encore fait d'amis, je me retrouve de plus en plus isolée. À présent, c'est à peine si elles m'adressent un hochement de tête ou un sourire avant de poursuivre leur conversation sans m'accorder un regard.

– Et si on allait dans la salle ? demandé-je à ma fille.

J'essaie de la détacher un peu de ma cuisse qu'elle refuse de lâcher. Elle hoche la tête d'un mouvement si timide que je suis la seule à le remarquer. Je m'étonne à vrai dire du peu de mots qu'elle prononce, étant donné l'éloquence dont elle fait preuve lorsqu'elle est seule dans sa chambre. Avec les autres, elle se contente de monosyllabes. Mais elle est obéissante, et je vois bien qu'elle fait de plus en plus d'efforts pour me plaire.

Nous nous dirigeons vers la grande salle où nous nous tenons à l'écart, comme deux naufragées, regardant les enfants qui courent partout. Ils font des glissades par terre et se sautent les uns sur les autres – on dirait des babouins. Lorsque l'un des papas coupe la musique, ils s'immobilisent tout à coup.

– Maintenant, nous allons faire un jeu ! s'exclame-t-il d'une voix tonitruante après avoir fait signe à quelques garçons de se taire.

Il explique les règles à son public dissipé, mais la plupart des enfants semblent le connaître et l'apprécier.

– Va jouer avec eux, dis-je à ma fille en la poussant doucement dans le dos.

Elle me regarde, une lueur de frayeur dans les yeux. Comme si je lui avais demandé de faire quelque chose de mal. Mais elle obtempère et rejoint les autres. Lorsque la musique redémarre, elle bouge en rythme et lorsqu'elle s'arrête, elle court vers l'un des coins de la salle comme ses camarades. Quand son coin n'est pas tiré au sort, elle me sourit et me fait un signe de la main, comme si elle jouait une pièce de théâtre sur scène. J'ai l'estomac noué et je rougis en apercevant quelques gamines qui la regardent et gloussent.

– C’est lequel, votre petit diable ? demande une voix derrière moi.

Je me retourne et le reconnais immédiatement, bien que je ne l’aie vu que de mon septième étage. Il vient d’emménager au rez-de-chaussée de notre immeuble. Quelques jours plus tôt, je l’ai suivi du regard tandis qu’il portait des meubles à l’intérieur. Et j’avais raison : il est grand, plutôt costaud, les cheveux châtains. Ce que je ne distinguais pas de loin, c’étaient ses yeux si doux et bienveillants.

– La fillette en robe bleue, dis-je. Celle qui a une tresse.

– Elle vous ressemble.

– Vous trouvez ?

– Oui, beaucoup.

Il me sourit comme s’il venait de me faire un compliment. Il faut dire qu’elle a changé depuis qu’elle était bébé, avec ses traits trop grossiers et son énorme nez. Son visage s’est adouci et ses yeux aux iris perçants, cerclés d’un contour plus sombre, sont expressifs. Peut-être qu’elle deviendra belle en grandissant, même si pour le moment elle a encore une apparence assez singulière.

– Le mien, c’est celui qui danse comme si personne ne le voyait, poursuit l’homme en pointant du doigt un petit garçon qui s’est jeté à genoux et joue théâtralement d’une guitare inexistante.

Je ris.

– Si seulement on pouvait tous faire pareil.

– Rien ne vous empêche de rejoindre la piste de danse. Vous ne seriez pas la seule !

Nous nous tournons tous les deux vers le papa qui, non content d’occuper le poste de DJ, vient de se précipiter sur la piste avec les enfants et se déhanche de manière ridicule en agitant bizarrement les mains en l'air.

– Oh non, ça ira, merci, dis-je.

Nous sourions d'un air entendu, comme si nous lisions les pensées l'un de l'autre, et je ressens un picotement dans mon ventre. Il exhale un parfum agréable et se tient si près de moi que je sens l'odeur du café qu'il vient de boire.

– Je crois vous avoir déjà vue, me dit-il en me scrutant.

– Oui, je pense que vous venez d'emménager dans mon immeuble.

– Ah, très juste ! Nous sommes donc voisins.

– Il semblerait.

– Haflidi, se présente-t-il avec une poignée de main qui s'éternise. On devrait se revoir, pour que les enfants jouent ensemble.

– Ce serait sympa.

À vrai dire, j'ai du mal à visualiser la scène. Ma fille n'a encore jamais reçu un seul ami à la maison, et je ne m'attends pas à ce que cela arrive de sitôt. Elle semble ne connaître personne. Aucun enfant ne vient lui parler ni ne la remarque. Elle me paraît encore plus seule parmi ses camarades qu'avec ses petits soldats.

– Je veux dire… mon fils et moi venons d'arriver dans le quartier. Stefán ne s'est pas encore fait de copains.

– Il m'a l'air plutôt à l'aise, cela dit.

Je reporte mon regard sur la piste de danse où le petit garçon saute comme un kangourou.

– Peut-être un peu trop, parfois, soupire Haflidi.

– Il aiderait peut-être ma fille à sortir de sa coquille.

– Elle est timide ?

Je hausse les épaules. « Timide » n'est peut-être pas le mot que j'utiliserais pour la décrire.

– Disons qu'elle est indépendante, dis-je après une courte réflexion.

– C'est une belle qualité.

La musique se tait et l'une des mamans annonce à l'assemblée que le buffet est désormais ouvert. Les enfants se précipitent dans notre direction. Haflidi me dit quelque chose que je ne parviens pas à discerner à travers le pépiement assourdissant autour de nous. Il secoue la tête d'un air résigné, puis son fils apparaît à côté de lui, lui tirant sur la manche. Je sens alors une petite main froide se glisser dans la mienne. Ma fille m'a rejointe.

Je passe le reste de la soirée à le suivre du regard. Il discute avec d'autres parents, joue un peu avec son fils et rit d'un commentaire d'un autre père. Il fait partie de ces hommes qui attirent les gens. Les mamans lui sourient, et les papas acquiescent à chacune de ses paroles. Lorsqu'il se tourne soudain vers moi en souriant, je baisse les yeux, embarrassée.

C'est une soirée affreuse, en vérité : la musique est trop forte, les gamins sont insupportables, je n'arrête pas de me faire bousculer, et pour ne rien arranger je marche dans un tas de mayonnaise tombé par terre. Pourtant, je ne cesse de sourire sur le chemin du retour.

Le collège de Borgarnes n'était ni très grand ni très impressionnant. Sur la façade, la peinture commençait à s'écailler, mais à en juger par les échafaudages, l'affaire avait été prise en main. À côté de l'établissement, on trouvait un terrain de football visiblement récent, et à quelques pas, une jolie église trônait sur une colline.

– C'était mon élève depuis la sixième, leur confia la femme qui les accueillit.

Prénommée Lína, elle avait les cheveux longs jusqu'aux épaules et les jambes arquées. Elle portait un simple jean et un tee-shirt qui accentuaient son allure de garçonne.

– Ils m'ont depuis leur première année de collège, et doivent me supporter jusqu'à la fin. À leur plus grand dam.

Elle avait la voix légèrement rauque et le sourire un brin sardonique, mais Elma soupçonnait qu'elle avait un bon contact avec les élèves. Elle ne semblait pas se prendre trop au sérieux.

– Ça doit vous faire plaisir de pouvoir suivre leur évolution sur plusieurs années, commenta-t-elle.

– Oh oui. On les voit grandir. Devenir adultes, peu à peu. Et pourtant, ils nous paraissent encore si petits lorsqu'ils quittent notre établissement. J'adore les recroiser plus tard, découvrir ce qu'ils sont devenus. On a parfois de belles surprises.

– Quel genre d'élève était Hekla ? demanda Sævar en remuant sur son siège – ils étaient assis dans une salle de classe, où les pupitres ne convenaient clairement pas à un homme de sa taille.

– Quel genre d'élève..., répéta l'enseignante en martelant le bureau de ses doigts avant de serrer les lèvres.

Elle prit une profonde inspiration pendant qu'elle réfléchissait.

– Hmm... Comment était Hekla ? Ce n'est pas si facile à dire. Elle restait un peu en retrait. Vous voyez, c'était l'une de ces élèves qu'on peut parfois oublier, parce qu'on est trop occupés à gérer les autres, ceux qui sont dissipés. En tout cas, elle travaillait bien. Ce n'était peut-être pas la meilleure, mais elle apprenait ses leçons et rendait ses devoirs en temps et en heure. Elle faisait ce qu'on lui disait, du moins au début.

– Au début ?

– Eh bien... Durant sa dernière année ici, elle est devenue un peu plus paresseuse. Il lui arrivait de sécher les cours, ce qui ne lui ressemblait pas. Quand je lui ai demandé s'il se passait quelque chose, elle ne m'a pas répondu, elle est juste restée assise là à se curer le nez.

Elle laissa échapper un petit rire avant de retrouver son sérieux.

– Enfin, façon de parler. Quoi qu'il en soit, j'ai noté que quelque chose la tracassait.

– Vous croyez que c'était lié à son environnement familial ?

– Je ne peux rien dire... Tout ce que je sais, c'est qu'elle voulait partir à Akranes. Elle adorait ses...

vous voyez… la famille chez qui elle vivait là-bas. Elle disait aussi avoir de bonnes amies.

– Et ici, elle n'en avait pas ?

– Non. Oh que non. Et en réalité, elle ne faisait pas vraiment d'efforts pour en avoir. Elle semblait même plutôt faire son possible pour maintenir les autres à distance.

– Comment ça ?

– Elle était parfois… Hmm, disons qu'elle avait tendance à piquer des crises de colère. Et à frapper.

– Vraiment ? Ça arrivait souvent ? demanda Elma, fronçant les sourcils.

Lína fit grincer sa mâchoire.

– Je me rappelle un incident. Les filles étaient en cours de gym, et l'une d'elles a visiblement dit quelque chose qui a beaucoup déplu à Hekla. Elle s'est jetée sur elle et l'a mordue et griffée, au point de laisser des traces bien visibles.

– C'était quand ?

– Elles avaient onze ans, donc ça fait un petit moment. Il y a quatre ans.

– Vous savez ce qui a provoqué cette réaction ?

– Oh, c'était le chaos complet lorsque je suis entrée dans les vestiaires, elles étaient toutes en train de pleurer ou de hurler. Elles prétendaient que tout ce qu'elles avaient fait, c'était demander innocemment à Hekla si elle n'aimait pas prendre des douches. Une question pas si innocente que ça, vous imaginez bien…

Elle soupira.

– Bref… Après cet épisode, il y avait toujours une enseignante avec elles lorsqu'elles se changeaient. Nous avons fait notre possible pour que Hekla s'intègre mieux, mais on ne peut pas forcer une amitié.

Malheureusement. Ça réglerait beaucoup de problèmes, n'est-ce pas ?

– Et vous avez été témoin d'autres brimades de ce genre ? demanda Elma.

C'était un peu léger, en plus de remonter à plusieurs années, et elle avait le sentiment qu'ils s'éloignaient du sujet. Les difficultés de Hekla à l'école n'avaient pas vraiment de rapport avec la disparition de sa mère.

– Hmm, non, ou peut-être des choses plus difficiles à repérer. Des commentaires désagréables, des insultes, etc. Je n'ai rien remarqué, mais je gardais toujours un œil ouvert. Notre équipe est formée pour faire face à ce genre de situation. Et nous éduquons les élèves dès le début de leur scolarité sur les dangers du harcèlement. Je peux vous dire avec fierté qu'aucun incident n'a été signalé l'année dernière.

Elle sourit, puis reprit :

– Enfin, Hekla se sentait clairement mieux à Akranes, je ne comprenais pas pourquoi sa mère ne déménageait pas là-bas. Ce n'était pas comme si elle avait un emploi extraordinaire ici ou… Oh, mais qu'est-ce que je raconte ? Toujours est-il que cela aurait été l'idéal pour Hekla. Selon moi.

– Vous avez donc été en contact avec Maríanna ?

– Oui, bien sûr. Lors des réunions parents-profs et autres événements. Nous restons toujours en relation avec les parents d'élèves. Peut-être trop, d'après certains.

Elle éclata d'un rire qui s'acheva sur une toux grasse suggérant qu'elle fumait.

– Vous êtes sûrement au courant que nous avons découvert le corps de Maríanna il y a quelques jours, dit Sævar, et la femme retrouva immédiatement son sérieux en hochant la tête. C'est pourquoi nous explorons toutes les possibilités. Vous auriez une idée de ce qui a pu se passer, peut-être ?

– Moi ? s'étonna-t-elle. Non. Je veux dire… Quand j'ai appris où elle avait été retrouvée, j'ai pensé qu'elle était peut-être tombée en panne d'essence, et qu'elle était montée avec un inconnu qui… non, qu'est-ce que je dis ? Peut-être que c'était quelqu'un qu'elle connaissait. Vous croyez ? Je n'en sais rien du tout. Je peux juste vous dire que comme Hekla, sa mère était du genre discret. C'est pourquoi je ne peux imaginer que ce soit quelqu'un qu'elle connaissait. Ou peut-être quelqu'un qu'elle venait de rencontrer… ?

Ignorant quelle réponse apporter à cette logorrhée, Elma songea de nouveau que Lína devait avoir établi un lien fort avec ses élèves, et ce sans doute parce qu'elle leur ressemblait assez. Quelque part, elle paraissait avoir gardé son âme d'enfant. Elle s'exprimait un peu comme eux, et non pas sur le ton rigide et formel que certains adultes adoptaient.

– Nous n'avons pas beaucoup d'informations à ce stade, finit-elle par dire. Nous voulons simplement voir…

Elle hésita. Comment formuler sa phrase sans dire explicitement qu'ils soupçonnaient Hekla d'être impliquée dans cette affaire ?

Sævar prit le relais :

– Nous voulons simplement voir si un événement inhabituel a eu lieu avant la disparition de Maríanna. Nous savons que Hekla avait un petit ami à Akranes, et qu'elle aurait aimé y vivre. Mais d'après vous, avait-elle des soucis à l'école ou avec sa mère ces derniers temps ? Quelque chose qui vous aurait interpellée ?

– Noooon, fit Lína d'une voix traînante, haussant les sourcils et grimaçant. Bon, ce n'est peut-être pas à moi de dire ça, mais je crois que Hekla était…

Elle s'interrompit.

– Non, rien à voir. Je n'ai aucune idée de ce qui a pu se passer. Je ne peux pas imaginer que quelqu'un ait… ait pu vouloir du mal à Maríanna au point de la tuer.

– Vous croyez que Hekla était quoi ?

Lína soupira.

– Ça n'a aucun rapport, vraiment. Mais je suis surprise qu'elle ait eu un petit ami.

– Ah bon ?

– J'ai toujours soupçonné qu'elle n'était pas attirée par les garçons. Qu'elle préférait les filles.

Après cette journée, Elma avait beaucoup d'informations à digérer, mais ils avaient enfin avancé. Elle ne cessait de repenser à leur entretien avec l'enseignante. Emplie d'une nouvelle empathie envers Hekla, elle ne comprenait que mieux pourquoi celle-ci tenait tant à vivre à Akranes, près de ses amies et au sein d'une famille chez qui elle se sentait bien. Mais elle avait beau avoir pitié d'elle, plusieurs éléments indiquaient que l'adolescente en savait plus qu'elle ne le prétendait. Peut-être n'était-elle qu'une jeune fille troublée qui mentait et faisait le mur, qui ne supportait pas sa mère et pouvait se montrer obstinée. Cela n'allait pas forcément plus loin que cela. Mais si Hekla avait subi de terribles traumatismes durant son enfance, qui sait si cela n'avait pas éveillé en elle une haine qui se manifestait parfois dans la violence ? Auquel cas un événement aurait pu la pousser à bout.

Assise dans sa voiture devant son immeuble, Elma sortit son téléphone et nota dans son agenda qu'elle devait appeler le patron d'Agnar pour vérifier s'il travaillait bien le fameux vendredi soir. Il avait fallu de la force physique pour transporter Maríanna dans ce champ de lave. Une force qu'une adolescente de quinze ans n'avait pas. En tout cas, pas Hekla. Revoyant les bras longs et maigres d'Agnar, Elma songea qu'il n'était sans doute pas le complice idéal. D'un autre côté, il était très grand, il cachait peut-être bien ses muscles.

Il était presque dix-neuf heures lorsque Elma regagna son appartement, épuisée. Elle envoya un message à sa mère pour lui dire qu'elle ne viendrait pas dîner, avant de le regretter aussitôt en ouvrant son réfrigérateur. Elle trouva finalement dans le congélateur un paquet de nouilles thaïlandaises au poulet. Pendant que son plat chauffait au micro-ondes, elle retira son jean, enfila son pyjama, détacha ses cheveux et se massa le crâne.

Le four bipa et au même moment, la sonnerie de son téléphone retentit. Ignorant les gargouillis de son ventre, elle soupira et décrocha d'une voix plutôt formelle, car elle ne connaissait pas le numéro :

– Elma.

– Bonsoir, fit une voix féminine. Excusez-moi de vous déranger à cette heure. Je suis Bryndís, nous nous sommes parlé il y a quelques jours, et vous m'avez dit de vous téléphoner si quelque chose me revenait.

Elma s'en souvint immédiatement : c'était la mère de la voisine de Maríanna, celle qui prenait le café avec elle tous les mercredis matin.

– Oui, en effet, je me rappelle.

– Très bien. Je réfléchissais à ce que Maríanna aurait pu me dire qui avait de l'importance. Pour être honnête avec vous, cette histoire me pèse sur la conscience. Je me dis… je me dis qu'elle a forcément laissé échapper quelque chose…

La femme soupira avant de poursuivre :

– Puis, je me suis souvenue d'une discussion liée à son frère.

– Son frère ? répéta Elma.

– Oui, il est décédé lorsqu'elle était enceinte de Hekla. Et elle m'a dit qu'il avait été accusé à tort de quelque chose. À vrai dire, elle s'est même mise en colère en abordant le sujet. Je ne sais pas pourquoi, mais toujours est-il que ça vient de me revenir.

– OK, merci de m'avoir appelée.

– Je vous en prie. J'aimerais pouvoir faire plus. Bonne soirée…

– Au fait, glissa Elma avant que la femme n'ait raccroché, car elle venait de se souvenir d'une idée de Sævar. Unnar, votre gendre…

– Oui ?

– Votre fille a évoqué le fait que Maríanna et lui s'entendaient bien.

Elle hésita, ne sachant pas comment formuler sa question sans faire preuve d'une curiosité déplacée.

– Vous savez si… si c'est allé plus loin entre eux ou…

– Plus loin ? Non, je n'en sais rien. Mais… Eh bien, cela n'aurait pas été la première fois que…

– Que quoi ?

– Qu'Unnar… comment dire… serait allé voir ailleurs.

– Je vois.

– Ne dites pas que c'est moi qui vous ai confié ça. C'était il y a des années, et je ne veux pas… ma fille serait…

Bryndís soupira.

– Maríanna n'a jamais rien suggéré de ce genre, et je ne crois pas qu'il se soit passé quoi que ce soit entre eux. Je percevais plutôt une colère intérieure à cause de ce qui est arrivé à son frère. On aurait cru que… que ça la consumait tout entière.

Lorsqu'elle eut raccroché, Elma essaya de se remémorer ce qu'elle savait du frère de Maríanna. Il avait quelques années de plus qu'elle et s'appelait Anton. Il s'était suicidé quinze ans auparavant, après quoi sa famille avait déménagé à Reykjavík. Une histoire tragique qui montrait l'impact de tels chocs sur les proches du défunt. Accaparés par leur chagrin, les parents de Maríanna avaient été incapables de soutenir leur fille enceinte à un si jeune âge, comme l'assistante sociale le leur avait expliqué. Mais Elma ne se souvenait pas d'une quelconque accusation. Ni les amies de Maríanna ni sa fille n'en avaient fait mention. Les renseignements de la vieille dame ne valaient donc sans doute pas grand-chose, en dépit de ses bonnes intentions.

Elma ouvrit le micro-ondes, vida le contenu de la boîte dans une assiette et observa avec déception les cinq petits morceaux de poulet. Puis elle s'installa devant la télévision et regarda sans y prêter réellement attention l'émission en cours. Elle ne cessait de repenser à Hekla, revoyait son vernis à ongles noir tout écaillé, ses sourcils maquillés. Avait-elle subi de la part de sa mère des traitements bien plus graves que ce qu'elle voulait bien avouer ?

Après avoir avalé le dernier morceau de poulet, Elma reposa son assiette sur la table. C'était loin de lui suffire. Son estomac était encore à moitié vide. Dieu merci, il lui restait une tablette de chocolat dans un placard. Elle venait de se rasseoir devant la télévision lorsqu'on frappa à sa porte. Des petits coups brefs, qu'elle reconnut immédiatement.

Une heure plus tard, elle était blottie dans les bras de Jakob sur le canapé et sentait son souffle sur sa nuque. Toujours en bas de pyjama, elle avait enfilé un tee-shirt large qu'il avait un jour oublié chez elle, et qu'elle s'était approprié depuis.

Soudain, il se redressa et prit appui sur son coude. Remarquant du coin de l'œil son regard insistant, elle se tourna vers lui.

– Ça te dirait, un rendez-vous galant ? demanda-t-il.

– Un rendez-vous galant ? répéta Elma avec un petit rire. C'est très solennel !

Jakob sourit jusqu'aux oreilles, l'air toutefois légèrement décontenancé.

– Je suis sérieux. Que penses-tu d'aller à Reykjavík ce week-end ? On pourrait se dénicher un petit resto sympa, et aller voir un spectacle ? Il y a un très bon humoriste qui se produit au Gamla bíó, samedi. L'un de mes amis l'a vu, il était mort de rire du début à la fin.

Il faisait comme s'il venait d'en avoir l'idée, mais Elma soupçonnait qu'il y avait en vérité longuement réfléchi.

– Il faut que je voie si je peux me permettre un congé, dit-elle. On a du pain sur la planche en ce moment.

Sa réponse ressemblait à une excuse, mais c'était la stricte vérité : ils avaient fait des heures supplémentaires toute la semaine, et elle s'imaginait mal annoncer à Dagný qu'elle ne pouvait l'accompagner à Reykjavík ce week-end. Enfin, peut-être que c'était bel et bien un prétexte. Elma ne savait pas encore comment définir sa relation avec Jakob qui, jusqu'ici, se limitait à leurs deux appartements, leurs deux canapés, leurs deux lits.

Et au début, c'était exactement ce qu'elle voulait. Mais quelque chose avait changé.

Jakob se contenta de l'embrasser sur le haut du crâne. Se retournant, Elma essaya de se concentrer de nouveau sur le film, mais l'atmosphère n'était plus la même. Un non-dit flottait dans l'air, et bientôt, elle devrait prendre une décision. Malheureusement, elle était toujours aussi indécise.

Neuf ans

Je l'observe depuis la fenêtre du septième étage. Il porte une veste noire avec des lanières sur les épaules. Ses cheveux châtains oscillent en rythme avec ses pas ; visiblement, il n'utilise pas de produit pour les fixer. Bien que l'école soit proche et le temps encore correct – pas de vent, mais des nuages gris menaçants –, ils s'installent dans leur voiture. Haflidi et son fils. Comment s'appelle-t-il, déjà ? Stefán, c'est ça. Le petit garçon ressemble à son père. Il est grand pour son âge, et son assurance innée se distingue même de loin. Le soir de la fête de l'école, Haflidi avait proposé que nos deux enfants jouent ensemble. Ha ! L'idée est presque ridicule.

J'ai passé le week-end assise derrière la fenêtre. Chaque fois que je percevais un mouvement, je me penchais en croisant les doigts pour que ce soit lui. Je restais plus longtemps que nécessaire dans le hall en bas, je prenais mon temps pour ouvrir ma boîte aux lettres et rassembler les enveloppes et publicités que je laisse habituellement s'accumuler, mais rien n'y faisait. Je ne l'ai pas revu avant maintenant.

Ma fille apparaît au moment où la voiture s'éloigne, les mains enroulées autour des bretelles de son cartable et les yeux rivés sur le trottoir. On dirait un petit animal qui se recroqueville pour se protéger des dangers extérieurs. Cela tient presque du miracle qu'elle ne se cogne pas aux autres ni ne se fasse écraser sur le chemin de l'école. Ses yeux ne quittent jamais le macadam gris et, le pas rapide, elle double tous les autres enfants.

Le pire, c'est que ça fonctionne. Jusqu'ici, elle est parvenue à passer inaperçue. Elle n'a aucun ami. L'une de ses camarades de classe habite l'immeuble voisin et je vois souvent un attroupement en bas de chez elle. Tous les jours, on sonne à sa porte et des gamins passent devant notre immeuble sans y prêter la moindre attention. Sont-ils au courant qu'elle vit ici ? Sont-ils même au courant de son existence ?

Je ne m'inquiète pas trop, ce n'est pas comme si on avait besoin d'amis pour survivre. Ces dernières années, je m'en sors plutôt bien sans eux. La seule chose que les amis font, c'est vous rappeler ce que vous n'êtes pas. Je le sais parfaitement – j'en avais des tas, avant. C'était trop de boulot. Une contrainte. Des gens qui avaient des exigences envers moi et à qui il fallait montrer de la considération. Ça me rendait tellement furieuse quand un petit commentaire suffisait à les vexer, ou quand je me sentais obligée de les retrouver dans des endroits qui ne m'intéressaient pas du tout. Simplement parce que je voulais être une bonne amie. Parce que les amis font des choses les uns pour les autres. Pouah, ils ne me manquent vraiment pas.

Après le travail, je passe par une épicerie, puis je traîne un peu dans le hall de mon immeuble. J'inspecte ma boîte aux lettres qui est vide. Désespérément vide. La voiture de Haflidi n'étant pas là, j'espère le voir arriver d'une minute à l'autre. Mais rien, alors je finis par monter dans l'ascenseur.

– Salut, ma grande ! dis-je à ma fille.

Assise sur le canapé, elle regarde la télévision. Pas ces dessins animés stupides que les enfants de son âge adorent. Non, elle préfère les documentaires, quel que soit leur sujet, et me lance parfois des observations ou des citations surprenantes, comme : « Maman, tu savais que le cœur des crevettes se situe dans leur tête ? » J'espère qu'elle évite ce genre de commentaire à l'école, ses camarades la trouvent déjà assez étrange comme ça. À cet instant, elle est justement devant l'un de ces films animaliers qui la fascinent tant. Je commence à ranger les courses, allume le four et y glisse un plat de lasagnes préparé lorsqu'on frappe à la porte. Toc toc. Deux petits coups polis, et je sais que c'est lui.

– Vous auriez des œufs ?

Il porte un tee-shirt moche en tissu léger qui ne cache pas sa légère bedaine, orné de la photo d'un groupe de musique qu'il n'écoute sans doute pas, mais qui fait bien sur un tee-shirt. Des mecs des années 80 aux cheveux longs, une cigarette entre les lèvres.

– Je viens justement d'en acheter, dis-je en lui faisant signe d'entrer.

Ouvrant le réfrigérateur, je lui demande combien il en veut, en sors deux et les lui tends.

– Attention à ne pas les casser.

– Je vais faire de mon mieux !

Un sourire aux lèvres, il s'apprête à repartir mais stoppe net en voyant que ma fille se tient soudain devant lui.

– Oh, salut, toi ! Content de te voir !

– Merci, répond-elle, et son sourire entraîné de journaliste télé illumine son visage une fraction de seconde avant de disparaître aussitôt. C'est ma lettre.

Elle fixe Haflidi qui fronce les sourcils un instant avant de comprendre.

– Ah, tu veux parler de mon collier ? Eh oui, on a la même initiale. C'est ma mère qui me l'a offert pour mes trente ans, et depuis je ne m'en sépare jamais. Je te le montrerais bien de plus près, mais j'ai les mains chargées !

Soulevant ses œufs, il éclate de rire.

Je n'avais pas remarqué la chaîne dorée qu'il porte autour du cou, avec un pendentif rond arborant la lettre H. Sa chemise devait le cacher la dernière fois où nous nous sommes vus, mais à présent on le distingue nettement sous le col distendu de son tee-shirt.

Elle garde son sérieux, le scrute d'un air pensif, puis s'empare de son propre collier.

– Tu as le même ! s'exclame Haflidi. On est assortis.

Elle continue de le fixer du regard, et je vois bien qu'il est un peu mal à l'aise. Il piétine, ne sachant pas s'il doit partir ou rester.

– Tu ne veux pas retourner dans le salon, ma chérie ? dis-je en posant la main sur son épaule.

Elle s'exécute et se rassoit sur le canapé.

– Elle est un peu…, commencé-je avec un sourire gêné.

Haflidi m'interrompt aussitôt :

– Au fait…

Il hésite. Ne semble pas vraiment savoir ce qu'il veut dire. Pourtant, il le sait exactement. C'est un jeu : affichant un sourire embarrassé, il baisse le regard vers la moquette du couloir, avant de le relever pour le planter dans le mien.

– Excusez-moi de vous embêter avec ça, mais je n'arrive pas à faire fonctionner la machine à laver au sous-sol depuis que j'ai emménagé. Vous n'auriez pas un petit tour de passe-passe à m'enseigner ? Stefán va commencer à manquer de vêtements pour l'école. Il me fait une crise de colère dès qu'il doit mettre son pull à rayures, mais c'est bientôt tout ce qui va lui rester si je n'arrive pas à faire une lessive !

Je souris.

– Bien sûr. Je viendrai vous aider après le dîner. On n'a qu'à dire vingt heures ?

D'une taille imposante, la machine de la laverie située au sous-sol est à disposition de tous les habitants de l'immeuble, mais peu nombreux sont ceux qui s'en servent. La plupart en ont installé une dans leur salle de bains ou leur cuisine, comme moi. Non seulement, devoir descendre avec son linge sale est une vraie corvée, mais pour ne rien arranger, la machine commence à accuser le coup, et les vêtements en ressortent toujours avec une odeur désagréable. Je n'en dis toutefois pas un mot à Haflidi et, comme convenu, je l'attends en bas, dans la petite pièce équipée d'une unique fenêtre, tout contre le plafond.

Il est vingt heures. Personne, et pas un bruit en dehors des tuyaux du chauffage qui sifflent, comme si quelqu'un prenait sa douche ou faisait couler un bain. Je ne suis pas souvent descendue dans le sous-sol, et pour cause : il est vieux et sale, et la peinture vert clair qui recouvre les murs commence à s'effriter. On peut y ranger un vélo ou une poussette, mais il est hors de question que je me traîne à vélo. Ou avec une poussette, d'ailleurs. Dieu me garde d'avoir un autre enfant.

Lorsque nous avons emménagé, j'ai été contrainte d'utiliser cette machine pendant quelques semaines. La mettre en marche n'est pas bien compliqué, je ne comprends pas pourquoi il a besoin d'aide. Peut-être n'est-ce qu'un prétexte pour passer du temps avec moi. Cette idée fait jaillir des papillons dans mon ventre, alors que je tends l'oreille, à l'affût d'un bruit de pas. Mais les minutes s'écoulent et je me sens de plus en plus bête à attendre ici, toute seule. Cinq minutes, dix minutes, je suis sur le point de remonter lorsque j'entends soudain un bruit dans le couloir, et il apparaît.

– Désolé, désolé, bafouille-t-il en passant une main dans ses cheveux. J'ai reçu un appel du boulot au sujet de mesures qui n'auraient pas été notées et… Bref, ça n'a aucune importance. Je suis soulagé que tu sois toujours là.

Il tient dans ses mains un panier de linge sale et arbore un sourire auquel il est difficile de ne pas répondre. J'accepte tacitement son tutoiement :

– Ne t'inquiète pas. Je viens juste d'arriver.

– Ah, content de ne pas t'avoir fait attendre.

– J'avais justement peur d'être en retard…

– Eh bien, comme ça, il n'y a pas de mal !

– Pas de mal, répété-je en hochant la tête.

– Bien, passons aux choses sérieuses. Comment dois-je m'y prendre pour démarrer cette fichue machine ?

Il pose son panier dessus et la remplit. Je fais les réglages nécessaires ; après quelques secondes, le tambour se met à tourner et l'eau à couler. Je lui montre les différents modes à utiliser selon ce qu'il veut laver, ainsi que le bouton pour la température et celui pour la vitesse d'essorage. Tandis qu'il se penche à côté de moi, je sens son odeur. Sa chaleur.

– Ce n'était donc pas plus compliqué que ça, lâche-t-il avec un petit rire avant de se redresser. Tu dois me prendre pour un idiot.

– Pas du tout. Cette machine date de Mathusalem, pas étonnant que tu aies du mal à t'en servir.

En vérité, s'il n'est réellement pas capable de la faire fonctionner, il est plus bête que ce que je croyais.

– J'aurais sans doute dû m'occuper un peu plus souvent du linge à l'époque, dit-il en se grattant la tête.

– À l'époque ?

– Avant que nous nous retrouvions tous les deux. Dagbjört se chargeait toujours de la lessive. Je sais, je sais, ce n'est pas très moderne. Mais maintenant, j'apprends. Je me suis même mis à repasser mes chemises ! ajoute-t-il avec un sourire victorieux.

– C'est un pas dans la bonne direction.

– Et toi ?

– Moi ?

– Oui, je veux dire… Vous n'êtes que toutes les deux, ta fille et toi ?

– Oui. Nous l'avons toujours été.

– Je vois.

Il laisse passer un bref silence, durant lequel il me regarde droit dans les yeux. Je ne baisse pas la tête, même si j'ai le cœur dans la gorge et qu'une chaleur soudaine m'envahit tout entière.

Puis d'un coup, sans prévenir, il se penche vers moi. C'est plutôt osé, mais pas surprenant de la part d'un homme comme lui. Je parie qu'aucune femme ne l'a jamais repoussé. Qu'aucune femme ne lui résiste ni ne lui demande d'arrêter. Et je ne compte certainement pas être la première. Il glisse sa main derrière ma nuque tandis que ses lèvres se posent sur les miennes. La pièce danse autour de moi, et le bruit de la machine n'est plus qu'un doux bourdonnement. La chaleur s'est muée en véritable feu ardent, j'ai l'impression d'avoir rajeuni de dix ans.

Cela fait longtemps que je n'ai pas été avec un homme. Si longtemps que je pensais avoir oublié les gestes. Mais le moment venu, tout est facile, chaque mouvement est naturel. Je n'ai rien oublié.

Il n'y a pas la moindre gêne entre nous, et je ne pense même pas au fait que quelqu'un pourrait entrer dans la laverie d'une seconde à l'autre. Je ne pense pas non plus à la petite fille en pyjama qui m'attend au dernier étage. La seule chose qui occupe mon esprit, c'est ce poids sur mon corps, cette respiration haletante, et le bruit cadencé de la machine à laver.

Vendredi

Au petit matin, Elma commença par téléphoner au propriétaire du restaurant où Agnar travaillait. D'un ton brusque, celui-ci lui dit de contacter la responsable en charge des plannings, et ne se priva pas de la sermonner pour l'avoir réveillé. La femme qui lui répondit ensuite se montra beaucoup plus avenante et pleine de bonne volonté, mais elle était clairement occupée, car Elma distinguait des voix d'enfants à l'autre bout du fil.

– Je suis en train de déposer mon fils à l'école, et il faudrait que j'aie accès à un ordinateur pour consulter le planning, haleta-t-elle. Je peux vous rappeler dans quelques minutes ?

– Bien sûr.

Elma raccrocha et se pencha pour gratter Birta derrière les oreilles.

– Pourquoi tu n'es pas chez ton papa, toi ? murmura-t-elle à la chienne, qui se secoua avant de s'allonger de nouveau, la tête entre les pattes.

Elma s'inclina contre le dossier de son fauteuil qui protesta dans un concert de craquements. La réunion matinale rituelle devait commencer une demi-heure plus tard. Rejoignant le couloir, elle alla se servir une tasse de café puis reprit place devant son ordinateur.

En ce vendredi, pendant que d'autres se réjouissaient à la perspective de deux jours chômés, elle-même était soulagée d'être obligée de travailler tout le week-end. Un peu plus tôt, elle avait envoyé un message à Dagný pour lui demander de repousser leur périple à Reykjavík. Elle allait sans doute devoir se consacrer à l'enquête, et même si elle pouvait s'accorder une pause, elle serait incapable de se détendre lors d'une séance de massage alors qu'une affaire de meurtre lui accaparait l'esprit. Dagný avait accepté, avant de lui réclamer de passer chez elle après le travail, afin qu'elles s'organisent pour la soirée d'anniversaire de leur père, qui aurait lieu une semaine plus tard. Maintenant, Elma n'avait plus qu'à prendre une décision concernant Jakob et son fameux rendez-vous galant. Elle poussa un soupir et, par bonheur, le téléphone la tira de ses pensées.

– C'est bon, j'ai le planning sous les yeux, lui dit la responsable du restaurant. Vous m'interrogiez sur le vendredi 4 mai. Agnar travaillait visiblement de seize heures à vingt-deux heures ce soir-là.

– Et les employés quittent toujours pile à l'heure ?

– Le plus souvent. Parfois, le nettoyage s'éternise un peu si la soirée a été chargée, mais Agnar n'est pas en cuisine, il livre les pizzas.

– Ah. Et les livreurs participent au ménage ?

– Ça arrive, lorsqu'il y a beaucoup à faire. Tout le monde donne un coup de main.

Elma la remercia puis raccrocha. Une question la préoccupait désormais : Agnar revenait-il systématiquement au restaurant après chaque livraison ? Pouvait-il s'être absenté un bref moment ? Sûrement pas assez longtemps pour un aller-retour jusqu'à Grábrók. Mais pour un meurtre ? Il aurait ensuite pu attendre la fin de la soirée pour cacher le corps, abrité par les ténèbres nocturnes. Maríanna était vraisemblablement morte après quinze heures, si l'on se fiait au dernier signal émis par son téléphone. Et l'alibi d'Agnar n'était pas parfaitement solide. Loin de là.

La salle de réunion était vide lorsque Elma y prit place. Sævar entra quelques minutes plus tard, dans une tenue étonnamment soignée. Pas son habituel tee-shirt, mais une chemise blanche. Les cheveux coiffés sur le côté, il exhalait un parfum d'après-rasage.

– Que se passe-t-il ? demanda-t-elle.

– Quoi ?

– Tes vêtements ! Tu as un rendez-vous après le boulot ? lança-t-elle d'un ton espiègle.

À sa surprise, il perdit soudain ses moyens. Il baissa les yeux, un sourire hésitant aux lèvres, et expliqua dans un marmonnement qu'il n'avait rien d'autre de propre.

Elma s'abstint de l'interroger davantage, mais elle ne put s'empêcher de l'observer d'un œil inquisiteur. Était-ce une illusion, ou rougissait-il ? Peut-être avait-il vraiment un rendez-vous. Mais avec qui ? Cette nouvelle policière qui avait commencé au printemps ? Prénommée Birna, elle avait autour de vingt-cinq ans et venait d'obtenir son diplôme. Elma les entendait parfois bavarder ensemble dans la salle de pause. Elle était aussi spontanée et dynamique que Sævar, et arrivait tous les jours avec le sourire.

Elma pensa alors à Jakob. Il n'aurait pu être plus différent de son collègue. Les cheveux sombres, Sævar avait le visage taillé à la serpe, tandis que Jakob avait une allure plus juvénile avec ses cheveux blonds. Au-delà de leur apparence, ils possédaient aussi des personnalités très contrastées. Elma ne savait jamais vraiment quand Sævar était sérieux, et son espièglerie la rendait parfois folle. À l'inverse, Jakob était si authentique qu'il n'aurait jamais envisagé de la faire marcher. Il ne manquait pas d'humour pour autant. Il adorait *South Park*, et lui montrait régulièrement des dessins qui le faisaient rire dans les journaux.

Elma avait du mal à imaginer qu'ils puissent s'entendre. Dans son esprit, ils appartenaient à deux mondes séparés, mais si elle se rendait à ce fameux rendez-vous galant avec Jakob et que leur relation devenait plus sérieuse, il lui faudrait bien les unir. Sans qu'elle sache pourquoi, l'idée la mettait mal à l'aise.

Hördur arriva à son tour et s'assit à la table.

– Bien, on en est où ? demanda-t-il en remuant son thé.

Elma lui résuma les entretiens de la veille.

– Nous creusons actuellement la piste Hekla. J'ai discuté avec la responsable de son petit ami Agnar, et elle a confirmé qu'il travaillait bien ce soir-là. Mais il est livreur de pizzas, ce qui signifie qu'il aurait pu disparaître un moment sans qu'on le remarque. Au moins entre seize et dix-huit heures, avant l'heure de pointe.

– Vraiment ? Assez longtemps pour commettre un meurtre ?

– Ça ne prend pas forcément beaucoup de temps. Le plus long, c'est de cacher le corps. Agnar et Hekla auraient pu s'en occuper plus tard dans la soirée. J'ajoute qu'on ignore tout de ce qu'il a fait entre quinze et seize heures.

Sævar hocha lentement la tête.

– Cela expliquerait la date sur l'enveloppe où Maríanna a écrit son message. Hekla a peut-être utilisé un vieux mot que sa mère lui avait laissé pour nous induire en erreur.

Posant les coudes sur la table, Elma reconstitua à voix haute la chronologie des événements telle qu'elle se l'imaginait :

– Maríanna va donc chercher sa fille à Akranes, elle la retrouve chez Agnar et il se passe quelque chose… un geste qui dérape et mène au meurtre. Agnar part au travail pendant que Hekla l'attend chez lui, ou se réfugie chez des amis, et ensuite ils se rendent en voiture à Grábrók, cachent le corps dans le champ de lave et rentrent chez eux.

Hördur but une gorgée de thé.

– Tout ça reste très spéculatif, tant que nous n'avons pas de preuves. Il nous faut des éléments tangibles. Quelque chose qui la relie au meurtre.

– Hekla est plus ou moins la seule à avoir un mobile, rétorqua Sævar. Et elle a menti. Pourquoi, si elle a la conscience tranquille ?

– J'ai reçu un coup de fil hier, enchaîna Elma. D'une femme qui s'appelle Bryndís. Tu te souviens, Sævar ? La mère de leur voisine, qui faisait du baby-sitting ? Je lui ai posé quelques questions au sujet d'Unnar, son gendre. Notamment si Maríanna et lui étaient… plus qu'amis.

– Et ?

Elma haussa les épaules.

– Elle n'en savait rien. Mais elle m'a dit qu'il avait déjà été infidèle par le passé.

– Il n'est donc pas à exclure que ça se soit reproduit. Une piste à explorer ?

– On pourrait l'interroger, proposa Elma. Mais ce n'est pas pour me raconter ça que Bryndís m'a téléphoné, en fait.

– Ah ? fit Hördur en posant sa cuillère sur la table.

– Elle m'a parlé d'Anton, le frère de Maríanna. Contre qui on aurait porté de fausses accusations. Bryndís était incapable de m'en dire plus, donc c'est un peu maigre…

– Il s'est suicidé, pas vrai ? demanda Sævar.

– Oui. Et si j'ai bien compris, ce sont ces accusations qui l'ont poussé à se donner la mort.

– Il n'y a pas toujours de raison pour commettre un tel acte, commenta Sævar.

Elma le savait mieux que quiconque, mais elle s'empressa de chasser ces pensées de son esprit.

– En tout cas, c'est quelque chose qui a apparemment provoqué la colère de Maríanna. Je ne sais pas, peut-être que ça n'a rien à voir avec notre affaire, mais ça ne ferait sans doute pas de mal de retourner voir son père. Notre dernier interrogatoire remonte au printemps.

Ses deux collègues gardèrent le silence, visiblement dubitatifs.

– Ce n'est peut-être pas si bête, conclut Hördur après une courte réflexion. Ils ne se sont pas reparlé depuis des années, mais peut-être qu'il sait quelque chose. Et allez savoir si Hekla n'a pas gardé le contact avec son grand-père.

– C'est quoi, la prochaine étape ? demanda Sævar.

Hördur prit une profonde inspiration.

– La seule certitude que nous ayons, c'est que Hekla a menti, et comme vous l'avez dit, Agnar est loin d'avoir un alibi en béton. Il faut qu'on fasse venir Hekla pour une déposition.

– Super. N'oublie pas de prévenir la protection de l'enfance, elle doit être accompagnée.

Sævar réunit ses affaires étalées sur la table tandis que Hördur consultait sa montre.

– Voyez si elle peut se présenter au commissariat dès cet après-midi, et contactez ses parents adoptifs.

Neuf ans

C'est marrant, la façon dont les choses peuvent changer à la vitesse de l'éclair. Pendant des années, nous n'avons été que toutes les deux. Nous vivions dans notre petite bulle, dans un quartier où personne ne sait qui je suis ni ce que j'ai fait. Il s'est écoulé tellement de temps que, lorsque je replonge dans mes souvenirs, je ne reconnais presque pas la fille que j'étais avant sa naissance. Cette adolescente si furieuse et rongée par la honte. Je ne pense que rarement au passé ou au fait que je n'ai pas vu mes parents depuis une éternité. Ils appellent de temps en temps, m'ont plusieurs fois offert de nous payer un billet d'avion, à la petite et à moi, afin que nous leur rendions visite, mais j'ai systématiquement refusé. Pour moi, c'est comme s'ils étaient morts.

Évidemment, il m'est déjà arrivé de croiser quelqu'un de mon ancienne vie par hasard. C'est toujours douloureux, comme un coup de pied dans le ventre. Une petite partie de moi a envie de hurler sur ces gens. De leur dire que j'ai changé, qu'ils se trompent à mon sujet, mais en vérité, je m'en fiche. Je me suis même fait un jeu de les ignorer complètement, y compris lorsque je sens leur regard peser sur moi et que je suis consciente qu'ils m'ont reconnue.

Ces dernières années, le monde ne tournait plus qu'autour d'elle et moi, mais voilà qu'un troisième s'est ajouté à l'équation. Et un quatrième, bien sûr. La famille que j'avais toujours imaginée – deux enfants, un garçon et une fille, ainsi qu'un père aimant – est devenue une réalité. Le week-end, Haflidi et moi nous réveillons enlacés sous la couette et nous faisons l'amour avant que les enfants ne se lèvent. Nos journées ne sont peuplées que d'expéditions à la piscine, de balades, de tours en voiture pour acheter de la glace et de rires. Nous préparons le dîner ensemble, regardons les films qu'ils ont choisis, tout est… facile. Si incroyablement facile.

L'été passe, et nous parlons de mettre mon appartement en vente. Nous ne l'utilisons presque plus. Le problème, c'est que celui de Haflidi est trop petit – je ne pense pas que ma fille ait envie de partager une chambre avec Stefán. C'est pourquoi nous consultons les annonces immobilières sur Internet le soir, à la recherche du logement de nos rêves.

Haflidi a réussi à conquérir son cœur comme il a conquis le mien. Elle lui sourit avec une étincelle dans le regard et veut toujours être près de lui. Parfois, il met la musique à fond dans le salon et danse exactement comme son fils le faisait le soir où nous nous sommes rencontrés. Elle trouve ça hilarant. J'ignorais qu'elle pouvait faire l'imbécile et rire jusqu'à en perdre haleine. Elle est toujours singulière, elle n'a pas changé, mais Haflidi la traite comme si elle était extraordinaire. Il s'intéresse à tout ce qu'elle fait et peut passer des soirées entières à regarder des documentaires avec elle. Elle devient un véritable moulin à paroles lorsqu'il l'interroge sur des sujets qu'elle affectionne, et préfère désormais rester avec nous plutôt que dans sa chambre. Parfois, j'ai l'impression que Haflidi et elle sont membres d'un club secret auquel je n'ai pas accès. Ils parlent de leurs pendentifs en forme de H comme s'ils tissaient un indissoluble lien entre eux, et échangent des sourires entendus à la table du dîner. C'est mignon, et je suis évidemment reconnaissante envers Haflidi pour tout ce qu'il a fait, mais il m'arrive de penser que ce serait plutôt à moi d'échanger des regards mystérieux avec lui, pas à ma fille.

Je suis enchantée qu'ils s'entendent à ce point, cependant il faudrait veiller à ne pas en faire trop. Elle lui demande tous les soirs de lui lire une histoire, elle veut s'asseoir à côté de lui lorsque nous regardons la télévision, elle ne parle que de lui quand nous sommes toutes les deux. On dirait qu'elle a le béguin pour lui, à sa manière enfantine et innocente, et que Haflidi la laisse faire. Qu'il l'encourage, même.

Il faut dire qu'il a un don pour vous faire vous sentir spécial. Il ne cesse de me dire que je suis belle, il court à l'épicerie si je mentionne, même du bout des lèvres, une envie de sucrerie, et me pose tout un tas de questions. Je lui parle de mes parents, de mon enfance dans un petit village, de la difficulté de tomber enceinte à un si jeune âge et sans personne sur qui compter. Il m'arrive de pleurer, comme une pauvre petite femme qui veut impérativement être sauvée par un homme. Il semble accepter ce rôle avec joie et vouloir connaître chaque parcelle de mon corps et de mon âme. J'ai presque l'impression de pouvoir partager avec lui tous mes secrets. C'est dangereux, et je dois fréquemment me rappeler d'être prudente. Ce n'est pas le moment de tout lui raconter ; peut-être que ce moment ne viendra jamais. En attendant, je l'autorise à entrer dans notre petite bulle, et je croise les doigts pour que rien ne la fasse éclater.

– Entre, dit Elma en tenant la porte à Hekla.

Elle adressa un sourire à Sæunn puis referma. Assise dans le couloir avec son sac sur les genoux, celle-ci avait l'air inquiète en suivant l'adolescente du regard. Elma comprenait parfaitement, c'est pourquoi elle lui avait expliqué le processus en détail et présenté l'assistante sociale qui l'accompagnerait lors de la déposition. Elle lui avait ensuite assuré que tout se passerait bien. Pour les jeunes de quinze ans, la présence des parents ou responsables légaux n'était pas requise, mais la loi préconisait de les avertir. Ils avaient même fait venir un avocat, bien que Hekla ne soit pas officiellement considérée comme une suspecte, au cas où la situation changerait au cours de l'entretien.

Tourné vers le magnétophone posé sur la table devant eux, Sævar énonça les formalités avant de dire :

– Nous souhaitions te revoir afin d'éclaircir certains points. Peux-tu nous résumer à nouveau ce qui s'est passé le vendredi où ta mère a disparu ?

Hekla jeta un rapide coup d'œil à la porte, comme si elle craignait que Sæunn l'écoute.

– Je suis rentrée après la piscine, marmonna-t-elle d'une voix si basse qu'ils durent se pencher pour l'entendre.

– Et qu'est-ce que tu as fait, à la maison ?
– Rien de spécial.
– Tu n'as pas commandé une pizza pour le dîner ? demanda Elma avec un sourire.
Hekla hocha la tête.
– Grâce à l'argent que t'a laissé ta mère avec cette enveloppe, poursuivit Elma en posant le petit mot de Maríanna sur la table.
– Hmm.
– Très bien. Et le lendemain, que s'est-il passé ?
– Je…, bafouilla Hekla avant de s'éclaircir la gorge. Je me suis réveillée et… je ne me souviens plus vraiment. Maríanna n'était toujours pas rentrée, alors j'ai essayé de l'appeler. Son téléphone… Il était éteint, du coup, j'ai appelé Sæunn.
– À quelle heure ?
– Peut-être vers dix-sept heures.
– D'accord, dit Elma en baissant les yeux sur son calepin. Donc, tu as appelé Sæunn, et elle est venue te chercher. Elle a mis longtemps à arriver ?
– Non, peut-être une demi-heure, répondit Hekla puis, comme personne ne reprenait la parole, elle ajouta : Elle voulait appeler la police parce que…
– Parce que ce n'était pas la première fois que Maríanna disparaissait ? devina Elma.
Hekla hocha la tête.
Inspirant profondément, Elma poursuivit :
– Le problème, vois-tu, Hekla, c'est que nous avons rencontré un garçon qui s'appelle Agnar hier. Tu le connais ?
– Oui, souffla l'adolescente en baissant les yeux.
– Tu pourrais parler un peu plus fort ? demanda Elma le plus aimablement possible.
– Oui. Oui, je le connais.

– Il nous a dit que tu étais sa petite amie. Que vous aviez été ensemble pendant un an. C'est vrai ?

– Peut-être.

– Tu n'es pas sûre ?

– Si, mais pas pendant une année complète. Et on n'est plus ensemble.

– En effet, il nous a confirmé que vous aviez rompu. Mais un an, c'est long quand on a quinze ans. Je m'en souviens bien, pour moi, c'était une éternité à cet âge-là.

Elma sourit, sans obtenir la moindre réaction de l'adolescente.

– Il nous a aussi confié autre chose. Apparemment, tu lui as demandé de venir te chercher, ce fameux vendredi. Et comme il ne pouvait pas le faire immédiatement, tu as décidé de te débrouiller toute seule, et tu as pris le bus pour te rendre à Akranes. Ce n'est pas ce que tu nous as raconté.

Elle commença à ronger son vernis noir, qui semblait récent. Elma se demanda si elle ne se mettait pas du vernis dans cet unique but.

– Je… euh… je…, bafouilla-t-elle.

Elle leva les yeux sur l'assistante sociale, restée silencieuse et attentive. Celle-ci lui adressa un sourire encourageant. Hekla reprit alors la parole, le souffle haletant.

– Je voulais vous le dire, mais… mais j'ai pas osé, et puis ça n'avait aucune importance, et il s'est passé tellement de temps que…

Elle se mordit la lèvre inférieure.

– Je ne voulais pas que vous croyiez que je mentais en… en…

– Tout va bien, ma grande, tout va bien, murmura l'assistante sociale en posant une main sur son épaule.

– Hekla, il est très important que tu nous dises la vérité, dit Elma. Nous devons connaître les faits pour découvrir ce qui est arrivé à ta mère. C'est ce que tu souhaites, n'est-ce pas ?

– Oui, acquiesça-t-elle d'une voix faible.

– Bon, alors on reprend. Quand es-tu partie à Akranes le vendredi 4 mai ?

– J'ai pris le bus en début d'après-midi.

– Donc, tu n'es jamais allée au cours de natation ?

– Ben… je suis juste allée aux toilettes, et ensuite je suis partie. Il ne le remarque jamais.

Elle devait parler de son professeur.

– Et tu n'es pas rentrée chez toi, enchaîna Elma. Tu penses que ta mère t'a vue à l'arrêt de bus ?

– Je ne sais pas, fit Hekla avant de renifler. Elle n'arrêtait pas de m'appeler, mais j'étais tellement furieuse. Je ne voulais pas lui parler, parce que je trouvais ça trop injuste qu'elle ne m'autorise pas à aller au tournoi de foot. Je ne la supportais plus.

Elle éclata en sanglots, et mit quelques instants à se ressaisir.

– Nous nous disputons tous avec nos parents, dit Elma. C'est parfaitement normal. Une fois à Akranes, où es-tu allée ?

– Chez une amie, poursuivit Hekla à voix basse. J'y ai passé un peu de temps. Je voulais aller chez Sæunn et Fannar, mais j'étais sûre que Maríanna viendrait me chercher là en premier. Je ne savais pas quoi faire. Je n'avais juste aucune envie de rentrer chez moi.

– Quelqu'un peut confirmer que tu étais là-bas ?

– Oui, mon amie Tinna. Et sa mère.

– Quand as-tu fini par rentrer ?

– Pas très longtemps après. Je vous promets que je vous dis la vérité, cette fois ! Je me sentais mal. Et puis, je ne pouvais rien y faire et je savais… je savais que Marianna appellerait Sæunn et partirait à ma recherche.

– Tu as repris le bus ?

– Oui. Je ne sais plus à quelle heure, mais j'étais à la maison bien avant dix-neuf heures, et j'ai vraiment commandé une pizza !

– Et ta mère n'était pas là ?

Hekla secoua la tête.

– Très bien.

Jetant un coup d'œil sur le côté, Elma remarqua que Sævar n'avait pas l'air tout à fait convaincu.

– Je pensais que ça n'avait aucune importance, reprit Hekla. Marianna devait voir ce type, et comme il n'y avait personne à la maison quand je suis rentrée, je me suis dit que peut-être, elle n'avait même pas remarqué que j'étais partie, en fait. Après ça, elle a disparu et j'ai dû appeler Sæunn. Mais si j'avouais être allée à Akranes, j'avais peur que Marianna se mette en colère en l'apprenant plus tard, et Sæunn aussi… Je n'avais même pas l'intention de mentir. Enfin, c'était pas une décision consciente de ma part. J'ai juste… ça m'a échappé, et après je ne pouvais plus faire machine arrière. Sinon, on aurait arrêté de me croire quand je disais la vérité.

– OK, Hekla, soupira Elma en refermant son calepin.

Elle observa l'adolescente une seconde. Sa réaction semblait sincère, et il était effectivement aisé de perdre le contrôle de petits mensonges de ce genre. Surtout si elle craignait d'être punie par sa mère.

– Je crois que ça nous suffit pour le moment, conclut-elle. Oh… encore une chose, ajouta-t-elle finalement en désignant le mot de Marianna. Cette enveloppe contient une facture qui remonte à un an. Ta mère t'a vraiment laissé cette note ?

– Oui, acquiesça Hekla. C'était sur la table de la cuisine, je le jure !

– Pourquoi s'excusait-elle, d'après toi ?

Hekla prit appui contre le dossier de sa chaise.

– Je crois qu'elle culpabilisait à cause du tournoi. On s'était disputées la veille au soir, et elle était déjà partie au travail quand je me suis réveillée. Comme je n'ai vu l'enveloppe qu'à mon retour, je ne sais pas si elle me l'a laissée le matin ou plus tard. Si je l'avais vue dès le matin, peut-être que je n'aurais pas été aussi en colère, que je ne serais pas allée à Akranes et que… qu'elle serait encore en vie.

Ses épaules se voûtèrent. Elle paraissait soudain si petite qu'Elma eut envie de la prendre dans ses bras, de lui dire que ce n'était pas sa faute, que son périple à Akranes n'avait rien changé au sort de Maríanna. Mais en vérité, il était fort probable qu'il ait fait toute la différence.

– À ton avis, pourquoi elle appelle toujours sa mère « Maríanna » ? demanda Sævar lorsqu'ils se retrouvèrent seuls. Elle ne dit jamais « Maman ».

– J'imagine que Maríanna était loin de l'image qu'elle se fait d'une mère, répondit Elma. En fait, je n'en sais rien. J'ai déjà connu d'autres exemples d'enfants qui se mettent à appeler leurs parents par leur prénom, pour tout un tas de raisons.

– Tu crois qu'elle appelle Sæunn « Maman » ?

– Je… je ne sais pas. Peut-être ?

Sævar haussa les épaules.

– Ça ne m'étonnerait pas qu'elle la considère beaucoup plus comme une mère. Après tout ce qui s'est passé.

– Non, moi non plus.

– Tu penses qu'elle dit la vérité ?

– Oui, répondit Elma après un instant de réflexion. Oui, je le pense.

Elle se leva et s'étira, puis se dirigea vers la fenêtre, derrière laquelle la vie battait son plein. Devant les immeubles d'habitation rectangulaires, un groupe de petites filles visiblement sorties de l'école étaient plongées dans une conversation qui semblait de la plus haute importance. Trois d'entre elles finirent par rentrer dans le même immeuble, et deux repartirent chacune dans une direction. Elle se retourna vers Sævar.

– Ça t'ennuierait de téléphoner au voisin de Maríanna, le dénommé Unnar ? Vu ce que Bryndís nous a dit, ce ne serait pas une mauvaise idée de vérifier s'il ne connaissait pas Maríanna d'un peu trop près.

– *Yes*, je m'en charge, acquiesça Sævar. Mais je doute qu'il avoue une chose pareille au téléphone.

– Pas faux.

– Et parmi nos relevés, rien ne suggère qu'ils aient été en contact.

– Non, mais ils étaient voisins. Ils n'avaient probablement pas besoin de s'envoyer des messages.

– Pratique.

Elma sentit immédiatement ses joues s'empourprer, car elle ne savait pas ce qu'il sous-entendait par ce commentaire. Mais elle devait bien admettre que le mot qualifiait parfaitement l'arrangement qu'elle avait avec Jakob. Pratique.

Dagný l'accueillit avec un grand sourire. La maison qu'elle habitait avec son mari Vidar était modeste mais charmante, avec son parquet et son mobilier en chêne. Les statuettes de Bouddha, dont elle faisait la collection, étaient soigneusement disposées sur des étagères un peu partout, et l'un des murs du salon était peint dans un bleu roi qui s'accordait avec les coussins en velours du canapé de couleur claire.

– Où sont les garçons ? demanda Elma en y prenant place.

– Vidar les a emmenés au terrain de jeu, répondit Dagný. Je peux t'offrir quelque chose ?

– Juste un verre d'eau gazeuse, si tu as.

Dagný se rendit dans la cuisine dont elle revint avec deux verres et une coupe remplie de Nóa Kropp, ce qui ne manqua pas de faire sourire Elma. Ces petites boules de céréales soufflées enrobées de chocolat avaient toujours été leur sucrerie préférée. L'un de leurs rares points communs. Un vieux souvenir jaillit soudain dans son esprit : assises côte à côte devant un dessin animé, elles avaient été prises d'un tel fou rire qu'elles avaient renversé leur bol de Nóa Kropp sur le canapé. Elles s'étaient alors regardées dans les yeux, et leur expression les avait fait repartir de plus belle. Elles s'étaient dépêchées de tout ramasser avant que leur mère ne s'aperçoive de l'accident. Quelques jours plus tard, sa sœur lui avait donné un petit coup de coude alors que leur mère se levait du canapé et, d'un geste de la main, elle avait attiré son attention sur la grosse tache marron sur ses fesses. Une autre crise de rire s'en était suivie, à laquelle leur mère n'avait jamais eu d'explication.

– J'ai contacté la plupart des amis de Papa, et bien sûr tous les membres de la famille auxquels j'ai pensé, dit Dagný en lui tendant un carnet avec des dizaines de noms – si seulement Elma était capable de se montrer aussi organisée. Tu peux vérifier si j'ai oublié quelqu'un ?

Elma balaya la liste du regard. Sa sœur n'avait évidemment oublié personne.

– J'ai passé commande auprès du traiteur et j'ai des propositions de chansons. Certains invités voudraient faire un discours, comme les vieux amis d'école de Papa. Je me disais qu'après le repas, on pourrait demander aux parents de danser. Tu te rappelles le cours de salsa qu'ils avaient pris, l'année où ils sont partis en Amérique du Sud ?

Elma rit. C'était une excellente idée. Lorsqu'ils étaient revenus, leur père ne cessait d'attirer leur mère à lui au moment le plus inopportun pour lui faire faire quelques pas de danse dans le salon. Jusqu'à ce que cette dernière finisse par en avoir marre. Elle avait d'ailleurs été surprise qu'il ait développé un tel goût pour la danse, car c'était elle qui les avait inscrits à ce cours.

– Ça lui ferait plaisir, dit-elle en consultant la liste des chansons.

Dagný s'était visiblement donné du mal pour l'organisation de cette fête, et Elma culpabilisa soudain d'avoir fait preuve d'un certain mépris devant les suggestions de sa sœur. D'avoir agi comme si tout ça n'avait aucune importance. Elle-même n'avait rien fait, en dehors d'approuver les choix de Dagný.

– Maintenant, je me sens mal. Je n'ai pas levé le petit doigt.

– C'est pas grave, répliqua Dagný avec un sourire avant de glisser un Nóa Kropp dans sa bouche. Tu sais que j'aime faire ça. J'ai tellement hâte de voir sa tête ! Il n'a aucune idée de ce qui l'attend.

– Ça va être génial. Et merci. Merci de t'être occupée de tout. Je sais que j'ai été…

– Non, je t'en prie, la coupa sa sœur. Tu as déjà assez à faire.

– Et toi donc ! Je veux dire, tu travailles, tu as un mari et deux enfants. Je ne sais pas comment tu parviens à jongler avec tout ça, à être une maman géniale et à tout réussir à la perfection.

Dagný garda le silence, les lèvres soudain tremblantes. Alors qu'elle s'apprêtait à boire une gorgée d'eau gazeuse, Elma s'arrêta et la regarda.

– Tout… tout va bien ?

Cette simple question suffit : Dagný porta la main à sa bouche et ses yeux se remplirent de larmes.

– Mon Dieu, je ne voulais pas me mettre à pleurer…

– Que se passe-t-il ?

Sa sœur se leva, attrapa une feuille d'essuie-tout, renifla et soupira.

– C'est juste… Alexander. Je suis loin d'être une si bonne mère, apparemment. Il a des soucis à l'école, des gamins qui l'embêtent. C'étaient ses amis, au début, mais maintenant ils s'amusent à lui cacher ses vêtements, et l'autre jour ils ont vidé son cartable dans une flaque d'eau et… oh, ce n'est peut-être pas l'affaire du siècle, mais je ne sais pas quoi faire. La seule chose dont j'aie envie, c'est de…

– … d'aller à l'école et de secouer ces gamins ? compléta Elma.

Levant les yeux sur elle, Dagný laissa échapper un petit rire.

– Oh que oui. Ça leur ferait une bonne leçon. Ce ne sont que des enfants, je sais, mais mon Alexander… C'est le garçon le plus doux qui soit, il ne ferait pas de mal à une mouche. Pourquoi s'en prendre à lui ? C'est quoi, leur problème ? Et celui de leurs parents ?

Dagný se moucha.

– C'est pour ça que Vidar se donne autant de mal pour faire des choses avec eux. Pour qu'il oublie ses soucis, ne serait-ce qu'un instant. Je n'arrive à rien, je me mets à pleurer à chaque fois que j'y pense, c'est la dernière chose dont Alexander ait besoin. Une maman qui passe son temps à chouiner.

– Ils sont encore si petits, répondit Elma. Il n'a que six ans. Ça devrait s'arranger rapidement. Comme tu l'as dit, ils étaient amis, il s'est donc peut-être passé quelque chose. Quelque chose qu'ils vont vite oublier. Ce n'est qu'à l'adolescence qu'on doit vraiment s'inquiéter, et ce ne sera pas avant de longues années.

Dagný leva les yeux et la regarda.

– Mon Dieu, Elma… Excuse-moi, je sais que je n'étais pas… Tu vois. J'aurais dû…

Elma sourit et feignit d'ignorer le nœud qui se formait dans son estomac.

– Aucune importance. C'était il y a une éternité, et je ne parlais pas de moi. Ça fait bien longtemps que je me suis remise.

Ce n'était peut-être pas tout à fait la vérité. Récemment, elle avait compris que les blessures laissées par les moqueries et les rumeurs dont elle faisait l'objet à l'adolescence avaient du mal à cicatriser.

– Ce que je voulais dire, c'est que tout ira bien pour Alexander. C'est un enfant merveilleux, et les autres s'en rendront rapidement compte. Je ne m'inquiéterais pas pour ça.

Dagný resta un instant muette, les yeux baissés sur ses mains.

– Je sais. Mais je voulais te demander pardon depuis un petit moment. Ça vaut aussi pour ce qui s'est passé avec Davíd. Je n'arrivais pas à trouver les bons mots, et tu semblais n'avoir besoin de personne. Tu as toujours été si indépendante.

Dagný la regarda de nouveau, un sourire aux lèvres. Elma le lui rendit, sans toutefois oser prononcer un mot. Elle craignait que sa voix se brise à la moindre vibration des cordes vocales.

– Bon, et si nous reprenions ? lança Dagný après un court silence.

Elma hocha la tête. Sa sœur alluma son ordinateur et bientôt le panier de la boutique en ligne fut rempli de toutes sortes de décorations probablement dispensables, mais qui rendraient la fête un peu plus belle.

Hekla avait l'autorisation de sortir ce soir-là, à condition d'être rentrée à minuit. Son rendez-vous au commissariat ne s'était pas aussi mal passé que ce à quoi elle s'était attendue. Elle avait imaginé une petite salle d'interrogatoire grise et froide, comme dans les séries et films policiers, avec un flic gentil et l'autre méchant qui lui crierait dessus pour avoir menti. Mais finalement, les deux avaient été sympathiques, aucun ne lui avait fait de reproches.

Après son entretien, Sæunn n'avait cessé de la questionner jusqu'à ce qu'elle lui parle d'Agnar, sans toutefois mentionner qu'il avait été son petit ami. Elle avait juste dit qu'ils étaient amis. Camarades de classe. C'était toujours mieux, même si Sæunn n'avait pas eu l'air convaincue.

D'aussi loin qu'elle se souvenait, Sæunn et Fannar avaient été de vrais parents pour elle. Plus jeune, les choses lui semblaient cependant plus faciles, elle n'avait même pas à réfléchir à son comportement. Elle se contentait d'être cette petite fille qu'ils aimaient sans condition. Aujourd'hui, elle craignait que cela ne suffise plus.

Maríanna et elle se disputaient comme deux copines. Pas comme une mère et sa fille. Elles n'avaient jamais eu ce genre de relation. Hekla croyait pouvoir oublier tout cela, mais à présent, ses souvenirs envahissaient son esprit comme des mauvaises herbes impossibles à éliminer : tous ces mensonges qu'elle avait dits, ces mauvaises pensées qu'elle avait eues, ces mots et ces actes s'étaient réunis en un nœud douloureux.

Sæunn ne devait jamais voir cette partie de sa personnalité. Parfois, elle ne pouvait s'empêcher d'altérer quelque peu la vérité. Comme lorsqu'elle lui avait raconté que Maríanna l'avait envoyée dans sa chambre après avoir découvert un jour qu'elle s'était rendue en douce à Akranes. Non, elle ne l'avait pas enfermée à double tour, et non, elle ne l'avait pas frappée. Mais quand Hekla avait dit cela à Sæunn, celle-ci l'avait crue, avait compati. Et c'était bon, d'avoir quelqu'un de son côté.

– Tu as de si jolis cheveux, lui dit Sæunn en passant la main dans son épaisse chevelure brune. Tu veux que je les coiffe pour ta soirée ?

Hekla hocha la tête, lui souriant dans le reflet du grand miroir de la salle de bains. Sæunn prit place juste derrière elle, si proche qu'elle pouvait sentir son shampooing à la noix de coco.

– On pourrait te faire un chignon, comme ça. L'attacher avec quelques pinces et tirer tes cheveux en arrière pour mettre ton beau visage en valeur.

Sæunn lui pinça tendrement les joues, et elle grimaça.

– Il n'est pas beau. J'ai des boutons, et un trop gros nez.

– Ne dis pas de bêtises, répliqua Sæunn en lui prenant les épaules et en la regardant dans le reflet du miroir. Ton nez est très bien comme ça. Tu es parfaite telle que tu es.

Hekla sentit une boule dans sa gorge, et elle vit que Sæunn avait elle aussi les larmes aux yeux. Elle ne comprendrait jamais pourquoi cette dernière lui vouait un tel amour. Elle n'avait rien de spécial, pas de talent particulier, elle n'était ni belle, ni vraiment sympathique, ni… En fait, elle ne décelait rien de positif en elle. Mais Sæunn l'aimait en dépit de tous ses défauts, et c'était quelque chose qu'elle ne voulait perdre pour rien au monde.

Pour son anniversaire, les parents de la fille avaient acheté toutes sortes de sucreries et lui avaient donné l'autorisation de s'installer dans le salon avec ses amies. Son père avait même confectionné un ambitieux gâteau à la crème pâtissière surmonté de grosses décorations en carton à paillettes formant le nombre 15. Elle contrôlait la musique grâce à son téléphone, connecté aux enceintes. Assises ensemble, les filles se goinfraient de bonbons en bavardant et en riant.

Hekla avait la sensation de ne plus vivre dans le même monde que ces dernières années. Ici, personne ne la regardait en lui donnant l'impression qu'elle n'était pas la bienvenue. Personne ne faisait une drôle de tête lorsqu'elle parlait ni ne grimaçait lorsqu'elle s'asseyait à côté d'eux. Croisant le regard de Tinna, elle ne put retenir un sourire.

– J'ai une proposition, lança soudain Freyja, dont c'était l'anniversaire.

Elle se leva et alla ouvrir le placard où l'alcool était rangé.

– Et si on passait à la vitesse supérieure ?

Les filles se mirent à rire lorsqu'elle sortit les bouteilles, toutes plus colorées les unes que les autres.

– Tes parents ne vont rien remarquer ? demanda l'une d'elles.

Dísa laissa échapper un grognement en la regardant.

– Non, on les complétera avec de l'eau. Je l'ai souvent fait, ils n'ont jamais rien vu, répondit Freyja en versant une généreuse quantité dans chaque verre.

Les filles burent une gorgée avec une moue de dégoût. Certaines étaient hésitantes tandis que d'autres semblaient avoir l'habitude. Hekla connaissait bien cette sensation de brûlure, mais elle se contenta de tremper les lèvres dans son verre. Lorsqu'elle avait quitté la maison, Sæunn l'avait prise dans ses bras et lui avait dit « Je t'attendrai pour me coucher » avant de l'embrasser sur le front.

Maríanna ne l'avait jamais attendue. Elle était plutôt du genre à lui faire des commentaires désagréables en lui rappelant que les autres filles de sa classe traînaient ensemble, dehors. « Pourquoi tu ne sors pas avec elles ? Tu restes toujours toute seule à la maison. Pourquoi tu ne les appelles pas ? » Maríanna savait pourtant bien que Hekla ne pouvait pas simplement décrocher le téléphone et appeler ces filles. Elle était consciente de ce qu'elle endurait au collège, et elle continuait de minimiser la situation. « Elles te taquinent, c'est tout, essaie de t'en faire des amies ! » Comme si elle ne se rendait pas compte que ce n'était pas une option. Hekla n'était pas la bienvenue dans leur cercle, et Maríanna le savait. Mais son visage n'exprimait aucune pitié, juste de la déception. Comme si elle ne comprenait pas pourquoi elle avait donné naissance à une fille aussi étrange.

Hekla but une grosse gorgée, grimaçant à son tour, lorsque Tinna se leva et lui fit signe de la suivre dans la salle de bains. Elle n'arrivait toujours pas à s'habituer à ces voyages collectifs aux toilettes. Dans ce groupe d'amies, il semblait parfaitement normal que l'une s'assoie et urine pendant que les autres bavardaient ou refaisaient leur maquillage.

– Tu t'amuses bien ? demanda Tinna en se relevant du siège.

Elle jeta un regard à Hekla dans le miroir tandis qu'elle se lavait les mains. La salle de bains, aux murs recouverts de carreaux marron clair, était de petite taille et équipée d'une douche à l'italienne jonchée de flacons de shampooing et de jouets.

– Hmm, acquiesça Hekla.

Son téléphone sonna dans sa poche. L'écran affichait le prénom d'Agnar.

– Il n'arrête pas de m'appeler. Je t'ai dit qu'il avait cafté à la police ?

– Qu'est-ce qu'il leur a dit ?

– Que j'étais allée à Akranes le jour où…

Elle baissa les yeux et prit une profonde inspiration. Elle craignait soudain que tout ça se termine mal.

Tinna s'approcha d'elle.

– Et toi, qu'est-ce que tu leur as dit ?

– La vérité, c'est tout. Que je suis allée chez toi.

– Ferme les yeux, lui murmura Tinna en souriant.

Hekla obéit avec nervosité, le cœur battant plus vite.

– Qu'est-ce que tu fais ?

– Chut. Tire la langue.

Hekla obtempéra et sentit une légère pression sur sa langue. Un étrange goût lui envahit la bouche, mais elle la ferma malgré tout.

– C'est quoi ? demanda-t-elle en ouvrant les yeux.

Tinna tira la sienne, sur laquelle était posé un petit comprimé blanc. Du même genre que celui qui était en train de fondre dans sa bouche à elle. Hekla fronça les sourcils et Tinna se mit à rire.

– Bois un peu d'eau, si tu n'aimes pas le goût.

Hekla actionna le robinet et avala une grande gorgée.

– Tinna, sérieusement, c'est quoi ?

– Juste un petit quelque chose qu'un pote m'a filé, répondit-elle en lui prenant la main. N'aie pas peur, c'est rien de bien méchant. Simplement de quoi passer une soirée un peu plus amusante. Promis, tu ne vas pas partir en vrille avec ça. Fais-moi confiance.

Hekla hocha la tête et rejoignit avec son amie le salon où les autres filles continuaient de boire. Bien sûr qu'elle avait confiance en Tinna. Une confiance totale.

La soirée se poursuivit dans une sorte de brouillard. De nouveaux adolescents se joignirent à elles, des garçons que Hekla avait déjà vus, d'autres qu'elle ne connaissait pas. Agnar continuait de l'appeler, mais elle ne décrocha pas. À en juger par ses yeux écarquillés et son regard fixe, Dísa avait visiblement pris la même chose qu'elles.

Lorsque les parents de Freyja rentrèrent chez eux et découvrirent ce qui se passait, ils mirent tout le monde dehors. Tinna téléphona à des garçons pour qu'ils viennent les chercher toutes les trois. Les garçons acceptèrent de ramener Hekla, malgré les protestations de ses deux amies. Elle n'arrêtait pas de penser à Sæunn qui l'attendait probablement.

Une fois allongée dans son lit, elle se repassa le film confus de la soirée. Les yeux rivés sur le plafond, elle ne cessait de sourire et n'avait pas du tout envie de dormir. Dans l'obscurité, Sæunn n'avait heureusement rien remarqué de son état. Hekla réajusta sa couette et ferma les paupières. Elle sentait comme une chaleur dans son ventre. Peut-être qu'elle aurait dû sortir avec les filles. Se redressant dans son lit, elle dirigea son regard vers la fenêtre, contempla le tapis blanc et scintillant qui recouvrait le sol et songea à tout ce que la nuit avait à offrir. C'est alors qu'elle entendit un craquement dans la neige. Dans un vif réflexe, elle s'éloigna de la fenêtre pour se cacher dans les ténèbres.

Il y avait quelqu'un dehors.

Dix ans

J'oscille quelques instants entre le sommeil et la veille avant que mes yeux s'ouvrent. C'est la sonnerie de mon téléphone portable qui m'a réveillée. Elle retentit, quelque part dans l'appartement. La chambre est plongée dans les ténèbres, ce doit donc être encore la nuit. Allongé à côté de moi, Haflidi dort profondément et pousse de légers ronflements. Lorsque le silence revient, je soupire de soulagement. Ferme les paupières et essaie de me rendormir. Mais après quelques secondes, le téléphone sonne de nouveau. Je me décide à me lever, rejoins le couloir d'un pas précipité et, tendant l'oreille, je gagne le salon où je le retrouve sur la table basse. L'écran est la seule source de lumière dans l'obscurité environnante.

Essoufflée, je décroche.

– Allô ?

J'attends un peu, mais aucune réponse.

– Qui est-ce ?

Ma voix n'est pas aussi neutre que je le voudrais. Il y a bien quelqu'un au bout du fil. J'entends une respiration, et un vague sifflement qui pourrait être le bruit de la pluie ou le murmure d'un téléviseur. Je finis par raccrocher, et regarde fixement mon téléphone. Puis je l'éteins, par sécurité, avant de retourner me coucher.

Il est trois heures du matin, je n'ai plus du tout sommeil. C'est le troisième appel de ce genre que je reçois en deux semaines. Toujours le week-end, toujours la nuit, toujours ce même silence à l'autre bout de la ligne. Comme si quelqu'un cherchait délibérément à me déranger. La première fois, après avoir raccroché, j'ai eu l'impression qu'on me surveillait. C'est sûrement un effet de mon imagination, mais je n'arrive pas à me débarrasser complètement de cette sensation. L'autre jour, j'aurais pu jurer qu'une voiture m'avait prise en filature, et j'ai dû faire mille détours pour réussir à m'en débarrasser. Je n'ai pas pu discerner son conducteur, car il faisait sombre, mais elle ne me lâchait pas. Où que j'aille. Quelle que soit la vitesse à laquelle je roulais. S'agissait-il de la personne qui m'avait envoyé ces mystérieuses lettres plusieurs années auparavant ? Peu probable. J'avais déménagé, et je m'étais assurée que mon adresse et mon numéro de téléphone ne figurent nulle part. Mais bien sûr, ce n'est pas si difficile de me trouver, si on le veut vraiment.

Je me tourne sur le côté et contemple le store qui ondule paisiblement devant la fenêtre entrouverte.

Je sors une de mes jambes de sous la couette, car j'ai soudain très chaud. Les ronflements de Haflidi ne cessent de gagner en puissance. Je me glisse tout au bord du matelas, aussi loin que possible de lui. Après toutes ces années de célibat, j'ai du mal à partager mon lit. À supporter d'entendre une respiration inconnue, de sentir quelqu'un s'agiter dans son sommeil. Il m'est arrivé de passer des nuits blanches à le regarder. Parfois, il cesse de respirer pendant quelques secondes avant de reprendre. Une nuit, j'ai rêvé que je l'étouffais. Que j'appuyais un oreiller sur son visage et que ses mains s'agitaient dans le vide jusqu'à abandonner et retomber sur le lit. Le plus étrange, c'est que je n'aurais pas qualifié ce rêve de cauchemar. Ce n'était pas un beau rêve non plus, mais il n'avait rien d'effrayant ni de tragique.

Lorsque je parviens enfin à me rendormir, il est six heures passées, et je me réveille deux heures plus tard alors que Haflidi me mordille l'oreille. Je le laisse retirer ma culotte, mais je suis soulagée quand il en a fini. Il ne remarque rien. M'embrasse simplement sur la joue avant de s'étirer et de se lever. J'aperçois des cernes vert sombre face à mon reflet dans le miroir de la salle de bains, et l'eau glacée dont j'asperge mon visage n'y change rien.

Aujourd'hui, nous allons déjeuner chez sa mère. Ses deux sœurs aînées et son petit frère seront présents, avec toute leur famille. Haflidi est très proche de sa mère, qu'il appelle quotidiennement. Il sort de l'appartement à chaque fois, comme s'il ne voulait pas que j'entende ce qu'il a à lui dire. Je l'observe par la fenêtre lorsqu'elle lui rend visite. De loin, elle semble tellement innocente, avec ses boucles grises et ses joues bien rebondies. Toujours vêtue d'une veste couleur crème et d'un châle.

Nous nous garons devant un petit immeuble de Hafnarfjördur, à deux pas du centre-ville et du port. Je prends la main de ma fille qui ose à peine respirer. Elle ne prononce pas un mot, et je vois bien qu'elle est nerveuse. Ce matin, face à son miroir, elle n'arrêtait pas de passer la brosse dans ses cheveux alors qu'ils étaient déjà bien lisses. À l'inverse, Stefán nous devance et s'empresse d'appuyer sur la sonnette.

– Vous êtes en retard ! s'exclame la sœur de Haflidi en ouvrant la porte.

Elle prend son frère et son neveu dans ses bras avant de nous adresser un sourire, à moi et à ma fille. La bouche entrouverte, je m'apprête à me présenter, mais elle tourne aussitôt les talons et rentre dans la maison.

Le salon est bondé. Haflidi propose d'aider à mettre la table, et je me retrouve seule parmi ces inconnus. Ma fille se serre contre moi ; la situation est un peu gênante, car personne ne nous accorde la moindre attention. Ils sont trop occupés à discuter pour nous dire bonjour. Je me penche sur elle et lui murmure d'aller jouer avec les autres enfants, mais elle ne me répond même pas. Elle secoue la tête et tripote nerveusement son collier, comme chaque fois qu'elle est mal à l'aise. Ce n'est qu'une fois Haflidi de retour que ces gens lèvent les yeux sur nous.

C'est un groupe assez prétentieux. Ils ressemblent à Haflidi dans leur aisance et leur audace, mais il leur manque cette chaleur qui émane de lui. Il nous présente à sa mère en dernier, une petite femme replète aux cheveux permanentés, vêtue d'un chemisier orné de roses. Gudrún a le sourire amical et la voix aussi douce que du velours, mais ses yeux la trahissent. Toujours dirigés vers le sol, ils sont d'un gris-bleu glacial. Lorsque son regard se pose sur moi une seconde, j'ai l'impression d'être transparente. Il s'attarde un peu plus longuement sur ma fille puis, alors qu'elle reporte son attention sur Haflidi, ses traits s'adoucissent instantanément.

Nous prenons place à une longue table déjà chargée de mets divers : du pain, toutes sortes de garnitures, des gâteaux nappés de glaçage et des viennoiseries danoises au chocolat.

– Tu fais quoi dans la vie ? me demande la sœur aînée, dont je suis incapable de me rappeler le prénom.

– Je travaille dans un cabinet d'avocats, dis-je en tartinant du thon à la mayonnaise sur une tranche de pain.

– Oh, tu es juriste ?

Aussitôt, ses yeux s'arrondissent, comme si j'étais devenue plus intéressante. J'ai envie de lui répondre « oui », et si Haflidi n'était pas là, je ne me gênerais pas pour mentir.

– Non, je m'occupe de l'accueil. Mais je compte bien reprendre des études un jour et m'inscrire en droit.

Ils marmonnent une vague politesse, mais il est clair que je ne présente plus le moindre intérêt pour eux. La conversation dévie, et ma fille et moi restons silencieuses.

– Je ne savais pas que tu venais de Sandgerdi, lance soudain une voix.

Je lève les yeux et vois que tout le monde me regarde. Sandgerdi est la dernière chose dont j'ai envie de parler.

– Oui, c'est là-bas que j'ai grandi.

– C'était comment ? Ça doit être agréable, de passer son enfance dans une petite communauté où tout le monde se connaît, commente le frère de Haflidi.

J'hésite, puis :

– Je… oui, c'était très bien.

– J'ai un ami qui vient de là-bas, poursuit le frère avant de se tourner vers Haflidi. Tu sais, mon collègue Ívar.

– Ah oui, je me souviens ! répond ce dernier.

– Il doit avoir ton âge, me dit le frère. Tu le connais peut-être ? Ívar Páll ?

Le sang quitte mon visage. Oui, je le connais. Enfin, le mot est peut-être un peu fort ; je sais de qui il s'agit. Ou s'agissait. Nous étions camarades de classe. C'était l'un de ces mecs un peu pathétiques qui passaient plus de temps le nez dans leurs jeux vidéo ou leurs livres de science-fiction que dans la réalité. Squelettique, il portait des lunettes et avait des dents de lapin. On le surnommait « l'écureuil », parce qu'en rongeant ses morceaux de pain, il éparpillait des miettes partout sur la table. Un jour, on avait rempli son cartable de noisettes, et lorsqu'il avait voulu sortir ses cahiers, elles s'étaient répandues par terre.

– Non, ça ne me dit rien, dis-je en enfonçant ma fourchette dans une pâte oubliée dans mon assiette et peu appétissante.

– Ah ? Mais peut-être que lui te connaît.

Je souris, même si cette phrase ressemble à une menace. Soudain, je sens qu'on tire sur mon pull et je baisse les yeux. Elle n'a pas touché à son repas, et elle a le visage pâle.

– Qu'est-ce qu'il y a ?

Elle m'attire à elle et me murmure à l'oreille :

– Je veux rentrer à la maison.

J'ai envie de lui répondre que moi aussi.

– Pas tout de suite. Mange.

Muette, elle continue de me regarder. Quelques minutes plus tard, elle tire de nouveau sur mon pull.

– Quoi ? demandé-je un peu brusquement.

– J'ai mal au ventre, Maman.

Elle est blanche comme un cachet d'aspirine. Lentement, elle ferme les yeux, puis les rouvre et porte la main à sa bouche. Cela ne suffit pas. Elle laisse échapper un jet de vomi si puissant qu'il balaie la table tout entière. Je l'attrape et l'éloigne d'un geste vif, mais c'est trop tard. Tout est foutu. Tout le monde se lève et s'écarte. Bondissant sur ses pieds, Haflidi nous emmène dans la salle de bains où nous la nettoyons et lui donnons de l'eau, après quoi il retourne dans le salon pour faire le ménage tandis que nous restons assises toutes les deux. La tête appuyée contre ma poitrine, elle tremble de tout son corps.

– On peut rentrer à la maison, maintenant ? murmure-t-elle.

Je caresse doucement son front humide de sueur.

– Oui, on va y aller.

À cet instant, tout ce dont j'ai envie, c'est de rentrer avec ma fille.

Samedi

La veille au soir, lorsque Jakob était venu frapper à sa porte, Elma avait feint d'être malade. Un plaid en laine enroulé autour des épaules, elle était allée jusqu'à tousser de la manière la plus théâtrale. Peu probable qu'il y ait cru, songea-t-elle en repensant à cette pathétique mise en scène. Jakob ferait inévitablement le lien avec le rendez-vous qu'il lui avait proposé, et prendrait cela comme un refus. Mais ce n'était pas du tout le cas. Cela n'avait rien à voir.

Elle ne pouvait envisager de se réveiller à côté de Jakob ce samedi, car c'était l'anniversaire de Davíd. Ils seraient allés dîner au restaurant indien sur le port, auraient commandé un bon vin rouge et de la mousse au chocolat en dessert. Installés devant la fenêtre, ils auraient contemplé les bateaux oscillant paisiblement dans les ténèbres et seraient rentrés d'un pas légèrement titubant après avoir partagé une bouteille.

Elma ferma les yeux et se concentra sur sa respiration. Elle ne voulait pas passer la journée à se morfondre. À se demander ce qu'il aurait pu advenir. Même si elle craignait d'avoir du mal à ne pas y penser le soir venu. Était-il trop tard pour appeler les parents de Davíd et annuler ?

Elle admira le manteau de neige tombé durant la nuit. De légers flocons continuaient de danser de l'autre côté de la fenêtre avant de se poser délicatement sur le sol. Davíd adorait la neige. Une telle météo le jour de son anniversaire était probablement une pure coïncidence, mais elle ne pouvait se résoudre à y croire. Certaines choses n'étaient pas dues au hasard.

Elle soupira et se pencha sur son bureau. Après une journée harassante la veille, elle n'était pas vraiment d'humeur à travailler ce samedi matin. Sævar et elle avaient tous deux accepté de passer le week-end au commissariat. Ils devaient éplucher le témoignage de Hekla, et notamment vérifier si Tinna et sa mère confirmaient bien qu'elle était chez elles le vendredi 4 mai. Prénommée Margrét, la mère de Tinna lui sembla familière sur les photos qu'elle trouva sur Internet – il s'agissait de la présentatrice du journal télévisé du soir. Il était encore trop tôt pour tenter de la joindre, aussi se rendit-elle dans la salle de pause, où elle trouva son collègue Kári assis à la table, plongé dans la lecture du journal.

– Quoi de neuf, Kári ? demanda-t-elle en prenant place face à lui avec une tasse.

– Pas grand-chose.

Il avait le dos courbé et ses cheveux noirs cachaient ses petits yeux sombres.

Buvant une gorgée de son café, Elma grimaça – il était beaucoup trop fort. En général, personne au commissariat ne laissait Kári le préparer, car cela augmentait fortement les allers-retours au petit coin.

– La soirée a été calme, hier ?

– Mouais… On a eu un signalement. Une gamine qui n'est pas rentrée chez elle.

– Ah ?

– Hmm. Quinze ans. La fille de la journaliste, là…

– Margrét ? demanda Elma.

– C'est ça.

– Que s'est-il passé ?

– Bah… elle est sûrement allée faire la fête.

Kári ne semblait pas particulièrement inquiet. Il arrivait fréquemment que des adolescents fassent le mur durant le week-end.

– Sa mère nous a contactés, poursuivit-il. Je vais faire un tour du pâté de maisons tout à l'heure.

Elma posa sa tasse – elle ne pouvait plus avaler une gorgée de ce breuvage.

– Tu sais quoi ? Je vais aller lui parler. J'avais des questions à lui poser sur une autre affaire, de toute façon.

La rue Jörundarholt, bordée de pavillons individuels et de quelques rangées de maisons mitoyennes, formait une sorte de demi U autour d'un grand terrain de jeu. Elma y avait vécu jusqu'à l'âge de sept ans, et elle y avait joué encore plus longtemps, car ses parents n'avaient pas déménagé très loin. Contrairement aux nouveaux lotissements, les maisons arboraient des couleurs et des styles architecturaux très disparates. Elle se gara devant celle de Margrét et aperçut une femme en train de regarder par la fenêtre de l'étage. Celle-ci disparut dès qu'Elma sortit de sa voiture, et la porte d'entrée s'ouvrit avant même qu'elle l'ait atteinte.

– Margrét, dit la femme en lui tendant la main.

Elma se présenta à son tour et la suivit à l'intérieur.

– Elle n'a que quinze ans, soupira Margrét lorsqu'elles se furent assises dans le salon. Elle est toujours rentrée à la maison à l'heure convenue. Toujours.

– Vous savez où elle était hier soir ?

– À l'anniversaire d'une de ses camarades de classe. J'ai appelé ses parents, tout le monde était parti avant minuit. Même ses amies Dísa et Hekla, avec qui elle passe son temps.

– Vous avez essayé de les joindre ? Elles n'ont aucune idée d'où Tinna peut se trouver ?

– Dísa m'a dit qu'elles étaient rentrées chacune de leur côté.

Les lèvres pincées, elle baissa les yeux sur le carrelage clair.

– Je peux demander à un agent de parcourir la ville à sa recherche, dit Elma. Mais continuez de l'appeler. Il n'est pas si tard. Peut-être qu'elle s'est endormie chez quelqu'un et qu'elle va vite rentrer.

Margrét regardait toujours fixement le sol. Vêtue d'une robe de chambre de couleur claire nouée à la taille, elle avait attaché ses cheveux blonds avec une barrette dorée.

– Je voulais d'ailleurs vous contacter aujourd'hui, reprit Elma.

– Ah bon ? fit Margrét en relevant la tête.

– Cela concerne Hekla, l'amie de votre fille. Nous enquêtons sur le décès de Maríanna Thórsdóttir.

– Maríanna ? balbutia Margrét, les sourcils froncés. Excusez-moi, je suis un peu perdue. Vous voulez parler de la mère de Hekla ?

Elma hocha la tête.

– Le jour de sa disparition, Hekla est venue à Akranes. Elle nous a dit avoir rendu visite à Tinna, et que vous étiez à la maison, nous voulions donc savoir si vous confirmez son témoignage.

– Je…, hésita Margrét avant de s'interrompre. Quand était-ce ?

– Le 4 mai dernier.

– D'accord, souffla-t-elle avant de se laisser tomber contre le dossier du canapé. Oui, je… bien sûr, je me souviens de la disparition mais… je ne saurais pas vous dire si Hekla était là le… le 4 mai, c'est ça ? Elle passe tellement de temps à la maison que je ne peux pas me rappeler les dates précises, vous imaginez bien… Il faudra poser la question à Tinna quand… quand elle rentrera.

– À quelle heure partez-vous au travail, en général ?

– Entre quinze et seize heures, pour être sûre de ne pas être en retard.

– Vous devriez donc avoir croisé Hekla, si elle est venue, dit Elma. Elle a dû arriver en début d'après-midi.

Margrét soupira.

– Je ne peux pas vous dire. Il m'arrive de partir plus tôt, peut-être que c'était le cas ce jour-là. Parfois, je ne sais même pas qu'elle est ici. Elles restent enfermées dans la chambre à faire Dieu sait quoi.

– Hekla affirme vous avoir croisée, insista Elma.

Margrét semblait clairement lasse de cet interrogatoire.

– Dans ce cas, elle doit avoir raison. Mais je ne peux pas confirmer quelque chose dont je ne me souviens pas. Et pour être honnête avec vous, je n'ai pas dormi de la nuit, je ne suis donc pas vraiment d'humeur à répondre à toutes ces questions.

Elle lui adressa un bref sourire crispé qui signifiait que la conversation était terminée.

– Je comprends. Voici mon numéro, si cela vous revient.

Margrét prit sa carte de visite et se leva. Lorsqu'elles furent arrivées dans le vestibule, elle lui attrapa le coude.

– Au fait, je… je ne veux surtout pas que ça s'ébruite. Je ne veux pas voir d'article au sujet de Tinna dans les journaux, ni rien de ce genre. Les gens parlent, vous savez, et ils s'imaginent des choses. Ils tirent des conclusions hâtives.

– Nous n'avons pas l'intention de publier d'avis de recherche à ce stade. J'espère qu'elle va rentrer avant que ça devienne une nécessité.

– Je l'espère aussi, acquiesça Margrét.

Une fois ressortie, Elma se fit la remarque que cette femme paraissait bien plus aimable à la télévision. Peut-être était-ce un peu injuste, étant donné les circonstances. Margrét n'avait pas fermé l'œil de la nuit, elle avait peur pour sa fille. Quoi qu'il en soit, Elma n'éprouvait pas beaucoup de sympathie pour elle.

Elma avait l'impression que son cerveau était un disque rayé qui passait le même refrain encore et encore jusqu'à ce qu'il ait perdu tout sens. Assis face à elle dans la salle de réunion, Sævar semblait ressentir la même chose.

– Unnar a nié toute relation intime avec Maríanna, dit-il.

– Évidemment…

Il haussa les épaules.

– Il est vétérinaire. Il a bien eu une urgence le jour où nous devions le rencontrer. Un fermier l'a appelé pour son cheval atteint de coliques.

– Bon. Ça n'exclut pas qu'il ait pu te mentir.

– Non, mais nous n'avons aucun élément prouvant qu'il y a eu quelque chose entre eux, répondit Sævar. Je pense qu'on devrait se reconcentrer sur Hafthór. Il avait rendez-vous avec Maríanna, et il n'a pas vraiment d'alibi, dans la mesure où on ne connaît pas l'heure précise de sa disparition.

– Nous n'avons pas plus de preuves contre lui. On ne peut peut-être pas le rayer de la liste des suspects, mais d'autres candidats me semblent plus probables. À commencer par Hekla et Agnar. Ou Sæunn. Dont les collègues ont confirmé qu'elle était au travail jusqu'à dix-sept heures, cela dit.

Plus ils creusaient chaque suspect, plus la solution leur échappait. Partout où ils se tournaient, ils ne parvenaient à saisir que le vide.

– Et Fannar ? On a vérifié son alibi ? poursuivit Elma.

– Oui, il a pris un vol pour Egilsstadir le vendredi matin et n'est revenu que le dimanche.

Sævar jeta son stylo sur la table et s'étira.

– Comment s'est passée ta rencontre avec Margrét ?

– Elle n'était…, commença Elma. Sans doute pas tout à fait elle-même. Elle s'inquiétait pour sa fille.

– Je peux comprendre. Mais elle va bien finir par réapparaître.

– Oui, sûrement. À part ça, Margrét était incapable de se souvenir de ce qui s'est passé le 4 mai. Elle ne savait pas si Hekla était venue chez elle ou si elle l'avait croisée.

Appuyant la tête sur sa paume, Elma regarda son collègue.

– C'est un peu bizarre, non ? poursuivit-elle. Quand on a été touché par un événement grave, on se souvient mieux de ce qu'on faisait juste avant ou juste après.

– C'est vrai. Mais peut-être que la disparition de Maríanna n'était pas un événement grave pour elle. Elle ne la connaissait pas du tout.

– Je suis à court d'idées…, soupira Elma.

– On n'a pas encore tout essayé.

– On a contacté la compagnie de bus et montré aux chauffeurs des photos de tous ceux qui auraient pu conduire la voiture de Maríanna jusqu'à Grábrók et prendre le bus pour revenir. On a regardé toutes les vidéos de surveillance prises à Akranes et à Borgarnes ce jour-là, sans rien trouver. On n'a pas le moindre indice entre les mains.

– Hekla a menti, rappela Sævar.

– Oui, mais elle avait une explication, fit Elma en se frottant les yeux avant de bâiller. Et une explication plutôt convaincante. Elle pensait que sa mère finirait par revenir, et elle ne voulait pas s'attirer des ennuis avec elle en admettant être allée à Akranes sans son autorisation. Quand l'affaire a pris un nouveau tournant, elle s'est dit qu'il était trop tard pour avouer la vérité, ce que je peux concevoir.

– On devrait discuter avec son amie Tinna, lorsqu'elle réapparaîtra.

– Oui, sûrement.

Elma frappa quelques coups contre la table puis dit :

– Je vais à Reykjavík tout à l'heure.

Sævar commença à ramasser les tasses et les verres qui s'étaient accumulés devant eux.

– Ah oui ?

– Les parents de Davíd m'ont invitée chez eux, car c'est son anniversaire aujourd'hui. Enfin, tu vois, ça *aurait été* son anniversaire.

Sævar interrompit son ménage et la regarda.

– Oh.

Elma sourit. Les gens ne savaient généralement pas comment réagir lorsqu'elle mentionnait Davíd.

– Bref, dit-elle, je pensais en profiter pour aller rendre visite au père de Maríanna cet après-midi. Je sais qu'ils n'étaient plus vraiment en contact, mais puisqu'on n'avance pas très vite…

– Je pourrais venir avec toi, proposa Sævar avec empressement.

Non, ne t'inquiète pas. Je ne sais pas combien de temps je vais passer là-bas, tu ne vas pas rester à attendre.

– Elma…, soupira Sævar. J'ai trente-six ans. Ma seule famille, c'est mon frère, et tous mes amis passent leur samedi soir avec leur femme et leurs enfants. Crois-moi, je n'ai rien de mieux à faire.

Elma laissa échapper un petit rire.

– C'est d'une tristesse, présenté comme ça…

– J'irai acheter mes cadeaux de Noël en attendant. Tu n'as qu'à me déposer au centre commercial, je ferai du shopping et peut-être que je m'offrirai une petite séance de ciné. C'est toujours mieux que le samedi soir que je m'étais prévu.

– Bon, si tu es sûr, dit Elma en se levant.

– Oh que oui, je suis sûr.

Dix ans

La semaine suivante, Haflidi vient dîner le vendredi soir. Stefán est chez sa mère, alors nous ne sommes que tous les trois. L'atmosphère à table est différente, il semble avoir la tête ailleurs tandis que moi, je n'arrête pas de parler. J'essaie de faire naître une conversation, jusqu'à baisser les bras et manger mes spaghettis sans rien dire, avec la télévision en fond sonore. On ne s'est pas vus la veille, car il devait travailler. Il travaille souvent tard lorsque Stefán n'est pas là, mais d'habitude il vient passer la nuit chez moi, quelle que soit l'heure. Je suis longtemps restée allongée sur le lit à attendre qu'il frappe à la porte. En vain. Vers trois heures du matin, mon téléphone a sonné, mais au lieu d'entendre sa voix, j'ai eu droit à ce silence à l'autre bout de la ligne. J'ai éteint l'appareil. Après ça, impossible de trouver le sommeil.

Nous finissons notre dîner et, plus tard dans la soirée, nous avons bu la moitié d'une bouteille de vin rouge lorsque je me décide à lui demander ce qui se passe. Il se gratte la tête, ouvre la bouche puis la referme avant de dire :

– Rien du tout. Rien de spécial.

– Allez, dis-moi.

– C'est juste que… j'ai parlé avec mon frère hier. Son collègue Ívar, là… il te connaissait bien et…

Il s'interrompt mais n'a pas besoin de prononcer un mot de plus. Je pose mon verre.

– Et il n'avait rien de très gentil à dire à mon sujet, c'est ça ?

Nous finissons par nous disputer. J'ai probablement trop bu, car rapidement la conversation dévie vers sa famille. J'ai vu leur expression, j'ai vu la manière dont ils regardaient ma fille, leurs grimaces lorsqu'elle a vomi. Au lieu de proposer de l'aide ou de s'enquérir de son état, ils ont gardé leurs distances et ont échangé des coups d'œil. Condescendants. Clairement, elle et moi n'étions pas à leur hauteur. Plutôt ironique, pour une famille réunie dans un modeste appartement de Hafnarfjördur. Voilà tout ce que je lui lance, et bien d'autres choses encore, jusqu'à ce qu'il claque la porte.

Deux jours plus tard, nous nous réconcilions, mais quelque chose a changé entre nous. Je ne sais pas quoi, exactement. J'ai juste envie de pouvoir rembobiner, revenir en arrière. Je veux que nous redevenions cette famille heureuse que nous avons été ces derniers mois. Cependant, Haflidi est ailleurs. Distant. Il ne vient plus chaque soir, il travaille beaucoup ou invoque des excuses jamais mentionnées auparavant. Je fais comme si cela m'était égal, mais au fond je suis terrifiée.

Et puis, un samedi, il ne répond pas au téléphone. Toute la journée, j'attends qu'il me rappelle, mais passé l'heure du dîner, je commence sérieusement à m'inquiéter. Un sentiment désagréable m'envahit, et je n'arrive plus à m'en débarrasser. Je rappelle. Encore. Et encore. Je fais les cent pas dans l'appartement, je ne tiens plus en place ; plus les minutes s'écoulent, plus j'ai l'impression de perdre pied. Son travail a planifié une petite fête ce soir-là. Un dîner avec des clients importants. Peut-être qu'il a passé la journée à organiser l'événement, peut-être que son silence n'a rien d'anormal. Je finis par tomber de sommeil devant la télévision, une bouteille de vin vide sur la table basse et mon téléphone dans la main.

Je me réveille tôt avec un mal de tête carabiné et un mauvais goût dans la bouche. Assise à côté de moi, elle a allumé la télévision et réglé le volume si bas qu'on n'entend presque rien. Toute la semaine, elle m'a demandé où était Haflidi. S'il était parti. Agitée, elle errait sans but dans l'appartement, rien ne semblait retenir son attention. Comme à cet instant. Ignorant le téléviseur, elle ne cesse de me jeter des coups d'œil en coin. Qu'est-ce qui peut bien se passer dans sa petite tête ? À quoi pense-t-elle ? Que me veut-elle ?

La laissant seule sur le canapé, je vais dans la cuisine. Je prépare du café et m'assieds sur le petit banc sous la fenêtre, d'où je contemple la vie extérieure. Depuis des années, cette fenêtre délimite ma vision du monde. C'est d'ici que j'observe tous ces gens qui habitent les environs mais ne savent pas que j'existe. Je vois mes voisins, je sais quand ils se réveillent, quand ils rentrent du travail. À quelle heure ils allument la lumière le matin, ce qu'ils regardent à la télévision, à quelle heure ils vont se coucher. Comme des petites fourmis, ils traversent l'existence sans jamais modifier leur routine. Je m'imagine les écrasant avec un doigt. Qu'est-ce que ça changerait ? Est-ce que quelqu'un y trouverait quelque chose à redire ? Peut-être des proches parents, des amis. Peut-être qu'un inconnu pleurerait durant une poignée de minutes, avant d'avoir tout oublié le lendemain. Les gens se prennent toujours pour le centre du monde, alors qu'ils sont sans importance. Rien n'a d'importance.

Elle entre dans la cuisine et me sourit timidement. Prudemment. Lorsque je lui souris à mon tour, elle ose s'approcher. Ne dit rien, pose simplement sa main sur la mienne. Elle reste ainsi debout à côté de moi un instant avant de repartir. C'est un petit geste, mais j'ai un sanglot dans la gorge car c'est sa manière à elle de me montrer son amour. Elle n'est pas du genre à prendre les autres dans ses bras ou à les toucher. Même cette main qui cherchait toujours la mienne lorsqu'elle était plus jeune m'est devenue inconnue.

Après une courte réflexion, je décide de descendre chez Haflidi. J'emprunte l'escalier plutôt que l'ascenseur, parce que je ne sais pas exactement ce que je compte lui dire. Mes mains sont moites et froides lorsque je frappe à la porte de son appartement. Des voix se font entendre à l'intérieur, puis des pas. Quelqu'un joue avec le verrou, et enfin, on ouvre.

Face à moi, ce n'est ni Haflidi ni Stefán. C'est une femme brune, vêtue du tee-shirt de Haflidi – sans rien d'autre. À vrai dire, ce n'est même pas une femme, c'est une fille. Bien plus jeune que moi. Elle a les jambes maigres et si pâles qu'on devine les vaisseaux sanguins à travers sa peau. Sa queue-de-cheval est tout aussi négligée que son mascara, qui a coulé sous ses yeux.

– Salut, dit-elle.

Il y a quelque chose de mauvais dans son sourire. J'ai l'impression de l'avoir déjà vue. Mon cœur s'est mis à battre si fort que je suis sur le point de m'évanouir. Mes oreilles bourdonnent et on dirait que le sol fait des vagues.

Je recule d'un pas.

– Qui êtes-vous ? Où est Haflidi ?

– Je suis Maríanna, lâche-t-elle avant de refermer la porte.

Ses vêtements occupaient à peine la moitié de l'armoire. Elma avait effectué un tri drastique lors de son déménagement, et aujourd'hui elle en regrettait quelques-uns, qui devaient s'entasser dans les rayons de la Croix-Rouge ou ailleurs. Ils étaient toutefois plus utiles là-bas qu'à prendre la poussière chez elle.

Observant son reflet dans le miroir, elle essaya de redonner un peu de forme à ses cheveux beaucoup trop longs. Elle ne prenait jamais le temps d'aller chez le coiffeur, et à présent ils lui descendaient jusqu'au milieu du dos. Après un été morne et un hiver sombre, son visage manquait de couleur, et l'on y distinguait à peine ses taches de rousseur. Lorsqu'elle était plus jeune, au moindre rayon de soleil, sa peau se constellait de ces petits points qu'elle ne supportait pas. Creusant ses joues comme sa sœur le lui avait un jour appris, elle y appliqua une fine couche de poudre bronzante afin d'avoir meilleure mine.

Son téléphone vibra dans sa poche. L'écran affichait le nom de Sævar. Jetant un coup d'œil par la fenêtre du salon, elle aperçut sa voiture et lui fit un signe de la main au lieu de décrocher. Elle attrapa son sac et était sur le point de refermer sa porte lorsque celle d'en face s'ouvrit.

– Ça va mieux ? demanda Jakob.

Un sac à dos à la main, il portait un bonnet surmonté d'un gros pompon rouge.

Elma esquissa un sourire gêné. Vêtue d'un élégant manteau, les lèvres maquillées, elle n'avait pas du tout l'air malade.

– Oui, beaucoup. La nuit m'a fait du bien.

Jakob lui sourit à son tour, et même s'il ne s'écoula que quelques petites secondes avant qu'il ne réponde, Elma put presque les entendre s'égrener dans sa tête.

– Tant mieux.

– Tu vas où ? s'enquit-elle. Tu ne vas quand même pas traîner dehors par ce froid ?

– Si, à vrai dire. Je vais faire du snowboard avec un ami. On a enfin assez de neige.

– Oui, enfin, dit Elma.

Son expression devait être bien peu convaincante, car Jakob se mit à rire. Il savait qu'elle n'aimait pas la neige. Aussitôt, la tension qui régnait entre eux retomba.

– Je dois me rendre à Reykjavík pour le boulot. J'en profiterai peut-être pour faire mes achats de Noël.

– Oh, tu as prévu un cadeau pour moi ?

– Peut-être.

Jakob plaisantait, mais à vrai dire l'idée n'avait même pas traversé l'esprit d'Elma. S'attendait-il à recevoir quelque chose ? Elle n'eut pas à y réfléchir : lui avait évidemment prévu un cadeau pour elle. C'était exactement ce genre d'homme – celui qui n'oublie jamais les anniversaires, qui ne néglige aucune attention.

Il hissa le sac à dos sur ses épaules.

– Bon, je dois filer.

– Oui, bien sûr.

Le téléphone d'Elma se remit à vibrer. Sûrement Sævar qui se demandait ce qui la retardait.

– Moi aussi, visiblement.

– En effet, fit Jakob avant d'hésiter : On se voit peut-être ce soir ?

– Oui. Je vais sûrement revenir tard… mais oui. Peut-être.

Elle le regarda s'éloigner, sans vraiment savoir pourquoi elle restait figée sur le palier plutôt que de sortir de l'immeuble avec lui.

Il était midi passé et Hekla dormait toujours. Sæunn décida de la laisser faire la grasse matinée, même si toutes les bonnes choses devaient avoir une fin. D'ordinaire, la règle à la maison exigeait que tout le monde se lève au plus tard à dix heures. Règle qui n'avait jamais vraiment été enfreinte, puisque Bergur les réveillait le plus souvent avant huit heures, et que Hekla ne faisait pas partie de ces adolescents qu'il fallait tirer du lit par la force. Mais étant donné la semaine qu'elle venait de vivre, et le fait qu'elle avait respecté le couvre-feu la veille, Sæunn la laissa tranquille.

– Il fait un temps magnifique, dit Fannar en tapant ses bottes pleines de neige dans l'entrée, les joues rouges et les cheveux collés sur son front humide de sueur après avoir déblayé l'allée du garage. On devrait sortir les skis !

Durant leurs études en Norvège, ils avaient commencé à pratiquer le ski de fond, discipline pour laquelle les conditions n'étaient que rarement réunies en Islande. Ils rêvaient parfois de retourner vivre là-bas, bercés par leurs souvenirs des forêts et des hautes montagnes, du climat plus agréable, de la vie plus sereine. Sans Hekla, ils auraient peut-être concrétisé ce projet.

– Bonne idée.

Appuyée au cadre de la porte, Sæunn tenait sa tasse à deux mains. La neige des chaussures de Fannar avait rapidement fondu et formait une petite flaque sur le carrelage.

– Peut-être que Hekla aurait envie d'essayer. Ça fait si longtemps qu'elle n'a pas enfilé des skis, dit-il.

Sæunn sourit en repensant à sa première tentative alors qu'elle était âgée de cinq ans. Agrippée à sa main, la petite fille avait crié de joie tandis qu'elles progressaient toutes les deux sur la piste à une lenteur d'escargot.

– On devrait lui demander, répondit-elle en jetant un coup d'œil en direction de sa chambre.

– Elle est réveillée ?

– Non, elle dort comme un loir. Ça a dû être une sacrée fête.

Fannar fronça les sourcils.

– J'ai vu des empreintes dans la neige, dit-il. Tu es sûre qu'elle est à la maison ?

– Je… oui. Elle est rentrée hier soir. Je l'ai entendue. On s'est même parlé.

Soudain, elle avait des doutes. Ces derniers jours, Hekla avait prouvé qu'elle était capable de mentir – y compris à la police. Elle avait caché l'existence de son petit ami et son escapade à Akranes. À vrai dire, Sæunn était blessée que l'adolescente ne lui fasse pas plus confiance. Jusque-là, elle pensait qu'elles étaient assez proches pour ne pas avoir de secrets.

Peut-être que Hekla avait de mauvaises fréquentations. Dísa et Tinna étaient adorables, mais elles semblaient en bonne voie pour devenir des jeunes filles à problèmes. Avec des tendances à la rébellion. Elle plaignait la pauvre Margrét, qui avait appelé le matin même à la recherche de sa fille. Sæunn priait pour ne jamais se retrouver dans la même situation.

– Tu es allée la voir ? demanda Fannar.

Sans prendre le temps de répondre, Sæunn posa sa tasse de café sur l'îlot central de la cuisine et se dirigea vers la chambre.

– Hekla ? lança-t-elle d'une voix forte avant de frapper.

Aucune réponse. Elle frappa de nouveau.

– Hekla !

Comme la jeune fille ne se manifestait pas, Sæunn s'empara de la poignée qu'elle tourna avant de jeter un regard hésitant à son mari. Alors qu'il hochait la tête, elle se décida à ouvrir.

La première chose qu'elle remarqua fut la puanteur d'alcool qui régnait dans la petite pièce plongée dans les ténèbres. Les rideaux étaient tirés et le sol recouvert de vêtements. Des bottines gisaient dans une grande flaque d'eau sur le parquet.

– Qu'est-ce que… ? bafouilla Sæunn.

Elle ne put prononcer un mot de plus. Hekla n'était pas seule dans son lit.

Quoi que dise Elma, Sævar n'était jamais d'accord. Elle le soupçonnait de vouloir la contredire dans le simple but de jouer avec ses nerfs. Lorsque, arrivés à Reykjavík, ils se garèrent devant l'immeuble du district d'Árbær, elle avait les joues rouges après de houleux débats tout au long de la route. Assis sur le siège passager, Sævar arborait un insupportable sourire en coin.

L'esprit encore embrouillé, Elma mit un petit instant à se rappeler la raison de leur venue ici.

Ils espéraient que le père de Maríanna pourrait leur en dire plus au sujet du passé de sa fille, car de nombreuses questions demeuraient sans réponse. Elma voulait surtout l'interroger sur Anton, le frère, et sur les fameuses accusations qui avaient mené à son suicide. Elle était aussi curieuse d'en découvrir davantage sur le père de Hekla.

Sur le chemin, ils avaient appris que Tinna avait été retrouvée saine et sauve chez Hekla. Avec un peu de chance, ils auraient dès le lendemain la confirmation que cette dernière s'était bien rendue chez son amie le vendredi 4 mai.

– Interphone n° 502, dit Sævar après avoir consulté la liste des noms et numéros d'appartements accrochée au mur.

Thór était un homme imposant, grand et large d'épaules. Maríanna avait dû hériter sa taille fluette de sa mère, tandis que son frère ressemblait plutôt à leur père. Elma avait vu une photo de lui en lisant sa nécrologie en ligne, et l'air de famille entre les deux hommes était frappant – le visage carré, le nez proéminent et les yeux plissés, comme s'ils luttaient perpétuellement contre la luminosité. La seule différence, c'était qu'Anton avait les cheveux bruns, tandis que son père arborait un crâne presque chauve et une barbe grisonnante.

Il les mena dans une étroite cuisine où il leur fit signe de s'asseoir. Essayant d'attraper deux tasses dans l'un des placards, il en fit tomber une avec fracas.

– Je ne vois plus très bien, expliqua-t-il en les posant sur la table à côté d'une Thermos marron clair

– il ne leur offrit pas de lait. Dégénérescence maculaire liée à l'âge, qu'ils disent, les toubibs. Mon père a eu la même chose, il était devenu complètement aveugle à soixante ans. J'en aurai soixante-dix d'ici trois ans, alors je m'estime plutôt chanceux. Je vois encore à peu près sur les côtés – les contours et la lumière.

C'était sans doute la raison pour laquelle l'appartement était éclairé à ce point. Tous les plafonniers étaient allumés, et il y avait des lampes dans chaque recoin. Même sur la table de la cuisine, une petite lampe illuminait leurs visages.

– Je me souviens qu'on a une belle vue de la fenêtre.

Elma jeta un coup d'œil dehors, où Reykjavík scintillait parmi les ténèbres qui avaient commencé à tomber sur la ville.

– En effet, acquiesça-t-elle.

– J'ai toujours l'impression d'être un visiteur. Je n'avais jamais eu l'intention de vivre ici, reprit Thór avant de siroter une gorgée de café. Mais Sandgerdi, ce n'était plus vraiment chez moi quand je suis parti.

– À vrai dire, c'était l'un des sujets que nous voulions aborder avec vous, répondit Elma.

Thór laissa échapper un grognement, puis il s'étira et ouvrit la fenêtre avant de tirer un paquet de cigarettes de sa poche.

– J'espère que ça ne vous dérange pas, dit-il en en allumant une.

Elma haussa les épaules. Il était chez lui, elle ne pouvait rien dire, même si elle n'avait pas envie de se présenter chez les parents de Davíd en exhalant une odeur de cendrier.

– Vous n'arrivez toujours pas à mettre la main sur celui qui lui a fait ça ? demanda-t-il en soufflant une volute de fumée.

– Nous espérons que les choses vont bientôt s'éclaircir, répondit Sævar.

Thór laissa échapper un petit rire qui se transforma bientôt en quinte de toux.

– Vous ne vous voyiez pas très souvent, il me semble ? s'enquit Elma.

– Non, Maríanna ne voulait pas. Elle était en colère. Je n'ai jamais compris comment une fille aussi petite était capable d'abriter une telle fureur, commenta-t-il avec un sourire.

– Pourquoi était-elle si en colère ?

– Ah, oui, pourquoi ? soupira Thór en écrasant sa cigarette. Elle était furieuse contre moi parce qu'elle trouvait que je n'en faisais pas assez, j'imagine. Et furieuse contre la vie de lui avoir pris tant de choses. Ça a dû commencer vers l'âge de quinze ans, et ça n'a fait que s'intensifier au fil du temps.

Elma et Sævar attendirent qu'il poursuive. Elle but une gorgée du café, étonnamment bon.

– C'est l'âge auquel elle est tombée enceinte de Hekla, n'est-ce pas ? fit Sævar alors que le silence se prolongeait.

Thór grimaça.

– Je n'ai pas repensé à cette époque depuis longtemps. J'essaie d'éviter.

Il les regarda l'un après l'autre, soupira puis ajouta :

– Nous venons d'un petit village. Vous savez probablement ce que c'est, vous qui habitez Akranes. Ça a ses avantages et ses inconvénients. On s'y sentait bien. C'était un bel endroit pour élever des enfants, pas trop loin de la ville, si besoin. La famille, le boulot, la routine, tout ça. C'était une belle vie.

Thór baissa les yeux sur la table et se tut. Elma s'apprêtait à le relancer lorsqu'il reprit :

– Marianna s'est métamorphosée pour ainsi dire du jour au lendemain. Elle est devenue irascible et déprimée. Elle avait atteint cinq mois de grossesse quand elle nous l'a dit. Vous pouvez imaginer le choc que ça a été.

– C'était Hekla ? demanda Elma.

Elle se mordit aussitôt la lèvre. Quelle question stupide – évidemment qu'il s'agissait de Hekla. Thór ne sembla toutefois pas s'en offusquer.

– Oui, c'était bien elle. Ma petite-fille. Marianna refusait de nous dire qui était le père, et nous avons décidé de ne pas lui mettre la pression. On se disait qu'on le découvrirait bien assez tôt.

– Et vous l'avez découvert ?

– Plus tard, elle nous a dit que c'était un gamin de son âge. Elle ne voulait pas le mêler à cette histoire, ce que je peux comprendre.

– Elle ne vous a jamais donné son nom ?

– Nah… J'ai soupçonné qu'il s'agissait de son meilleur ami de toujours, un dénommé Hjálmar. Lorsque Marianna est tombée enceinte, il a disparu des écrans radars. Je me disais que c'était lui, le père, et la naissance de Hekla n'a fait que me conforter dans cette idée. Il y avait clairement un air de famille entre eux.

Vous savez où il se trouve aujourd'hui ?

– Aucune idée. Il s'appelle Hjálmar et son père Brjánn, vous n'avez qu'à le rechercher et faire vos analyses et tout le toutim.

Agitant la main dans un geste évasif, Thór ne semblait pas accorder beaucoup d'importance auxdites analyses.

– Enfin, bref. Tout ça a fini par passer au second plan après ce qui est arrivé ensuite.

– Quand Anton…

– Oui, quand Anton est mort, compléta Thór. Une tragédie tellement, tellement vaine. Tout ça à cause… à cause d'un mensonge.

– D'un mensonge ?

– Oui, et d'une saloperie de gamine, cracha-t-il avec une haine qui surprit Elma.

– Quelle gamine ?

Thór continua comme s'il n'avait pas entendu la question :

– Anton était tout l'inverse de sa sœur. Il était silencieux et il aimait la solitude, comme sa mère. On avait beau se ressembler physiquement lui et moi, à l'intérieur, on était bien différents. Il n'était pas très sociable, il s'isolait beaucoup. Mais il n'était pas déprimé ou malheureux pour autant. La société veut imposer le même moule à tout le monde de nos jours. On doit être comme ci ou comme ça, avoir tant d'amis, faire des activités en extérieur et manger sain.

Thór laissa échapper un grognement.

– Si quelqu'un préfère la solitude, on estime que ce n'est pas normal. On trouve ça louche. Mais Anton était un bon gars. Et il était heureux. J'ai essayé de l'expliquer aux autres.

– Qu'est-il arrivé ?

Thór regarda Elma d'un air ahuri et resta ainsi figé quelques instants, comme s'il était perdu dans son propre monde et devait digérer la question. Comme si, depuis un moment, il monologuait au lieu de leur répondre.

– Anton est allé à une fête.

– Une fête ?

– Oui. Il était amoureux d'une fille. Une fille avec qui il n'avait pas vraiment sa chance, même si, d'après la rumeur, rares étaient ceux qui n'avaient pas leur chance avec elle. C'était le cliché de la blonde stupide qui croit pouvoir tout se permettre. Bref… cette fille était là, et de fil en aiguille, ils se sont retrouvés ensemble et ont fini par…

Elma hocha la tête.

– Elle a probablement regretté. Elle devait estimer qu'Anton n'était pas assez bien pour elle. Si vous voulez mon avis, c'était plutôt l'inverse.

Il s'alluma une nouvelle cigarette, cette fois sans leur demander si cela les gênait.

– Elle a prétendu qu'il l'avait forcée. Qu'il l'avait… violée.

Sævar et Elma gardèrent le silence.

– Anton n'était pas capable d'une chose pareille. C'était un gentil garçon. Un gentil garçon un peu à part. Tout ça, c'étaient des mensonges. Parce qu'elle voulait… elle voulait sauver sa réputation.

– Il a été poursuivi ?

– Non, ces accusations reposaient sur du vent. Cette gamine a raconté cette histoire parce qu'elle avait honte, voilà tout. Elle n'est jamais allée à l'hôpital, et la police n'a jamais reçu de plainte. Il n'y avait aucune preuve, c'était parole contre parole. Mais ça ne changeait rien. Le mal était fait, parce que le putain de tribunal populaire est bien plus cruel, et que mon fils avait déjà été jugé.

Thór s'essuya le front avec la manche de son pull. Réveiller ces souvenirs lui était visiblement douloureux. En entrant dans l'appartement, Elma avait noté que toutes les photos dataient d'une lointaine époque où ils nageaient dans le bonheur. Pas un cliché récent. Un portrait de famille où Maríanna avait à peine cinq ans. Un jeune couple en voyage, Thór arborant d'épais cheveux bruns qui trahissaient les années passées. Dans la cuisine, une photo de Maríanna imprimée sur une feuille de papier classique était aimantée au réfrigérateur. Elma soupçonnait que Thór était allé la chercher sur Facebook.

– Tout le village s'est ligué contre nous, poursuivit-il. C'était incroyable, vraiment. Nous vivions là-bas depuis toujours, nous avions eu les mêmes amis toute notre vie. Et en une nuit, tout ça est… oui, parti en fumée.

– C'est pour cette raison que vous avez déménagé ?

À nouveau, Thór reprit sa logorrhée comme s'il n'avait rien entendu.

– Anton était tellement sensible. Il avait un petit cœur fragile sous ce corps imposant. Je crois que c'est pour ça qu'il a fini par faire ce qu'il a fait. Il ne supportait pas de nous voir souffrir. Il ne pouvait plus affronter ça.

Thór regardait droit devant lui. La cigarette qu'il tenait entre ses doigts s'était consumée et la cendre tomba sur la table.

– Je l'ai trouvé en rentrant du travail. Il avait mis la main sur une corde dans le garage, et il s'était pendu.

Le silence retomba. Elma imagina le jeune garçon pendu dans le garage, cerné par les ténèbres. Elle imagina Thór ouvrant la porte sans soupçonner ce qui l'attendait. Il devait être impossible de se remettre d'un tel choc. D'effacer une telle image de sa mémoire.

Thór jeta son mégot dans le cendrier et prit une profonde inspiration.

– Enfin, je n'y pense plus vraiment aujourd'hui. C'est trop dur. Nous avons déménagé, et nous avons entamé une nouvelle existence, que je ne qualifierais pas de vie, cela dit. Nous étions anéantis, et Maríanna a accouché alors que nous étions au plus bas. Nous ne pouvions rien pour elle à cette époque, nous n'avions plus rien à donner, et nous avons choisi la pire façon de survivre à tout ça : noyer notre chagrin dans l'alcool. Maríanna nous en a terriblement voulu, et elle s'est renfermée. Je crois qu'elle nous considérait comme responsables de tout ce qui s'est passé. Au fil du temps, nos contacts se sont raréfiés, et encore plus à la mort de sa mère.

– Quand avez-vous eu de ses nouvelles pour la dernière fois ?

– Ça remonte à plusieurs mois. Plus jeune, elle m'appelait souvent lorsqu'elle avait un peu trop bu. Elle voulait parler de ce qui s'était passé. J'essayais de lui faire comprendre que la colère n'allait pas la rendre plus heureuse, mais quand elle vous habite comme ça, impossible d'entendre ce discours. Enfin, je dois dire que quand elle a disparu, ça faisait des années que je n'avais pas reçu ce genre de coup de fil, et j'en suis heureux. Qu'elle soit parvenue à tirer un trait sur le passé, même si ça signifiait que je ne faisais plus partie de sa vie.

– Vous n'avez donc pas été en contact avec elle dans les semaines précédant sa disparition ?

– Pas du tout. Je… c'est peut-être horrible, mais j'ai été soulagé d'apprendre qu'elle ne s'était pas donné la mort. Ça veut dire qu'elle était peut-être satisfaite de sa vie avant… avant qu'on lui fasse ça.

Ses lèvres se crispèrent et il attrapa son paquet de cigarettes. Il ne l'ouvrit toutefois pas, se contentant de le manipuler nerveusement.

– Vous vous rappelez comment cette fille s'appelait ? demanda Elma.

– Quelle fille ? lança Thór d'une voix rauque.

– Celle qui a accusé Anton.

– Viktoría. Elle s'appelait Viktoría, cette diablesse. Il m'arrive de penser à elle, je me demande si elle se souvient de nous, de ce qu'elle nous a fait. Est-ce qu'elle se rend compte du nombre de vies qu'elle a ruinées ? Je l'espère. J'espère que le karma nous a vengés. Mais la vie est injuste, et cette fille était sans scrupule. Je l'ai revue, longtemps après la mort d'Anton ; je sais qu'elle m'a reconnu, pour autant son visage n'exprimait pas le moindre regret. Non, elle m'a regardé comme si j'étais transparent. Comme si je n'étais pas là. C'est elle qui aurait dû pourrir pendant des mois dans un champ de lave. Les filles qui mentent ne méritent pas mieux.

– Quelle histoire affreuse. Vivre avec une telle colère pendant toutes ces années, commenta Elma en accélérant le long du boulevard Miklabraut. Surtout pour Maríanna. Se retrouver enceinte à quinze ans et devoir en plus gérer ça.

Ils gardèrent le silence quelques instants. La circulation était assez dense en ce samedi. Noël approchait, et les préparatifs battaient leur plein.

– Anton s'est peut-être pendu parce qu'il était coupable, suggéra Sævar. C'est toujours difficile pour les familles d'admettre que leurs proches sont capables d'une chose pareille. Ce que je comprends. Mais ça ne veut pas dire qu'il était innocent.

– Non, bien sûr… L'absence de plainte ne signifie pas qu'il n'y a pas eu de viol.

Même si elle savait que c'était parfois arrivé, Elma refusait de croire qu'on puisse prétendre avoir été violé. Déposer plainte pour ce genre de crime était tellement compliqué que personne ne le faisait à la légère, c'est pourquoi elle avait pour règle de toujours donner le bénéfice du doute à la victime. Mais le système judiciaire ne fonctionnait pas ainsi. Ces situations n'étaient jamais manichéennes. On prenait en compte les intentions criminelles de l'auteur, les circonstances et toute une myriade d'autres facteurs. La justice s'appuyait sur des preuves, or elles manquaient souvent dans les affaires de viol.

– Non, on est fréquemment confrontés à ce genre de cas, acquiesça Sævar. Dommage qu'il ne se rappelle pas le nom complet de cette fille.

Elma mit son clignotant en direction du centre commercial Kringlan et se retrouva immédiatement derrière une longue file de véhicules qui avançait à peine.

– Viktoría, ce n'est pas un prénom si courant, et Sandgerdi est un petit village. On devrait facilement découvrir de qui il s'agit, répondit Elma en jetant un coup d'œil dans son rétroviseur – quelques voitures s'étaient ajoutées à la file.

– On peut aussi appeler nos collègues là-bas, histoire de voir ce qu'ils ont à dire. Même sans plainte, c'est un petit village, un événement comme celui-ci a dû beaucoup faire parler.

– Bonne idée.

Anton était mort depuis quinze ans, mais quelqu'un devait se souvenir de cette affaire. La circulation reprit enfin et, quelques minutes plus tard, ils atteignirent le centre commercial.

– Tu n'as qu'à me déposer ici, dit Sævar.

Il sortit et lui fit un signe de la main. Elle le suivit des yeux tandis qu'il traversait la rue et disparaissait sous le parking couvert, puis elle redémarra.

Les parents de Davíd habitaient à Kópavogur, dans une jolie maison ancienne dont le jardin était abrité par de grands arbres. Petite, Elma rêvait d'avoir un jardin comme celui-ci, à la végétation luxuriante, offrant un tas de cachettes. C'était une enfant un peu singulière, qui adorait s'isoler dans tous les coins et recoins de la maison. S'aidant de couvertures, elle construisait des tentes sous lesquelles elle se réfugiait avec un livre, une lampe torche et de quoi grignoter. Elle aimait la pluie, voir le ciel s'obscurcir et sentir l'odeur qui émanait de la terre humide. La petite Elma aurait sûrement passé des heures dans ce jardin qui semblait faire la fierté de ses ex-beaux-parents, mais en observant avec son regard d'adulte les lits de fleurs et les buissons si soignés, elle songea que cela devait représenter un travail monstrueux. Or elle n'avait pas la main verte.

Les arbres formaient une sorte de tunnel végétal jusqu'à la porte d'entrée. De nombreuses années auparavant, elle avait parcouru cette même allée afin de rencontrer les parents de Davíd pour la première fois. Elle était nerveuse, et lui peut-être encore plus. Il lui avait tenu la main jusqu'à la porte, mais l'avait lâchée dès qu'ils avaient franchi le seuil. Comme s'il était gêné de la mener ainsi à ses parents.

Elle frappa. Le père de Davíd apparut et cette fois, au lieu de lui tendre la main, il ouvrit grand les bras et la serra contre lui. Avec une telle sincérité qu'Elma dut lutter contre les larmes. Elle se força à sourire. À l'intérieur, l'odeur lui rappela l'époque où Davíd et elle apprenaient à se connaître. C'était le parfum de ses vêtements.

– Comme ça me fait plaisir de te voir. Entre, dit Sigurdur en refermant derrière elle.

– Tu n'as pas acheté grand-chose, remarqua Elma lorsqu'elle se fut garée devant l'entrée du centre commercial.

La fermeture Éclair de son pull remontée jusqu'au cou, Sævar attendait devant la porte, un sac en plastique et un gobelet de soda à la main.

Il laissa échapper un rot en prenant place dans la voiture.

– Mes excuses, dit-il d'un ton théâtral. Non, j'ai tout de suite abandonné. Tout ce monde, tout ce vacarme.

Il affecta un frisson d'horreur.

– Tu as fait quoi, du coup ?

– Je suis allé au ciné.

– Un film, ça ne dure que deux heures…

Elma s'était absentée bien plus longtemps qu'elle ne l'avait prévu – cinq heures avaient passé depuis qu'elle avait quitté Sævar. La visite chez les parents de Davíd s'était révélée bien plus amusante que ce à quoi elle s'attendait. Des rires et de la joie au lieu de la tristesse. Sûrement un mélange des deux, en fait, surtout lorsque sa mère avait sorti un album photo. Davíd en couche culotte faisant ses premiers pas. Davíd caressant un agneau au zoo de Reykjavík ou avec une glace à la main sur la plage. Elma avait cherché dans le regard de ce petit garçon souriant un signe révélateur de ce qui était advenu plus tard. Un indice qui expliquerait pourquoi, à l'âge adulte, il avait été en proie à une souffrance telle qu'il n'avait pas trouvé d'autre issue. Mais elle ne voyait rien. Pas même sur les clichés plus récents où, adolescent, il refusait de sourire devant l'objectif. En dépit de ces pensées mélancoliques, la soirée ne lui laisserait qu'un souvenir d'amour et de reconnaissance.

– Je suis allé en voir deux, répondit Sævar.

– Deux ? fit Elma, incrédule.

– Yep. Une soirée parfaite, si tu veux mon avis.

Lundi

Les regards insistants de ses camarades n'étaient pas le fruit de son imagination. Hekla distinguait clairement les messes basses et les rires dont elle était l'objet. Tinna ne semblait pas affectée le moins du monde. Elle avait pourtant vu, tout comme elle, les ragots qui circulaient sur la page Instagram du lycée. La photo où elles posaient toutes les deux, sous laquelle on avait laissé un commentaire obscène sur ce qu'elles avaient soi-disant fait durant la soirée d'anniversaire. Un tissu de mensonges. Il ne s'était rien passé. Tinna était venue durant la nuit et avait dormi chez elle parce qu'elle ne pouvait pas rentrer et courir le risque de croiser sa mère. Pas tant qu'elle avait les pupilles aussi dilatées et qu'elle était incapable de formuler une phrase cohérente. Elle s'était alors déshabillée, allongée puis endormie en quelques secondes. Mais pas Hekla.

Elle avait passé la nuit à contempler Tinna. À écouter sa respiration, à sentir la chaleur émanant de son corps et à l'effleurer du bout des doigts. Elle était si belle. Si incroyablement belle, sans en avoir la moindre idée. Hekla avait envie de le lui dire, mais elle ne pouvait pas. Il y avait tant de choses qu'elle ne pouvait pas dire.

Lorsqu'elle l'avait retrouvée ce matin au lycée, Tinna n'avait même pas levé un sourcil, elle avait simplement continué de discuter avec Dísa. Les regards ne lui inspiraient qu'une parfaite indifférence. Il faut dire qu'elle se fichait toujours du qu'en-dira-t-on, c'était d'ailleurs précisément ce que Hekla aimait tant chez elle. Cela expliquait peut-être pourquoi leurs camarades la laissaient tranquille, même si elle ne rentrait pas dans le moule. Grande et la carrure plutôt large, Tinna ressemblait presque à une adulte. Elle avait le regard déterminé et dur, comme si rien ne lui faisait peur, et elle était d'une intelligence extraordinaire. À tel point que Hekla se sentait souvent stupide en sa compagnie.

La seule personne à qui Tinna se souciait de plaire était sa mère. Avec Margrét, elle n'était plus la même. Elle lui vouait une admiration sans bornes. Un jour, alors que Hekla lui avait demandé pourquoi elle se décolorait les cheveux, Tinna lui avait répondu : « Parce que ma mère veut que je sois blonde. » Comme si c'était parfaitement naturel. Hekla avait souvent été jalouse de leur relation, même si parfois elle avait quelque chose d'un peu étrange. Certains jours, Margrét n'avait qu'à poser les yeux sur sa fille pour que celle-ci hoche la tête et dise ou fasse ce qu'elle attendait d'elle. Comme si elles lisaient les pensées l'une de l'autre.

Tinna murmura quelque chose à l'oreille de Dísa qui porta la main à sa bouche pour étouffer un rire. De son côté, Hekla feignit d'être occupée sur son téléphone pendant que le monde s'effondrait autour d'elle.

Le policier de Sandgerdi à qui Elma avait parlé la veille ne connaissait ni Anton, ni Viktoría, ni Maríanna, mais il avait promis de se renseigner et de la rappeler. Elle réfléchit à la direction que prendrait l'enquête si rien ne ressortait de ce plongeon dans le passé. Jusqu'ici, ils s'étaient retrouvés dans l'impasse où qu'ils se tournent, et l'histoire de Maríanna semblait se diriger vers la même fin incertaine que celle de sa famille. Au moins, Hekla était plutôt heureuse de vivre chez ses parents adoptifs. Sæunn et Fannar semblaient avoir bien plus d'amour à lui donner que sa propre mère.

Elma ferma les yeux et repensa à sa rencontre avec l'adolescente sept mois plus tôt. Elle avait changé. Pas énormément, mais assez pour que ce soit visible. Elle se tenait plus droite, dégageait plus d'assurance. Elma priait pour qu'ils aient tort et qu'elle n'ait rien à voir avec la mort de Maríanna. À ce stade, ils n'avaient rien trouvé de suspect en dehors de son mensonge.

La sonnerie du téléphone rompit le silence et Elma s'empressa de répondre.

– Bonjour. Je m'appelle Gestur, je suis policier à Sandgerdi, dit l'homme au bout du fil. Vous avez appelé hier et avez interrogé mon collègue au sujet d'une vieille affaire…

– D'une vieille affaire ? répéta Elma, encore perdue dans ses pensées.

– Un viol présumé.

– Ah, oui, bien sûr, excusez-moi. En effet, cela concernait un jeune homme prénommé Anton, dit Elma en faisant pivoter sa chaise pour regarder par la fenêtre. Il s'est suicidé il y a quinze ans, et nous cherchions le nom complet de la jeune fille qui l'a accusé de viol. Son prénom était Viktoría.

– Oui, Palli m'a posé la question ce matin. Pour être franc, je ne me souvenais plus de cette histoire, mais j'ai téléphoné à ma femme – elle a une mémoire d'éléphant pour ces choses-là. Bref. Quand elle a commencé à me raconter ce qui s'était passé, ça m'est revenu. Une affaire terrible. Un gosse qui s'est pendu dans son garage à cause de tout ce qu'on racontait sur lui. Je ne sais pas exactement ce qui était vrai ou faux, mais je me souviens que le village s'est divisé en deux camps : ceux qui croyaient la fille, et ceux qui le croyaient lui.

– Au sujet du viol, vous voulez dire ?

– C'est ça. Qu'elle ait menti ou pas, la vie de sa famille a été ruinée, et un jeune homme est mort. Un vrai gâchis.

Elma ne put s'empêcher de poser la question suivante :

– Pourquoi étaient-ils si nombreux à ne pas la croire ?

– Bah… Pour commencer, elle a refusé de porter plainte. Et puis, cette gamine avait… comment dire ? Elle avait mauvaise réputation.

– Mauvaise réputation ?

– Elle était soi-disant du genre à aimer un peu trop faire la fête. Et on racontait aussi qu'elle prenait beaucoup de libertés avec la vérité. Non pas que je sache quoi que ce soit à son sujet.

– Je vois, répondit Elma – en fait, elle ne voyait pas du tout ce qu'il entendait par là.

– Sa famille à elle aussi a déménagé après la mort d'Anton. Je crois que ses parents ne pouvaient plus affronter les autres après… après ce que leur fille avait fait. Enfin, elle semble avoir repris du poil de la bête aujourd'hui.

– Ah ? fit Elma en se retournant vers son bureau. Elle est revenue vivre à Sandgerdi ?

– Non, et il y a peu de chances qu'elle le fasse un jour, répondit l'homme avec certitude. Mais je la vois régulièrement à la télé. Elle s'appelle Viktoría Margrét Hansen, on la surnommait toujours Vigga. Aujourd'hui, elle n'a conservé que Margrét. Elle n'utilise plus Viktoría. Peut-être qu'elle veut oublier tout ce qui est lié à ce prénom.

Dix ans

La porte fermée, je reste figée quelques instants. Mes mains tremblent. La colère bouillonne en moi et cherche une issue. Étrangement, mon chagrin ne porte pas tant sur ce que Haflidi a fait, mais plutôt sur celle avec *qui* il l'a fait. Une fille aussi laide que sale. Avec un visage pâle constellé de taches rouges et des cheveux tellement fins qu'ils semblent sur le point de tomber. Peut-être que dans d'autres circonstances, j'aurais ressenti de la jalousie, mais cette fois, je n'éprouve que du dégoût et de la honte. Ça m'est insupportable.

Je suis en train de remonter chez moi lorsque Haflidi me court après. L'air embarrassé, il commence tout de suite à s'excuser. Parle de sa voix douce et arque les sourcils, comme à chaque fois qu'il essaie de me charmer. En le regardant, je me rends alors compte que je n'ai aucun sentiment pour lui. Je me fiche que notre relation soit finie. Je me fiche de ne plus jamais le revoir. Mal rasé, il a mauvaise haleine et les rides qui apparaissent autour de ses yeux ne lui vont pas. Les plaques d'eczéma qui recouvrent son cou et ses bras sont d'un rouge plus vif que jamais, comme s'il les avait grattées. Mais j'ai beau n'en avoir plus rien à faire, je reste furieuse qu'il m'ait trahie et humiliée. Lorsqu'il a terminé son discours, je l'abandonne dans la cage d'escalier et prends l'ascenseur pour regagner mon étage. Si j'avais pu emprunter les marches, peut-être aurais-je été de meilleure humeur en regagnant notre appartement. Peut-être que ce petit temps de réflexion supplémentaire m'aurait apaisée. Mais non, j'ai pris l'ascenseur, et quand les portes automatiques s'ouvrent, je suis toujours aussi en colère.

– Éteins la télé.

Mon ton est plus brusque que je ne le voulais.

Elle semble surprise. Bondissant sur ses pieds, elle file dans sa chambre sans poser de questions. Je m'allonge sur le canapé et ferme les yeux. Je revois cette fille vêtue du tee-shirt de Haflidi. Je n'arrête pas de repenser à son regard. Victorieux, provocant. Elle m'est familière. Le plus probable, c'est qu'elle soit originaire de Sandgerdi, mais en dépit de tous mes efforts je n'arrive pas à la replacer.

Je me glisse sous une couverture, l'esprit envahi d'images du passé et du présent comme autant de petits points noirs qui dansent autour de moi. Je tends le bras vers un cadre posé sur le bord de la fenêtre, une photo de moi, jolie petite fille avec des nattes, une robe blanche et des souliers vernis. Mon sourire laisse apparaître de minuscules dents blanches et toutes droites, comme des grains de riz. Debout derrière moi, mes parents me tiennent par les épaules. Ils voulaient tellement faire de moi leur princesse qu'ils m'ont donné deux prénoms royaux : Viktoría Margrét. Je les détestais. Les trouvais trop prétentieux, c'est pourquoi je demandais à mes amis de m'appeler Vigga. Mes parents ne le supportaient pas. Tout bien réfléchi, c'était moi qu'ils ne supportaient plus. Depuis que j'avais cessé d'être leur jolie et parfaite petite fille.

Je dois bien admettre que nous avions la belle vie. On aurait même pu dire que nous étions riches. Papa était capitaine d'un bateau, et Maman, médecin. Nous habitions une grande maison juste à l'extérieur du village. Enfant unique, j'étais habituée à recevoir beaucoup d'attention – et je ne parle pas de celle que tous les enfants reçoivent. Non, où que j'aille, j'attirais tous les regards. On louait la beauté de mes cheveux, de mes yeux, des vêtements que je portais ou même ma ligne. Elle est si grande et fine, disait-on. Elle finira sûrement mannequin.

J'avais six ans.

J'ignorais ce qu'était un mannequin, et je ne voyais pas ce que cela avait de désirable. Plus tard, en commençant l'école, j'ai pu voir tous ces enfants potelés au visage sale qui portaient les vêtements de leurs grands frères ou grandes sœurs, et j'ai compris que j'étais meilleure qu'eux.

Je ne garde toutefois aucun souvenir de marques d'affection de la part de mes parents. Petite, on m'envoyait le plus souvent dans des établissements divers ou chez des proches, je passais le plus clair de mon temps chez la nounou, et je me rappelle aussi toutes ces baby-sitters qui venaient le soir. Des gamines qui fouillaient dans les affaires de Maman et me laissaient veiller tard du moment que je ne les dérangeais pas. Au cours de ma jeunesse, je n'ai véritablement aimé qu'une seule personne : ma grand-mère paternelle. Elle ne vivait pas très loin de chez nous, et je passais la moitié de la journée chez elle, quand je n'étais pas à l'école maternelle. Elle était tout le contraire de mes parents, qui ne s'intéressaient jamais à moi. Ce n'était pourtant pas l'archétype de la grand-mère telle qu'on la décrit dans les histoires. Plutôt mince, elle n'en était pas moins solide. Refusant de laisser ses cheveux grisonner, elle se les teignait un vendredi sur trois. Lorsque je pense à elle, je la revois toujours avec ses cheveux noirs peignés en arrière, une serviette sur les épaules et une cigarette entre les doigts en train de cracher la fumée par la fenêtre.

Elle affirmait être dotée du don de voyance, et possédait une gigantesque collection de pierres qui, selon elle, émettaient toutes sortes d'énergies. Celle-ci apaisait l'angoisse, celle-là, les inflammations, cette troisième calmait les émotions fortes. Ma préférée était une grosse pierre noire et brillante aux contours affûtés. Ses côtés étaient tantôt rugueux, tantôt parfaitement lisses, et elle portait le magnifique nom de *hrafntinna*, obsidienne.

Grand-mère disait qu'elle renfermait une énergie protectrice et purifiante d'une telle force qu'elle la laissait parfois sur le balcon. Peu avant sa mort, elle me l'a offerte. « Pour te protéger », m'a-t-elle dit en me pinçant la joue. Grand-mère, c'était aussi ça : elle ne montrait son amour à quelqu'un qu'en lui pinçant la joue ou en lui tirant les cheveux. Elle n'était pas du genre à vous prendre dans ses bras. Mais ça ne me gênait pas, je préférais qu'on me traite comme une égale plutôt que comme une enfant. Ce qu'elle a toujours fait, d'aussi loin que je me souvienne. Certaines des histoires qu'elle me racontait auraient sans doute été considérées comme trop effrayantes pour une petite fille, mais elle disait que j'étais forte. Alors, quand ma fille est née avec ses cheveux sombres et ses yeux gris, le seul prénom qui m'est venu à l'esprit était Hrafntinna. Comme la plus belle pierre de Grand-mère.

Grand-mère disait toujours que je lui ressemblais : malgré mes abords un peu rugueux, je pouvais me montrer lisse et belle. L'énergie que je dégageais était si puissante qu'il était parfois difficile de la contrôler. Plus tard, je me suis demandé pourquoi elle m'avait comparée à une roche noire. Était-ce parce qu'elle voyait qui j'étais réellement ? Était-ce la couleur de mon âme ? Elle savait qu'il m'arrivait d'avoir des problèmes à l'école, et que je n'étais pas toujours gentille. J'étais farceuse, voire perfide, ce n'était un secret pour personne. Ni pour mes parents, ni pour mes amies, ni pour mes camarades de classe, ni même pour moi. Mais contrairement aux autres, ma grand-mère voyait aussi de la bonté en moi. Il ne fallait toutefois pas espérer que cette bonté fleurisse et s'épanouisse au milieu de tous les mensonges que je tissais.

Je me cache complètement sous la couverture, car je suis sur le point de sombrer dans le mal. Le mal que j'ai pourtant réussi à éviter pendant toutes ces années. Je ressens à nouveau la honte. Cette honte dégueulasse qui aspire tout le sang de mon corps. Je revois leurs visages. Leur colère, leur mépris. La déception qui se lit dans l'expression de mes parents. Et je le vois, lui. Sa tête ronde, ses yeux rouges. J'entends sa respiration contre mon oreille. Je sens l'odeur aigre de l'alcool.

Après avoir raccroché, Elma resta figée. Ça ne collait pas. Ou peut-être que, au contraire, toutes les pièces du puzzle étaient en train de s'assembler. Margrét avait menti – elle connaissait très bien Maríanna. Elles vivaient dans le même village, et elle avait accusé son frère de viol. Elle l'avait forcément reconnue, même après quinze ans. D'un autre côté, il y avait la différence d'âge. Recherchant sa date de naissance, Elma calcula que Margrét aurait trente-sept ans cette année, soit six de plus que Maríanna. Cette dernière aurait eu trente et un ans, deux ans de moins qu'Elma, et pourtant elle avait une fille de quinze ans. C'était étrange. À cet âge-là, la perspective d'avoir un enfant lui semblait si lointaine. Encore aujourd'hui, d'ailleurs.

Elle s'appuya au dossier de son siège et but sa dernière gorgée de café avant de se décider à se lever pour annoncer la nouvelle à Sævar et Hördur. S'apprêtant à ouvrir la porte, elle s'immobilisa soudain. Le lien entre ces deux femmes était encore plus étroit que ce qu'elle avait imaginé.

– … ce qui fait que Tinna est la nièce de Maríanna, conclut Elma. Elles sont parentes. Tinna et Hekla. Tinna et Maríanna. Le policier de Sandgerdi à qui j'ai parlé m'a révélé que Margrét et sa famille avaient aussi déménagé. Et si, contrairement à ce qu'il affirmait, ce n'était pas à cause de la honte, mais parce qu'ils voulaient cacher que Margrét était enceinte d'Anton ?

– Tu m'en diras tant, commenta Hördur en reposant sa tartine de pain de seigle entamée sur son bureau – il était midi passé.

– Il n'est pas impossible que Margrét ne sache pas que la mère de Hekla n'était autre que la sœur d'Anton, nuança Elma. Selon ses dires, elle ne connaissait pas Maríanna, donc peut-être qu'elle n'a pas fait le lien.

– Et elle a dit qu'elle n'avait pas vu Hekla le jour de la disparition de sa mère ?

– Elle ne s'en souvenait pas. De son côté, Hekla affirme que Margrét était là lorsqu'elle est allée chez son amie.

Un instant muets, ils réfléchirent à ces révélations. Elma élaborait un nouveau scénario qui tenait, pour le moment, de la plus pure hypothèse. Peut-être que Maríanna avait soudain compris qui était la mère de Tinna, et qu'elle était allée à Akranes pour lui faire face. Peut-être s'était-elle même rendu compte que l'adolescente était sa nièce, et qu'elle avait été furieuse contre Margrét de lui avoir caché son existence. Qu'elle lui avait reproché tout ce qui était allé de travers dans sa vie et celle de ses proches. Leur confrontation s'était-elle terminée dans un bain de sang ?

– La famille de Maríanna n'a probablement jamais su pour l'enfant, dit Sævar. Je pense que son père nous en aurait parlé lorsque nous sommes allés le voir.

Fronçant les sourcils, il ajouta :

– Mais il l'a forcément vue à la télévision. Comment se fait-il qu'il ne l'ait pas reconnue ?

– Il est presque aveugle, répondit Elma – elle s'était posé la même question en apprenant qui était Viktoría. Reprenons : Margrét a quitté Sandgerdi et a donné naissance à l'enfant d'Anton. Elle n'en a parlé à personne en dehors de ses parents, qui ont eux aussi gardé le silence. À Sandgerdi, on n'a jamais appris la nouvelle. Et si le secret avait refait surface le jour où Maríanna est morte ? Si Maríanna était allée la voir et qu'elles s'étaient reconnues ? Thór et Bryndís ont tous deux affirmé qu'elle n'avait jamais cessé d'être en colère à propos de tout ce qui s'était passé. Et si elle avait voulu se venger ?

Sævar se gratta la tête.

– Il y a un truc qui cloche. Pourquoi cacher sa grossesse alors qu'elle avait déjà dit qu'Anton l'avait violée ? Et pourquoi ne pas avoir avorté ?

– Peut-être qu'elle a découvert trop tard qu'elle était enceinte..., avança Elma.

– Et l'adoption ?

– Tout le monde n'en est pas capable. Mais en effet, c'est une bonne question : pourquoi voulait-elle absolument cacher l'existence de l'enfant ? Peut-être pour éviter que la famille d'Anton ne s'en mêle. À mon avis, elle n'avait pas vraiment envie de rester en contact avec les parents de son violeur.

– Mais Maríanna savait-elle qui était la mère de Tinna avant d'aller à Akranes ce jour-là ? demanda Sævar.

– Elle a pu le découvrir, dit Elma. Peut-être qu'elle traînait sur Facebook et qu'elle est allée voir la page de Tinna. Ça aurait suffi.

Sur sa photo de profil, l'adolescente posait avec sa mère, comme Elma l'avait vu de ses propres yeux.

– Elle l'a forcément déjà vue à la télé, rétorqua Hördur.

– Bien sûr. Mais elle ne devait pas savoir qui était sa fille. Maríanna avait beau être en colère, elle avait repris le contrôle de sa vie ces dernières années. Peut-être qu'elle ne s'était pas formalisée plus que ça en voyant Margrét à la télé.

Hördur but une gorgée de son verre d'eau.

– Il est temps d'aller parler à cette Margrét.

Personne ne répondit lorsqu'ils frappèrent à la porte de chez Margrét, et son téléphone sonnait dans le vide. Ils parvinrent à joindre son mari, qui leur expliqua qu'elle était partie de bonne heure à Reykjavík. Ils ne pouvaient donc rien faire d'autre qu'attendre son retour.

Elma en profita pour faire de nouvelles recherches à son sujet. Margrét avait emménagé à Akranes quatre ans plus tôt pour vivre avec un homme prénommé Leifur, déjà père d'un garçon d'une vingtaine d'années qui revenait occasionnellement habiter chez eux. Ils s'étaient mariés la même année lors d'une grande cérémonie avec tout le tralala, robe blanche et roses rouges. Alors que le couple posait en haut des marches de l'église, Tinna se tenait à côté de sa mère. Les bras ballants, elle avait l'expression plutôt grave pour la circonstance. Comme si elle doutait. À l'âge de onze ans, sa vie allait radicalement changer.

D'après ce qu'Elma avait pu découvrir, elles avaient toujours vécu toutes les deux à Reykjavík. Margrét avait obtenu son poste à la chaîne de télévision un an avant leur déménagement à Akranes. Elle passait bien à l'écran, avait une bonne élocution et regardait la caméra avec la détermination qui caractérisait les gens de télévision. Elle avait rapidement attiré l'attention par son attitude professionnelle et sa voix agréable.

Elma se rappelait avoir lu une longue interview d'elle dans un journal qui se révéla facile à retrouver dans une vieille base de données. L'entretien avait été publié deux ans auparavant, et Margrét n'y faisait pas une seule fois mention de Sandgerdi. Elle prétendait au contraire avoir passé l'essentiel de sa vie à Reykjavík. Elle parlait beaucoup de sa fille, de tout ce qu'elle avait appris en étant mère célibataire. Deux photos de Tinna illustraient l'article, l'une où elle soufflait ses dix bougies sur un gâteau d'anniversaire, l'autre où sa mère et elle, enlacées, souriaient à l'objectif sur un arrière-plan d'herbe, le soleil illuminant leurs cheveux.

> *Je rencontre Margrét dans un café du centre de Reykjavík à l'heure du déjeuner. Son visage est connu de tous, car depuis deux ans, elle apparaît chaque soir sur nos écrans de télévision pour présenter le journal. Lorsqu'elle pénètre dans l'établissement, tous les yeux se fixent sur elle. C'est inévitable. Avec sa taille élancée et sa flamboyante chevelure blonde, elle impressionne. Mais l'attention qu'elle suscite ne tient pas qu'à cela : tandis qu'elle commande un grand latte à la serveuse avec un sourire amical, on la dirait ceinte d'un halo de lumière…*

Elma soupira. Ce n'était pas du tout le souvenir qu'elle gardait de Margrét. Oui, elle était belle et ne manquait pas d'assurance, mais nulle trace de son sourire amical. Peut-être l'économisait-elle pour les caméras le soir, plutôt que de le gaspiller pour des flics qui lui posaient des questions gênantes. Elma parcourut rapidement la suite de l'article, où la jeune femme décrivait son travail, puis elle s'arrêta en apercevant le prénom de Tinna.

« Il y a deux personnes qui comptent plus que tout dans ma vie : Tinna, ma fille, et Svanhvít, ma grand-mère paternelle. » En évoquant son aïeule, Margrét arbore soudain une expression rêveuse. « C'est peut-être ma grand-mère qui a eu le plus grand impact sur mon existence. Ce n'était pas le genre de grand-mère qui vous prend dans ses bras et a toujours des gâteaux à disposition. Non, elle n'avait pas le bec sucré. Elle m'a plutôt appris à aimer le thé et à lire l'aura des gens. Lorsque j'avais cinq ans, elle m'effrayait avec des histoires de gobelins censés vivre dans les rochers noirs. Pendant des années, je n'ai pas osé m'approcher d'un champ de lave. » Margrét rit avant de poursuivre : « Elle possédait une impressionnante collection de pierres qui, selon elle, véhiculaient des énergies. La plus belle, c'était une grosse pierre noire qui s'appelait hrafntinna, *ou obsidienne. Elle était censée avoir un pouvoir de protection. La veille de sa mort, elle me l'a offerte. » Margrét laisse passer un bref silence et regarde par la fenêtre. « C'est pour ça que j'ai appelé ma fille Hrafntinna. Pour ma grand-mère, dit-elle ensuite avec un sourire. Le fait qu'elle naisse avec une abondante chevelure noire a été une coïncidence amusante. »*

Elma quitta la page. Il n'y avait pas grand-chose à se mettre sous la dent. Elle s'était tout de même arrêtée un bref instant sur cette histoire de gobelins et de champs de lave. Les petits garçons qui avaient retrouvé le corps de Maríanna croyaient justement avoir vu un gobelin. Personnellement, elle n'avait jamais entendu dire que ces créatures peuplaient les champs de lave. Elle bâilla et se tourna vers la fenêtre. Peut-être qu'elle avait été un peu injuste avec Margrét. Certes, elle avait paru assez désagréable lors de leur rencontre, mais cela pouvait s'expliquer. Elle n'allait pas se mettre à juger les gens au premier regard. Tout le monde avait ses mauvais jours.

Elle éteignit l'ordinateur et se leva. Elle imaginait mal Margrét assassiner Maríanna, cacher son corps dans un champ de lave avant de rejoindre les studios et de présenter le journal télévisé, le sourire aux lèvres. À moins que le meurtre ne l'ait pas du tout affectée. Certaines personnes étaient dépourvues de la moindre compassion. Des psychopathes, d'après les spécialistes, terme souvent associé aux tueurs en série. Mais selon l'expérience d'Elma, peu de meurtriers étaient de véritables psychopathes. Souvent, ils n'étaient pas dans leur état normal : alcoolisés, drogués, psychologiquement affaiblis ou aveuglés par une sorte de passion. En repensant au visage souriant de Margrét, elle ne put toutefois s'empêcher de se demander si elle n'était pas l'exception qui confirmait la règle.

La table était parsemée de crayons gras lorsque Elma arriva chez ses parents le soir même. Alexander était agenouillé devant une chaise sur laquelle était posée une feuille de papier. La langue tirée sur le côté, il se concentrait pour dessiner un grand sapin décoré de boules colorées et surmonté d'une étoile.

– Quel beau dessin ! s'exclama-t-elle en s'asseyant à côté de lui. C'est un sapin de Noël ?

– C'est pour Stekkjastaur[1].

1. Premier des treize *jólasveinar*, lutins de Noël facétieux qui, selon le folklore islandais, descendent chacun leur tour de la montagne au cours des treize jours précédant Noël pour laisser un cadeau dans les chaussures des enfants.

Se redressant, Alexander observa son œuvre d'un peu plus loin.

– Il arrive ce soir ?

– Non, demain.

– Tu vas sûrement recevoir un très beau cadeau, avec un dessin pareil ! lança Elma avant de passer la main sur sa petite tête blonde. Le plus beau paquet qu'il aura dans son sac.

Alexander la regarda, ébahi.

– Tu crois ?

– Bien sûr ! Ton dessin est magnifique.

Visiblement peu convaincu, l'enfant observa de nouveau la feuille sous ses yeux.

– Peut-être que je devrais écrire mon nom et… et le sien aussi.

– Absolument. Je crois que ça fonctionnerait encore mieux.

– Tu peux m'aider ?

Un sourire aux lèvres, elle écrivit le nom de Stekkjastaur sur une autre feuille afin qu'Alexander puisse l'imiter. Devant son enthousiasme à l'idée de recevoir un cadeau, Elma eut une soudaine envie de retourner en enfance. Croire à ces petits lutins de Noël et à la magie des fêtes rendait tout plus beau, plus exaltant. Si seulement elle pouvait voyager dans le temps. Redevenir une enfant pendant quelques jours.

– Rien de nouveau sur cette affaire ? lui demanda sa mère.

Elle s'assit avec deux tasses et lui en tendit une. Elma serra sa main autour de la céramique chaude et souleva le sachet de thé.

– Nous espérons bientôt la résoudre.

– Oui, espérons… J'ai vraiment pitié pour la fille de cette pauvre femme.

– Je comprends, mais Hekla a l'air de se sentir très bien dans sa nouvelle famille.

– Je n'en doute pas. Sæunn est adorable. Je me suis mise à aller chez elle quand Sveinn a pris sa retraite.

– À aller chez elle ? fit Elma en levant les yeux.

– Elle est dentiste. Elle travaille dans le cabinet à deux pas d'ici avec Kalli. J'ai commencé à la consulter avant qu'elle adopte son fils, le petit dernier. Pendant des années, ils ont essayé d'avoir des enfants, mais rien n'y faisait. Et puis le temps a passé, et à la fin, ce n'était plus possible pour elle, de toute façon.

– Heureusement pour moi, je ne vieillis pas ! plaisanta Elma.

Adalheidur sourit et lui répondit :

– Il y a un temps pour tout, ma chérie. À ton âge, je vous avais déjà, ta sœur et toi.

– Beaucoup de choses ont changé.

Elma avait envie d'avoir un enfant, mais elle estimait avoir encore du temps devant elle. Cela étant, elle avait tout de même trente-trois ans, et elle allait devoir prendre une décision assez rapidement. Son téléphone sonna et la libéra de cette conversation gênante.

– Salut, Sævar, dit-elle en se levant.

– Je viens te chercher à vingt heures ?

Elma jeta un coup d'œil à l'horloge, il était bientôt dix-neuf heures.

– Parfait, répondit-elle. Attends une seconde. Tu disais quoi, Maman ?

Elle se tourna vers sa mère qui venait de lui poser une question.

– Est-ce qu'il a mangé ? répéta Adalheidur.

Elma hésita avant de céder face à son regard insistant et de faire passer le message :

– Ma mère demande si tu as mangé.

– On a commandé assez de pizzas ! ajouta l'intéressée, qui s'était levée et était venue se poster à côté d'elle.

– On a assez…, commença Elma.

– J'ai entendu, l'interrompit Sævar en riant. Je ne dis jamais non à de la pizza. J'arrive dans cinq minutes.

Elma raccrocha et observa sa mère qui sortait déjà les assiettes du placard. Elle aurait pu jurer que celle-ci souriait intérieurement en mettant la table.

Ils avaient rarement passé autant de temps à table. Les assiettes étaient vides depuis longtemps lorsqu'ils se décidèrent enfin à se lever. Sævar et sa mère s'étaient lancés dans d'interminables discussions au sujet du football anglais. Tout comme Sævar, Adalheidur était une supportrice invétérée de Liverpool. Il n'avait pu cacher sa surprise en la voyant énumérer tous ces joueurs dont elle connaissait précisément l'origine et partager ses opinions bien arrêtées sur les besoins de l'équipe.

Elma avait fini par jeter l'éponge lorsque la conversation avait dévié vers la pêche, grande passion de son père. Il avait essayé sans succès d'éveiller le même intérêt chez ses deux filles quand elles étaient plus jeunes, leur avait acheté des cannes et les avait emmenées avec lui lors de ses parties de pêche. Au début, Elma avait trouvé l'activité plutôt amusante, assise au bord de l'eau à fixer d'un regard concentré le flotteur orange qui dansait à la surface. Mais à mesure que les heures s'écoulaient, et particulièrement lorsqu'il s'était mis à pleuvoir, elle avait perdu sa motivation et sa patience. Un poisson avait fini par mordre à l'hameçon, avec une telle force qu'elle avait lâché sa canne à pêche dans l'eau. Les pieds chaussés de bottes, son père avait tenté de la rattraper, mais il était trop tard. La canne avait disparu sous la surface, et Elma n'était jamais retournée pêcher. De son côté, son père avait continué de sauter sur la moindre occasion pour passer le week-end au bord d'un lac. Elle ignorait que Sævar partageait le même hobby.

Il était bientôt vingt et une heures lorsqu'ils s'arrêtèrent devant la maison de Margrét et virent une voiture dans l'allée du garage. Un adolescent vêtu d'un jean trop étroit pour ses cuisses et affublé d'une casquette leur ouvrit.

– Ta mère est à la maison ? demanda Elma.

– Ma mère ?

Le garçon ne sembla pas comprendre immédiatement à qui elle faisait référence. Elma se fit la remarque qu'il ne considérait probablement pas Margrét comme sa mère. Son visage s'illumina d'un coup.

– Si vous voulez parler de Margrét, elle est à l'intérieur. Magga !

Il l'interpella d'une voix forte sans les lâcher du regard, faisant sursauter Elma.

Quelqu'un répondit. Le garçon les abandonna sur le pas de la porte sans un mot, et pendant quelques secondes ils patientèrent tandis que le vent leur soufflait dans le dos. Margrét apparut enfin dans l'entrée.

– Bonsoir.

Arborant toujours son maquillage de télévision, elle avait bien meilleure allure que la dernière fois, malgré son jogging et ses lunettes de lecture remontées sur ses cheveux.

– On pourrait entrer une minute ? demanda Sævar en passant le seuil avant que Margrét n'ait eu le temps de lui répondre. Fermons la porte pour éviter de geler sur place, ajouta-t-il en la faisant claquer.

Elma le remercia intérieurement de son audace, car le froid lui semblait s'insinuer jusque dans ses os.

– Oui, faites donc, dit Margrét avec hésitation avant de sourire. Entrez, entrez. Vous voulez du café ? Je viens d'en préparer.

Elma déclina, mais Sævar accepta. « Ne refuse jamais un café, lui avait-il un jour conseillé. Comme ça, les gens se montrent plus détendus. On devient deux connaissances qui bavardent. Ça marche à tous les coups. »

– Je prends toujours mon café aussi tard, dit-elle en tendant une tasse à Sævar. J'imagine que je n'ai pas des journées de travail tout à fait typiques.

Elle s'assit avant de poursuivre :

– Mon mari m'a dit que vous aviez cherché à me contacter aujourd'hui. Que puis-je pour vous ?

– La dernière fois que nous nous sommes parlé, vous avez affirmé n'avoir jamais rencontré Maríanna, la mère de Hekla, commença Elma.

– En effet, je ne crois pas la connaître.

– Voici une photo d'elle, dit Elma en lui tendant son téléphone portable. La même qui a été envoyée aux médias lorsque nous avons entamé nos recherches au printemps. Vous êtes sûre de ne l'avoir jamais vue ?

Les yeux de Margrét ne se posèrent qu'une fraction de seconde sur l'écran de l'appareil avant qu'elle relève la tête.

– Comme je vous l'ai dit : non, je ne l'ai jamais vue.

– Mais vous devez connaître cette photo, répliqua Sævar. Elle a fait le tour des journaux pendant des semaines.

– Bien sûr. Mais je n'ai jamais rencontré cette femme en personne.

– Hekla et Tinna sont des amies proches, n'est-ce pas ?

– Très proches, oui. Cela dit, elles ne se voyaient que les week-ends où Hekla était chez Sæunn et Fannar, que je connais plutôt bien, à travers nos enfants. Sa mère biologique, elle… elle était… absente. Pour être honnête, j'ai toujours eu du mal à me faire à l'idée qu'elle avait une autre mère que Sæunn.

– Donc, vous en êtes absolument certaine ? insista Elma.

Lâchant un soupir, Margrét regarda de nouveau la photo. Cette fois, elle se donna un petit temps de réflexion avant de répondre :

– Oui. J'en suis certaine.

– Vous venez du même village, pourtant. Sandgerdi, précisa Elma. Ce n'est pas très grand, vous avez dû vous croiser.

– Je n'en avais aucune idée. Mais je vous assure que je vous dis la vérité, je ne me souviens pas d'avoir déjà vu cette femme. Si nous venons toutes les deux de Sandgerdi, il se peut que ma mémoire me joue des tours… Elle avait quel âge, déjà ?

– Elle aurait eu trente et un ans cette année.

– Ah, oui, je vois. Tout s'explique. Elle a quelques années de moins que moi, je n'ai probablement jamais fait attention à elle. Nous avons quitté le village lorsque j'avais vingt et un ans, elle devait donc avoir quoi… quinze ans ?

Elma était incapable de dire si Margrét était sincère ou non. Maríanna n'avait effectivement que quinze ans lorsqu'elle l'avait vue pour la dernière fois, elle avait sans doute beaucoup changé. Par ailleurs, elles avaient beau vivre dans le même village, elles n'en connaissaient pas forcément tous les habitants. Elma peinait souvent à reconnaître les gens avec qui elle était à l'école, surtout ceux qui étaient plus jeunes. Elle ne se rappelait ni leur visage ni leur nom.

– Maríanna et ses parents ont quitté Sandgerdi il y a une quinzaine d'années, eux aussi, poursuivit Sævar lorsque Elma se tut. L'année où vos deux filles sont nées. L'année où son frère est mort. Il s'appelait Anton.

– Anton…

Margrét les regarda l'un après l'autre et porta la main à sa bouche.

– Elle… Attendez, c'était sa sœur ?

Soit c'était une excellente actrice, soit elle ignorait complètement que Maríanna était la sœur d'Anton.

– Donc, vous le connaissiez ? demanda Elma.

– Je… non, je ne peux pas dire ça.

Elle se leva et alla prudemment fermer la porte de la cuisine. Reprenant place sur sa chaise, elle s'éclaircit la gorge.

– Il était présent à une soirée organisée par une de mes amies, il y a des années de cela. J'avais trop bu et fini par m'écrouler dans une des chambres. Je ne sais pas combien de temps, mais toujours est-il que quand je me suis réveillée, il était allongé sur moi. C'était… horrible. Vraiment affreux. J'essaie d'y penser le moins possible. Si j'avais su que c'était sa sœur…

– Ça aurait changé quelque chose ? Par rapport à Hekla ?

Margrét réfléchit une seconde.

– Non. Sans doute pas.

– La famille d'Anton n'a jamais cru à ces accusations, dit Elma avec prudence. Ils étaient furieux et estiment qu'elles sont à l'origine de son suicide.

Margrét esquissa un sourire amer.

– Oui, ça symbolise bien la société dans laquelle nous vivons, n'est-ce pas ? Juste parce que je n'ai pas eu la force d'affronter tout ce qu'impliquait le fait de porter plainte, on m'a traitée de menteuse. Je l'ai tué, voilà ce qu'ils disaient. Personne n'a songé qu'il ait pu se pendre parce qu'il était coupable. Parce qu'il ne supportait plus la honte. Je comprends sa famille, évidemment. C'est difficile de croire son enfant capable d'une chose pareille. Mais il l'a bien fait, pourtant.

Les lèvres serrées, elle se tourna vers la fenêtre.

– C'est sûrement elle qui a envoyé ces lettres…

– Quelles lettres ?

– Il y a quelques années, j'ai reçu des lettres de menaces. J'ai toujours pensé qu'elles venaient d'un proche d'Anton.

– Vous avez alerté la police ?

– Oui. J'ai aussi fait une déposition, la fois où on m'a poussée dans l'escalier d'une discothèque. Ils ne m'ont pas vraiment prise au sérieux, parce que j'étais ivre. C'est incroyable comme tout ce que vous pouvez dire n'a plus le moindre impact si vous avez eu le malheur de boire quelques verres. Dans ce cas, on n'est plus que… qu'une fille qui ment.

Elle eut un petit sourire.

– Excusez-moi, je… je n'ai pas repensé à tout ça depuis longtemps. Vous voulez savoir autre chose ?

Elma se tourna vers Sævar puis reporta son regard sur Margrét.

– Non, pas pour le moment.

Dix ans

Le lendemain matin, je me réveille sur le canapé encore tout habillée, le cadre entre les mains. Mes cils sont collés et j'ai du mal à ouvrir les yeux. J'ai le vague souvenir d'avoir pleuré la bouche ouverte et recroquevillée sur moi-même, comme une enfant. Pas à cause de Haflidi, non, mais pour tout ce que j'ai perdu, pour la direction que ma vie aurait pu prendre. J'ai pleuré pour ma grand-mère, pour la petite fille sur la photo, pour l'adulte qu'elle est devenue.

Relevant la tête, j'aperçois une trace noire sur le coussin ; je dois ressembler à une épave. L'expression de ma fille lorsqu'elle apparaît dans le salon en dit long. Elle ne me demande pas ce qui se passe, se contente de me jeter un regard un peu timide avant d'aller chercher son paquet de céréales. M'asseyant à table avec elle, je réfléchis à l'explication que je pourrais lui donner. Car elle va me poser des questions. Elle me réclame déjà Haflidi, les jours où il ne vient pas nous voir. Finalement, je décide de lui dire la vérité. Les petites filles doivent se préparer à l'avenir, se préparer à être trahies. Cela arrivera tôt ou tard.

Elle ne me lâche pas du regard. Mâche ses céréales la bouche fermée. À la fin de mon discours, elle reste silencieuse. Face à son absence de réaction, je lui demande :

– Tu comprends ce que je te dis ?

Elle hoche lentement la tête.

– Bien. Car il ne reviendra plus ici. Plus jamais.

J'ouvre la fenêtre et allume une cigarette. Je n'ai pas fumé depuis des années, mais hier j'ai racheté un paquet.

– Tu le détestes ?

– Comment ça ? fais-je en soufflant ma fumée dehors avant de la regarder.

– Haflidi. Tu le détestes ?

– Oui, dis-je après une courte réflexion. Oui, sans doute.

Je peux presque voir ma réponse aller et venir dans son cerveau avant qu'elle ne se lève, débarrasse son bol et retourne dans sa chambre. À nouveau, je constate à quel point elle est étrange. Dans son monde, tout est noir ou blanc. Il n'y a pas de nuances de gris, seulement le bien et le mal. La beauté et la laideur.

Le lendemain matin, je l'entends qui se réveille avant moi. Lorsque je sors du lit, je la retrouve dans la cuisine en train de manger ses céréales. Déjà habillée, les cheveux noués. Mes remarques incessantes n'auront pas été vaines : elle a parfaitement réussi sa queue-de-cheval sans laisser la moindre mèche lui échapper. Elle a aussi pris soin de mettre un tee-shirt que j'aime beaucoup.

– Tu es belle, lui dis-je.

– Merci, répond-elle, un vague sourire aux lèvres.

Je la regarde s'éloigner par la fenêtre, sa couette oscillant de droite à gauche. Elle paraît si petite parmi tous ces immeubles en béton. Un minuscule point qui avance au fil des rues. Haflidi fait partie des rares personnes à qui elle a réussi à s'ouvrir au fil de sa courte vie. Il vaut donc mieux mettre fin à cette histoire le plus tôt possible. Hier, en guise d'au revoir, il m'a dit qu'elle pouvait lui rendre visite. Comme si j'avais l'intention d'envoyer ma fille chez lui après ce qu'il m'a fait.

En vérité, je n'ai plus aucune envie de lui adresser la parole, c'est pourquoi j'ouvre à contrecœur lorsqu'il frappe à ma porte le soir même. Il se confond en excuses. Prétend ne garder aucun souvenir de la soirée – il était sorti en ville mais n'avait pas beaucoup bu. Quelqu'un devait avoir mis quelque chose dans son verre. J'ai presque de la peine pour lui en le voyant aussi piteux. Mais en toute honnêteté, je ne le regrette pas. Quand je le regarde, je ne ressens que du vide. La seule chose qui me manque, c'est l'avenir qu'il promettait. Je secoue la tête pour unique réponse à tout ce qu'il me dit, puis je le repousse lorsqu'il essaie de s'approcher de moi. Et c'est sans tristesse que je le laisse partir.

Ils sont nombreux à pouvoir prendre sa place, et maintenant je sais ce que je veux. La première chose, c'est un autre métier que celui de secrétaire dans un cabinet d'avocats. Je consulte les petites annonces dès le lendemain matin. Durant la pause déjeuner, j'écris avec soin des lettres de motivation destinées aux entreprises qui ont suscité mon intérêt.

Lorsque je rentre du travail, une ambulance stationne devant mon immeuble. L'accès au parking est barré, et un policier me fait signe de faire marche arrière. Ce genre d'événement n'est pas si rare. L'immeuble loge de nombreuses personnes âgées, et j'ai déjà vu des secouristes les emmener sur des brancards. Mais c'est la première fois que la police est présente, ce qui me met mal à l'aise. Dès que j'ai trouvé une place plus loin, je rejoins les agents postés devant l'entrée.

– Que se passe-t-il ?

– Un accident, me répond l'un d'entre eux, le visage grave.

– Qui… J'habite ici, et ma fille est seule à la maison. Je dois la rejoindre. Est-ce qu'elle est…

Il secoue la tête.

– Aucun enfant n'est blessé, dit-il calmement. Il s'agit d'un homme qui habite au rez-de-chaussée.

– Haflidi ? C'est Haflidi ? demandé-je avec surprise, et ils échangent un regard.

– Vous le connaissez ?

– Oui, je…, dis-je avant de m'éclaircir la gorge. Enfin, non. On était simplement voisins.

En rentrant chez moi, je retrouve ma fille devant la télévision, son casque sur les oreilles. Elle me sourit lorsqu'elle remarque ma présence. Je m'assieds à côté d'elle et la prends dans mes bras. Le documentaire est consacré aux suricates, et il y a quelque chose d'apaisant à regarder avec elle ces petits animaux. À sentir la chaleur qui émane d'elle lorsqu'elle appuie sa tête contre moi. Pour la première fois depuis longtemps, je suis certaine que tout ira bien.

Haflidi s'était installé dans le petit jardin attenant à son appartement. Il voulait probablement profiter du beau temps et prendre le soleil, allongé sur une chaise longue, les yeux fermés. Peut-être dormait-il lorsque c'est arrivé. Peut-être n'a-t-il pas vu le pot de fleurs tomber, peut-être n'a-t-il pas souffert. Je l'espère.

Le plus étrange, c'est que personne ne sait d'où venait ce pot de fleurs. Un lourd pot en argile marron clair. Les enquêteurs ont dit qu'il devait être tombé d'un des étages les plus hauts, ce qui englobe plusieurs appartements, dont le mien. Quelqu'un a témoigné nous avoir entendus nous disputer durant le week-end, par conséquent les policiers ont contacté mon employeur, afin qu'il leur confirme que j'étais bien au bureau. L'accident a eu lieu avant que je rentre du travail, j'ai donc un alibi. Environ une semaine plus tard, je vois de ma fenêtre sa famille vider son appartement et entasser les meubles dans un camion de déménagement. Je n'ai aucune envie de leur reparler ; les seules nouvelles que j'obtiens me viennent des voisins. Haflidi est maintenu dans un coma artificiel pendant plusieurs semaines, et lorsqu'il se réveille, il a changé. Un traumatisme crânien, dont les médecins ne peuvent dire s'il se résorbera ou non. Il a besoin de soins vingt-quatre heures sur vingt-quatre, murmurent les gens dans la cage d'escalier, les yeux écarquillés. Pauvre homme.

Deux semaines après l'accident, je reçois un coup de téléphone. Les entreprises auprès desquelles j'ai postulé m'ont pour la plupart envoyé des lettres de refus standard, me remerciant vivement pour mon intérêt, malheureusement bla-bla-bla. En les lisant, je me sentais bonne à rien et les détruisais aussitôt. Cette fois, j'ai au téléphone un homme qui travaille pour une chaîne de télévision.

– Nous voulions savoir si vous seriez disponible pour un entretien, me dit-il, et je pose le pull que j'étais en train de plier.

– Un entretien ?

– Oui. Vous avez envoyé une candidature pour un poste de journaliste, mais il a déjà été pourvu. En revanche, nous cherchons quelqu'un pour un autre emploi et je suis tombé sur votre CV.

– Quel genre d'emploi ?

Je m'attends à ce qu'il me réponde « femme de ménage » ou « standardiste », c'est pourquoi je reste sans voix lorsqu'il m'annonce que ce serait pour présenter le journal.

– Présenter le journal ? finis-je par dire.

– Oui, vous savez, les informations à la télévision…, m'explique-t-il. J'aimerais beaucoup m'entretenir avec vous. Vous seriez disponible demain ?

– Sans problème.

– Formidable. Dans ce cas, je vous donne rendez-vous à quatorze heures, Viktoría Margrét.

– Margrét. On m'appelle simplement Margrét.

Mardi

Rapprochant sa chaise du radiateur de la salle de réunion, Elma resserra les pans de son épais gilet qui l'enveloppait comme un grand châle, descendant jusqu'à ses genoux. Par ce froid, elle n'aurait pas été contre venir au travail vêtue d'un jogging et de grosses chaussettes en laine. Elle ne se le serait jamais permis, mais tout bien réfléchi, aucun règlement ne régissait la tenue qu'ils devaient porter au commissariat. Peut-être devrait-elle tenter l'expérience, histoire de voir les réactions que cela engendrerait. Surtout celle de Sævar. Enfin, ce n'était pas comme s'il soignait son allure chaque matin. La plupart du temps, il portait un jean et un tee-shirt. Parfois un sweat à capuche.

– Tu as froid ? demanda-t-il en entrant.

– Je suis en train de me transformer en glaçon, répondit Elma. Surtout quand je te vois toujours en tee-shirt.

– C'est peut-être un manque de vitamines.

Il s'assit, étira ses jambes et les croisa.

– Hein ?

– Le fait d'avoir froid. Peut-être que tu souffres de carences, expliqua-t-il d'un ton docte. Comment décrirais-tu ton régime alimentaire ? Tu manges assez de chou-fleur ?

Elma secoua la tête.

– Peut-être que si j'avais les bras aussi poilus que toi, je me baladerais plus souvent en tee-shirt.

– C'est exactement pour ça que je laisse pousser cette belle toison, répliqua-t-il en caressant ses bras avec fierté.

– Les pulls, ça marche bien aussi, lui fit remarquer Elma, puis elle s'empressa de changer de sujet pour éviter de l'entendre chanter encore les louanges de sa pilosité. Je n'arrive pas à croire que Margrét ne se soit pas rendu compte de qui était Maríanna plus tôt. Si Tinna est la fille d'Anton, elle a forcément continué de se renseigner un peu sur ce que devenait sa famille.

La veille, ils ne lui avaient pas demandé si c'était bien le cas. La question avait semblé inappropriée devant le trouble qu'éprouvait Margrét en ressassant ces souvenirs. Mais l'âge de l'adolescente collait avec l'époque à laquelle les faits avaient eu lieu à Sandgerdi.

– Il se peut aussi que le père de Tinna soit quelqu'un d'autre…, rétorqua Sævar.

Elma posa une photo d'Anton sur la table.

– Elle tient clairement de son père.

– Tu trouves ? fit Sævar en se penchant en avant.

Sur son téléphone, Elma retrouva l'article illustré de la photo de Tinna lors de son dixième anniversaire et le tendit à son collègue. Celui-ci émit un léger sifflement.

– OK, je retire ce que j'ai dit. Ils se ressemblent énormément.

– C'est vraiment flagrant ici, même si c'est peut-être moins évident aujourd'hui, parce que Tinna se décolore les cheveux.

– Elle a changé en grandissant, commenta Sævar en lui redonnant son téléphone. Quoi qu'il en soit, si

Margrét dit la vérité, je comprends qu'elle ne veuille plus rien savoir de la famille d'Anton.

– Je suis d'accord. Je ne peux pas imaginer ce que ça doit faire de vivre un tel traumatisme, et qu'en plus on ne te croie pas…

– C'est pourtant arrivé.

– Quoi ?

– Que des filles mentent.

– Oui…, concéda Elma à contrecœur – elle ne pouvait le nier. Mais c'est très, très rare. Quand on voit tout ce que subissent les victimes qui admettent avoir été violées, je doute qu'une personne sensée puisse…

Elle se tut lorsque Sævar leva un doigt en l'air.

– Une personne sensée. Précisément. Et si Margrét ne l'était pas ? J'ai du mal à mettre le doigt dessus, mais il y a quelque chose chez elle qui…

– Que veux-tu dire ?

– Je ne sais pas, j'ai l'impression que quelque chose ne colle pas.

– Peut-être son aura ?

– Son aura ? répéta Sævar en fronçant les sourcils.

Elma se mit à rire.

– La grand-mère de Margrét lisait l'aura des gens. J'ai vu ça dans un article de journal.

– Non, certainement pas son aura. Disons plutôt que j'ai comme un sixième sens, fit Sævar avec un sourire en coin. En tout cas, je te parie que Maríanna savait qui était Margrét. Ce n'est pas comme si elle vivait cachée. Elle est à la télévision tous les soirs. D'après toi, comment Maríanna a réagi en se rendant compte que Hekla et Tinna étaient amies ?

– Et cousines. L'idée lui a forcément traversé l'esprit. Donc, si c'est Margrét la tueuse, c'est elle qui a utilisé la voiture de Maríanna pour conduire jusqu'à

Grábrók, et elle a dû prendre le bus pour rentrer à Akranes. Tu penses que le chauffeur la reconnaîtrait ? Sept mois plus tard ?

– Avec une personne lambda, aucune chance. Mais Margrét est connue. S'il l'a vue, ça l'a sans doute marqué.

– C'était un vendredi soir, cela dit. Elle n'était pas censée travailler à ce moment-là ?

– Il faut qu'on appelle la chaîne de télévision pour vérifier, dit Sævar en se levant.

Le soleil de décembre qui brillait soudainement dans le bureau n'était rien d'autre qu'un mirage. Dehors, il faisait toujours un froid glacial et tout était recouvert de neige. Elma ferma les yeux et laissa la luminosité qui s'insinuait par la fenêtre inonder son visage. L'espace de quelques secondes, elle parvint à oublier que de longs mois d'hiver l'attendaient encore.

Lorsque Sævar avait téléphoné à la chaîne de télévision, on avait refusé de lui communiquer la moindre information sur les congés maladie de Margrét sans mandat. De son côté, Elma avait envoyé des photos de la jeune femme aux compagnies de transport reliant Borgarnes, Bifröst et Akranes et demandé à leurs directeurs de contacter les chauffeurs qui travaillaient le jour où Maríanna avait disparu.

Il était désormais midi et, tout en grignotant un pain plat garni d'agneau fumé, elle parcourait Internet en quête d'un hôtel dans un pays plus chaud. Elle se voyait déjà sur une chaise longue au bord de la piscine, un cocktail coloré à la main. Non, une bière. Bien fraîche. L'esprit nourri de ces images, elle était d'une humeur étonnamment légère lorsqu'on frappa à sa porte.

– Entrez ! lança-t-elle.

Elle sourit tandis que Sævar passait la tête dans l'interstice. Un instant, elle l'imagina avec elle au bord de la piscine qui miroitait sur l'écran de son ordinateur. Il lui attrapait la taille, l'attirait à elle et…

– Du nouveau ? demanda-t-il.

– Ils vont me rappeler si quelqu'un se souvient d'avoir vu Margrét. Sinon, je me disais qu'on devrait peut-être la rechercher dans nos archives. Si elle a signalé ces lettres de menaces à la police, il doit en rester une trace quelque part…

– Je demanderai à Hördur de jeter un coup d'œil sur Löke[1], acquiesça Sævar.

Il resta appuyé au cadre de la porte.

– Envie de vacances au soleil ? ajouta-t-il.

– Oui, je…, balbutia Elma, se tournant de nouveau vers la page Internet qui montrait une piscine avec des palmiers. On peut toujours rêver.

– Bien sûr, fit Sævar avec un sourire. Fais-toi plaisir. Et tiens-moi au courant, je t'accompagnerai.

Sentant ses joues s'empourprer, Elma ferma son navigateur.

– Je ferai peut-être ça.

Ils s'assirent côte à côte à la table de réunion. Hördur avait imprimé les résultats de ses recherches sur Löke.

– Margrét est mentionnée dans deux affaires, détailla-t-il. La première date d'il y a douze ans. Elle est tombée dans l'escalier d'un club de Reykjavík et affirmait qu'on l'avait poussée. Comme elle n'a eu qu'une commotion cérébrale et une fracture de

1. *Lögreglukerfi Ríkislögreglustjórans*, base de données de la police nationale islandaise.

l'épaule, il n'y a pas eu d'enquête approfondie. Elle était incapable de dire qui l'avait attaquée, et aucune caméra de surveillance ne filmait l'endroit où elle est tombée. Le dossier a donc rapidement été clos.

– Il ne s'agissait pas d'une simple chute après avoir un peu trop bu ? demanda Sævar.

– C'est possible, répondit Hördur. Mais elle a aussi confié à la police des lettres qu'elle avait reçues. Je les ai en photo ici.

Il les leur tendit. Dans d'autres circonstances, elles auraient pu paraître parfaitement innocentes. L'une d'entre elles était une carte de félicitations pour la naissance et le baptême de la petite Tinna – étrange, étant donné que celle-ci avait alors déjà trois ans. Illustrée d'un landau rose, elle était accompagnée d'un message qui n'avait rien de suspect si l'expéditeur était une connaissance de Margrét. *Félicitations pour ta petite fille. Maintenant que je sais où tu habites, je viendrai peut-être te rendre visite à l'occasion.* Anonyme, ce mot pouvait toutefois effectivement ressembler à une menace. Surtout après ce que Margrét avait subi.

– La deuxième affaire remonte à cinq ans, et c'est déjà beaucoup plus sérieux, poursuivit Hördur en posant un rapport de police sur la table. Un dénommé Haflidi Björnsson a été gravement blessé à la tête suite à la chute d'un pot de fleurs. Il habitait au rez-de-chaussée de son immeuble, et étant donné la violence du choc, le pot est vraisemblablement tombé d'un des étages les plus hauts. Margrét vivait au septième, elle figurait donc parmi les suspects. Un voisin a témoigné que Haflidi et elle, en couple pendant un certain temps, s'étaient disputés le week-end précédent, mais son employeur a attesté qu'elle était bien au travail lorsque l'accident a eu lieu. On a aussi soupçonné que ce pouvait être une inattention de la part d'une nonagénaire qui habitait au sixième, même si elle le niait fermement.

– Il est encore en vie ?

– Haflidi ? Oui, j'imagine, mais dans quel état ? répliqua Hördur.

L'affaire n'avait probablement aucun lien avec Maríanna, il s'agissait d'un simple accident aux conséquences tragiques. Margrét avait été lavée de tout soupçon, mais le fait que ledit accident survienne quelques jours après leur dispute avait effectivement de quoi intriguer.

– Ce n'est sans doute pas la peine de creuser cette piste, dit Sævar.

– Il y a quelque chose qui m'interpelle par rapport à ces dates…, nota Elma.

– Quelles dates ?

– Hekla devait avoir trois ans lors de la première affaire, pas vrai ? fit-elle en s'emparant des feuilles et en faisant le calcul dans sa tête. Et au moment de la deuxième, elle avait dix ans.

Sævar la dévisagea, perplexe.

– Ça correspond aux deux premières disparitions de Maríanna. À trois ans, Hekla a été placée chez sa famille d'accueil, et à dix ans, elle s'est retrouvée seule pendant une semaine. C'est une drôle de coïncidence, quand même ?

– Le nom de Maríanna n'apparaît nulle part dans ces rapports, contesta Sævar. Nous l'avons recherchée dans Löke, et ça n'a donné aucun résultat.

– OK, mais… Maríanna n'était pas dans son assiette à cette époque, elle était probablement retombée dans l'alcool ou la drogue. Peut-être qu'elle a retrouvé la trace de Margrét et qu'elle l'a menacée. Pour venger son frère.

– C'est possible, acquiesça Sævar.

– Ce qui donnerait un bon motif à Margrét de craindre Maríanna. Voire de la tuer, dit Elma avant de boire une gorgée d'eau.

– J'imagine qu'elles ont été sous le choc en se revoyant après toute cette histoire, fit Hördur.

– Oui, sûrement. Maríanna a forcément reconnu Margrét. Et si c'est bien elle qui a envoyé ces lettres, ça signifie qu'elle savait où la trouver. Qu'elle l'avait suivie pendant toutes ces années. Mais il n'est pas impossible que Margrét ait mis du temps à se rendre compte de qui il s'agissait.

Sævar se rapprocha d'elle en se penchant sur la photo de la lettre. Habituée à son odeur, Elma ne la sentait presque plus au quotidien, mais à présent qu'il se trouvait à quelques centimètres d'elle, ses sens étaient aux aguets. Elle distinguait aussi mieux que jamais ses poils de barbe un peu trop longs, ses cheveux sombres, ses sourcils épais. Lorsque Hördur se racla la gorge, Sævar s'éloigna de nouveau et, avec détermination, Elma garda les yeux fixés sur la table.

Qu'est-ce qui lui prenait ? Ouvrant un tiroir de son bureau après l'autre, Elma était incapable de se rappeler ce qu'elle cherchait. Elle avait décidé depuis longtemps de ne voir en Sævar qu'un ami, rien d'autre. Que se passerait-il si cela ne fonctionnait pas entre eux, et qu'ils devaient continuer de travailler ensemble ? Faisant accidentellement claquer le dernier tiroir, elle sursauta.

La veille, pendant le dîner, elle avait compris que Sævar n'avait personne avec qui fêter Noël. Il n'y avait que son frère, et Maggi préférait la plupart du temps rester dans sa résidence, où il s'était fait une bonne amie. Sævar ne manquait pas d'amis non plus, mais tout comme ceux d'Elma, ils étaient souvent occupés avec leur famille. Et contrairement à elle, il ne pouvait pas compter sur ses parents pour l'inviter à manger ou s'assurer qu'il avait des projets pour le week-end. Il était seul, mais était-ce vraiment à elle de s'assurer qu'il ait de la compagnie, à Noël ou les autres jours ? Peut-être ne voulait-il pas qu'elle se mêle de sa vie.

Se tournant vers la fenêtre, Elma prit son téléphone et sélectionna le numéro de Jakob. « Ça te dirait de passer chez moi ce soir ? » lui envoya-t-elle. « Si tu veux », répondit-il sur-le-champ. Elle crut déceler une légère amertume dans son ton, s'il était possible de lire entre les lignes d'un message aussi court. Elle ne lui avait pas donné beaucoup de nouvelles ces derniers jours. À vrai dire, pas du tout depuis qu'il lui avait proposé ce fameux rendez-vous galant. Se massant les tempes, elle sentit son téléphone vibrer et répondit avec soulagement.

Il s'agissait d'un employé de la compagnie des bus de ville.

– J'ai discuté avec l'un des chauffeurs qui travaillait ce jour-là, lui dit-il. Il est à côté de moi, vous voulez peut-être lui parler directement ?

Il y eut un bruissement au bout du fil, puis une autre voix prit le relais :

– Je me souviens très bien d'elle, bien sûr ! Ce n'est pas tous les jours qu'on croise un visage aussi connu. Une belle femme, par ailleurs, on ne peut le nier.

Le cœur d'Elma s'emballa, et soudain toutes ses pensées se reconcentrèrent sur l'enquête.

– Vous êtes certain que c'était bien elle, et bien ce jour-là ?

– Absolument. C'était ma dernière journée avant les vacances, et je me rappelle parfaitement le moment où elle est montée dans le bus.

– À quelle heure ?

– Je suis parti à vingt heures cinquante-six précises, répondit-il immédiatement.

– Merci beaucoup. Je vous rappellerai si nous avons besoin de plus amples informations.

– Pas de problème. Et ça devait être sa fille qui était avec elle, ajouta-t-il.

– Quoi ? Elle n'était pas seule ?

– Non, il y avait une adolescente avec elle. Je suis parti du principe que c'était sa fille, même si elles ne se ressemblaient pas tellement.

Hekla se lança dans une course effrénée dès qu'elle eut la balle au pied. Avant même que ses adversaires ne s'en soient rendu compte, elle les avait largement dépassées. Les cris fusaient autour d'elle et, du coin de l'œil, elle vit que les défenseuses essayaient de la rattraper, mais elle était plus rapide. Seule face à elle, la gardienne, sortie de son but, se tenait jambes et bras écartés. Arrivée à quelques mètres, Hekla donna un puissant coup de pied dans le ballon qui jaillit en l'air pour atterrir dans les filets. Derrière elle, ce fut une explosion de joie.

À la fin de l'entraînement, elle avait encore du mal à retrouver son souffle, et elle ne pouvait s'empêcher de sourire. Croisant son reflet dans le miroir des vestiaires, elle peina à se reconnaître avec ses joues rouges, ses cheveux hirsutes et ses yeux qui brillaient. Le maillot jaune lui allait bien ; elle aurait aimé que les entraînements soient plus réguliers et durent plus longtemps. Elle ne voulait jamais s'arrêter. Elle voulait jouer encore et encore jusqu'à tomber d'épuisement.

– Hekla, tu ne prends pas de douche ? lui lança Tinna, déjà en sous-vêtements devant elle.

– Si, si.

Elle s'assit sur le banc, retira rapidement son maillot, se cacha avec sa serviette et se glissa sous la douche. C'était le moment qu'elle redoutait le plus.

Une fois sortie, elle attendit Tinna pendant que celle-ci appliquait du mascara sur ses yeux et se brossait les cheveux. Elle était devenue distante depuis quelque temps, et préférait passer du temps avec Dísa plutôt qu'avec elle. Devinait-elle les pensées qui l'obsédaient ? Hekla souffrait en silence, consciente que ses sentiments n'étaient probablement pas réciproques. À présent, elle savait très bien qui elle était, et pourquoi elle avait toujours eu la sensation que quelque chose clochait avec Agnar. Elle avait pourtant essayé de se forcer, de susciter une réaction dans son corps lorsqu'il l'embrassait, en vain. Mais impossible de dire si Tinna éprouvait la même chose. Impossible de lire sur son visage ce qu'elle ressentait.

– On y va ? lança-t-elle soudain.

Hekla leva les yeux. Absorbée dans ses pensées, elle n'avait pas remarqué que son amie était prête. Elle se leva, lui emboîta le pas vers la sortie et retrouva avec joie l'air frais extérieur. Le téléphone de Tinna se mit à sonner.

– C'était qui ? demanda Hekla lorsqu'elle eut raccroché.

– Ma mère, répondit-elle en enfilant sa capuche puis, lui lançant un regard déterminé, elle sourit et ajouta : Elle vient nous chercher.

– Pourquoi ?

Elles avaient l'habitude de rentrer à pied, car le gymnase n'était pas très loin et, par ailleurs, il faisait un temps plutôt clément.

Muette, Tinna haussa les épaules. Quelques instants plus tard, lorsqu'une Volvo blanche arriva sur le parking, elle s'installa devant tandis que Hekla prenait place sur la banquette arrière. Se retournant, Margrét la salua, son parfait visage éclairé d'un sourire. Tinna avait hérité du sourire de sa mère, ainsi que d'un certain nombre de ses expressions et de ses gestes, même si elles ne se ressemblaient pas vraiment. Parfois, on aurait cru que l'adolescente cherchait à être exactement comme elle. Elle se coiffait de manière identique, lui piquait ses vêtements. Certains jours, sa mère s'occupait même de son maquillage, et un soir, avant un bal du lycée, elle les avait toutes les trois aidées à se faire belles.

Enfoncée dans son siège, Hekla les entendait bavarder à voix basse tandis que la voiture accélérait. Elle n'essaya pas de distinguer ce qu'elles se disaient, préférant ouvrir son téléphone. Lorsqu'elle releva les yeux, le paysage avait changé. Par la vitre, des prairies se succédaient, et elle aperçut un troupeau de chevaux qui se serraient les uns contre les autres.

– Où va-t-on ?

– Petit voyage surprise, lui répondit Tinna en se retournant.

– Mais… et Sæunn et Fannar ?

– J'ai parlé à Sæunn, lui dit Margrét en croisant son regard dans le rétroviseur. Elle m'a dit que tu pouvais venir avec nous sans problème.

Hekla reporta ses yeux sur le paysage derrière la vitre. La voiture longeait désormais le mont Hafnarfjall. De l'autre côté, on distinguait des bouleaux çà et là, la mer au loin, puis Borgarnes. Son ancienne ville. Repensant à Maríanna, elle éprouva une nostalgie qui la prit par surprise. Plus le temps passait, plus elle oubliait les mauvais souvenirs pour ne conserver que les bons. C'était étrange, car lors de la disparition, elle n'était capable de retenir que les moments pénibles. Comme lorsqu'elle avait affirmé à la police être restée chez elle alors qu'elle était allée à Akranes, parce qu'elle croyait que sa mère finirait par ressurgir et qu'elle ne voulait pas avoir d'ennuis. La dernière fois qu'elle s'y était rendue en secret, Maríanna l'avait privée d'un de ses week-ends chez Sæunn et Fannar, et elle avait passé trois semaines sans les voir.

Elle observa le dos de Tinna, occupée à tresser ses cheveux de ses doigts agiles. Comme si elle avait perçu son regard, celle-ci se retourna d'un coup et lui sourit. S'empressant de baisser les yeux, Hekla sentit la chaleur lui monter aux joues.

– Je pense que nous avons de quoi faire établir un mandat pour perquisitionner sa maison.

Elma attacha ses cheveux en arrière. Essoufflée, elle avait chaud comme si elle venait de faire un footing et sentait la sueur poindre sous ses aisselles.

– OK, je lance la demande, dit Hördur.

– On peut y aller tout de suite, glissa Sævar.

Elma jeta un coup d'œil à l'horloge. Il était seize heures passées.

– Elle doit être en route pour le travail.

– Est-ce qu'il ne vaut pas mieux attendre qu'elle rentre ? suggéra Hördur. Nous ne voulons pas courir le risque qu'elle essaie de s'enfuir.

– Heureusement, on vit sur une île, répliqua Sævar. On ne peut pas s'échapper bien loin à moins de prendre l'avion, et dans ce cas tout est enregistré.

– Ils sont nombreux à avoir réussi à passer entre les mailles du filet…, lui rétorqua Elma.

– Tu serais surpris de la fréquence à laquelle les gens parviennent à disparaître sur notre petite île, renchérit Hördur en s'appuyant contre le dossier de sa chaise. Regarde l'affaire sur laquelle nous travaillons… Combien de personnes ont parcouru le champ de lave de Grábrók sans jamais trouver Maríanna ? Il y a des chalets de vacances partout autour, et les touristes étrangers sont nombreux à visiter le coin. Crois-moi, ce ne sont pas les cachettes qui manquent en Islande.

– Pas faux, concéda Sævar.

– Les exemples sont légion, fit Hördur en étouffant un bâillement.

Elma l'observa un instant. Ces derniers jours, il avait gardé ses distances et les avait laissés en charge de l'essentiel de l'enquête, ne supervisant que les formalités. La maladie de Gígja l'avait visiblement affaibli.

– Passons, enchaîna-t-il. Je me charge d'obtenir ce mandat et j'appelle l'équipe technique.

Il se leva et ferma la porte derrière lui.

– Elle a vraiment entraîné sa fille dans cette histoire ? soupira Elma lorsqu'ils se retrouvèrent seuls – elle avait encore du mal à croire ce que le chauffeur lui avait dit. Ou est-ce que c'était Hekla ?

– Tu penses ? À mon avis, Hekla nous a dit la vérité cette fois, et elle était déjà rentrée avant que sa mère frappe à la porte de chez Margrét.

– Peut-être.

– Je n'arrive pas à imaginer la scène…, dit-il après un bref silence.

– Pourquoi ?

– Margrét est si…

– Je sais.

En se la figurant telle qu'elle apparaissait chaque soir à la télévision, il était ridicule d'envisager que cette femme puisse assassiner quelqu'un.

Regardant Sævar, Elma lui dit d'un ton moqueur :

– Ton sixième sens te joue des tours ?

– Hein ? fit-il, les sourcils arqués.

– Ton sixième sens. Tu te rappelles ? Celui que tu disais avoir.

– Ah, oui. Il ne fonctionne pas très bien avec les jolies filles, répondit-il avec un sourire malicieux. C'est pour ça que je n'arrive jamais à te déchiffrer.

Elle avait beau savoir qu'il plaisantait, Elma ne put s'empêcher de rougir. Elle s'empressa de changer de sujet :

– Peut-être que c'était de la légitime défense. Peut-être que Maríanna a attaqué Margrét la première.

– Dans ce cas, pourquoi cacher le cadavre plutôt que d'appeler la police ?

Avant qu'elle ait le temps de répondre, son téléphone sonna. Le tirant de sa poche et apercevant le nom de Jakob, elle coupa le son et le rangea aussitôt. Encore une fois, elle devrait le décevoir et annuler leur soirée. Et même si c'était probablement reculer pour mieux sauter, elle ne parvenait pas à trouver le courage de le lui dire.

La voiture s'arrêta enfin. À dix-sept heures passées, il faisait déjà nuit noire. Par la fenêtre, Hekla ne voyait rien du tout.

– Où sommes-nous ? demanda-t-elle en se frottant les yeux.

– Tu vas bien voir, répondit Tinna avant d'ouvrir sa portière.

Hekla l'imita. Unique son aux alentours, le gravier rougeâtre craqua sous ses pieds. Une demi-lune brillait dans le ciel parsemé d'étoiles. Elle jeta un coup d'œil circulaire. À présent que ses yeux s'étaient habitués à l'obscurité, elle discernait un champ de lave de l'autre côté de la route. La roche noire semblait menaçante dans les ténèbres, et elle avait la sensation qu'on les surveillait. Comme si elle avait perçu du mouvement derrière les rochers.

– Bon, suivez-moi, ordonna Margrét en empruntant un sentier qui montait.

Imbibées d'eau, les branches qui jonchaient le sol dégageaient une odeur de végétation en décomposition. Devant elle, Tinna marchait à côté de sa mère en fredonnant une chanson. Au bout de quelques mètres, Hekla distingua un chalet de vacances au toit incliné avec une grande terrasse. Elle se demanda si elles comptaient passer la nuit ici. Elle n'avait emporté aucun bagage, simplement son sac à dos avec ses affaires de sport humides de sueur. Étrange que Sæunn l'ait autorisée à partir ainsi alors qu'elle avait cours le lendemain.

Margrét mit un petit moment à ouvrir la porte, et lorsqu'elles furent à l'intérieur, Hekla cessa d'y penser. Elle n'avait jamais vu un chalet aussi luxueux. Il était arrivé à ses parents adoptifs d'en louer un pour le week-end, mais cela n'avait rien à voir. Ici, le sol était recouvert de grands carreaux en pierre grise, et d'imposantes poutres barraient le plafond. Dans le salon, un canapé d'angle marron foncé et un fauteuil recouvert d'une peau de mouton faisaient face à une cheminée en béton, tandis qu'au mur était suspendue une tête de renne. Au-dessus de la table de la salle à manger, qui pouvait facilement accueillir dix personnes, pendait un lustre impressionnant qui n'aurait pas fait tache dans un château écossais.

– Waouh, souffla-t-elle.

– Sympa, non ? fit Tinna avec un sourire.

À court de mots, Hekla se contenta de hocher la tête.

– Il fait un froid de canard ici, dit Margrét avant d'allumer la lumière et de fouiller dans les placards de la cuisine. Je vais faire un feu. Vous n'avez qu'à en profiter pour vous installer là-haut.

Levant les yeux, Hekla remarqua la présence d'une mezzanine ouverte sur le salon.

Margrét les arrêta alors qu'elles montaient.

– Vos téléphones, les filles, dit-elle avec un grand sourire en tendant la main. Ici, les règles ne sont pas les mêmes qu'à la maison. Nous allons nous reposer et nous épargner le stress que ces appareils engendrent.

Hekla regarda son amie qui leva les yeux au ciel avant de donner son téléphone à sa mère.

– Toi aussi, Hekla.

– Bon, d'accord, dit-elle en le sortant de sa poche.

– Ne fais pas cette tête, tu le récupéreras !

Toujours le même sourire aux lèvres, Margrét disparut dans la cuisine, et Hekla suivit Tinna dans l'escalier.

– Hekla a disparu, dit Sæunn sans préambule lorsque Elma décrocha. Elle n'est pas rentrée après son entraînement de foot, ça ne lui ressemble pas. Elle nous dit toujours où elle va, et elle ne manque jamais, jamais le dîner. Elle sait que c'est important pour moi. Je n'arrête pas d'essayer de l'appeler mais je tombe sans arrêt sur son répondeur.

Elma reposa sa part de pizza et s'essuya les mains sur une feuille d'essuie-tout. Quittant la salle de pause, elle alla s'enfermer dans son bureau.

– Quand avez-vous eu de ses nouvelles pour la dernière fois ?

– Vers quinze heures. Juste avant son entraînement.

– Très bien. Vous avez essayé de joindre ses amies ?

– Oui, j'ai appelé partout. Tinna ne répond pas non plus, son téléphone est éteint. Et s'il était arrivé quelque chose ? J'ai eu son beau-père, il ignore où elle se trouve et ne parvient pas à avoir Margrét, mais elle est au travail donc…

– OK, je vais voir ce qu'on peut faire, répondit Elma en jetant un coup d'œil à sa montre.

À bientôt vingt et une heures, le commissariat entier était sur le pied de guerre. L'équipe technique était en chemin depuis Reykjavík, et une voiture de police banalisée attendait déjà devant la maison de Margrét. Ils prévoyaient de l'arrêter dès qu'elle rentrerait.

– J'ai un mauvais pressentiment…, souffla Sæunn qui peinait à retrouver une respiration normale. J'ai l'impression qu'il s'est passé quelque chose.

– Il n'y a aucune raison de paniquer, la rassura Elma. On va la retrouver.

Elle la salua, s'assit et réfléchit. Puis elle téléphona à Kári, qui surveillait la maison de Margrét.

– Elle ne s'est pas manifestée ?

– Non, rien à signaler.

– Tu as vu sa fille ?

– En dehors du mari, personne n'est entré ni sorti.

Elma raccrocha. Margrét aurait dû être revenue. Avait-elle été retardée, ou bien était-elle allée quelque part après le travail ?

Elle composa le numéro de la chaîne de télévision pour laquelle la jeune femme travaillait. Elle dut patienter en supportant la version criarde d'une chanson populaire quelque trente ans auparavant, puis une femme finit par répondre et l'informa que la plupart des employés étaient rentrés chez eux, l'invitant à rappeler le lendemain. Elma expliqua la raison de son appel et, en insistant un peu, elle parvint à obtenir le numéro de portable du supérieur direct de Margrét. Celui-ci décrocha dès la première sonnerie et, contrairement à ses collègues, ne réclama pas de mandat ni ne brandit son devoir de confidentialité à l'égard de son personnel.

– Elle n'est pas venue au travail aujourd'hui, dit-il simplement. Nous avons essayé de la joindre, mais elle ne répond pas.

Elma le remercia, raccrocha, puis elle attrapa sa veste et se précipita dans le bureau de Hördur.

On avait vu Tinna et Hekla pour la dernière fois à seize heures trente. Elma s'arrêta devant la maison de Margrét et jeta un coup d'œil aux fenêtres. La lumière était allumée à l'intérieur, et la voiture de son mari était garée dans l'allée. Étaient-elles quelque part toutes les trois ? Et si c'était le cas, y avait-il quelque chose à craindre ?

Elle essaya de se convaincre que Margrét ne ferait jamais de mal aux filles. Même si elle avait assassiné Maríanna, la situation était complètement différente. Maríanna la harcelait. Elle l'avait accusée de mentir. Non, les filles n'étaient probablement pas en danger. En tout cas pas Tinna ; pour Hekla, c'était moins sûr. Et si la mère et la fille étaient complices dans le meurtre de Maríanna ? Le chauffeur de bus les avait vues toutes les deux. Hekla n'était pas née lorsque le viol avait eu lieu, Margrét ne pouvait quand même pas la considérer comme fautive.

Elma ouvrit sa portière et, accompagnée de Sævar, se dirigea vers la maison. Il frappa trois coups puissants contre la porte. Leifur leur ouvrit, et lorsqu'il aperçut la voiture de police derrière eux, son visage s'obscurcit.

– Il s'est passé quelque chose ? demanda-t-il d'une voix inquiète.

– Non, dit-elle avec précipitation en prenant conscience de l'effet que devaient avoir sur lui la présence d'une voiture de police et la visite de deux agents à cette heure tardive – il ne manquait qu'un pasteur pour le faire sombrer dans la panique. Enfin, il n'y a pas eu d'accident. Nous sommes à la recherche de Margrét. Nous avons essayé de la joindre, mais elle ne répond pas au téléphone et elle n'est pas allée à son travail aujourd'hui.

– Ah bon ? Vous m'apprenez quelque chose. Je la croyais au studio. Vous êtes sûrs qu'elle n'y est pas ?

– Son supérieur nous l'a confirmé, acquiesça Sævar.

– Dans ce cas, je n'ai pas la moindre idée d'où elle se trouve…

Elma retint un soupir. Elle avait bien envie de le secouer un peu, mais elle soupçonnait que cela ne donnerait rien.

– Et Tinna ? demanda-t-elle.

– Tinna ? Elle était à son entraînement de foot…

– Qui est terminé depuis longtemps.

– Bah, je…, balbutia Leifur en passant une main à travers ses cheveux clairsemés. Tinna est toujours en train de traîner quelque part. C'est surtout Margrét qui s'occupe d'elle. Je... Pourquoi vous voulez parler avec elles ?

– Nous vous expliquerons plus tard, répondit Sævar. Pour le moment, vous devez nous suivre.

Leifur ouvrit la bouche puis la referma en voyant un groupe d'hommes sortir d'une camionnette garée sur le trottoir, certains vêtus de la combinaison blanche caractéristique de l'équipe technique.

– Qu'est-ce que... pourquoi..., bafouilla-t-il, comme assommé, puis il haussa soudain la voix : Qu'est-ce qui se passe, au juste ? Qui sont ces gens ?

L'un d'eux avait atteint la porte avant qu'ils aient le temps de répondre.

– Tout le monde doit sortir au plus vite pour que nous fassions le tour de la maison, dit-il.

– Bien sûr, répondit Sævar, puis il se tourna vers Leifur. Nous avons un mandat de perquisition. Vous allez nous accompagner au commissariat où nous vous expliquerons la situation. Il y a quelqu'un d'autre à l'intérieur ? Où est votre fils ?

– Non, personne. Il n'est pas là. Mais comment ça, une perquisition ? C'est quoi, cette histoire ?

Sævar soupira et fit signe à Leifur de le suivre.

L'équipe technique disparut à l'intérieur de la maison avec tout son matériel. Maríanna avait beaucoup saigné ; ils trouveraient sans doute des traces si elle avait été tuée ici. Elma jeta un coup d'œil par-dessus son épaule. Sævar se tenait près de leur voiture avec Leifur qui, les épaules voûtées, semblait complètement désarmé. En dépit du froid, il avait le front constellé de gouttelettes de sueur et l'on distinguait des taches sombres sous ses aisselles. Si Margrét était coupable, il n'était clairement au courant de rien. Mais à présent, l'urgence était de retrouver les filles le plus rapidement possible.

– Vous ne savez vraiment pas où elle pourrait se trouver ? demanda Elma en s'approchant d'eux. Il n'y a pas un endroit qui vous vienne à l'esprit ?

Leifur la scruta quelques secondes, comme s'il avait du mal à comprendre sa question.

– Il y a… non, dit-il, le regard attiré par une voiture qui venait de pénétrer dans la rue, avant de se tourner de nouveau vers eux. À moins que… Nous avons un chalet de vacances. Mais elle n'a jamais parlé de s'y rendre, je doute qu'elle y soit. Vous êtes certains qu'elle n'a pas simplement eu un accident en allant au travail ? Elle n'aurait jamais…

– Où est ce chalet ? l'interrompit Sævar.

– Près de Bifröst. Au pied du volcan Grábrók.

Réveillée par le craquement du parquet au moment où Tinna se redressa sur son matelas, Hekla retira la couverture sous laquelle elle s'était glissée. Elle avait trop chaud. La seule source de lumière était une petite lampe posée sous la mansarde. Lorsqu'elle voulut regarder par la fenêtre, elle ne rencontra que son reflet. En bas, dans le séjour, des lueurs jaunes dansaient sur le mur et le feu crépitait dans la cheminée.

Tinna bâilla et se tourna vers elle.

– Bien dormi ?

– Hmm, marmonna Hekla.

Elle n'avait pas eu l'intention de dormir, mais dès qu'elle s'était allongée sur son matelas, ses paupières lui avaient semblé terriblement lourdes. Quelle heure était-il, au juste ? Sûrement l'heure de dîner, car son ventre gargouillait si fort que Tinna en écarquilla les yeux.

– Je suis d'accord ! lança-t-elle dans un éclat de rire. Maman ?

Le cuir du canapé crissa dans le salon.

– Oui, Tinna ?

– On meurt de faim.

– Venez, alors !

Tinna commença à descendre l'escalier, et Hekla lui emboîta tout de suite le pas. Elle ne voulait pas rester seule à l'étage, mais si la faim ne la tenaillait pas, elle aurait probablement pu dormir jusqu'au matin. Elle avait les jambes courbaturées après son entraînement, et des fourmis dans la main car elle s'était endormie en posant la tête dessus.

Assise sur le canapé, Margrét avait étalé une couverture en laine sur ses pieds. Elle remonta ses lunettes sur son front en les voyant arriver et reposa son livre.

– Vous avez fait un petit somme ? demanda-t-elle en souriant.

Le visage et les cheveux baignés de lueurs dorées devant le feu de cheminée, elle ressemblait à une actrice. Hekla éprouvait toujours une légère crainte en sa présence. Quelque chose chez elle la mettait mal à l'aise et réveillait ses complexes. Elle se demandait si elle était suffisamment bien coiffée, ou si ses vêtements n'étaient pas chiffonnés. Peut-être parce qu'elle voulait l'impressionner, ou peut-être pour une tout autre raison. Elle n'aurait su le dire.

– Il y a à manger ? demanda Tinna.

– J'ai apporté du pain et de la salade, dit Margrét en se levant et en enfilant ses chaussons posés au pied du canapé. Rien de très excitant, vous m'excuserez. Nous sommes parties sur un coup de tête. Asseyez-vous, je vais vous préparer ça.

Elle ouvrit les placards de la cuisine plongée dans la pénombre, sortit des assiettes foncées qui semblaient sculptées dans de la roche. Tournant le robinet, elle remplit une carafe d'eau, puis elle se servit du vin dans un verre à pied. Hekla nota que la bouteille était déjà presque vide. Lorsque tout fut prêt, elle s'assit avec elles et leur souhaita un bon appétit.

– Hekla, dit-elle après un bref instant.

L'intéressée leva la tête, intriguée. Margrét avait une drôle d'étincelle dans les yeux. Elle semblait voir Hekla pour la première fois. En général, elle la regardait comme si elle était transparente. Mais à présent, elle la scrutait au contraire avec intensité.

Hekla voulut répondre « oui », mais sa voix se brisa. Elle s'éclaircit la gorge et but un peu d'eau.

– Je t'ai déjà dit que Tinna et toi étiez parentes ?

Elle faillit s'étouffer. Elle se tourna vers son amie, qui lui sourit comme si la nouvelle n'avait rien d'une surprise.

– C'est vrai, poursuivit Margrét, tout sourire. Vous êtes cousines. Le père de Tinna était le frère de ta mère.

– Mais…

Hekla ne savait pas comment réagir à cette révélation. Il devait s'agir d'un malentendu.

– Il est mort. Le frère de ma mère est mort depuis longtemps.

– Oui, dit Margrét. Il est mort avant la naissance de Tinna. Il n'a jamais été au courant de son existence, et ta mère non plus, je crois.

Hekla ne savait pas grand-chose d'Anton, le frère de sa mère, si ce n'est qu'il s'était suicidé lorsque celle-ci était enceinte. Maríanna n'en parlait que rarement.

Parfois, quelques souvenirs d'enfance lui revenaient, comme ce jour de novembre où il l'avait convaincue d'ouvrir entièrement son calendrier de l'Avent et l'avait aidée à manger tout le chocolat. Mais lorsque Hekla lui posait des questions sur sa famille, sa mère se renfermait. Elle n'avait d'ailleurs jamais osé lui dire qu'elle avait retrouvé son grand-père toute seule sur Facebook et qu'elle lui avait envoyé un message. Depuis, ils communiquaient plus ou moins régulièrement. Mais jamais ce dernier n'avait mentionné qu'Anton avait eu un enfant. C'était impossible. Et qu'il s'agisse en plus de Tinna !

– Tinna connaît déjà l'histoire, poursuivit Margrét. Mais je voulais t'inviter ici pour tout te raconter. Tu mérites de savoir, à présent.

– De savoir quoi ?

– Eh bien..., fit Margrét en baissant les yeux sur son verre avant de le faire tournoyer doucement, le vin dessinant des vagues qui atteignaient presque le bord. Savoir ce qui s'est passé exactement. Et pourquoi nous devons nous serrer les coudes. Protéger notre secret.

Elle releva les yeux et les planta dans ceux de Hekla.

– Tu penses que tu en es capable ?

La route vers Bifröst semblait interminable. Ils avaient beau rouler bien au-dessus de la limite autorisée, gyrophares allumés, Elma avait la sensation de longer le mont Hafnarfjall à une lenteur d'escargot.

– Et si Hekla avait vu quelque chose ? suggéra Sævar lorsqu'ils eurent atteint le pont de Borgarnes, rompant le silence qui régnait dans la voiture jusqu'ici.

– Vu quelque chose ?

– Si elle avait été témoin du meurtre de sa mère ? C'est peut-être pour ça que Margrét l'a emmenée.

– Possible, dit Elma. Elle aurait pu être encore dans la maison au moment où sa mère est venue. Mais pourquoi garder le silence pendant tout ce temps ? Pourquoi protéger Margrét ? Elle devait quand même aimer sa mère davantage.

– Tu crois ? Peut-être qu'elle ne l'aimait pas particulièrement. Et si ce n'était pas Margrét qu'elle cherchait à protéger ?

– Qui…, hésita Elma. Tu veux dire Tinna ?

Sævar haussa les épaules.

– Ou bien les deux. D'après ce que nous avons constaté, Hekla n'est pas très sociable. Elle pourrait très bien être capable de se taire pour ne pas perdre une amie.

– Sa cousine, en l'occurrence.

– Hein ?

– Si Anton est bien le père de Tinna, elles sont cousines.

– Oui, c'est vrai.

Sævar ralentit l'allure tandis qu'ils traversaient Borgarnes.

– Raison de plus pour ne pas vouloir la perdre. La question reste de savoir si elle est au courant qu'elles sont cousines.

Dès qu'ils eurent rejoint la nationale, Sævar accéléra de nouveau et bientôt, ils ne distinguèrent plus que les lumières distantes des maisons dispersées le long de la route.

Lorsque son téléphone sonna, il le tendit à Elma.

– On a trouvé du sang, lui dit l'agent de l'équipe technique. Tout le sol de la cuisine s'est illuminé.

Toutes les lumières du chalet étaient éteintes, et sans la voiture garée à quelques pas, on aurait pu le croire vide. Elma ne percevait pas le moindre mouvement, et les rideaux étaient tirés devant les fenêtres du salon.

– Tu crois qu'elles sont là-dedans ? murmura Sævar, bien que ce ne fût pas nécessaire.

– On a repéré de l'activité tout à l'heure, dit l'un des policiers de Borgarnes.

Arrivés les premiers sur les lieux, ils s'étaient garés sur le bas-côté de la route, à un endroit depuis lequel ils pouvaient discrètement surveiller le chalet.

– Donc, elles sont à l'intérieur ?

– Oui, je crois. En tout cas, il y a bien quelqu'un. Il est possible qu'elles soient dans la chambre qui donne de l'autre côté.

– On attend quelque chose ? demanda Elma à Hördur qui se tenait à côté d'elle. Ou on peut y aller ?

– Sævar et toi, allez frapper, lui répondit-il. Nous, on se disperse autour de la maison pour s'assurer que personne ne sort. Je ne pense pas que ce soit nécessaire, mais il vaut mieux être prudents.

Elma et Sævar s'exécutèrent et rejoignirent le chalet. Après avoir frappé, elle tendit l'oreille et crut distinguer un faible murmure qui aurait pu provenir d'un téléviseur. Abritant ses yeux avec ses mains pour mieux voir, elle s'appuya contre la porte vitrée. À l'intérieur, elle distinguait un placard et des chaussures. Deux paires de baskets par terre. Elle se tourna vers Sævar.

– Margrét ! s'exclama-t-il d'une voix puissante avant de frapper de nouveau, plus fort.

Un bruit de pas, puis la porte s'ouvrit.

Margrét ne semblait pas surprise de les voir.

– Bonsoir.

– Où sont les filles ? demanda Sævar.

Elle se contenta de sourire en les fixant du regard. Elma avait du mal à interpréter son expression, semblable à celle qu'elle adoptait pour le journal télévisé. Sympathique. Sincère.

– Où sont-elles ? répéta Elma en entrant.

– Elles sont là, fit Margrét en désignant une chambre fermée.

Elma lui passa devant et Sævar lui emboîta le pas. Elle se dirigea vers la pièce du fond, d'où provenaient les voix du téléviseur. Elle ne savait pas à quoi s'attendre, mais elle eut le souffle coupé en voyant les deux filles allongées sur le canapé, les bras ballants. Dans l'obscurité, impossible de dire si elles respiraient. L'espace d'une seconde, le monde s'arrêta de tourner, puis Sævar alluma la lumière et elles se redressèrent. Hekla se tourna sur le côté et Tinna porta la main à ses yeux avant de les regarder, une fois habituée à la luminosité. Elle ne paraissait ni surprise ni effrayée. S'asseyant correctement, elle retira sa couverture.

– Qu'est-ce qui se passe ? demanda Hekla d'une voix faible.

– Vous allez devoir nous suivre, les filles, dit Elma. On vous expliquera en chemin.

– Où est Maman ? fit Tinna.

– Elle… Elle est avec mon collègue.

– Pourquoi ? Elle ne peut pas venir dans la même voiture que nous ?

– Malheureusement, ça ne sera pas possible. Nous vous expliquerons…

– Non.

Le mot avait été asséné avec une telle fermeté qu'Elma se tut. Tinna se leva. L'adolescente était bien plus grande qu'elle, et quelque chose dans son regard la mit soudain mal à l'aise. Elle recula d'un pas.

– Tinna, nous…

– C'est moi qui l'ai fait, dit-elle. Maman n'y est pour rien. C'est moi qui ai tué Maríanna.

Mercredi

L'équipe technique avait travaillé toute la soirée. Lorsque Elma arriva au commissariat le lendemain matin, elle parcourut les photos qu'ils avaient prises. De nombreuses traces de sang avaient été révélées dans la cuisine, où les murs étaient parsemés d'éclaboussures et une grosse flaque recouvrait le sol. Un morphoanalyste les avait observées et avait conclu que Maríanna gisait par terre lorsqu'elle avait été rouée de coups. Il fallait encore confirmer qu'il s'agissait bien de son sang, mais ils n'en doutaient pas vraiment. Maríanna avait vraisemblablement été assassinée dans cette maison. Restait à découvrir qui exactement avait pris part au meurtre.

Rejoignant la salle de pause, Elma se remplit une tasse de café puis s'assit à la table plutôt que de retourner dans son bureau. Elle ne pensait pas Tinna coupable, contrairement à ce que celle-ci avait affirmé la veille, sans doute dans le simple but de protéger sa mère. Le chauffeur de bus avait vu Margrét avec une jeune fille plus grande et plus large d'épaules qu'elle, dont la description correspondait effectivement à Tinna. Elle serait sans doute envoyée dans un service de pédopsychiatrie pendant plusieurs jours, juste le temps de rédiger quelques rapports. Âgée de quatorze ans au moment des faits, elle ne serait jamais inculpée. La garde à vue n'était pas une option non plus : le meurtre était trop ancien, rien ne justifiait de séparer Margrét et Tinna. Si elles comptaient se mettre d'accord sur leur histoire, elles l'avaient sûrement fait depuis longtemps.

Mais quel était le rôle de Hekla dans tout cela ? Avait-elle été témoin ? Elma l'avait accompagnée dans la voiture qui l'avait ramenée la veille. Assise sur la banquette arrière, l'adolescente était restée muette pendant tout le trajet, se contentant de contempler le paysage par la fenêtre. Elle avait ensuite couru dans les bras de Sæunn et Fannar, qui l'attendaient au commissariat.

Elma reposa sa tasse. Elle n'avait soudain plus envie de cette mixture noirâtre. L'interrogatoire de Margrét ne tarderait plus à commencer. Celle-ci avait exigé la présence de son avocat, qui était en route depuis Reykjavík. Il était midi passé, et Elma avait la sensation de ne pas avoir dormi de la nuit. La veille au soir, les pensées continuaient de tournoyer dans son esprit lorsqu'elle s'était allongée et avait fermé les paupières. Elle s'était attendue à passer une nuit blanche, mais à sa surprise, il faisait déjà jour lorsqu'elle avait rouvert les yeux. Sævar pénétra dans la salle de pause alors qu'elle était en train de bâiller.

– L'avocat est arrivé. On y va ?

Observant Margrét, Elma était incapable d'imaginer comment la mort de Maríanna était survenue. Cette femme qui lui faisait face avait-elle vraiment été capable de la tabasser avec une telle violence, même après que Maríanna avait perdu connaissance ?

Sævar mit le magnétophone en route et lut les formalités. Pendant ce temps, Margrét le regardait fixement, l'œil curieux mais l'expression grave. Seul signe de sa nervosité, elle ne cessait de boire de petites gorgées d'eau, et chaque fois qu'elle saisissait son verre, Elma remarquait à quel point ses mains étaient blanches.

Bien, dit-elle. Pouvez-vous nous raconter précisément ce qui s'est passé le vendredi 4 mai ?

– Oui, fit Margrét avant de se racler la gorge. Je m'apprêtais à partir au travail lorsqu'on a frappé à la porte.

– Vous étiez seule à la maison ?

– Tinna et Hekla étaient enfermées dans la chambre.

– OK. Continuez.

– On a frappé et j'ai ouvert. J'ai tout de suite remarqué que cette femme me connaissait, ça se voyait à son regard. Elle n'a pas prononcé un mot, elle se contentait de… de me fixer.

Margrét baissa la tête sur son verre d'eau.

– Elle m'a demandé si je savais qui elle était, et lorsque je lui ai dit non, elle m'a répondu vouloir me parler. Nous sommes allées dans la cuisine, et elle m'a appris qui était son frère. J'ai été surprise, évidemment. En fait, le mot n'est pas assez fort : j'étais sous le choc.

– Pourriez-vous nous répéter qui était son frère ? demanda Sævar. Pour l'enregistrement.

– Anton habitait à Sandgerdi, comme moi. Nous nous sommes rencontrés lors d'une soirée, mais pour être honnête, c'est un peu flou dans ma mémoire. La seule chose dont je me souvienne, c'est que je me suis endormie seule dans une chambre, et que lorsque je me suis réveillée, il était sur moi. Il m'avait déshabillée.

Elle ferma les yeux.

– Pardonnez-moi, je… Toute ma vie, j'ai essayé de fuir ce qui s'est passé. Je me suis cachée de ces gens qui refusaient de me croire et me jugeaient pour quelque chose dont je n'étais pas responsable, alors voir sa sœur, là, dans ma cuisine, c'était… je ne peux pas le décrire.

Margrét marqua une pause et soupira.

– Ma réaction n'a peut-être pas été la bonne. Je lui ai dit de partir et d'emmener… d'emmener Hekla avec elle. Ce n'était pas juste, je sais, mais ce qui m'est arrivé n'était pas juste non plus. Rien de tout ça n'était juste.

– Quelle a été sa réaction à elle ? demanda Sævar, tandis que le silence s'éternisait.

– Elle m'a traitée de menteuse. M'a dit qu'elle me surveillait depuis longtemps, qu'elle avait vu quel genre de femme j'étais. J'ai alors compris que c'était elle qui m'avait écrit ces lettres.

– Ces lettres ?

– Trois ans après la naissance de Hrafntinna, j'ai reçu des lettres de menaces. La première était une carte anonyme qui me félicitait pour ma petite fille. La deuxième contenait une photo de sa crèche, et j'ai commencé à craindre pour sa sécurité. On m'a aussi poussée dans l'escalier d'une discothèque dans le centre-ville. Je n'ai pas vu de qui il s'agissait, mais je me suis dit que ce devait être la même personne. Ma fille et moi avons déménagé dans la foulée.

Elma acquiesça. Elle avait pu voir les lettres de ses propres yeux et savait que c'était la vérité.

– Maríanna a-t-elle admis en être l'expéditrice ?

Un sourire amer aux lèvres, Margrét releva la tête.

– Oui, elle l'a fait, et en riant ! Elle m'a demandé si j'avais peur. C'est là que je… que j'ai perdu le contrôle. Je lui ai hurlé dessus et je l'ai poussée. Je voulais simplement qu'elle parte.

– Vous vous êtes battues ?

Margrét lança un regard à son avocat avant de se tourner vers Elma.

– Elle essayait juste de me sauver…

Arquant un sourcil, Elma se pencha en avant.

– Qui ? Qui essayait de vous sauver ?

– Tinna, souffla Margrét dans un sanglot. Elle n'avait pas l'intention de la tuer. Elle est arrivée dans la cuisine et nous a vues. Elle pensait sûrement que j'avais besoin d'aide ou… en fait, je ne sais pas ce qu'elle pensait. Tout ce que je sais, c'est que d'un coup Maríanna était par terre et qu'il y avait du sang partout et… mon Dieu.

Elle porta la main à sa bouche et des larmes se mirent à couler sur ses joues.

– Que va-t-il se passer ? Que va-t-il advenir de ma fille ?

L'avocat prit la parole :

– Hrafntinna n'avait que quatorze ans au moment des faits, elle n'est pas responsable aux yeux de la justice.

Elma jeta un coup d'œil à Sævar.

– On peut faire une pause ? balbutia Margrét.

Sævar coupa le magnétophone. Elma se leva, alla chercher un rouleau d'essuie-tout et en tendit une feuille à la jeune femme. Après un court instant, elle se remit et accepta de reprendre.

– Comme vous pouvez le constater, ma cliente n'est pas coupable de meurtre, dit l'avocat. Sa fille confirme les faits. Elle pensait que sa mère était en danger de mort, et elle a réagi en conséquence.

– Je vous demanderai de ne pas intervenir, lui enjoignit Elma.

Lors d'un interrogatoire, le rôle de l'avocat était seulement d'écouter et de s'assurer que les droits de son client étaient respectés. Sa défense devait attendre le procès.

– Que s'est-il passé ensuite ? enchaîna Sævar à l'intention de Margrét.

– Je ne savais pas quoi faire. La pauvre Hekla était là, elle a assisté à toute la scène. Je lui ai dit de rentrer chez elle et l'ai suppliée de ne raconter ça à personne.

– Pourquoi avoir caché le corps ? demanda Elma. Si c'était un accident, si c'était de la légitime défense, pourquoi ne pas avoir appelé la police ?

– Comme je vous l'ai dit, j'avais peur, je ne savais pas quoi faire. Je ne pensais pas de manière rationnelle. La seule idée qui m'a traversé l'esprit à ce moment, c'était de me débarrasser d'elle. De faire comme si de rien n'était. Je savais comment elle se comportait avec Hekla. J'ai souvent parlé avec Sæunn, et elle me racontait que cette femme disparaissait régulièrement, qu'un jour elle avait même laissé la petite seule alors qu'elle n'avait que trois ans. Trois ans ! Vous imaginez ? Je me disais qu'elle ne manquerait à personne. Même Hekla ne semblait pas si affectée. Je lui ai dit qu'à présent, elle pourrait vivre avec Sæunn et Fannar, comme elle l'avait toujours voulu. Mais je n'avais surtout pas envie de gâcher la vie de Tinna. Même si elle n'était pas considérée comme responsable, c'est quelque chose qui l'aurait poursuivie toute sa vie. Je suis bien placée pour savoir que les gens n'ont pas besoin d'un tribunal pour juger. La justice de la rue est bien plus cruelle que celle des tribunaux.

Margrét termina son verre d'eau. Malgré son épais pull marron clair, ses cheveux détachés qui lui tombaient sur les épaules et son visage au naturel, on aurait pu la croire devant les caméras. Quelque chose dans sa manière de se tenir parfaitement droite, dans son regard fixe. Dans sa voix, aussi. Ce même ton répété. Comme si elle lisait un script. Si Elma n'avait pas croisé Margrét dans d'autres circonstances, elle n'aurait sans doute rien remarqué. Mais elle avait vu un autre côté de sa personnalité, lors de leur première rencontre. Et elle se demandait à présent si cette femme était vraiment sincère.

– Un chauffeur a témoigné vous avoir vue avec Tinna prendre le bus de Bifröst à Akranes le 4 mai, dit Sævar.

– Je ne pouvais pas y aller toute seule, comme vous l'imaginez. J'ai essayé de soulever le corps, mais je n'y arrivais pas. Je n'étais pas assez forte.

Elle s'appuya au dossier de sa chaise et soupira lourdement, comme si elle était lasse qu'on ne la comprenne pas. Un instant, son masque se fissura, et Elma crut déceler une lueur de haine dans son regard. Mais elle se redressa aussitôt et ajouta :

– Hekla et Tinna vous confirmeront tout ce que j'ai dit.

Elle ne s'était pas attendue à ce qu'ils la prennent ainsi dans leurs bras. Plutôt à ce qu'ils l'accablent de reproches. Elle respira le parfum de noix de coco qu'exhalaient les cheveux de Sæunn, puis vint le tour de Fannar. Une étreinte plus maladroite et brève, mais chaleureuse malgré tout. Comme s'envelopper dans une couverture douce. Lorsqu'elle eut donné son témoignage à la police, ils rentrèrent à la maison, elle prit un bain que Sæunn lui avait fait couler et ils ne mentionnèrent pas ce qui s'était passé. Elle leur en était reconnaissante. Une fois dans son lit, elle ne put toutefois s'empêcher de se demander si elle aurait pu changer quelque chose. Si elle l'aurait même voulu.

Le 4 mai, Hekla avait quitté le cours de natation sans que personne ne s'en rende compte. Elle avait téléphoné à Agnar mais il ne pouvait pas venir la chercher ; elle avait donc décidé de prendre le bus. Ignorant les appels de Maríanna, elle s'était rendue à Akranes sans vraiment savoir ce qu'elle comptait y faire. Elle était si furieuse qu'elle voulait juste s'éloigner de sa mère qui ne comprenait rien et se fichait qu'elle manque son tournoi de foot. Mais elle ne pouvait pas se réfugier chez Sæunn et Fannar, car c'était là que Maríanna serait allée la chercher en premier.

Elle avait alors composé le numéro de Tinna, qui lui avait aussitôt répondu. Sa mère n'avait pas fait le moindre commentaire en la voyant arriver – elle avait l'habitude de voir Hekla, qui leur rendait visite presque chaque fois qu'elle était à Akranes. Pendant qu'elle était chez Tinna, Maríanna continuait d'essayer de la joindre et, prise de remords, Hekla avait finalement décidé de rentrer chez elle. Craignant d'être privée de sortie, elle avait imaginé toutes sortes d'excuses sur le chemin du retour : elle avait perdu son téléphone, elle révisait ses cours avec des camarades (comme si Maríanna allait croire une chose pareille !), elle s'était éternisée à la piscine, elle était allée à la bibliothèque, elle avait perdu ses clés, elle avait bouquiné et n'avait pas vu le temps passer…

Lorsque le bus s'était arrêté à Borgarnes, l'histoire qu'elle allait raconter à sa mère avait pris forme dans son esprit, mais Maríanna n'était pas à la maison. Un simple mot l'attendait : *Pardonne-moi. Je t'aime, Maman.* Elle avait évidemment pensé que ce message concernait le tournoi de football, et n'en culpabilisait que davantage d'être partie à Akranes sans la prévenir.

Lorsqu'il était devenu évident que Maríanna ne reviendrait pas, ce petit mot avait pris une nouvelle signification. Il n'avait rien à voir avec le tournoi de foot. C'était un message d'adieu. Du moins, c'est ce que Hekla avait cru.

La suite lui avait semblé se dérouler à la fois en accéléré et au ralenti. Le déménagement, le changement d'établissement scolaire, une nouvelle chambre, une nouvelle vie. Dîner à dix-neuf heures, réveil à sept heures trente, cinq entraînements de foot par semaine. Et Hekla était heureuse. Trop heureuse pour penser à Maríanna. Trop épanouie dans sa nouvelle existence pour se tourmenter en ressassant sa disparition. D'une certaine manière, elle lui était reconnaissante : Maríanna avait visiblement voulu lui rendre sa liberté. Voilà comme elle se sentait – libre.

Mais maintenant, elle connaissait toute l'histoire. Elle avait appris qui était le frère de sa mère, ce qu'il avait fait. Et elle ne pouvait imaginer ce que devait ressentir Margrét. Elle sourit en repensant à cette femme, si belle et gentille. Pourquoi avait-elle eu peur d'elle ? Dans le chalet de vacances, elle s'était sentie si bien en sa compagnie. C'était comme si elle appartenait enfin à une vraie famille. Une famille unie par les liens du sang. Tinna et elle étaient cousines. L'idée d'avoir une cousine lui avait toujours semblé si irréelle. Elle avait un pincement au cœur en pensant au fait qu'il ne pourrait jamais rien se passer entre elles, mais peut-être que c'était aussi bien comme ça. Peut-être que cela n'avait d'ailleurs jamais été une possibilité, peut-être avait-elle seulement imaginé que Tinna puisse éprouver les mêmes sentiments à son égard. Oui, peut-être.

Aucune importance. Ce qu'elles avaient à présent était tellement plus fort, tellement plus significatif ; et tout ce qu'elle avait à faire, c'était ajuster un tout petit peu la vérité. Affirmer avoir vu des choses qu'elle n'avait pas vues pour éviter des ennuis à Margrét et à Tinna. Ainsi, la vie pourrait se poursuivre telle qu'elle était. Non, pas exactement telle qu'elle était – mieux.

Désormais, tout irait mieux.

Lundi

Ils n'avaient cessé de discuter de l'affaire ces derniers jours, mais en vérité la suite n'était plus entre leurs mains. Margrét serait inculpée, cependant Elma doutait qu'elle soit condamnée à une longue peine de prison. Tinna et Hekla confirmaient toutes les deux son témoignage. Rien ne venait contredire leur récit des faits. Margrét était convaincante, et les gens voulaient la croire.

Son histoire avait fait le tour des médias. La manière dont tout le village s'était ligué contre elle après ses accusations de viol. Un journaliste avait ensuite découvert que Maríanna, qui était la sœur du coupable, l'avait harcelée. Des voix s'étaient alors élevées pour qu'on la libère. Les rôles s'étaient inversés et bien qu'accusée de meurtre, ou du moins d'avoir couvert un meurtre, Margrét était devenue la victime aux yeux du grand public. L'héroïne. Même si tout le monde était d'accord pour dire qu'elle avait commis une grave erreur en cherchant à dissimuler le corps, on lui pardonnait aisément étant donné les circonstances. Elle ne faisait que protéger sa fille. De son côté, Maríanna subissait un traitement beaucoup moins favorable dans les journaux. Elle était décrite comme une mauvaise mère, et les services de protection de l'enfance étaient sévèrement critiqués pour avoir laissé Hekla sous sa responsabilité. Surtout après qu'une fuite avait révélé que la petite fille était restée seule pendant trois jours lorsqu'elle n'avait que trois ans. Les rares voix réclamant une lourde peine contre Margrét étaient noyées par ses défenseurs dans les commentaires. Elma ne doutait pas que le pouvoir de persuasion des réseaux sociaux finirait par influencer le tribunal.

Appuyant son menton sur sa main, elle regarda Sævar.

– Tout ne tourne pas rond dans cette histoire. Il y a quelque chose chez elle qui… qui ne colle pas, tout simplement.

– Mais encore ? demanda-t-il.

– Quelque chose qu'on ne repère pas sur l'écran de télévision ni dans les entretiens qu'elle a donnés dans les journaux, ni même vraiment quand on la rencontre. On dirait qu'elle adopte une attitude spécialement pour les caméras. Comme si tout ça n'était qu'une vaste comédie. Pendant sept mois, elle a gardé le silence et fait comme si de rien n'était. Si le corps n'avait pas été retrouvé, elle s'en serait tirée sans une égratignure.

Sævar soupira.

– Son histoire tient la route, et nous avons plusieurs éléments qui la corroborent. On devrait pouvoir faire comparer l'écriture des lettres de menaces à celle de Maríanna pour vérifier qu'elle en est bien l'expéditrice. Si Tinna est coupable, il n'est pas étonnant que sa mère ait réagi comme ça. Elle protégeait sa fille.

Elma hocha la tête. Elle était incapable d'expliquer rationnellement ce qui lui déplaisait chez cette femme. Peut-être sa manière de la regarder, comme si elle était constamment sur le point d'éclater de rire. Elle avait beau se répéter que Margrét avait dû affronter de douloureuses épreuves, elle ne parvenait pas à ressentir la moindre empathie envers elle.

Peut-être était-ce cette contradiction qu'elle percevait : son attitude quand elle lui parlait en privé, et celle qu'elle affectait en public. On aurait dit deux personnes différentes. Elma comprenait que les gens se laissent charmer par la femme qu'ils voyaient à l'écran. Elle était sympathique, chaleureuse, avenante et paraissait authentique. Mais ce n'était pas du tout la Margrét qu'elle avait rencontrée.

Le téléphone de son bureau sonna. Elma le regagna et s'y enferma.

– J'ai une femme au bout du fil pour toi, lui annonça Gulla, de l'accueil. Je peux te la passer ?

Elma jeta un coup d'œil à l'heure, elle était sur le point de prendre sa pause.

– Oui, vas-y.

La femme en question dit s'appeler Gudrún. Impossible de déterminer son âge – sa voix semblait plutôt jeune, mais elle avait l'éloquence et le phrasé formel d'une personne mûre.

– Elle ment, lui dit-elle de but en blanc. Margrét a tout inventé.

– Excusez-moi, qui êtes-vous exactement ?

Tandis que Sævar passait la tête par la porte de son bureau, elle lui fit signe de rester. Ils comptaient déjeuner ensemble.

– Mon fils s'appelle Haflidi, il était en couple avec elle, expliqua la femme. Il était fou amoureux d'elle et s'entendait très bien avec sa fille, Hrafntinna. Je ne les ai rencontrées qu'une fois, et ça m'a suffi. Il y avait quelque chose de mauvais chez elle, je n'ai pas eu besoin de la fréquenter très longtemps pour le sentir.

Mais je n'ai jamais réussi à ouvrir les yeux de Haflidi. L'amour est aveugle.

Elma se rappelait ce dénommé Haflidi, dont le nom était apparu dans les recherches concernant Margrét sur la base de données Löke. Victime de la chute du pot de fleurs, il avait été grièvement blessé à la tête. Margrét n'y était toutefois pour rien, elle avait un alibi solide, aussi Elma avait-elle du mal à saisir pourquoi cette femme lui téléphonait.

– Je ne comprends pas tout à fait…

– J'imagine bien. Laissez-moi vous expliquer. Haflidi et moi étions très proches. J'emploie le passé parce que, bien qu'il soit encore en vie, il n'est plus le même homme. Tout ce qui faisait son identité s'est envolé en fumée ce jour-là. La veille au soir, il m'avait appelée pour me confier qu'il avait tout gâché avec Margrét. Qu'il l'avait… trompée.

– Je vois, dit Elma.

Selon les rapports de police, ils s'étaient effectivement disputés quelques jours avant l'accident – sûrement à cause de son infidélité.

– Je sais qu'elle a joué un rôle dans ce qui est arrivé. J'en suis persuadée.

– Pourquoi en êtes-vous si certaine ?

– C'est évident, non ? Un pot de fleurs ne tombe pas comme ça du septième étage, pile sur la tête de Haflidi ! Quelles sont les chances pour que ça arrive ? Il a été jeté.

Elma consulta de nouveau l'heure. Elle éprouvait évidemment de la pitié pour cette Gudrún. C'était un accident tragique. Mais elle était surtout triste que la pauvre femme ne parvienne visiblement pas à faire la paix avec ce drame, qu'elle ressente toujours le besoin de trouver un coupable après toutes ces années.

– Sans parler du collier, ajouta la femme.

– Le collier ?

– Pour ses trente ans, j'ai offert à Haflidi un pendentif avec son initiale. Il ne le retirait jamais. Quand on l'a retrouvé, impossible de remettre la main dessus. Nous avons cherché dans tout son appartement.

– Il n'a pas pu le perdre ?

– Non, asséna Gudrún. Quelqu'un le lui a pris. La même personne qui lui a jeté le pot de fleurs.

L'hypothèse était pour le moins tirée par les cheveux.

– Je vois, répondit simplement Elma.

À nouveau, Sævar passa la tête par la porte et pointa sa montre du doigt. Elle lui fit signe qu'elle était bientôt prête.

– Je peux vous envoyer une photo ?

– Une photo ? répéta Elma en s'emparant de sa veste, posée sur le dossier de son fauteuil.

– Du pendentif.

– Je ne suis pas sûre que ce soit très utile.

– S'il vous plaît, supplia Gudrún. Si vous tombez dessus…

– D'accord, envoyez-la-moi, répondit Elma avec précipitation.

Elle mourait de faim, et à présent, c'était Begga qui glissait sa tête dans l'interstice, l'air impatient. Elle donna son adresse mail à Gudrún puis quitta son bureau d'un pas hâtif.

Après le déjeuner, Elma reprit place à son bureau et, pendant quelques instants, elle se contenta de fixer le mur, se sentant étrangement vide. Le repas se passait excellemment bien jusqu'à ce que Sævar leur annonce, à Begga et à elle, une nouvelle qui lui avait fait perdre tout appétit pour son club-sandwich. Le cancer de Gígja s'était propagé dans les os, et Hördur allait prendre un congé d'une durée indéterminée. Elma ne savait pas grand-chose de cette maladie – Dieu merci – mais elle était consciente que, lorsque des métastases se développaient dans les os, les perspectives n'étaient pas bonnes.

Gígja et Hördur formaient un couple depuis leur jeunesse. Ils avaient des enfants, des petits-enfants, tous ces bonheurs qu'Elma espérait connaître un jour. Ils étaient différents, mais leur amour sautait aux yeux, et il était tout aussi évident que la maladie de sa femme avait grandement affecté Hördur. Ces dernières semaines, ces derniers mois, il avait l'esprit ailleurs, et l'inquiétude ne semblait plus le quitter. Si seulement elle pouvait faire quelque chose.

Elma pensa à ses parents. Bien sûr, ils avaient connu des périodes difficiles lorsque sa sœur et elle étaient plus jeunes, mais avec le temps, leur relation n'avait fait que se renforcer. Peut-être étaient-ce tous ces voyages à l'étranger, ou les centres d'intérêt qu'ils partageaient désormais. L'année précédente, son père avait offert à sa mère une paire de cuissardes pour la pêche, et l'été suivant, ils avaient séjourné au bord d'un lac. À présent, sa mère comptait lui rendre la pareille et inviter son père à un match de l'équipe de Liverpool.

Elma soupira, sortit son téléphone et composa le numéro de Jakob. Il était temps de lui dire la vérité. Lorsqu'elle eut raccroché, elle s'assit de nouveau et eut la sensation qu'on venait de la soulager d'un grand poids.

Elle ralluma son ordinateur. La mère de Haflidi lui avait envoyé un mail. Elle l'ouvrit et la photo se chargea progressivement sur l'écran.

C'était un homme séduisant. Cheveux sombres légèrement ondulés, regard doux, sourire généreux. Les dents droites et parfaitement blanches. Puis le collier apparut, et Elma se rappela précisément où elle avait vu un pendentif similaire.

Treize ans

Ma petite fille est devenue une adolescente. Une adolescente qui adore des rappeurs dont je ne connais pas le nom, qui passe une heure sous la douche et une autre à se préparer. Je l'ai autorisée à se décolorer les cheveux. Ça lui va bien et fait ressortir le gris de ses yeux. La fillette apeurée qu'elle était autrefois semble bien loin. Personne ne soupçonnerait qu'elle n'a eu aucun ami durant les dix premières années de sa vie, ou qu'elle n'a pour ainsi dire pas prononcé un mot avant ses trois ans. Personne n'imaginerait une enfant incapable de décrocher ses yeux du sol et qui ne jouait qu'avec des petits soldats verts. Ils ont disparu depuis longtemps. Nous les avons mis dans un sac en plastique que nous avons jeté le jour où nous avons emménagé à Akranes. Je suis la seule à discerner encore de temps en temps la petite fille qu'elle était. Je décèle le doute qui l'assaille lorsqu'elle ne sait pas quel comportement adopter face aux autres. La plupart des gens ne voient qu'une jeune fille pondérée, qui réfléchit avant de parler. Ils ne comprennent pas qu'elle essaie en fait de deviner ce qu'on attend d'elle. Que la communication n'a rien d'une évidence pour elle.

Lorsque j'ai commencé à travailler comme présentatrice à la télévision, tant de choses ont changé. J'ai changé. J'ai perdu tous les kilos que j'avais pris, et je ressemblais probablement davantage à la fille que j'avais été. Désormais, je me fichais qu'on me voie, qu'on me reconnaisse, car je n'avais plus à avoir honte de quoi que ce soit. J'ai rencontré Leifur au travail. C'était le directeur financier de la chaîne. Hrafntinna et moi sommes venues vivre à Akranes parce qu'il y habitait et faisait la route tous les jours. J'aimais bien l'idée de retourner dans une petite ville, et d'offrir un changement d'environnement à ma fille. Dans sa nouvelle école, elle pouvait se réinventer, et elle l'a fait mieux que je ne l'espérais. À tel point que je ne la reconnais presque plus.

Sa chambre n'est toutefois pas l'antre typique d'une adolescente de son âge. J'entends les autres mères se plaindre du désordre, ou du fait que leurs filles passent leur temps au téléphone au lieu de faire leurs devoirs. Chez la mienne, tout est parfaitement rangé. Chaque objet a sa place, chaque vêtement est soigneusement plié et remisé dans son armoire dès qu'elle ne le met pas, tandis que ses chaussures sont méticuleusement alignées sur une étagère, au pied de son lit.

Je m'arrête devant une photo sur son bureau. Tinna, six ans, premier jour à l'école. Eh bien, j'aurai au moins réussi quelque chose. Cette photo traditionnelle que tous les parents doivent prendre. À côté se trouve la pierre de ma grand-mère. L'obsidienne. *Hrafntinna.*

J'ouvre le tiroir du bureau, rempli de feuilles et de cahiers. Des surligneurs de toutes les couleurs, des gommes qui ressemblent à de la nourriture. Une gomme-hamburger, une gomme-ananas, une gomme-poulet. À une époque, elle les alignait sur une étagère, mais elle leur a trouvé un nouvel emplacement.

Arrangeant le tas de feuilles, je fais glisser les gommes sur le côté.

C'est alors que j'aperçois le collier, tout au fond du tiroir. Lorsque je m'en empare, le pendentif arborant la lettre H se met à osciller sous mes yeux. Prise de vertiges, je m'assieds près du bureau. Je laisse le collier retomber dans le tiroir et je l'observe. Puis je ferme les yeux, revois Haflidi la veille de l'accident. Je me souviens précisément de son pendentif tandis qu'il se tenait dans le cadre de la porte à se confondre en excuses. Et je revois Hrafntinna lors de sa première rencontre avec lui, pointant du doigt le bijou suspendu à son cou avant de lui dire : « C'est ma lettre. » Je les revois tenant chacun leur H, comme s'il témoignait du lien qui les unissait. « Tu détestes Haflidi, Maman ? » m'avait-elle demandé. Le monde en noir ou blanc. Le bien ou le mal.

Mes mains tremblent lorsque je me relève et que je ferme prudemment le tiroir. Tandis que je me remets au ménage, une question m'assaille : Qui est-elle vraiment, qui est cette fille que j'ai mise au monde ?

Mardi

Tinna contemplait les fruits congelés qui se transformaient en bouillie rose dans le mixeur. Maintenant, il n'y avait plus qu'elle, Leifur et son imbécile de fils à la maison. Elle était rentrée la veille après plusieurs jours passés avec des médecins qui prétendaient pouvoir la psychanalyser. Elle se sentait un peu seule depuis le départ de sa mère. Si seulement elle n'avait pas dû partir – mais elle n'avait pas d'autre choix. Avec un peu de chance, elle reviendrait bientôt. Tinna ne pouvait pas envisager de rester longtemps dans cette maison sans elle. À vrai dire, elle aurait même aimé la suivre. Elles avaient toujours été ensemble, inséparables, et il lui était difficile d'imaginer la vie autrement.

Durant toutes ces années, Tinna n'avait demandé qu'une seule fois à sa mère qui était son père, et sa réaction l'avait dissuadée de lui reposer la question. À présent, elle savait. Ce jour de mai où Maríanna était venue les voir, elle avait appris qu'il s'appelait Anton et qu'il était mort. Avant sa naissance. En le recherchant sur Internet, elle avait seulement trouvé un article datant de son adolescence, durant laquelle il avait représenté l'Islande dans un concours de mathématiques. Elle avait donc hérité de lui son intérêt pour les nombres, de même que ses cheveux sombres et son grand gabarit. Tinna aurait préféré être davantage comme sa mère. Plus petite, les traits plus délicats. Un nez plus fin, des cheveux clairs. Elle avait tout essayé pour lui ressembler. Elle s'était fait des décolorations, elle lui empruntait ses vêtements, elle imitait sa gestuelle. Étudiant ses expressions faciales, son sourire, elle s'entraînait devant un miroir jusqu'à en avoir mal aux joues. Cela rendait sa mère tellement heureuse, et elle voulait tout faire pour la rendre heureuse. Car quand elle l'était, tout était plus facile.

Regardant par la fenêtre de la cuisine, elle remarqua une voiture garée devant leur maison. Une femme en sortit. La policière qui était venue les chercher dans le chalet de vacances. Tinna planta une paille dans son smoothie aux fraises, le porta à ses lèvres et se dirigea vers la porte.

Malgré son sourire, la femme était nerveuse en s'asseyant face à elle sur une des chaises de la cuisine. La peau de son cou, parsemée de rougeurs, la trahissait.

– Je voulais juste bavarder un peu avec toi. Rien de sérieux, promis.

Tinna ne lui rendit pas son sourire. Puisque sa mère n'était pas là, plus besoin de prétendre. Elle était fatiguée de faire semblant à longueur de journée. Si terriblement fatiguée. Elle avait même envie d'ordonner à cette femme de déguerpir, mais elle savait que ce n'était pas une bonne idée. Avec le temps, elle avait appris à contrôler son impulsivité.

– Il est magnifique, ton collier, commenta la policière.

Machinalement, Tinna se mit à le manipuler, comme chaque fois qu'elle manquait d'assurance.

– Où l'as-tu eu ?

– C'est un cadeau, répondit-elle.

C'était presque la vérité. En tout cas, il n'avait pas protesté lorsqu'elle le lui avait retiré. Au début, elle l'avait caché dans son bureau. Elle ne le ressortait que de temps en temps pour le contempler. Son propre collier arborait aussi la lettre H, mais il était en argent, alors que celui de Haflidi était en or. Environ un an auparavant, elle avait décidé de le porter à la place de celui que ses grands-parents maternels lui avaient offert quand elle était petite. Pourquoi porter un cadeau de gens qui n'en avaient rien à faire d'elle et de sa mère ? Celle-ci l'avait remarqué alors qu'ils dînaient avec Leifur. Elle lui avait lancé un regard étrange, mais elle était restée silencieuse. Depuis, Tinna ne l'avait pas enlevé une seule fois.

– Un cadeau de qui ?

– D'un ami.

Haflidi était son ami. Du moins, c'était ce qu'elle croyait. Quand il avait trahi sa mère, il l'avait trahie elle aussi, et avait renié toutes ses promesses.

Tout à coup, la femme lui tendit son téléphone. Tinna baissa les yeux et vit le visage souriant de Haflidi. Toujours si heureux, si gentil, prêt à jouer avec elle, à regarder avec elle des documentaires sur les animaux ou l'espace. À lui expliquer comment fonctionnait la physique, à étudier les mathématiques avec elle. Des choses auxquelles sa mère ne s'intéressait absolument pas.

– Tu connais cet homme ?

– C'est Haflidi, dit Tinna.

Nul besoin de nier. D'ailleurs, peu importait ce que cette femme disait. Elle ne pouvait rien lui faire.

– C'est lui qui te l'a donné ? demanda-t-elle.

Tinna hocha la tête. Oui, l'histoire aurait aussi bien pu se produire ainsi. Haflidi lui avait donné ce collier en guise d'adieu le jour de l'accident.

– Tu te souviens de son fils Stefán ?

– Oui.

Tinna se rappelait très bien ce sale morveux prétentieux qui voulait garder son père uniquement pour lui. Si sa mère et Haflidi n'avaient pas rompu, elle se serait débarrassée de lui d'une manière ou d'une autre. Elle sourit intérieurement en se revoyant à l'âge de dix ans en train d'échafauder divers plans pour l'éliminer de son existence.

– Il dit que son père portait ce collier le matin de l'accident.

– Il me l'a donné à midi, quand je suis rentrée à la maison.

– Donc, tu étais chez toi au moment où ça a eu lieu ?

– Oui.

– Tu as vu ce qui s'est passé ?

– Non.

La policière la fixa un instant, et Tinna soutint son regard. Elle avait de beaux yeux. Un mélange de gris, de marron et de vert. Elle songea à le lui dire, mais après une courte réflexion, elle décida de garder le silence. Sa mère lui avait appris à ne pas faire confiance aux gens. Elle disait que ceux qui jouaient les gentils faisaient semblant pour mieux pouvoir vous utiliser. Que les gens passaient leur temps à tromper et à piéger. Exactement comme Haflidi.

– J'ai parlé avec la mère de Haflidi, reprit la policière. Tu ne t'en souviens peut-être pas, mais elle t'a rencontrée une fois.

Tinna se souvenait parfaitement de cette femme qui n'avait que mépris pour elle et sa mère.

– Elle m'a téléphoné pour me parler de ce collier. Elle m'a dit qu'ils l'avaient cherché pendant longtemps. Je crois qu'elle serait très contente de le récupérer.

Tinna resserra sa prise sur son pendentif et secoua lentement la tête.

– C'est Haflidi qui me l'a donné. Il est à moi, maintenant.

Tandis que la policière s'éloignait de la maison au volant de sa voiture, Tinna ne cessait de passer le doigt sur son pendentif. Si seulement Haflidi n'avait pas trahi sa mère. Il avait ruiné ses projets. Cet avenir brillant où, tous les trois, ils auraient formé une famille heureuse. Elle avait été si contente d'avoir enfin une véritable famille. Un père. C'était un homme doux, amusant, rien à voir avec Leifur qui ne faisait que travailler et devenait écarlate chaque fois qu'il essayait d'avoir une conversation avec elle. Si Haflidi ne les avait pas abandonnées, la vie aurait été tellement meilleure. Mais peu importait, à présent elle avait Hekla, et bientôt sa mère serait de retour. Tout finirait alors par s'arranger.

Épilogue

I

Je me croirais revenue quinze ans en arrière. À nouveau, je suis allongée sur un lit dont les draps blancs, à la texture qui rappelle le papier, collent à ma peau. De l'autre côté de la porte, des fonctionnaires me surveillent. Mais cette fois, nul ne vient poser un enfant sur ma poitrine. Aucun pleur ne me tient éveillée durant la nuit. Je suis seule.

Je me demande ce qu'on dit de moi. À quoi ressemblent les histoires qu'on raconte dans les médias, comment les gens parlent de moi dans la rue. Cette fois, j'ai l'impression qu'ils sont de mon côté. Je crois le déceler dans le regard des gardiens. Je n'y lis pas la moindre condamnation, juste de l'empathie et de la pitié. Je dois avouer avoir un certain talent dans le rôle de la victime. Je sais me montrer fragile et sans défense. Je sais me faire toute petite, comme si j'avais honte, et jouer la mère attentionnée. Dans ce domaine, j'ai une longue expérience.

Je ferme les yeux et replonge dans mes souvenirs de l'époque où, à Sandgerdi, je vivais dans l'insouciance, sans enfants et libre des responsabilités qui les accompagnent.

À vingt ans, j'avais l'habitude de faire la fête tous les week-ends. Le vendredi comme le samedi, parfois même certains jours de semaine. Et je n'étais pas seule : presque tous ceux de mon âge faisaient parcil, ainsi que d'autres, plus âgés, qui n'avaient pas encore trouvé leur place dans l'existence. Ceux qui n'avaient pas de famille et bossaient toujours au même endroit que quand ils avaient dix-huit ans. Prisonniers de la même routine depuis des décennies. Ça fait partie de la vie dans un village, où les options sont limitées.

Il n'y avait qu'un bar, populaire en fin de semaine, où tout le monde avait plus ou moins pris l'habitude de se retrouver. Les soirées se ressemblaient toutes et, dans ma mémoire, elles se confondent. Les mêmes têtes, un week-end après l'autre. Alcool, danse, verbiages enivrés et baisers volés. On commençait par se retrouver chez l'un ou l'autre dont les parents étaient absents, ou chez des fêtards plus âgés qui vivaient seuls.

Un soir de la fin août, alors que les parents d'une de mes amies étaient partis à l'étranger, nous avons organisé une soirée chez elle. C'était l'été, et il avait fait étonnamment chaud durant la journée. Toutes les portes étaient ouvertes, les invités se dispersaient partout à l'intérieur et dans le jardin, certains dans le jacuzzi. La nuit n'est jamais vraiment tombée. Le soleil s'est couché un bref instant, mais il continuait d'illuminer le ciel, comme si la soirée refusait de s'achever. Quelqu'un nous a donné des pilules, que nous avons avalées sans poser de questions. Les gens continuaient d'arriver, et soudain nous étions tous serrés les uns contre les autres. Il y avait du monde partout, des inconnus bien plus âgés que nous. Une fois que les pilules agissaient, cela n'avait plus d'importance.

Je ne me rappelle plus exactement ce qui s'est passé ni comment nous avons fini ensemble. Je me souviens juste que nous étions plusieurs dans une des chambres. Nous nous touchions, nous bavardions et nous fumions. Nous racontions des choses que, dans d'autres conditions, nous n'aurions jamais partagées. Puis, voilà qu'il s'est soudain retrouvé parmi nous, ce garçon qui avait quelques années de plus que nous. Il ne faisait pas partie des gens populaires. Bien au contraire. Obèse, le visage constellé d'acné, il avait les cheveux tellement gras qu'ils brillaient. Il portait toujours des tee-shirts fins en coton qui collaient à son dos trempé de sueur. Je ne me rappelais pas son prénom, mais je me souvenais de la puanteur qu'il exhalait lorsque nous étions à l'école. Une odeur de transpiration et de cheveux sales. En temps normal, nous ne l'aurions jamais invité, mais ce soir-là personne n'a fait de commentaire.

Ça ne m'a pas gênée davantage lorsque nous nous sommes soudain retrouvés seuls et qu'il a commencé à me caresser la main. Puis il m'a embrassée, et ses lèvres étaient douces. Je n'ai pas protesté quand il m'a déshabillée. Je me rappelle encore la sensation éprouvée en touchant son corps allongé sur moi. Je me rappelle le contact de mes doigts sur son dos poisseux et collant, l'instant où je l'ai serré contre moi. Comme si je n'en avais jamais assez. Comme si je ne désirais rien plus qu'être avec lui.

J'ai dû m'endormir, car tout à coup le soleil brillait dans la chambre et sur ma peau nue. Pourtant, j'avais froid. Ce matin-là, ma souffrance était proportionnelle à l'euphorie que j'avais ressentie durant la nuit. Et ça ne s'est pas amélioré lorsque j'ai aperçu ce gros corps dégueulasse à côté de moi. Sa peau blanche parcourue de vergetures, les furoncles dans son dos, son front brillant. Il n'a pas bronché pendant que je m'habillais. Les souvenirs de la nuit qui me revenaient ont éveillé un tel dégoût en moi que je me suis précipitée aux toilettes pour vomir. Je n'arrivais pas à effacer ces images. C'était ignoble. Répugnant. Je l'avais touché et laissé me toucher. Et si quelqu'un nous avait vus ? Si quelqu'un savait ce que nous faisions dans cette chambre ?

Deux semaines se sont écoulées avant que la nouvelle se répande. Un nouveau week-end, nous étions au même bar que d'habitude. Un garçon que je connaissais à peine s'est approché de moi et m'a purement et simplement posé la question. J'ai évidemment nié, mais j'ai tout de suite vu qu'il savait, j'ai tout de suite compris que tout le monde savait. À la manière dont ils me regardaient tous avec dédain, avec dérision. L'équilibre des pouvoirs entre les autres et moi avait vacillé, alors j'ai fait la seule chose qui me semblait possible dans ces circonstances : j'ai menti.

Attirant l'attention de mes amies, je me suis enfermée dans les toilettes avec elles et j'ai pleuré. Puis j'ai vomi avant de leur dire qu'il m'avait maintenue prisonnière et que j'avais essayé de crier, mais que personne n'entendait. C'était comme raconter l'histoire de quelqu'un d'autre, j'étais absorbée dans mon propre récit et la pitié que je suscitais chez elles. Au bout d'un moment, j'ai fini par réussir à me convaincre moi-même. Comme je ne gardais que peu de souvenirs de cette soirée, je me suis mise à croire que c'était la vérité. Peut-être m'avait-il vraiment violée. Ce devait être le cas. En temps normal, je n'aurais jamais couché avec lui, tout le monde le savait. Je le savais mieux que quiconque. L'une de mes amies a dû ressortir et tout raconter, car soudain tous les clients du bar étaient au courant.

Et ça a dérapé. Un groupe de garçons avec qui nous traînions souvent s'est rendu chez lui, et j'ai appris plus tard qu'ils l'avaient sévèrement tabassé. Après ça, je n'avais rien d'autre à faire que rester spectatrice.

J'imagine que ça a été assez horrible pour sa famille. Je veux dire, ils avaient déjà la grossesse de leur fille de quinze ans à gérer. Lorsque cette histoire de viol s'est répandue, la rumeur disait que c'était son frère qui l'avait mise enceinte. Ça semblait logique, car personne ne savait qui était le père. Je me souviens particulièrement bien d'un week-end au cours duquel certains ont jeté de la peinture sur leur maison. Quand nous sommes passés devant chez eux en voiture au petit matin, la porte blanche de leur garage était recouverte d'éclaboussures rouges que le père, une éponge à la main, essayait tant bien que mal de nettoyer. Je n'oublierai jamais son expression lorsqu'il s'est tourné vers nous. Il avait le visage tellement stoïque, tellement vide. J'étais assise à l'arrière, derrière des vitres teintées ; il ne pouvait pas me voir, mais je sentais quand même son regard peser sur moi.

Je crois qu'ils ont tous les deux perdu leur emploi. Ils n'ont pas été renvoyés à proprement parler, mais il s'est passé un événement à la suite duquel ils ne pouvaient plus envisager de travailler. Ce n'est plus très clair dans ma mémoire. Il me semble que je n'ai pas revu Anton pendant longtemps après ça. Il a simplement disparu. Auparavant, je le croisais régulièrement à l'épicerie du coin où il commandait de grosses portions de frites. Plusieurs semaines ont passé, et il niait évidemment tout en bloc. Mais ça n'avait aucune importance. Notre petit village avait déjà rendu son jugement, et cela suffisait.

Son père l'a retrouvé dans le garage quelque temps plus tard. Une corde autour du cou.

Ils ont rapidement déménagé. Avant même d'avoir réussi à vendre leur maison. Un beau jour, ils s'étaient tout simplement volatilisés. Je passais devant chez eux en allant au travail, et pendant des mois j'ai été forcée de revoir quotidiennement cette porte de garage tachée de peinture rouge. Cela aurait dû être la fin de l'histoire. Bien sûr, je devais vivre avec la culpabilité, mais elle ne m'avait pas pesé plus que ça jusqu'ici.

Seulement, après la mort d'Anton, les gens ont commencé à échanger des messes basses. Certains des invités présents à la soirée affirmaient que je mentais. Ce sont sûrement mes amies qui m'ont trahie – celles qui étaient avec moi dans la chambre avant qu'on se retrouve tous les deux. Peut-être que nous avions déjà commencé à nous câliner avant que tout le monde soit sorti. Personne ne m'a rien dit au début, mais j'ai senti un changement dans leur comportement. Je n'étais plus invitée aux fêtes, on me jetait des regards accusateurs. Comme si j'avais causé sa mort.

Son suicide a lavé son honneur, et je me demande s'il en était conscient. S'il avait compris que le seul moyen que les autres le croient, c'était de mettre fin à ses jours. En tout cas, ça a marché. D'un coup, tout le monde était convaincu que je mentais. Parmi ceux qui hurlaient le plus fort, on trouvait tous ces gens que j'avais malmenés au fil des années. De vrais charognards. Je les entendais rire, je les voyais savourer leur revanche. Je maintenais mon histoire, mais soudain elle ne tenait plus la route, et même mes parents ont commencé à douter. Un beau jour, ils ont fini par me poser explicitement la question, et j'ai dû avoir une réaction étrange – les fuir du regard ou dire quelque chose qu'il ne fallait pas – car ils ont cessé de me croire. L'un comme l'autre.

Voilà donc que leur petite princesse était exclue et méprisée par tous. On murmurait que j'étais une meurtrière, responsable de la mort d'Anton. Il était inutile de leur préciser que ce n'était pas moi qui lui avais mis la corde au cou. Mon Dieu, ce que je le détestais d'avoir fait une chose pareille ! J'aurais voulu nouer cette corde moi-même et le regarder tressaillir tandis qu'elle se pressait contre sa gorge. Mes parents ont fini par craquer. Ils avaient toujours été très préoccupés par leur position dans la société ; pour preuve, il suffisait de regarder notre maison dont la façade était repeinte chaque année, et notre jardin entretenu par un professionnel. Pour eux, les apparences étaient ce qu'il y avait de plus important. Alors ils sont partis. Ils rêvaient depuis longtemps de retourner vivre en Suède, où ils avaient tous deux étudié, et ils ont fait comme si je n'y étais pour rien. Comme si leur décision d'écumer les petites annonces immobilières à Stockholm à ce moment-là n'était qu'une coïncidence. Ils m'ont proposé de les accompagner, mais à vingt ans passés, je n'étais plus à leur charge. Je sentais bien qu'ils ne voulaient pas de moi. Quand ils ont offert de m'acheter un appartement à Reykjavík, c'est devenu d'autant plus évident.

À ce moment-là, je soupçonnais déjà que j'étais enceinte. Je les ai laissés m'acheter cet appartement, et en une semaine la maison de mon enfance a été vidée, mes parents sont partis et je me suis installée dans une location en périphérie de la capitale en attendant de récupérer les clés de mon logement. Le jour même, j'ai pris rendez-vous chez le médecin. Mon ventre avait commencé à grossir, et il a suffi de me le tartiner d'une espèce de bouillie et de faire glisser un appareil dessus pour qu'apparaisse sur l'écran à côté de moi l'image floue d'un petit être. Ses battements cardiaques ont résonné dans toute la pièce et, tandis que je contemplais cet étrange phénomène, j'ai prié pour que ce soit un rêve. Mais non, il était bien là, cet enfant issu de ma chair et de celle d'un homme que je détestais. Le regardant bouger sur l'écran noir, je croisais les doigts pour que son cœur s'arrête, pour ne pas avoir à affronter quotidiennement le passé pour le restant de mes jours.

Durant la grossesse, je me disais que tout changerait à sa naissance, mais j'étais toujours la même personne. Moins heureuse et plus véhémente, mais toujours moi. La seule chose qui avait changé, c'était la présence de cet enfant. De cette petite fille incapable de rire ou de sourire. Qui se contentait d'observer le monde en silence.

Hrafntinna était mon karma. Ma punition.

Je me retourne dans le lit et retire ma couverture fine. L'air est frais dans la petite pièce, mais j'ai quand même chaud. Ces dernières semaines, j'ai plus souvent repensé à ma vie à Sandgerdi que je ne l'avais fait en quinze ans. Mes tentatives de rayer tout ça de ma mémoire ont été un échec. Enterrés profondément, les souvenirs se sont bien conservés, et ils me reviennent à présent, aussi vifs que s'ils dataient d'hier.

Je peux rejouer la journée du 4 mai comme un film dans ma tête.

Maríanna avait vieilli depuis la dernière fois où je l'avais vue, cinq ans auparavant. Lorsqu'elle avait ouvert la porte de chez Haflidi. Ce jour de mai, elle était différente. Pas de sourire sardonique. Elle m'a simplement demandé si Hekla était là, et j'ai cru déceler de la peur dans ses yeux. Lorsque je lui ai répondu qu'elle venait de partir, elle est restée immobile sur le seuil, comme si elle voulait ajouter quelque chose. J'aurais préféré qu'elle en reste là. Nous aurions pu nous dire au revoir poliment, et prétendre que nous ne nous étions jamais rencontrées. Mais elle a décidé de tout faire ressurgir.

– À vrai dire, je voulais te parler.

Je l'ai invitée à entrer, lui ai proposé de s'asseoir dans la cuisine et lui ai offert du café. Tandis qu'elle serrait les mains autour de sa tasse, je pouvais voir son petit cerveau essayer de déterminer par où commencer. Enfin, elle a levé les yeux sur moi.

– Tu me reconnais ?

J'ai songé à mentir. Je pouvais prétendre ne pas me souvenir d'elle, et peut-être que cela aurait été la fin. Peut-être aurait-elle soupiré de soulagement avant de partir pour ne plus jamais revenir. Mais je ne l'ai pas fait.

– Nous nous sommes rencontrées il y a cinq ans, pas vrai ? lui ai-je demandé avant d'ajouter sur le ton de la plaisanterie : Je dois avouer que ce pull te va bien mieux que le tee-shirt de mon ex.

Elle a esquissé un sourire, puis posé son téléphone sur la table.

– En vérité, on se connaissait déjà, a-t-elle répondu avant de boire une gorgée de café.

Comme je restais silencieuse, elle a poursuivi :

– Je vivais à Sandgerdi, comme toi. Je me souviens bien de toi, tu étais toujours si apprêtée. Si jolie. Je voulais être comme toi. J'avais même demandé à ma mère de m'acheter le pull que je t'avais vue porter un jour. Un pull violet au col large qui laissait une épaule dénudée. J'essayais d'imiter ton sourire, ta manière de balancer tes cheveux. Probablement comme toutes les filles à cette époque.

J'ai souri et l'ai scrutée avec une certaine distance, comme chaque fois que quelqu'un me disait être de Sandgerdi. Il y avait toujours un risque qu'ils aient entendu des ragots, et je ne pouvais pas savoir de quel côté ils étaient. Maríanna avait quelques années de moins que moi et, en dépit de tous mes efforts, impossible de me souvenir d'elle. Je n'avais probablement jamais fait attention à elle – elle ne dégageait rien de spécial.

– Tu ne vois pas du tout qui je suis, hein ?

Elle a jeté un regard circulaire. Nous n'étions que toutes les deux, Tinna était enfermée dans sa chambre.

– Je m'en doutais, a-t-elle ajouté.

– Excuse-moi, je… ça fait si longtemps que j'ai quitté Sandgerdi.

– J'adorais la vie là-bas. Nous étions si heureux avant que… avant que mon frère meure. Il s'appelait Anton. Tu te souviens peut-être de lui.

Lorsqu'elle a prononcé le prénom de son frère, j'ai tout de suite compris. C'était la petite sœur, celle qui était enceinte. Pas étonnant que je ne l'aie pas reconnue, Maríanna avait beaucoup changé depuis ses quinze ans. Elle qui avait toujours été plutôt enrobée, comme son frère, était désormais d'une extrême maigreur. Elle avait le visage émacié et l'on devinait des coudes osseux à travers son haut en coton fin.

Je me suis levée et j'ai attrapé un verre tout en réfléchissant. Je sentais son regard peser sur moi tandis que j'ouvrais le robinet et le remplissais. Lorsque je me suis retournée vers elle, je m'attendais à devoir faire face à sa colère, mais je n'ai lu que du chagrin sur son visage. Si je ne me considérais pas comme responsable du destin de la famille d'Anton, je savais que mes mensonges avaient eu des conséquences.

– Pardon, m'a-t-elle dit – étonnamment – d'une voix sincère, et je me suis rassise devant elle. Je ne suis pas venue pour t'accabler de reproches ou faire passer ma colère sur toi. Je voulais te demander pardon pour tout ce qui s'est passé. Pour la manière dont on t'a traitée, pour le fait qu'on ne t'ait pas crue. J'ai gâché de nombreuses années de ma vie à nourrir ma colère. Anton était tout pour moi. C'était mon meilleur ami, et quand j'ai appris ce qu'il t'avait fait... je refusais d'y croire. Pourtant, c'était la vérité, n'est-ce pas ? Il t'a vraiment fait ça. Il t'a violée.

J'ai avalé tout le contenu de mon verre avant de la regarder. Il était bientôt seize heures, et je devais partir au travail. Les yeux gonflés de larmes, Maríanna attendait ma réponse.

Cela avait été plus dur que je ne l'avais soupçonné de porter ce mensonge pendant toutes ces années. Le visage d'Anton m'apparaissait dans mon sommeil, accusateur et froid, et je me réveillais trempée de sueur. Le pire, c'étaient les nuits où je me revoyais caressant, embrassant son corps et le laissant faire la même chose avec le mien. Je me suis dit qu'avouer enfin la vérité, obtenir le pardon de cette femme pourrait me libérer. Peut-être que je serais débarrassée de ces cauchemars. Alors j'ai décidé de vider mon sac. Et j'ai immédiatement ressenti un immense soulagement. Tout ce que j'avais fait au cours de ma vie depuis ce premier mensonge avait été une punition. L'accouchement, l'enfant, les années à trimer, seule et humiliée. Enfin, je serais libre. Libre de la malédiction qui me poursuivait depuis la mort d'Anton.

Lorsque Maríanna a relevé la tête, son regard n'était plus humble et résigné. Il brûlait d'une rage sourde.

– Je le savais. Je savais que tu avais menti.

– Mais…

Elle a laissé échapper un rire méprisant.

– Je t'ai suivie pendant toutes ces années. Je t'ai vue te cacher comme un vulgaire rat.

– Comment ça, tu m'as suivie ?

J'ai repensé aux fois où je me sentais surveillée, aux lettres que j'avais reçues.

– C'était toi ? ai-je dit en la fixant des yeux.

Elle a eu un sourire mauvais. Ce même sourire qu'elle arborait lorsque je l'ai vue à la porte de chez Haflidi.

– Bien sûr que c'était moi. Tu croyais sincèrement que j'allais te laisser t'en tirer ? Tu as détruit ma famille. Tu nous as anéantis. Ma mère, mon père. Anton. Juste parce que tu n'assumais pas d'avoir baisé avec lui ?

Maríanna avait le visage écarlate et les mains tremblantes. Elle criait d'une voix si aiguë que Tinna l'entendait forcément.

– Tu ne mérites pas le bonheur. Je t'ai envoyé ces lettres pour te faire peur, et quand je t'ai vue avec cet homme juste après la mort de ma mère…

Elle a marqué une pause et sa mâchoire a fait un mouvement étrange.

– Ça n'a pas été si difficile de rentrer avec lui. Surtout après…

– Après quoi ?

Maríanna n'a pas répondu, et d'un coup je me suis souvenue d'une chose.

– Le bar. L'escalier. C'est toi que j'ai croisée aux toilettes.

Je revoyais nettement la fille qui se tenait derrière moi et me fixait dans le reflet du miroir.

– C'est toi qui m'as poussée.

Maríanna s'est levée et a repris son téléphone. Elle s'apprêtait à partir quand je lui ai emboîté le pas.

– Où vas-tu ?

Se retournant d'un coup, elle a agité l'appareil sous mon nez en me sifflant :

– Tout le monde va savoir qui tu es vraiment !

Le dictaphone était en marche. Elle avait enregistré notre conversation.

Tandis qu'elle se précipitait vers la sortie, j'ai vu ma vie s'effondrer. Mon travail à la télévision, la célébrité que j'avais acquise, la famille que je possédais enfin.

Pas d'autre choix : il fallait que je l'arrête.

Par chance, Tinna n'avait pas encore quinze ans lorsque j'ai tué Maríanna. Sortie de sa chambre en entendant notre vacarme, elle est restée figée devant le champ de bataille pendant que je m'assurais que cette femme se tairait à tout jamais. Je lui ai évidemment tout expliqué, et elle a compris pourquoi j'avais été forcée de commettre un acte pareil. Maríanna était maléfique. Elle comptait nous faire du mal. Cela lui suffisait, car comme toujours, elle ne voyait le monde qu'en noir ou blanc.

Biberonnée aux documentaires de toutes sortes, Hrafntinna savait exactement comment se débarrasser d'un corps et s'en sortir indemne. C'est elle qui m'a tendu des gants et un bonnet avant que nous nous installions dans la voiture, et qui m'a proposé Grábrók. Après nos nombreux séjours dans le chalet de vacances, elle connaissait toutes les crevasses et les failles du champ de lave à proximité du volcan. Une fois le cadavre en place, elle m'a ordonné de retirer le sac en plastique dans lequel nous l'avions transporté : sa décomposition serait ainsi plus rapide, et la nature finirait par éliminer toutes les preuves.

Hrafntinna comprenait aussi très bien pourquoi elle devait assumer la responsabilité de ce crime. Les enfants de quatorze ans ne vont pas en prison. Non, on les envoie dans des établissements spécialisés, et leur nom reste caché du grand public.

Lorsque je lui ai expliqué l'affaire, Hekla s'est tout de suite montrée prête à témoigner en ma faveur. Je savais que le témoignage de Tinna ne suffirait pas. Elle m'était trop proche pour que son récit m'innocente. Elles ont tellement de points communs, toutes les deux. Hekla cherchait une famille et des amis aussi désespérément que ma Tinna l'avait un jour fait. Et quand j'ai compris que c'était quelque chose que nous pouvions lui apporter, j'avais la solution parfaite.

Concernant Maríanna, elle n'est visiblement jamais allée au bout de l'histoire. Elle n'a pas dû deviner que Tinna était la fille d'Anton. Quelle idiote ! Je me demande si cela aurait changé quelque chose. Aurait-elle accepté d'effacer son enregistrement ? Aurait-elle mis fin à ses pathétiques tentatives de vengeance contre moi ?

Cela n'a plus aucune importance. Si Tinna et Hekla jouent gentiment leur rôle et s'en tiennent au scénario que nous avons élaboré d'un commun accord, tout devrait rentrer dans l'ordre. Je serai sans doute condamnée pour avoir dissimulé le corps, mais selon mon avocat, la peine ne devrait pas être trop lourde.

Après tout, je n'étais qu'une mère digne de ce nom, qui voulait sauver sa fille.

Et c'est exactement ce que j'ai essayé d'être pendant toutes ces années – une mère digne de ce nom.

II
24 décembre

Ce soleil ne pouvait en aucun cas être le même que celui qui brillait sur l'Islande, dépourvu de la moindre chaleur quelle que soit la saison. Ici, les rayons étaient chauds et doux lorsqu'ils touchaient votre peau. Allongée au bord de la piscine, Elma savourait son bain de lumière. Elle tendit la main vers sa bière bien fraîche et but une généreuse gorgée.

Partir à Tenerife pour les fêtes avait été une excellente idée. Une idée sensationnelle, même. Sans doute l'une des meilleures qui lui ait jamais traversé l'esprit. Elle vida son verre et se tourna sur le ventre, laissant le soleil venir à bout des courbatures qui empoisonnaient son quotidien depuis un an. Elle ferma les yeux, le corps agréablement engourdi après sa bière, et les éclats de rire des enfants dans la piscine se muèrent bientôt en un léger bourdonnement toujours plus lointain.

Une soudaine sensation glaciale dans le dos la fit sursauter.

– Ah, qu'est-ce que c'est que ça ?!

Elle se retourna. Un flacon d'écran total à la main, Sævar lui cachait le soleil.

– Tu as le dos écarlate, dit-il avec un sourire moqueur qui ne lui échappa pas. Je voulais juste t'éviter de cuire davantage.

Elma soupira. Il avait raison. Son teint clair avait été si peu exposé au soleil ces derniers temps qu'elle avait commencé à rougir à peine sortie de l'aéroport. Sans parler de ses taches de rousseur. Tous ces petits points qui constellaient son nez, ses joues et son front avaient victorieusement rejailli après un sommeil de plusieurs années. Elle laissa Sævar lui appliquer de la crème sur les épaules, puis elle s'allongea sur le dos.

– Tu n'as pas trop le mal du pays ? lui demanda-t-elle en se redressant.

Elle n'avait pas pu s'en empêcher. C'était le réveillon et ils étaient loin de leurs familles respectives, de la neige, des lumières de Noël en Islande. Elle ne comprenait pas vraiment comment cela s'était produit. Ils n'avaient rien prémédité. Un instant de folie alors qu'ils étaient au bureau, tandis que le vent hurlait en poussant sur les fenêtres. Elma avait la gueule de bois après les soixante-dix ans de son père, et le frère de Sævar l'avait appelé un peu plus tôt pour lui demander s'il ne voyait pas d'inconvénient à ce qu'il passe Noël avec son amie de la résidence. Comme par miracle, une publicité avait annoncé une promotion sur un voyage à Tenerife, et cinq minutes plus tard ils avaient réservé leurs billets. Tous les deux. Sans réfléchir. Sans vraiment se demander ce qu'ils faisaient.

– Elma, soupira-t-il en s'allongeant sur la chaise longue voisine avant de fermer les yeux – sa peau avait pris une teinte brune après seulement quelques jours. Dois-je vraiment répondre ?

Elma sourit et se rallongea à son tour. Autour d'eux, une foule de touristes allaient et venaient au bord de la piscine. Des familles, des personnes âgées et des couples. D'ici, on pouvait directement rejoindre la plage. Ils s'y étaient rendus dès le premier soir, après avoir bu un peu trop de cocktails avec leur dîner. Ils s'étaient assis et avaient contemplé la mer en plongeant leurs orteils dans le sable doux et chaud sous le ciel nocturne. Jamais Elma n'avait eu autant la sensation de vivre un rêve éveillé.

Sævar se redressa d'un coup et, abritant ses yeux du soleil, lui demanda :

– Et toi ? L'Islande te manque ?

– Dois-je vraiment répondre ? fit Elma avec un sourire.

Quelques instants plus tard, elle se leva et se dirigea vers le bord de la piscine. Il faisait si chaud qu'elle ruisselait de sueur. Elle enfonça un orteil dans l'eau fraîche puis s'assit. Elle était sur le point d'y plonger prudemment les jambes lorsqu'une main la poussa et, avec un cri de surprise, elle tomba dans l'eau glaciale.

Les Éditions Points s'engagent pour la protection de l'environnement et une production française responsable

Ce livre a été imprimé en France, sur un papier certifié issu de forêts gérées durablement, chez un imprimeur labellisé Imprim'Vert, marque créée en partenariat avec l'Agence de l'Eau, l'ADEME (Agence de l'Environnement et de la Maîtrise de l'Énergie) et l'UNIC (Union Nationale de l'Imprimerie et de la Communication).

La marque Imprim'Vert apporte trois garanties essentielles :

- La suppression totale de l'utilisation de produits toxiques
- La sécurisation des stockages de produits et de déchets dangereux
- La collecte et le traitement de produits dangereux

RÉALISATION : NORD COMPO À VILLENEUVE-D'ASCQ
IMPRESSION : CPI FRANCE
DÉPÔT LÉGAL : AVRIL 2023. N° 152288 (3051478)
IMPRIMÉ EN FRANCE